ORBITE

DU MÊME AUTEUR :

Les enquêtes du Dr Kay Scarpetta
Postmortem
Mémoires mortes
Et il ne restera que poussière
Une peine d'exception
La Séquence des corps
Une mort sans nom
Morts en eaux troubles
Mordoc
Combustion
Cadavre X
Dossier Benton
Baton Rouge
Signe suspect
Sans raison
Registre des morts
Scarpetta
L'Instinct du mal
Havre des morts
Voile rouge
Vent de glace
Traînée de poudre
Monnaie de sang
Inhumaine
Chaos

Les enquêtes de Judy Hammer et Andy Brazil
La Ville des frelons
La Griffe du Sud
L'Île des chiens

Les enquêtes de l'inspecteur Win Garano
Tolérance zéro
Trompe-l'œil

Une enquête de la capitaine Chase
Quantum

Autres enquêtes
Jack l'Éventreur : affaire classée

www.editions-jclattes.fr

Patricia Cornwell

ORBITE

Roman

*Traduit de l'anglais (États-Unis)
par Dominique Defert*

JC Lattès

Titre de l'édition originale
SPIN
publiée par Thomas & Mercer, Seattle.

Ceci est une œuvre de fiction. Tous les noms, personnages, lieux, organismes et événements sont soit issus de l'imagination de l'auteur, soit utilisés de manière fictive. Toute ressemblance avec des faits réels ou des personnes existantes ou ayant existé serait purement fortuite.

Couverture : Julie Simoens
Photo : AdobeStock@metamorworks

www.patriciacornwell.com

ISBN : 978-2-7096-6690-9

© 2021 by Cornwell Entertainment, Incorporated.
Tous droits réservés.
© 2021, éditions Jean-Claude Lattès pour la traduction française.
Première édition : mai 2021.

Pour Staci...

AFFIRMATIONS ÉNONCÉES COMME VÉRITÉ

« Comme ils continuaient à marcher en parlant,
voici qu'un char de feu et que des chevaux de feu les séparèrent
l'un de l'autre. Alors Élie monta au ciel dans un tourbillon. »
Bible de La Colombe, Rois 2 2 :11, vers 960-560 av. J.-C.

« Pour commencer [...] on dit que cette terre-là,
vue d'en haut, offre l'aspect d'un ballon à douze bandes de cuir ;
elle est divisée en pièces de couleurs variées, dont les couleurs connues
chez nous, celles qu'emploient les peintres, sont comme des échantillons. »
in Phédon (trad. Émile Chambry),
Platon citant Socrate, 360 av. J.-C.

« C'est cela [...] Il n'y a qu'un seul espace général, une seule vaste
immensité que nous puissions appeler librement vide.
En elle, se trouvent d'innombrables et infinis globes
comme celui sur lequel nous vivons et croissons. »
in L'infini, l'Univers et les Mondes,
(trad. Bertrand Levergeois), *Giordano Bruno, 1584.*

« Avec des navires ou des voiles conçues pour des vents célestes,
certains s'aventureront dans ce grand vide. »
Lettre de Kepler à Galilée, 1596.

1.

La neige tourbillonne devant mes phares tandis que mes pneus run-flat creusent deux profonds sillons dans le tapis poudreux qui couvre la route. Les engins de la voirie ne sont pas encore passés. Nous sommes mercredi 4 décembre. Il fait encore nuit.
Depuis que j'ai quitté le Langley Research Center de la NASA, à trois kilomètres de là – un abîme intersidéral ! –, j'ai l'impression d'être la seule survivante sur terre. Hampton, ma petite ville natale, est plongée dans l'obscurité, comme si nous étions en guerre. Les maisons, les bureaux, les boutiques... tout est éteint, désert. Les réverbères, trop rares, trop espacés, forment des flaques de lumière qui n'éclairent rien. Les panneaux routiers sur la North Armistead Avenue sont illisibles à moins d'avoir le nez dessus. À ma droite, il y a le supermarché Dollar General, à ma gauche des bois touffus, et droit devant le Anna's Pizza & Italian Restaurant – à en croire mon GPS. Pour ma part, je navigue en plein néant, avec une visibilité de trois mètres, et encore, quand j'ai de la chance ! Parfois, je ne sais même plus sur quelle voie je roule alors que les bourrasques de force 8 envoient en orbite canettes et détritus, arrachent les décorations de Noël de leur support.
Un père Noël, sur son traîneau, a décollé d'un toit et s'est écrasé sur le terre-plein central, les figurines

d'une crèche grandeur nature ont été projetées à l'autre bout du parking d'une église. Un Grinch gonflable s'est envolé, après que le vent a rompu ses amarres, et à l'instant, un drapeau américain, encore attaché à son mât, atterrit devant le capot de mon Silverado.

Poubelles, feuilles, guirlandes, toutes sortes d'objets incongrus virevoltent en tous sens, comme si je me dirigeais vers le pays d'Oz, emportée par une tornade blanche. Il aurait été plus judicieux de rester sur mon lieu de travail. Évidemment ! Dans mon métier, bon sens et raison sont des vertus cardinales. Je pourrais énumérer tous les comportements incohérents qui peuvent conduire à des catastrophes. Prendre la route en plein blizzard, quand on n'a pas dormi et qu'on est préoccupé – pour ne pas dire angoissé –, est un des principaux sur l'échelle du risque.

Mais je n'allais pas me terrer dans un bunker du LaRC ou de la base de l'US Air Force après une nuit aussi agitée, où l'on a atomisé une fusée au décollage et failli perdre une astronaute au cours d'une sortie extravéhiculaire. Et comme si ce n'était pas assez, j'ai été attaquée par des gens qui m'ont prise pour ma sœur jumelle – pour ne citer que quelques moments tendus de ces dernières vingt-quatre heures.

Si Neva Rong est derrière tout ça, les réjouissances ne font que commencer. Rien ne l'arrêtera dans sa conquête. Elle veut être la reine de l'espace, quel qu'en soit le prix. Autrement dit, je ne m'attends pas à passer des fêtes de fin d'année paisibles. D'ailleurs, il est bien possible que la paix soit à jamais perdue pour moi. Alors, ne serait-ce que pour quelques heures, j'ai envie de prendre un peu de distance avec mon travail.

J'ai hâte de rentrer chez moi, de retirer mes rangers, ma tenue de service, mon arme, de prendre une bonne douche. Et ensuite, d'aller me jucher sur mon tabouret préféré dans la cuisine de maman pour la regarder préparer un de ces plats succulents dont elle a le secret. C'est le moment où nous pouvons parler vraiment, sans personne alentour pour s'immiscer dans la conversation ou nous écouter (papa, par exemple). Je compte bien lui faire « cracher le morceau », comme on dit chez les Chase.

Mais d'abord, je veux passer au crible la maison avec un analyseur de spectre, explorer chaque pièce, tourner sur moi-même en brandissant mes antennes tel un chasseur de fantômes. Je veux être certaine qu'il n'y a pas de signal pirate, de systèmes d'écoute, rien qui puisse indiquer la présence malveillante de cyberespions.

Une fois que maman et moi serons seules et sereines dans notre bulle de silence, je la ferai parler de Carmé, ma sœur qui joue les filles de l'air. Je veux savoir si elle est impliquée dans la cyberattaque de ce matin à la NASA, et si elle est coupable d'autres délits, tels qu'entrave à l'exercice de la justice et homicide. Je veux des réponses : dans quel camp est-elle vraiment ? Est-elle venue chez nous ces derniers temps ? A-t-elle utilisé la voiture de papa ?

À supposer que mon clone biologique n'ait pas été tué ou capturé.

Mon Silverado fait soudain une embardée à cause d'une plaque de verglas et mes phares balaient les tourbillons de neige sur le bas-côté.

— Regarde la route, idiote !

Jamais je n'ai vu ce coin de la péninsule aussi désert. C'est la première fois qu'un shutdown et une tempête arctique nous tombent dessus en même temps. Tous les employés fédéraux non indispensables à la bonne marche du pays ont été placés en chômage technique (bien sûr, je ne fais pas partie du lot). Et pour couronner le tout, le gouverneur Dixon a déclaré l'état d'urgence, fait évacuer la côte, les zones inondables et fermer les routes.

Mais je ne suis pas une citoyenne lambda. Je suis responsable de la sécurité dans l'espace comme au sol. Tout en surveillant les communiqués des autorités sur mon téléphone, je m'efforce de ne pas quitter la route des yeux. J'ai allumé la radio, P!nk chante à tue-tête dans l'habitacle de mon pick-up, quand soudain la musique s'arrête.

Un appel entrant. Indicatif 703, celui de la CIA, leur service cybercriminalité. D'un coup, j'ai une décharge d'adrénaline.

— Capitaine Chase, j'écoute, réponds-je avec mon kit mains libres.

— Calli ? C'est Dick. (Je suis surprise.) Comment ça va par ce temps de chien ? Tu tiens le coup ?

La voix du général Richard Melville résonne tout autour de moi.

— Heureusement, avec ce froid, il n'y a pas trop de neige. Mais le vent et le verglas, c'est une autre histoire !

Ma voix n'est pas très chaleureuse – c'est volontaire –, et je ne réponds pas réellement à sa question. Je ne suis pas d'humeur causante, ni sensible à sa sollicitude qui n'est qu'un écran de fumée, voire de la pure fourberie. Ce dont j'ai besoin pour l'heure ce sont des faits – la vérité, pour une fois. Il ne m'a donné aucune explication depuis que ma sœur a disparu sur le toit du hangar à Langley, après s'être cachée dans le radôme.

Il y a cinq heures, elle s'est quasiment volatilisée sous mes yeux et ne semble pas avoir sauté dans le vide ni être tombée. Carmé n'est sans doute pas morte. On n'a pas retrouvé son corps en bas du bâtiment. Au moins Dick a consenti à me donner cette information quand nous nous trouvions au premier étage du 2101, joue contre joue dans la salle de contrôle, et qu'il me montrait les photos sur son téléphone...

Des empreintes de pas dans la neige...

Des traces menant au bord du toit...

Le sol blanc et immaculé trente mètres plus bas...

— Tu as des infos ? Du nouveau depuis qu'on s'est vus ?

Je pose la question sans me soucier s'il y a quelqu'un à côté de lui. Dick n'avait qu'à me prévenir qu'il n'était pas seul. J'insiste :

— Carmé a donné signe de vie ? Est-ce qu'elle a contacté quelqu'un, chez vous ou ailleurs ? On sait si elle va bien ? Si elle est en sécurité ? Et pourquoi tu m'appelles d'un numéro de la CIA ?

— Je veux te faire participer à une discussion en cours, répond-il de son ton tranquille et professionnel. Et je suis désolé de ne pouvoir t'en dire plus sur ta sœur pour le moment.

— Si elle n'est nulle part, c'est déjà une info, dis-je en espérant lui tirer les vers du nez.

Mais cela ne fonctionne pas. Comme toujours.

« Dick, c'est Fort Knox ! » a coutume de dire ma mère.

00 : 00 : 00 : 00

— J'ai une autre information à te donner, m'annonce-t-il. Elle est importante.

Les flocons tournoient autour de mon pick-up, comme si j'étais au fond d'une boule à neige.

En fait, Dick ne m'appelait pas pour me donner des nouvelles de ma sœur. Il ne veut pas parler d'elle, il va juste me laisser dans l'expectative, dans le doute, ce qui est affreusement injuste, presque aussi inhumain que le froid qui règne dehors. J'aimerais lui dire le fond de ma pensée, mais je n'en ai jamais trouvé la force. Et ce n'est pas aujourd'hui que ça va commencer.

Même si je le connais très bien, ce serait une mauvaise idée de manquer de respect à un général quatre étoiles, commandant en chef de la Space Force américaine. Pas si je veux avoir encore une chance de réaliser mon rêve.

— Nous commençons à avoir une meilleure visibilité des événements qui ont conduit à la destruction de la fusée cargo à H-0200. Au final, cette catastrophe est due à l'un de nos satellites qui a envoyé des instructions aberrantes.

— Notre propre technologie s'est retournée contre nous ? Ç'a toujours été ma plus grande crainte. Et je suppose que ce n'est pas un accident, que ça n'a rien à voir avec un quelconque dysfonctionnement.

— En aucune manière, pour des raisons évidentes que je t'expliquerai plus tard. Les responsables de cette attaque savaient que lorsque le compte à rebours approche de zéro, à la moindre instruction erronée, nous sommes contraints d'appuyer sur le bouton rouge.

— C'était peut-être bien le but recherché : que l'on fasse exploser notre propre lanceur. (Neva Rong est tout à fait capable d'un coup pareil, c'est sûr.) Et la version officielle ? Ce sera quoi ?

Mais avant que Dick n'ait le temps de me répondre, j'entends une autre voix familière résonner dans les haut-parleurs.

— Fais attention sur la route. À ce qu'il paraît, ça va bien tabasser à Hampton, lance Connor Lacrosse de sa voix débonnaire, sans accent. En ce qui concerne la presse, il n'y aura aucun communiqué officiel, ni de la NASA, ni de la Space Force ou de la Maison Blanche.

Nous ne nous sommes jamais rencontrés, et je ne sais pas grand-chose sur lui. Tout le monde l'appelle Conn, parce qu'il est originaire du Connecticut, dit-on. Personne n'en sait rien au fond. En bon agent de la CIA, Conn est un pro du mensonge et de la dissimulation. Nous appartenons tous les deux à l'Electronic Crimes Task Force.

— On n'entrera pas dans les détails, me prévient-il tandis que je lance le dégivrage et essuie la buée sur le pare-brise du revers de la manche. C'est l'hystérie dans les médias, comme tu peux l'imaginer. Ils y vont tous de leurs théories du complot et laissent entendre qu'un satellite espion était caché dans la soute.

Une sirène mugit au loin sur la ligne, je perçois aussi de l'agitation.

— Pour quelle destination exotique pars-tu en cette belle matinée ?

Inutile de faire comme si je n'avais rien entendu.

— Je suis coincé à Wallops Island, comme tout le monde depuis que la fusée a explosé.

Bien sûr, ce n'est pas vrai. Ni la NASA ni la police locale ne peuvent imposer quoi que ce soit à la CIA. Si Conn voulait s'en aller, il ne serait déjà plus là.

— C'est de la folie, ici. Plus une chambre libre ; que ce soit dans les B&B ou les hôtels. (Il décrit ce qu'on voit à la télé ou sur les caméras de surveillance.) Des milliers de visiteurs dorment dans leur voiture, emmitouflés dans des couvertures, dans des tentes ou des abris de fortune. Les restaurants et les magasins ont ouvert leurs portes pour accueillir les gens.

Il ajoute que je n'aurais aucune envie d'être enfermée avec lui sur cette île en ce moment. Encore une fois, j'ai l'impression qu'il me drague. Mais c'est difficile à dire puisque nos seuls échanges ont eu lieu au téléphone.

— Pour l'instant, voilà ce qu'on sait, intervient Dick en reprenant la communication. Un signal a été envoyé par un téléphone à cartes prépayées depuis le salon des VIP à H-0159 aujourd'hui, un appel à un numéro qui a peut-être déclenché la cyberattaque. Le satellite a alors envoyé de mauvaises instructions qui nous ont contraints à détruire la fusée. Un faux numéro, évidemment, précise-t-il.

— Un numéro désactivé dans l'heure qui a suivi l'explosion, commente Conn. Donc intraçable.

— Combien de personnes étaient dans le salon VIP au moment où ce coup de téléphone aurait endommagé l'un de nos satellites ?

Question purement rhétorique, car je sais qui était présent, en particulier une personne – probablement la seule à pouvoir déclencher un tel chaos.

— Trente-deux, répond Conn.

Et, oui, Neva Rong était là.

Invitée pour assister au lancement, elle était tranquillement assise quand la fusée s'est transformée en boule de feu, réduisant en cendres vivres, vêtements, matériels scientifiques, équipements, cadeaux de Noël – toute la cargaison destinée à l'équipage de l'ISS. Au même moment, le bras robotisé de la station spatiale était tombé en panne au cours de l'EVA, une sortie extravéhiculaire prévue de longue date, et la NASA avait perdu tout moyen de communication avec ses astronautes.

— Pour la grande majorité, c'étaient des scolaires avec leurs professeurs, poursuit Conn. Et aussi l'équipe de tournage pour cette émission qui me sort par les yeux : *L'Info de Mason Dixon*. Il y avait d'autres journalistes aussi.

— Comme je le dis toujours, reprend Dick, ce sont ces jeunes qui me donnent des sueurs froides la nuit. Ces ados qui n'ont aucune idée des conséquences. Pour qui c'est juste comme un jeu vidéo, jusqu'à ce que le ciel nous tombe réellement sur la tête et tue tout le monde.

— Le TOC d'où est parti l'appel se trouvait dans le sac à dos d'un lycéen de seconde, explique Conn. Et il n'a pas tenté de le cacher. C'est idiot. Pourquoi ne pas l'avoir dissimulé, ou jeté ?

— De toute évidence, quelqu'un voulait qu'on retrouve ce téléphone.

Et bien entendu, l'écolier n'y était pour rien.

Le coupable était Neva Rong, et impliquer un parfait innocent était diabolique. Faire ça à un enfant, c'était le mal incarné. À présent, je suis le bras sud-ouest de la Back River, et une autre rivière, de neige celle-là, recouvre l'asphalte, noyant fossés, rambardes et autres obstacles.

— Qu'est-ce qu'on sait sur ce gamin ?

Je me traîne à dix kilomètres à l'heure, ne sachant où commence et finit la chaussée.

— Il est du coin. Il vit à Hampton avec sa grand-mère. Ses parents sont morts. Pas de frères et sœurs. Il a dix ans.

Soudain, j'ai un mauvais pressentiment.

— Un de ces petits surdoués avec un QI hors norme, précise Dick. (Mon malaise augmente.) Il a sauté plusieurs classes, et ce n'est que le début. Certains ont connu ça.

Il fait allusion à Carmé et moi.

— Il était à Wallops avec d'autres lycéens ayant participé à la conception d'expériences scientifiques qui se trouvaient dans la soute de la fusée, explique Conn. Dans son cas, il s'agissait d'un nano-satellite, un CubeSat qui devait orbiter autour d'un engin spatial plus gros pour effectuer des inspections.

Évidemment, il s'agit de Lex.

Le gamin est stagiaire à Langley, dans le cadre d'un programme STEM (*Science, Technology, Engineering, and Mathematics*). Papa l'a pris sous son aile dernièrement, une vieille habitude qui lui a déjà causé bien des déboires.

— Ton père t'a peut-être parlé de ce gosse ? s'enquiert Conn, confirmant ainsi mes doutes. Lexell Anderson.

— Lexell avec deux « l » comme la comète, réponds-je avec fatalisme.

— Quelle comète ?

— Celle qui est passée le plus près de la Terre, et que l'on n'a plus revue depuis des siècles. Elle a totalement disparu et j'espère que ce ne sera pas le cas pour ce gamin. Parce que ce n'est pas un mauvais garçon. Lex est très doué, et il a eu une bourse pour un stage à la NASA cet automne. S'il était accusé de piratage informatique, ce serait un véritable gâchis pour son avenir.

— Les cybercriminels sont de plus en plus jeunes, rappelle Dick.

C'est une vérité première. Mais il a évidemment une autre bonne raison de considérer ce gosse de dix ans comme un ennemi d'État.

Lex paie pour les autres avant lui, pour tous ceux qui ont été sous la protection de mon père. Avec sa bonne âme, ce dernier ne voit jamais le mal chez autrui. Il aurait même une sorte d'affection particulière pour les génies égarés et les incompris.

— Et qu'est-ce que dit Lex ?

Je suis sur West Mercury Boulevard à présent. Je distingue presque le KFC et j'en ai l'eau à la bouche rien qu'en pensant à leur poulet frit avec sa sauce et son écrasée de pomme de terre.

— Comme tu l'imagines, me répond Conn, il prétend n'avoir jamais vu ce téléphone.

— Il était où exactement, ce TOC ?

Je passe devant l'armurerie Superior Pawn & Gun, avec sa grosse enseigne GUNS sur le toit. Les lettres jaunes sont éteintes et flottent comme un mirage dans les bourrasques.

— Dans la poche extérieure de son sac à dos.

— Là où n'importe qui aurait pu le glisser, dis-je.

Et d'un coup, la musique revient tonitruante dans l'habitacle.

Nous avons été coupés. S'ils ont encore des choses à me dire, ils me recontacteront. Si j'essaie de les rappeler, je tomberai sur une standardiste à la CIA qui ne saura pas (ou feindra de ne pas savoir) que j'étais en ligne avec Conn.

À ma grande surprise, j'aperçois de la lumière au Hop-In au loin. Un peu comme un phare dans la nuit. Les autres boutiques ont baissé le rideau à cause de l'ordre d'évacuation et de la tempête.

La supérette est déserte. Personne aux pompes à essence. La neige tourbillonne sous les lampadaires. Une Jeep Cherokee est garée sur le parking. L'employé n'est pas derrière sa caisse. Curieusement, il s'est installé sur une chaise pliante derrière la porte vitrée.

— Tu veux ma photo ? marmonné-je entre mes dents, sans bouger les lèvres.

Carmé et moi on a appris ça quand on était enfants. Parler comme des ventriloques.

2.

Un gars d'une cinquantaine d'années, je dirais, avec des cheveux gris, une jolie bedaine et des lunettes teintées en jaune. Il est emmitouflé dans une parka et regarde mes phares percer le blizzard.

Il y a un sac à ses pieds. Je remarque que le Cherokee est garé en marche arrière et qu'il n'y a aucune plaque minéralogique à l'avant. Autrement dit, je n'ai aucun moyen de lancer une recherche pour savoir à qui appartient ce véhicule.

Le pare-chocs avant du SUV est enfoncé sur le côté droit, et je n'aime pas ça. Jusqu'à aujourd'hui, je n'avais jamais vu cette Jeep ni cet employé. Je me suis pourtant souvent arrêtée dans cette supérette, à toute heure du jour ou de la nuit. Elle se trouve sur le chemin de la maison et il me manque toujours quelque chose : des gâteaux, du café… Et je me damnerais pour leurs cheeseburgers aux oignons ! Paradoxalement, le stress quotidien au travail m'a toujours ouvert l'appétit. Ce que je regrette !

Je rêve de hamburgers, de friands à la saucisse, et aussi des steaks grillés de maman, tout en observant les lumières du Hop-In dans mon rétroviseur. Le gars se lève de sa chaise, ouvre la porte, sort et allume une cigarette. Planté sous les bourrasques de neige, il examine mon pick-up avec sa barre de gyrophares et, sur les portières, le logo bleu des *NASA Protective Services* : une Terre et une Lune enrubannées d'étoiles.

« Les flics des fusées. » Beaucoup de gens nous surnomment ainsi. Ce qui n'est pas forcément un compliment, plutôt une façon de nous indiquer que nous ne construisons pas les vaisseaux spatiaux, que nous nous contentons de les protéger, faute d'avoir assez de QI pour ça. Encore un préjugé dont je me serais bien passée. Celui-là et celui du scientifique dans les nuages, trop distrait ou empoté pour retrouver sa voiture sur un parking. Mais comme dans tous les clichés, il y a un peu de vrai – un peu seulement.

Les agents spéciaux comme moi, les cyberninjas, doivent avoir un master. Et certains d'entre nous ont, comme moi, des doctorats et ont suivi des formations dans de multiples domaines, tels que la science, l'ingénierie, mais également la psychologie et les arts. Quand j'ai quitté l'armée de l'air, j'ai été recrutée par le LaRC, la plus ancienne des dix bases de la NASA du pays, pour diriger son service de lutte contre la cybercriminalité. Mais je suis également ingénieure en aérospatiale, spécialiste de mécanique quantique, pilote d'essai, et future astronaute – du moins je l'espère.

Du plus loin que je me souvienne, mon rêve a toujours été d'explorer de nouveaux mondes et, pour être plus précise, de préserver ces mondes comme notre planète Terre. Qu'il s'agisse d'un laboratoire en orbite, de la Lune ou de Mars, partout où vont les hommes, des problèmes surviennent. Dans leur lutte incessante pour les ressources, le pouvoir, ils voudront se tuer, voler, détruire et saboter. Et c'est justement ce qui s'est passé ce matin.

L'espace a été attaqué depuis le sol. Je suis la retransmission en temps réel des caméras de surveillance à Wallops Island, à cent soixante-dix kilomètres au sud de l'endroit où je me trouve en ce moment même. Nous sommes à + 05 : 01 : 51 : 1 depuis le décollage, et le compteur continue de tourner depuis que la fusée a explosé, personne n'ayant eu l'idée d'arrêter l'horloge dans la panique qui a suivi.

En regardant ces images, je comprends la nécessité de sécuriser la zone et de tenir au large les curieux. En revanche, je ne saisis toujours pas pourquoi le nettoyage ne pouvait pas attendre qu'il fasse jour.

Les îles ne sont pas sur le trajet direct de la tempête, et Wallops va être beaucoup moins touché que Tidewater. Sans compter qu'il doit faire un froid de canard au bord de l'océan Atlantique et que l'obscurité peut se révéler dangereuse. Visiblement, la NASA veut faire le ménage avant l'aube. Peut-être pour cacher des pièces ou des restes d'un satellite espion.

Ou alors, c'est l'impression qu'elle veut justement donner. Et ce ne serait pas la première fois qu'il y a des surprises dans une cargaison destinée à être mise en orbite. Propagande et leurre sont de vieilles habitudes. Tandis que je regarde sur mon écran de téléphone le pas de tir plongé dans un jeu mouvant d'ombres et de lumière, je me demande quels autres secrets Dick me cache encore...

Des équipes de nettoyeurs, avec leurs combinaisons orange et leurs masques à gaz, pataugent dans les flaques toxiques et les débris dans le grand trou où se dressait auparavant la tour de lancement...

Armés de pinces et de crochets articulés, ils ramassent, collectent. On dirait des voyageurs galactiques sur une planète hostile...

Des camions, dont les bennes sont dissimulées par des bâches, emportent des bouts de métal carbonisés et des carcasses de conteneurs en Nomex noirs de suie...

La vidéo est interrompue par un appel entrant. Cette fois, cela provient de la ligne fixe de la maison. Nous avons le même numéro depuis toujours, qui se termine par les quatre chiffres 1-9-9-1, notre année de naissance à Carmé et moi.

— Bonjour Calli, ici ta mère sur Space to Ground 1 ! annonce-t-elle avec son accent doux et mélodieux du Sud, comme si j'étais dans l'espace.

Avec malice, elle reprend mes paroles quand j'entre en contact avec les astronautes en EVA. En fait, c'est ce que j'étais censée leur dire hier si les communications avec l'ISS n'avaient pas été coupées.

— Comment ça va ? me demande-t-elle. Ce doit être l'apocalypse dehors ?

— J'avance doucement. Très doucement. J'espère être là dans vingt minutes. Tout va bien à la maison ? Toi et papa êtes à l'abri ?

— George, il faudra le lui demander. Moi, ça va. Je suis assise bien au chaud devant le feu, avec une tasse de thé à la cannelle. Je t'attends. Qu'est-ce qui te ferait plaisir de manger en rentrant ? Des gaufres ?

Donc, papa n'est pas à la maison...

La dernière fois que j'ai parlé avec mes parents, c'était il y a plusieurs heures, quand ils ont débarqué dans la salle de contrôle alors que je supervisais l'installation de notre appareil quantique top-secret après le sabotage de la station. Ils étaient ensuite rentrés à la ferme. Du moins, c'est ce que j'ai cru quand je les ai vus partir avec Dick. Visiblement, ce dernier a dû encore entraîner mon excentrique de père dans je ne sais quelle mission !

Mais je doute que ce soit pour traquer Carmé. Papa aurait refusé. À mon avis, il collabore avec cette équipe d'analystes du Secret Service que j'ai surprise dans le grand hangar de Langley. Et il devait être avec Dick quand j'ai reçu cet appel de la CIA tout à l'heure.

— Où es-tu ? Donne-moi un repère.

— J'arrive au Walgreens.

Je précise que je ne vois pas vraiment la pharmacie. À cause de la neige.

— Tu sais que Mason Dixon filme non-stop à Wallops depuis l'explosion ? (Voilà la raison de son appel !) Ils sont sur place, dans le salon VIP, et ils retransmettent tout ce qu'ils voient et entendent.

— Qui est avec lui ?

— Dis trois noms et retires-en. (Une façon de désigner Neva Rong.) Et le pire, c'est qu'elle parle de la mort de sa sœur, de son « soi-disant » suicide. Elle prétend que Vera Young était une personne d'intérêt pour la concurrence dans l'aérospatiale, en particulier pour les Chinois. Elle laisse carrément entendre qu'ils l'ont éliminée !

— C'était couru d'avance. Quand on est à court d'explications, il suffit de déclarer que c'est un coup des services secrets étrangers – et de préférence chinois.

— Alors qu'on connaît le vrai coupable ! s'exclame maman. En attendant, sois prudente au volant. Et n'oublie pas que je t'aime.

Elle raccroche.

00 : 00 : 00 : 00

Je passe devant nos endroits préférés, mais je les distingue à peine.

Le Century Lanes Bowling Center avec ses jeux d'arcade et ses écrans géants. Notre destination pour les grands moments, les samedis après-midi ou les anniversaires...

Le Plaza Roller Rink où ma sœur et moi étions de véritables diablotins sur nos patins, malgré les chutes, les genoux écorchés...

J'entends le cliquetis de la glace qui heurte mon pare-brise. Ça ressemble à une pluie de micrométéorites sur la coque d'un vaisseau spatial. Même si je ne suis jamais allée là-haut pour de vrai, juste un avant-goût, des essais au sol, des simulations, des expériences qui hantent et emplissent mes nuits.

Je tripote l'autoradio pour capter *L'info de Mason Dixon*
— Il faut vraiment que je m'impose ça ?
Il est en pleine interview de sa nouvelle coqueluche en aérospatial.
— ... Dr Rong est la P-DG de Pandora Space Systems, un poids lourd dans ce domaine, annonce Mason sur les ondes. Et pour ceux qui nous rejoignent à l'instant, nous sommes en Virginie, sur la côte Est, plus exactement à Wallops Island, sur la base de lancement de la NASA, le Mid-Atlantic Regional Spaceport. Nous émettons donc de MARS !
— La NASA et ses sigles, lâche Neva Rong, envahissant mon habitacle de sa voix sinistre.
— Ils ont même des acronymes pour leurs acronymes ! lance Mason avec son petit claquement de langue badin. Et vous, docteur Rong ? Je suis sûr que chez vous aussi il y a des perles !
— Oh oui ! On a de quoi remplir un livre !
— Citez-nous l'un de vos préférés.
— TIR, par exemple, répond-elle après un petit silence.
— TIR ?
— Oui, pour « Truc Inutile à Renvoyer » ; ce qui s'applique à un tas de choses, Mason. Et à beaucoup de gens, malheureusement. TIR, et son gimmick : « TIR-toi ! » Je suis bien placée pour le savoir puisque je dirige une société comptant plus de dix mille employés, et dix fois plus de sous-traitants, de chercheurs et de stagiaires aux quatre coins du monde.
— En parlant de *tir*... celui-ci était un fiasco. Ce ne doit pas être facile de faire sauter sa propre fusée, n'est-ce pas ? À l'évidence, il y a eu un sacré bug ! On m'a indiqué que leur perte s'élève à deux cents millions.
Du Mason Dixon tout craché ! Toujours des « on » – il ne donne jamais ses sources. J'arrive enfin dans le quartier de Bloxoms Corner.

De l'autre côté de la rue, il y a la jardinerie avec son chapiteau où les habitués laissent des avis et autres annonces. Bien sûr, avec cette soupe de flocons, je ne vois rien de tout cela.

— ... Tout dépend de ce qu'il y avait dans la soute, poursuit Neva Rong avec une pointe d'accent anglais (sans doute un reliquat de son passage à Cambridge). Cela pourrait être bien davantage. Ils ne risquent pas de nous révéler qu'ils ont perdu dans l'explosion un engin à plusieurs milliards de dollars ou un satellite espion.

— C'est justement la rumeur qui court. Quoi que ce soit, il ne doit pas en rester grand-chose aujourd'hui. Ça ressemblait à un énorme cocktail Molotov ! renchérit Mason de sa voix de crooner.

Il doit regarder la caméra avec ses « yeux bleus de bébé », comme ils disent dans les médias. Il répète qu'une fée s'est penchée sur son berceau – au fond, quand on songe à tous les cadeaux que la nature lui a faits, c'est peut-être vrai ! Son physique, par exemple. Et son succès insolent. Et il n'a que vingt-huit ans, comme moi !

Pendant que je vis dans une grange chez mes parents, avec un salaire de misère, lui a une Audi R8, un agent à Hollywood et un magnifique appartement-terrasse. Les *fake news* et le narcissisme paient donc bien, sans parler du fait d'être le neveu du gouverneur. Willard Dixon joue au golf avec le Président... voilà comment Mason trouve ses infos et ses scoops !

— ... Dans cinquante mètres, tournez à droite, prévient le GPS.

La neige tombe si dru que je distingue à peine le panneau Welcome to Fox Hill juste devant moi. Je ralentis à l'intersection de Beach et Hall Road quand, d'un coup, le moteur s'arrête.

— Mer... de mer... !

Je me retrouve immobilisée au milieu de la route, avec la neige qui tourbillonne autour de mon Silverado.

Puis, soudain, pour une raison tout aussi mystérieuse, le moteur redémarre.

— C'est quoi ce bazar... ?

Les portes se verrouillent, le chauffage et le dégivrage reprennent vie. La radio est mise sur silence et la carte satellite s'affiche de nouveau sur mon tableau de bord. Le GPS m'annonce que l'itinéraire est calculé et que je peux prendre la route. L'écran indique une nouvelle destination, une adresse que je n'ai jamais entrée dans cet appareil, et où je ne suis pas allée depuis des lustres.

Mon pick-up a été piraté, et le système de navigation est piloté à distance. Mais rien ne m'oblige à suivre ce trajet mis en surbrillance. Et pourtant, je vais le faire. Parce que cette succession de segments brisés sur l'écran est une ligne de survie qui me conduit à ma sœur – tels ces signaux qu'on s'envoyait avec un miroir quand on était gosses. Cette fois, Carmé se sert de transmetteurs radio et d'antennes – rien de détectable.

Il est possible aussi que ce message vienne de quelqu'un d'autre, et qu'il s'agisse d'un piège. Mes années d'entraînement, comme mon instinct, m'ordonnent de retourner à la base, d'appeler quelqu'un pour avoir de l'aide – ma mère, Fran, Dick...

Pourtant, rien ne va m'empêcher de suivre cette route, et de me laisser guider par cette voix féminine qui me fait obliquer au sud, vers la baie de Chesapeake, par Old Buckroe Road, un chemin que ma sœur et moi connaissons bien.

Sur ma droite, le stade de football n'est plus qu'un rectangle blanc semblable à une carte de Noël géante. Pas un gamin sur sa luge, pas un quidam promenant son chien pour salir ce tapis immaculé. Personne ne met le nez dehors par un temps pareil. J'accélère ; une nouvelle urgence me prend. Je dépasse le Buckroe Bait & Tackle & Seafood, un nom bien compliqué pour l'une de nos poissonneries préférées. L'enseigne OUVERT est éteinte derrière la vitrine, et le gigantesque poisson blanc peint sur le mur de brique est quasiment invisible dans le blizzard.

Il ne se passe rien au Brass Lantern où Carmé était une furie au karaoké et moi une tueuse aux fléchettes. Toutes les boutiques sont closes et plongées dans les ténèbres.

J'ai l'esprit « piraté » par une horde de pensées. Je ne vois pas d'autres façons de décrire ce qui se passe dans ma tête tandis que je suis l'itinéraire en direction de notre vieux repaire sur le front de mer. Et plus je m'approche, plus les souvenirs me reviennent en mémoire...

Le bureau avec son climatiseur antédiluvien qui embue la vitre...

Le comptoir rose bonbon avec sa caisse enregistreuse...

La machine à glaçons, le grand cendrier rouillé, le banc peint en bleu où Mme Skidmore venait fumer, tout en surveillant ce que nous faisions.

Elle était toujours dans les parages quand nous nagions dans la piscine, ou faisions griller des hot-dogs et des marshmallows sur l'aire de pique-nique avec ses tables et ses barbecues, ou encore quand nous jouions sur la petite plage brune qui disparaissait à marée haute. Les parents ne s'inquiétaient pas trop lorsque leurs ados louaient une chambre pour la journée avec leurs amis du lycée. C'était comme jouer dans une cabane.

Jamais rien de déplacé ne s'y passait. Pas de câlineries cachées avec un dernier béguin, pas d'alcool ni de cigarettes. Rien n'échappait à l'œil de faucon de Mme Skidmore quand elle était en maraude. Et puis maman pouvait débarquer à tout moment avec des scones du Bojangles', des hamburgers du Hardee's ou des beignets Krispy Kreme.

— Vous êtes arrivée, m'annonce le GPS.

Le Point Comfort Inn est désert et plongé dans l'obscurité. Personne ne semble l'avoir occupé récemment. Il y a de la neige et de la glace partout.

Comme son nom l'indique, le motel est au bout de la pointe. C'est une construction des années 1950 tout en longueur, peinte en blanc avec des encadrements de portes et de fenêtres roses, une réception et onze chambres alignées comme autant de cellules. Les prix sont bon marché, et, comme on dit, on en a pour son argent. En d'autres termes, ce n'est pas le grand luxe, du moins du temps où Carmé et moi étions des habituées.

La maintenance était assurée par la boîte à outils de la propriétaire (Mme Skidmore), la sécurité par son arme (un .357 Magnum) qu'elle savait manier avec l'adresse d'une Annie Oakley. Concernant le ménage, il était effectué par les gamins du coin pendant les vacances d'été ; une tâche qu'ils accomplissaient sans zèle ni fierté. Quant au service de laverie, il se résumait à une cuve extérieure dotée d'un morceau de savon.

Aucun autre équipement. Bien sûr, pas de restaurant ni de boutique de souvenirs. Juste des distributeurs de boissons et de snacks et, dehors, une cabine téléphonique à côté d'une lampe tue-mouches. Rien n'a changé, ou pas grand-chose, hormis l'usure due au temps et aux intempéries océaniques.

La machine à glace antédiluvienne est toujours là, un pachyderme blanc surmonté du mot ICE en grandes lettres décorées de givre. Malgré sa taille imposante, je la distingue à peine lorsque j'entre sur le parking. Mais elle est bien là, juste à gauche de la réception.

3.

L'auvent qui borde toute la longueur du Point Comfort Inn claque comme une voile de bateau ; la toile est en piteux état, d'un bleu délavé. Des planches de contreplaqué occultent les fenêtres. L'établissement a été fermé pour l'hiver.

Mais, à en juger par les nombreuses traces de pneus sur la neige, quelqu'un est venu récemment. Par réflexe, je détache la languette de mon étui de pistolet. Au moment où je sors mon Glock, des phares surgissent derrière moi. Un SUV, énorme, s'engouffre sur le parking, tel un requin fondant sur sa proie.

— Oh non...

Je n'en reviens pas ! Que cela m'arrive, à moi !

J'écrase le frein, engage la position Parking et me couche sur le siège. Je pourrais appeler les renforts par radio mais ils arriveraient trop tard. Je suis coincée entre le motel et le SUV – à moins d'avoir un Silverado volant pour décoller vers le ciel ! J'ai baissé la garde et me voilà maintenant piégée sans plan de secours. Mon pistolet à la main, je rampe sur la console centrale pour atteindre le siège passager.

J'entrouvre la portière, me glisse à l'extérieur quand *Bang ! Bang !* – deux coups de feu, suivis du cliquetis des douilles tombant au sol. Puis le silence. Rien d'autre que le vent qui souffle, la neige qui cingle mes joues.

Je me suis accroupie derrière la roue droite de mon pick-up. J'écoute. J'observe. Je guette le moindre bruit, le moindre mouvement.

Mon cœur tambourine dans ma poitrine, je tiens mon arme à bout de bras, doigt sur la détente, prête à tirer, deux balles plein torse...

— Sisto ?

La voix familière, assourdie par le vent, me parvient à 2 heures.

Je ne bouge pas.

— Sisto, c'est moi !

La voix se rapproche. Ma sœur m'appelait comme ça quand j'étais enfant ; un surnom que presque personne ne connaît.

Je continue de brandir mon arme. Je suis en apnée.

— Calli, c'est Carmé, ta meilleure moitié ! Qui d'autre te dirait ça ?

Une pointe d'accent de Virginie dans la voix d'alto, comme moi.

Je ne réponds pas. Je ne me fie à rien ni personne. On peut imiter n'importe quoi. Tant de leurres sont possibles avec l'informatique. Je suis bien placée pour le savoir.

— Calli ?

L'appel provient cette fois de l'arrière de mon véhicule.

— Stop ! Plus un geste !

— D'accord, d'accord ! Je ne bouge plus. Je pose mon arme et je me montre. Ça te va, Sisto ?

De ma manche, j'essuie les flocons qui s'accrochent à mes cils et me bouchent la vue. Je cligne des yeux pour tenter de percer les tourbillons blancs ; le sang pulse dans mes tempes.

— Qu'est-ce qui s'est passé ? Qui a été touché ?

— Le type qui t'a collé aux fesses. Lève-toi lentement, ordonne-t-elle. (Au son, je sais qu'elle n'a pas bougé.) Pour l'amour du ciel ne me tire pas dessus ! Maman ne va pas apprécier. Et papa a assez de problèmes comme ça...

— C'est bon, c'est bon ! (Je hausse le ton pour couvrir le bruit du vent et des moteurs.) Je sors doucement. Là, je baisse mon pistolet...

Je me redresse, tout en me demandant si je ne vis pas les derniers instants de mon existence.

D'abord éblouie par les phares, j'ai du mal à la voir. Puis je l'aperçois dans les bourrasques, à trois mètres de moi. Elle se tient à côté de la portière gauche du SUV qui m'a coincée. C'est un Yukon GMC gris métallisé, en version Denali. J'ignore qui était le conducteur, mais il est mort, tué par ma sœur. Elle m'observe, aussi immobile qu'une statue – une silhouette improbable vêtue d'une combinaison moulante d'un noir de jais, complétée par de fines bottines et des gants.

Elle a à la main son Bond Arms .9 mm bullpup, équipé de son silencieux, et un fusil d'assaut en bandoulière, un modèle militaire. En m'approchant, je constate que le plafonnier du Yukon a été déconnecté, comme le font les flics, les criminels, et tous ceux qui ne veulent pas être une cible trop facile.

J'espère que Carmé n'a pas tué la mauvaise personne – par exemple un agent infiltré, un membre des services secrets, un espion qui m'a pris pour ma sœur jumelle, un hors-la-loi en cavale. La plupart des gens nous confondent, Carmé et moi, même les membres de notre famille ou des proches. Je pourrais tout à fait être tuée ou kidnappée par quelqu'un pensant que Carmé et moi avons échangé nos places.

Selon toute vraisemblance, c'est ce qui s'est passé avec ce type. Et ce sera tout le temps comme ça ?

— Tu sais de qui il s'agit ?

Carmé paraît insensible au froid, alors que moi je tremble de la tête aux pieds.

— Peu importe qui c'est, répond-elle tout en scrutant les alentours. Mais on sait ce qu'il est : un executor.

(C'est le surnom qu'elle donne à ces soldats pilotés à distance, qui ignorent tout de ceux qui les dirigent.) Un petit cadeau de l'adversaire.

— Pour quoi ?

— Pour avoir ruiné son petit plan ce matin. Elle l'a mauvaise. (Carmé parle évidemment de Neva Rong.) Tu as trouvé le moyen de rétablir les communications avec nos astronautes avant qu'il ne soit trop tard. Même moi, j'ai été impressionnée.

Drôle de moment pour me faire un compliment.

— Et ce cadeau m'était destiné ? Vraiment ? Il n'y a pas erreur sur la personne ?

Je range mon Glock, sors ma lampe de poche.

— Non, ce n'est pas moi qu'on visait, insiste Carmé.

— Comment tu peux en être aussi sûre ?

J'éclaire la grosse main qui pend par la portière ouverte.

— Il ignorait que j'étais là. En revanche, il savait très bien où tu allais. Et si c'était son jour de chance, il aurait pu nous éliminer toutes les deux.

Dans le faisceau, des bagues en argent luisent aux doigts du mort. Du sang fumant ruisselle du siège jusqu'au sol. Les gouttes cristallisent aussitôt dans la neige.

— Avoir son nom serait utile, dis-je en me penchant pour examiner les bagues.

Un crâne ailé avec des yeux en rubis...

Un serpent...

Une alliance d'inspiration gothique...

Carmé se penche dans l'habitacle et observe l'homme qu'elle a tué.

— Non, je ne le connais pas, déclare-t-elle. Voyons s'il a des papiers.

Elle fouille les poches – ses mains gantées de noir ressemblent à des anguilles – et trouve un portefeuille. À l'intérieur, il y a un permis de conduire auquel elle jette un rapide coup d'œil avant de remettre le tout à sa place. Puis elle se redresse et s'écarte du Yukon Denali avec nonchalance, comme si elle tuait tous les jours des gens.

— C'est un permis du Texas. Hank Cougars, trente-sept ans, annonce Carmé. Évidemment ce n'est pas le nom de notre type. Les plaques ont été volées dans un parking longue durée à l'aéroport de Richmond. Pendant qu'un pauvre gars est en voyage et ne se doute de rien.

D'où tient-elle toutes ces infos ?

— Comment a-t-il pu savoir que je venais ici, au milieu de nulle part ? Et il n'y a personne sur les routes. Ça ne peut être un hasard.

Du coude, j'ouvre en grand la portière.

— Non, ce n'est pas un hasard, confirme-t-elle tandis que je pense à mon matériel d'investigation rangé dans mon coffre.

Il y a tout ce qu'il me faut : combinaison en Tyvek, masques, surchaussures, gants en nitrile, et autre équipement.

Mais je sais déjà que je ne m'en servirai pas, parce que je n'ai aucune raison de préserver les preuves et indices de cette scène de crime. Une première pour moi ! J'enfile mes gants en cuir. Ils me seront d'une piètre aide par ce froid, mais c'est mieux que rien.

00 : 00 : 00 : 00

Avec ma lampe, j'explore l'habitacle du Yukon, en veillant à ne pas toucher le cadavre effondré sur le siège.

Les deux points d'entrée sont pile au milieu du front, deux cercles parfaits. L'angle idéal. Deux petits trous quasiment sur une ligne horizontale, très proches, pour causer une mort instantanée ; les fameux « Yeux de serpent » de ma sœur.

Un « super coup de malchance », comme elle s'amuse à le dire. Et j'en ai vu mon lot quand nous étions sur le stand de tir avec nos pistolets. Elle visait toujours la tête des silhouettes humaines alors que moi je préférais les tirs au torse, plus sûrs, quitte à ajouter un *head shot* en fin de série pour ne pas être en reste.

À en juger par la quantité de sang, les débris d'os et de cerveau, il est assez facile de reconstituer ce qui s'est passé quand le tueur m'a coincé et a ouvert sa portière. La détonation des balles à haute vélocité aurait dû me rendre sourde si le pistolet de Carmé n'avait pas été équipé d'un silencieux.

Il n'a pas eu le temps de comprendre ce qui lui arrivait. Ç'a été le *black-out* immédiat lorsque les deux balles sont entrées et lui ont explosé l'arrière du crâne. L'impact l'a projeté sur le siège. Le corps a glissé le long du dossier, laissant une trace écarlate sur le cuir gris, et s'est immobilisé, le bras pendant à la portière.

Son visage ne me dit rien. Je n'ai jamais vu ce type. La peau claire, une grosse barbe, une guerrière ailée tatouée dans le cou. Il porte un jean, une chemise à carreaux, un gilet matelassé, comme quasiment tous les gars du coin. Mais ce n'est pas un natif et ce n'est pas pour cela qu'il connaissait si bien son chemin sur ces petites routes de Hampton.

Une tablette fixée sur la console affiche une carte indiquant tous mes déplacements depuis que j'ai quitté Fort Monroe, hier soir, après avoir passé au crible l'appartement où Vera Young est morte. Pendant que mon Silverado était garé dans la rue, ce type ou un autre y a placé un mouchard GPS.

— Neva Rong est sans doute passée voir Vera hier, dis-je à Carmé en éclairant un sac ouvert glissé sous le siège passager.

— C'est exact.

À son ton, je comprends qu'elle était là ou qu'elle observait à distance.

— Neva a débarqué à l'improviste, et peu de temps après, sa sœur était morte.

Sous la lumière, je reconnais des chargeurs grande capacité, avec des balles full metal jacket. Au premier regard, on dirait des munitions de guerre calibre .223. Certaines sont pourvues d'une pointe plastique bleue, généralement utilisée pour la chasse au nuisible, d'autres pas. À l'évidence l'objectif n'était pas de capturer mais d'éliminer.

— Il ne faudrait pas que quelqu'un rapplique maintenant.

J'essaie de garder mon sang-froid.

J'allume la console multimédia pour voir quelle adresse est entrée dans le GPS, et la voix de Neva Rong retentit dans la radio. Comme un fantôme qu'on aurait convoqué.

— ... absolument, il est difficile d'avoir confiance en un prestataire qui connaît des incidents à répétition, et pire, qui est vulnérable aux cyberattaques...

Apparemment, le tueur écoutait *L'Info de Mason Dixon*, comme moi un peu plus tôt.

— Ben voyons ! (J'ouvre la portière derrière le siège passager.) Alors que c'est elle qui est derrière tout ça !

Je découvre des mallettes de transport d'armes à feu, des sacs. Il y a là un fusil à pompe – un Mossberg 590A1 –, des boîtes de cartouches calibre 12, un gilet pare-balles, des serviettes, une casquette de baseball décorée d'un colvert et plusieurs téléphones à cartes prépayées (des TOC, comme on dit chez nous).

— Je déteste jouer les oiseaux de mauvais augure, Sisto, mais cette femme ne nous porte pas dans son cœur, commente Carmé en coupant le contact.

Neva Rong se tait. Carmé récupère la clé.

— Il nous faut des preuves, dis-je en me dirigeant à l'arrière du gros SUV. La preuve qu'elle a tué sa sœur, et qu'elle a tenté de m'éliminer, et peut-être toi aussi. La preuve qu'elle est derrière tous les sabotages.

— À quoi bon ? Elle est intouchable.

Carmé n'a pas tort. La justice ne peut rien contre elle. Sinon, elle serait sous les verrous depuis longtemps.

Carmé soulève le capot, débranche la batterie pour être sûre que le Yukon ne puisse être démarré ou espionné à distance. Pendant ce temps, j'ouvre le hayon, et fais un inventaire mental des objets qui s'y trouvent. Un coupe-branches, un sécateur, une scie à métaux. Un rouleau de ruban d'adhésif waterproof. Des sacs-poubelles haute résistance.

Il y a aussi des seaux de plastique remplis de mortier, avec un anneau scellé au centre. Et une chaîne de mouillage galvanisée. Elle doit bien faire dix mètres de longueur. Tout ce qu'il faut pour se débarrasser d'objets encombrants à l'aide d'ancres de fortune !

Et dans le coin, avec toutes ces rivières et ces bras de mer qui rejoignent l'océan, ce n'est pas l'eau qui manque. Il n'y a pas meilleure cachette.

— Ce gars était un équarrisseur, conclus-je. Avec son abattoir mobile !

— Oui, c'est l'idée.

Avec sa combinaison noire qui lui couvre tout le corps, telle une seconde peau, elle ressemble à une super-héroïne de comics, armée de son pistolet et de son fusil d'assaut.

— À l'évidence, j'étais bonne pour nourrir les poissons. Et toi aussi peut-être.

— Heureusement, j'ai eu les alertes.

Cela reste plutôt laconique comme explication. Je suppose que mon double militaire a dû capter des signaux sur un analyseur de spectre.

Ou qu'elle a piraté un système. Ou qu'on lui a donné des renseignements. Je revois l'employé du Hop-In derrière sa porte. Je songe à Dick m'appelant sur une ligne de la CIA, à ma mère qui voulait savoir où je me trouvais exactement. J'ignore comment, mais Carmé a obtenu les infos nécessaires. Quand elle a compris que quelqu'un me suivait et qu'on venait dans sa direction, elle s'est préparée à régler le problème.

Le meilleur endroit pour se cacher, c'était la machine à glace, près du banc de Mme Skidmore. J'imagine ma sœur tapie derrière l'appareil, pendant que je m'engageais sur le parking, prête à passer à l'action au moment où le Yukon Denali a surgi juste derrière moi.

— Rends-toi utile, me lance-t-elle en me tendant le fusil qui a failli me tuer. Je ne l'ai pas encore déchargé, précise-t-elle, alors que je touche l'arme avec mes gants contaminés. Je ne connais pas bien ce genre de modèle mais je suis sûre que tu vas t'en sortir.

Une arme légère ; moins de cinq kilos chargée, pas plus. Elle est équipée d'un silencieux, d'une lunette tactique, et d'un lance-grenades sous le canon. Un modèle hors norme, même dans ce coin de Virginie où dans toutes les maisons les gosses vivent au milieu d'un arsenal de fusils, de couteaux et autres engins de persuasion.

J'éjecte le chargeur incurvé en polymère noir contenant ses trente cartouches et actionne la culasse pour faire sortir la grosse balle blindée engagée dans la chambre.

— Je ne sais pas trop ce que c'est comme munition, dis-je en sortant mon portefeuille. Il y a les mêmes sous le siège. Certaines ont des pointes balistiques en plastique, d'autres pas.

Dans mon portefeuille, j'ai mon fidèle magnet de la NASA. Je ne m'en sépare jamais. Bien sûr, ce n'est pas toujours le même parce que j'ai tendance à les distribuer en souvenirs quand je ne les perds pas tout simplement. Heureusement, il y en a tout un stock à la boutique de Langley.

N'importe quel aimant ferait l'affaire. Lorsque j'approche le magnet de la balle, je sens une force d'attraction à travers la fine chemise en cuivre. Dessous, la balle est en acier, pas en plomb. L'intention était claire : me tuer alors que j'étais encore dans mon véhicule.

— C'est une balle perforante, annoncé-je à Carmé.

J'inspecte l'arme peinte d'un noir mat, à la recherche d'un sigle, d'un poinçon, susceptible de me révéler son origine. Mais je ne trouve rien. Puis je commence à chercher les deux douilles tombées au sol quand Carmé a tiré avec son pistolet. Elles sont faciles à trouver, avec leur lustre rose sur le blanc de la neige. Il y en a une de part et d'autre de la machine à glaçons.

Des Winchester +P+, la munition préférée de ma sœur.

— Je vais m'en occuper, me prévient-elle.

— Il ne faut pas que quelqu'un les retrouve, réponds-je.

Je ramasse les douilles, sans prendre aucune des précautions d'usage, ni même une photo.

Et je continue ainsi, petit à petit, à détruire la scène de crime, en violant la loi et toutes les procédures.

4.

— Tu as tout récupéré ? demandé-je en marchant vers elle. Hormis bien sûr ce monstre au milieu du parking !

Et je ne parle pas que du Yukon Denali.

— T'inquiète, répond Carmé en refermant les portières. Personne ne saura qu'on était là.

— On a touché aux indices et laissé plein de traces ! dis-je en glissant les douilles dans ma poche.

— Tout va bien.

— Sauf que c'est une entrave délibérée à l'exercice de la justice !

— Aucune importance.

Elle pointe la télécommande et ferme à distance le SUV avec le cadavre à l'intérieur.

— Aucune importance ? Notre ADN est sur toute la scène de crime ! (Tel un sinistre augure, je me souviens brusquement que j'ai le fusil d'assaut entre les mains.) Et on a partout sur nous l'ADN de ce type, et Dieu sait quoi encore !

— C'est le cadet de nos soucis, Sisto, réplique-t-elle en calant sa main sur sa hanche, le pistolet pointé vers le bas.

Nous sommes face à face, l'une éclairée par les phares de mon Silverado, l'autre dans l'ombre.

— Calli, si tu veux laisser tomber et rentrer à la maison, c'est le moment. Vraiment, ajoute-t-elle avec une pointe de sarcasme. Tu n'es pas obligée de continuer. Tu peux encore quitter ce programme de folie.

Elle me disait toujours ce genre de choses quand nous tirions des feux d'artifice interdits ou que nous voulions essayer nos capes de super-héros sur la tyrolienne entre la grange et le ponton. Sans compter nos expéditions dans des endroits effrayants, comme le cimetière des chiens du Fort Monroe, ou encore la cave de notre ferme, vestige de l'*Underground Railroad,* ces tunnels du XIXe siècle qui permettaient aux esclaves noirs de franchir la ligne Mason-Dixon pour gagner le Nord et la liberté.

Chaque fois que je n'en pouvais plus de Carmé et de ses excès, elle m'offrait une échappatoire. Ce n'était pas grave si j'étais une poule mouillée, m'expliquait-elle alors, et parfois elle battait des bras au cas où je n'avais pas reçu le message cinq sur cinq.

— Continuer quoi ? Quel programme ?

Je me plante devant elle, les yeux vrillés dans les siens.

— Quel programme ? répète-t-elle comme si elle n'en revenait pas que je lui pose la question. Celui qui a commencé depuis le jour de notre naissance ! Mais tu es tellement naïve que tu n'as rien vu. Une vraie Pollyanna[1] ! En particulier avec lui.

— C'est faux !

La neige me brouille la vue, j'ai les lèvres congelées.

— Tu cherches bien trop à lui plaire, comme toujours.

Et elle ne parle pas de notre père.

— Pas du tout !

— Le problème c'est que tu lui obéis au doigt et à l'œil. Dick, ton grand mentor ! Jamais tu n'oses lui tenir tête. Ni à lui, ni aux autres d'ailleurs. C'est comme ça que tu te retrouves dans la panade. Et nous, derrière, on doit gérer.

---

1. *Pollyanna* est un roman pour la jeunesse d'Eleanor H. Porter. Son héroïne, Pollyanna, est une jeune orpheline candide, qui s'efforce de toujours voir le bon côté des choses.

— Toi, gérer ? Le seul problème que j'ai dans ma vie, c'est toi !

Les mots sortent malgré moi. Elle s'éloigne, agacée. Le froid s'abat d'un coup sur nous.

Elle ne me dit pas qu'elle est blessée. Jamais elle ne m'a montré ce qu'elle ressentait. Elle ouvre la portière de mon Silverado, coupe le moteur, éteint les phares.

— Ça peut ne plus être ton problème, Sisto. Je t'offre une porte de sortie, un moyen d'oublier tout ça une fois pour toutes. Et tu pourras te dire qu'il ne s'est rien passé.

— N'importe quoi ! Cela ne tient pas debout !

Voilà que je m'énerve à nouveau. Fébrilement, je regarde autour de moi.

Je m'attends à voir débarquer sur le parking un escadron toutes sirènes hurlantes. En l'espace d'une seconde, je vais me retrouver encore plaquée au sol, le visage dans la neige, et des mains vont me fouiller sans ménagement. Je ne veux pas revivre cette humiliation !

— C'est fou ce que tu as pu endurer ou occulter !

Tout est tranquille alentour. Aucun signe d'une horde armée venant nous attraper. Juste le vent mordant qui secoue les buissons tels des pompons, agite les arbres nus. J'ai les oreilles congelées, mes doigts engourdis sont toujours arrimés à l'arme du tueur et à ma lampe.

Pendant ce temps, ma sœur se déplace avec aisance et souplesse dans sa combinaison moulante qui semble non seulement la tenir au chaud mais lui assurer un grip surnaturel sur ce sol glissant.

— Il n'est pas trop tard pour renoncer, poursuit-elle en passant de l'autre côté de mon SUV. Ce merdier, ça ne faisait pas partie du plan. (D'un coup de pied, elle referme la portière par laquelle je me suis extirpée de l'habitacle tout à l'heure.) Comme tu le sais, tu as failli être transformée en passoire comme Bonnie et Clyde !

Carmé m'annonce que le fusil d'assaut que j'ai dans les mains est un QBZ-95, capable de tirer six cent cinquante balles à la minute, chargé avec des cartouches militaires de 5,8 mm. Fabrication chinoise. Comment peut-elle savoir tout ça d'un coup d'œil alors qu'il n'y a aucune inscription sur l'arme ?

— Je ne sais pas qui est ce type, mais il n'était pas dans le camp des gentils, conclut Carmé en verrouillant mon Silverado avec la télécommande. (Le véhicule nous répond par son petit bip habituel. Tout paraît toujours si normal avec les machines !) Je suis désolée de ce qui t'est arrivé alors que tu venais ici. Mais ce n'est pas le plus urgent. On s'en occupera plus tard.

— Plus tard ? (Encore une fois, je suis sur le point de perdre mon sang-froid.) Tu viens de tuer quelqu'un sous mes yeux !

— Techniquement, non. Tu te cachais derrière ta voiture...

— Je ne me cachais pas. Je me mettais à couvert.

— Peu importe. En tout cas, tu ne m'as pas vraiment vu tirer sur ce type.

— Mais tu l'as fait. Il n'y avait personne d'autre.

— Personne, sauf toi, lance-t-elle en se dirigeant vers les chambres du motel.

Je la suis.

— Carmé, arrête ce petit jeu !

— T'inquiète, je ne vais pas te dénoncer, Sisto ! (Je remarque que ses semelles ne laissent aucune empreinte identifiable. On dirait qu'elle porte des chaussons de plongée.) Mais c'était une mauvaise idée de récupérer ces douilles, je te l'ai dit. J'ai essayé de te mettre en garde.

Elle n'en dit pas plus. De toute façon, quoi que je fasse ou pas, je suis aussi suspecte qu'elle. Parce que nous sommes « les jumelles de Langley ». Deux pour le prix d'une !

— Tu ne peux pas laisser un cadavre sur le parking. (J'essaie de garder mon calme.) Tu veux qu'on passe le reste de notre vie en prison ?

Elle s'arrête, se retourne, l'auvent au-dessus de sa tête claque au vent. Elle tire sa capuche, secoue ses cheveux, ôte ses gants. Elle ressemble à un fantôme, irréel. Je distingue à peine ses traits et ses yeux dans la pénombre, mais je sais que son visage est identique au mien.

00 : 00 : 00 : 00

— Choisis. C'est maintenant ou jamais, déclare-t-elle en me tendant la clé de mon SUV.

Je ne bouge pas.

— Comme je te l'ai dit, ce qui s'est passé n'est pas ton problème, ajoute-t-elle, nos nez se touchant presque, son souffle se mêlant au mien. Tu n'es pas obligée de continuer la partie. Tu peux t'en aller. Ou rester. À toi de décider, Calli. Mais c'est maintenant ou jamais.

Combien de fois m'a-t-elle répété ça ?

Chaque fois qu'il y a une décision à prendre, elle me pose la question. Tu marches ou pas ? Il s'agit de savoir si le courage ou l'envie l'emportera sur la peur, si je suis prête à prendre le risque quelles qu'en soient les conséquences.

— C'est maintenant ou jamais, insiste-t-elle en recommençant à marcher.

Nous passons devant les portes bleues ornées de leurs chiffres en aluminium.

— Je ne suis pas une lâcheuse, réponds-je alors que nous atteignons la chambre 1 du Point Comfort Inn.

Elle ouvre le battant, allume la lumière. Dans l'instant, je suis assaillie par une odeur de tabac froid, de poussière et d'humidité, des effluves à soulever le cœur parce que la chambre n'a pas été aérée depuis des mois.

— Je te repose la question, Carmé, parce que la situation est grave. Connais-tu ce gars ? Oui ou non ? (Je perçois la chaleur rayonnante du radiateur sous la fenêtre.) Et qu'allons-nous faire de lui ?

— Je n'ai pas le temps de discuter de ça, réplique-t-elle en refermant la porte.

Elle tire le verrou. À l'évidence, elle ne vient pas d'arriver.

Du papier noir est scotché aux vitres pour qu'on ne puisse remarquer la lumière de l'extérieur. Il y a des caméras installées au plafond. (J'en remarque trois.) Sur le comptoir du coin cuisine, des ordinateurs affichent des données d'analyseurs de spectre, des images en direct de la chambre et des abords.

Sur l'un des écrans, je remarque la même carte GPS que sur la tablette du tueur, avec deux ballons rouges indiquant où mon Silverado et le Yukon sont garés dehors.

— Tu nous suivais tous les deux ?

Au point où j'en suis, plus rien ne me surprend.

— Je te suivais toi, qui étais toi-même suivie, précise-t-elle tandis que je contemple cette chambre où je n'ai plus mis les pieds depuis des années.

Le mobilier n'a pas changé, des meubles en pin bon marché, peints en blanc. Un lit, quelques chaises, des photos encadrées représentant la côte, accrochées aux murs roses qui s'écaillent.

Sur le comptoir, je reconnais l'antique machine à café...

Le seau à glace en cuivre, l'assortiment de verres hétéroclites...

Le vieux réfrigérateur, rose lui aussi, le décapsuleur Coca-Cola rouillé sur le côté...

Le canapé en skaï bleu a toujours été là, mais pas la combinaison robotisée qui se trouve dessus, ni le jetpack posé dans un coin, à côté d'une malle de transport. À proximité du lit, il y a une lampe chirurgicale et une potence à perfusion, avec un jeu de poches. Sur le matelas nu, une pile de draps jetables, des colliers de serrage en plastique noir, des boîtes de gants stériles de différentes tailles.

Carmé retire le silencieux de son pistolet – crosse noir mat avec grip en bois de rose, exactement comme celui que j'ai à la maison. On se les est offerts l'année dernière. Les bullpup Bond Arms ont une sacrée puissance pour des armes aussi petites. Ce qui compte c'est la taille du canon. Plus il est long, plus la balle va vite, et, si on fait les calculs, cela signifie plus de pouvoir d'arrêt, et de plus gros dégâts à l'impact.

Elle pose le pistolet et le silencieux sur la table de nuit, à côté d'un jeu de chargeurs pleins. Je remarque la présence de flacons de détachants susceptibles de détruire le sang et l'ADN. Il y a aussi des bouteilles de désinfectant, des rouleaux de Sopalin. Carmé attrape un sachet de gants chirurgicaux, l'ouvre et se rend dans la salle de bains où des bidons d'eau stérile sont empilés dans la baignoire.

— Je suppose que c'est toi qui as pris le contrôle de mon GPS ? lui dis-je par la porte ouverte.

— Si tu restes, c'est que tu l'auras choisi, c'est la seule certitude qui compte. (Avec un désinfectant sans odeur, elle asperge sa combinaison de la tête aux pieds.) Alors, ta décision ?

— Je reste.

— Bien sûr, il y a plus cosy comme endroit. (Elle décontamine aussi une grosse glacière verte – une Yeti comme celle que nous avons à la maison.) J'aurais préféré trouver un endroit où l'eau n'est pas coupée. Mais, comme le dit Einstein, l'intelligence se mesure à la faculté d'adaptation.

— Si tu savais que quelqu'un, sans doute un assassin, me filait le train, pourquoi l'as-tu conduit ici où il a failli nous tuer ?

Je la regarde se savonner les mains aussi méticuleusement qu'une chirurgienne.

— Je n'y suis pour rien. (Elle ouvre un nouveau bidon d'eau stérile.) C'est toi qui n'as pas remarqué que quelqu'un a posé un mouchard sur ton SUV quand tu étais à Fort Monroe.

Elle s'essuie avec une serviette jetable.

— Comment tu sais ça ? Et qui, d'abord ?

— Notre ami du Denali. Il s'est garé à l'écart pendant que tu étais chez Vera Young. Il a fait le reste du chemin à pied. Il faisait nuit et il n'y avait pas un chat dehors. Personne ne l'a aperçu. (Elle enfile les gants chirurgicaux.) Il lui a suffi d'un instant pour fixer un traceur sous ton pare-chocs. Et pendant ce temps, quelqu'un lui en collait un sous son SUV, ni vu ni connu.

Et ce quelqu'un, c'était Carmé ! Apparemment, pendant que je fouillais la scène de crime, ma sœur était dans le secteur.

— Mais si tu l'as vu faire, pourquoi tu n'es pas passée derrière lui pour enlever le mouchard.

— Cela aurait été trop visible. Il l'aurait su aussitôt.

— Puisque tu as pu le suivre, tu sais qui c'est et où il habite, non ?

— Non, parce qu'il n'est pas retourné à sa planque. Et de toute façon, cela n'a plus aucune importance.

— Mais pourquoi l'avoir mené jusqu'ici ?

Elle se baisse pour prendre quelque chose dans la glacière.

— Tu aurais préféré qu'il débarque à la maison ?

Cette pensée me glace le sang. Elle sort de la salle de bains, gardant sa main derrière le dos pour m'empêcher de voir ce qu'elle tient.

J'ai toutefois ma petite idée. Et je sais que rien ne m'oblige à coopérer.

— Il aurait pu le faire hier soir. Après Fort Monroe, je suis rentrée tout droit chez les parents. Je n'ai pas pensé à inspecter mon SUV avec mon analyseur de spectre. Grosse erreur. Il aurait effectivement pu débarquer et...

— Je ne l'aurais pas laissé faire, m'interrompt-elle. Maintenant, tais-toi. (Elle désigne ma veste et mon ceinturon.) Enlève ça. Le temps presse.

Je lui obéis, comme je l'ai toujours fait. Je pose ma veste, mon ceinturon, mon pistolet, le fusil chinois sur la table en Formica blanche, maculée de brûlures de cigarettes. À côté, je remarque une paire de lunettes de sport teintées.

— Alors ? Maintenant ou jamais ? me demande encore une fois Carmé.

J'ai l'impression d'avoir devant moi mon double, ou mon propre reflet. Nous sommes toutes les deux aussi athlétiques et avons la même ossature solide, même si j'ai tendance à prendre des rondeurs dès que je cesse de faire attention.

Nous faisons la même taille, ni trop grande, ni trop petite. Nos cheveux s'arrêtent aux épaules, avec la même coupe. Mais d'ordinaire, elle les porte plus courts. Je remarque leurs reflets roux, comme chez moi, mais ceux-là ne sont pas naturels.

— Qu'est-ce que tu décides ?

La teinte de vert dans ses yeux doit être due à des lentilles de contact. C'est incongru car nous avons l'une comme l'autre une vue parfaite.

C'est comme si Carmé tentait de me ressembler. Une première, puisque cela a toujours été plutôt elle le modèle à imiter. En y regardant de plus près, je discerne des motifs dans le noir de sa combinaison. Le tissu moulant est lardé de capteurs qui analysent son environnement, tout comme le bracelet électronique que j'aperçois à son poignet gauche.

— Tu fais le grand saut, Sisto ? (Elle referme ses bras sur mes épaules, pose son front contre le mien – notre accolade spéciale serments.) Maintenant ou jamais ? Il faut me le dire.

— Maintenant, réponds-je, donnant mon accord pour une chose qui a déjà commencé.

— Quand ce sera fait, ta mémoire aura des trous parce que ce sera mieux pour toi. (Elle remonte ma manche gauche jusqu'au-dessus du coude.) On ne connaît pas encore tous les effets. (Je sens une petite piqûre à proximité de ma veine cubitale.) Mieux vaut oublier certaines choses... (La voix se fait soudain lointaine.) Au besoin, il faudra les effacer... les effacer à jamais...

» Là... tout va bien... Laisse-toi aller

... je m'assois sur le bord du matelas, comme si j'étais soûle, et que mon corps était en plomb...

... le froissement d'un drap jetable qu'on ouvre...

... J'essaie de parler, mais aucun son ne sort, la pièce se met à tourner...

— Tu vas devoir me faire confiance même si...

... des doigts déboutonnent mes vêtements...

... je vois double...

— Allonge-toi... voilà... c'est bien... détends-toi...

... Je veux répondre, c'est comme si j'avais eu une crise cardiaque...

... Un courant d'air froid...

... le cliquetis d'une porte qui se referme...

... des murmures... des bruits de pas...

— Ne t'inquiète pas, ma chérie... je suis là... (Une voix qui ressemble à celle de ma mère...) Tout va bien se passer, je te le promets... Ça va aller...

Des mains retirent doucement mon soutien-gorge, on m'ôte mes chaussures. Je ne peux plus bouger. Je suis paralysée...

... je plonge, de plus en plus loin, de plus en plus profond, tout s'obscurcit...

... une bruine sans odeur se dépose sur mon corps, sur chaque parcelle de mon corps...

... et maintenant le contact du drap de papier qu'on déploie sur moi...

— ... nous allons faire ça ensemble... (C'est la voix de Carmé. Je ne peux pas lui répondre, ni même penser.) Comme toujours, Sisto, pas vrai ? *Sisto*, tu te souviens d'où ça vient... quand on était gosses... ?

... Sister + Callisto = Sisto, suffit de faire l'addition... j'entends ces mots dans ma tête, clairs et limpides...

... mais je suis incapable de sortir un son, ni de bouger les lèvres, quelque chose de froid et humide passe sur mes doigts...

— ... Tu ne te rappelleras pas ce que tu vas endurer... n'empêche qu'une part plus profonde de toi le saura, crois-moi... et cela va te donner la force de chercher...

» ... Vois ça comme une mise à jour de ton logiciel interne, ma chérie... tu vas découvrir de nouvelles dimensions, des possibilités insoupçonnées...

» ... Désolée, Sisto, ça va piquer un peu...

5.

La douleur me réveille. Je suis dans le noir. Je sens la présence d'un autre humain. Aussi palpable qu'une onde de chaleur.

Je me retiens d'appeler Carmé ou à l'aide. Je me concentre sur mes chevilles sanglées sous les couvertures. Je suis menottée aussi, mes bras tirés haut derrière la tête, attachés au mur.

Je ne sais pas où je me trouve, mais ce n'est pas le Point Comfort Inn, c'est sûr. Je ne suis pas dans mon lit, non plus. Je suis allongée sur le dos, à regarder un vide noir au-dessus de moi, incapable de bouger. Je ne pourrai pas me défendre. Donner un coup de pied, un coup de coude, est illusoire. Et encore moins un coup de poing.

Mes mains justement... je sens une sorte de picotement, un engourdissement inhabituel à mon index droit. Inquiète, je passe le pouce sur ma phalange, là où j'ai failli me trancher le doigt il y a trois ans. Je retiens mon souffle, je tends l'oreille. Pas un son, hormis le vent. Mais une présence, oui, je la perçois. Immanquable.

— Qui êtes-vous ? Qu'est-ce que vous voulez ?

Curieusement, ma voix me semble bien assurée.

Pas de réponse. Des images me reviennent, ma sœur et moi dans la chambre 1. Quand elle me disait : c'est maintenant ou jamais. Qu'elle me droguait. Tout s'est effacé. Dissocié. Des fragments de sons, des sensations éparses traversant mon cerveau tels des confettis lumineux.

— Qui est là ?

J'ai soif, mon corps est aussi raide qu'en *rigor mortis*.

Toujours pas de réponse. Je me sermonne. Surtout garder son calme. Refouler la rage qui monte en moi.

— Hé oh ! (Je m'éclaircis la gorge.) Répondez !

Je m'agite et mes liens aux poignets me rappellent à l'ordre.

Des colliers de serrage à double boucle, semblables à ceux utilisés dans la police. J'en ai plein dans mon bureau et le coffre de mon Silverado. Des souvenirs me reviennent, un kaléidoscope de flash-back...

... Des plateaux de plastique et de la mousse creusée avec précision pour accueillir des petits instruments, des pipettes, des fioles...

... De minuscules tubes à essai emplis de liquide, avec des capuchons noirs, disposés sur un grand rack...

... Des boîtes contenant des seringues hypodermiques... certaines de 10 ml, d'autres plus petites encore...

— Il y a quelqu'un ?

Cette fois, je hausse le ton.

Toujours le silence. Je sens la colère me gagner.

— Ce serait le bon moment de vous expliquer, non ?

Je m'acharne en vain sur mes liens. Une corde retient mes poignets ligotés au mur.

— Calme-toi. Tu vas te faire mal. (C'est la voix de Dick ! Tout près.) Comment te sens-tu, hormis ton envie de tuer tout le monde ?

Mais je crie quand même :

— Qu'est-ce que vous m'avez fait ?

J'entends le déclic d'un interrupteur. Et il apparaît dans la lumière d'un lampadaire à l'ancienne, installé dans un fauteuil comme un dieu sur son trône. Il arbore son treillis de l'US Air Force, avec les quatre étoiles brodées sur la poitrine.

— Tu n'as pas le droit ! Détache-moi ou... ou je vais... ou je...

J'en bafouille de fureur.

— Ou quoi, Calli ?

Il me contemple, toujours aussi séduisant dans sa rigueur militaire, avec ses larges épaules, sa coupe en brosse, ses cheveux argent, son visage aquilin, taillé à la serpe comme les pères fondateurs du mont Rushmore.

— Qu'est-ce que tu vas faire ? Me sauter dessus, encore une fois ? Me jeter ton verre au visage ? Me traiter de tous les noms ? Me répéter que tu ne me respectes plus, que tu ne veux plus entendre parler ni de moi, ni du programme.

— Je ne me souviens pas de ça. Ce n'était pas intentionnel. Et quel programme, d'abord ?

— Je t'ai déjà détaché les mains plus tôt. Je ne commettrai plus cette erreur.

— Mais je ne savais pas ce que je faisais !

— Tu m'as dit que tu me haïssais. Tu t'en souviens ?

— Bien sûr que non.

En fait, je montre plus de contrition que je n'en ressens réellement.

— Que j'étais un menteur, un imposteur.

— Je suis désolée, vraiment. De quel programme parles-tu ?

— Celui que tu me reproches d'avoir créé. Votre mission à toutes les deux. La raison pour laquelle toi et ta sœur êtes en ce monde.

Il se prend carrément pour Dieu le père !

— Ce serait plus facile de discuter de tout ça si tu me détachais.

J'observe la corde. Rien de sophistiqué. De la technique rudimentaire. Simple. Efficace. Et bien réalisée.

Qui m'a attachée ? Car ce n'est pas Dick, évidemment. Pour un ancien astronaute, il est d'une maladresse rare quand il s'agit de manier des outils ou de faire des nœuds. Sans parler de son aversion pathologique pour les bateaux et tous les sports nautiques ! Je doute donc fortement qu'il soit l'auteur de ces nœuds de marins qui m'empêchent de frapper quelqu'un ou de m'enfuir. Et, au risque de paraître sexiste, je perçois dans ces boucles une attention particulière, une précision toute féminine.

En tout cas, la personne est adroite de ses mains. Et cela me fait penser à ma mère, à ses origamis minutieux, à sa dextérité au jeu de ficelle. Et ce n'était pas des figures élémentaires qu'elle sortait – œil-de-chat, échelle de Jacob – mais des motifs complexes, avec des manipulations savantes, en digne représentante de la NASA. Je revois ses doigts agiles tirant et bouclant les fils pour façonner dans l'air des étoiles et des planètes, ou pliant du papier pour créer des habitats lunaires miniatures, des panneaux solaires à nids d'abeille. Oui, ce pourrait bien être elle qui m'a attachée.

Cela expliquerait pourquoi les colliers ne sont pas trop serrés, pourquoi mes poignets et les chevilles sont protégés d'une bande de gaze pour éviter que je ne me blesse. La corde en polyester qui arrime mes poignets au mur ressemble comme deux gouttes d'eau à celles que maman achète chez Full Throttle Marine. Un double tressage jaune de six millimètres de section. Et elle affectionne ces nœuds de chaise qui permettent d'ordinaire de fixer une écoute à l'œillet de grand-voile.

— Sérieusement, Dick. Tu peux me détacher. Je me tiendrai tranquille, je te le promets.

Tranquille, je suis pourtant loin de l'être !

— Tu as un bon crochet, tu sais ? (Il me montre ses mains meurtries à force d'avoir paré mes coups.) Voilà comment tu m'as remercié la dernière fois que je t'ai libérée.

Ce qui confirme qu'il ne s'est pas occupé de moi tout seul.

Vois ça comme une mise à jour de ton logiciel interne, ma chérie... la remarque de ma mère me revient à l'esprit, remontant du tréfonds de ma mémoire malmenée.

— Le devoir nous appelle, déclare Dick, tandis que je me tords le cou pour examiner l'endroit où je me trouve. Comme tu t'en es aperçue, le timing était un peu serré. Il nous a fallu improviser et lancer l'installation dans l'urgence. Ce n'était pas les conditions idéales. Mais tu ne dois pas te rappeler grand-chose, en tout cas certainement pas les moments pénibles.

Autrement dit, ils m'ont fait un mal de chien !

— Je sais qu'il s'est passé quelque chose puisque je suis ici. Mais ça s'arrête là. (Je fais de mon mieux pour garder mon calme.) Si tu me disais quel jour on est, ça m'aiderait pas mal.

Et soudain, je reconnais les motifs de la moquette, les boiseries sombres.

00 : 00 : 00 : 00

— Nous sommes dimanche matin, dimanche 8 décembre, m'annonce Dick, à ma grande stupéfaction. (Et comme un signe du destin, la cloche de l'église se met à sonner.) Il est bientôt 11 heures.

— Je suis restée ici quatre jours ?

— Exact, répond-il, toujours assis dans son fauteuil.

Au prix d'un effort considérable, je parviens à me tourner et aperçois le mobilier d'inspiration coloniale, le poste de travail avec son téléphone SIPRNet pour les échanges de données confidentielles.

Je remarque qu'il fait jour derrière les rideaux qui occultent la fenêtre. Le temps doit être couvert car je n'entends pas passer les T-38 d'entraînement ni les Raptor F-22. Nous sommes dans la chambre 604, la suite d'angle au premier étage de Dodd Hall, la résidence de style Tudor où logent les officiers de l'US Air Force sur cette portion de la péninsule qu'ils occupent avec la NASA.

Ce bâtiment vieux de près d'un siècle, caché dans un écrin d'arbres, est le gîte idéal pour un général quatre étoiles. Mais Dick n'y séjournait jamais. Il préférait débarquer à Chase Place, notre ferme familiale au bord de la Back River. Fort de son statut de « squatteur régulier » (selon ses propres termes), il laissait toujours un sac et autres effets personnels dans la chambre d'amis à côté de la cuisine.

Lorsqu'on était enfants, Carmé et moi, il appréciait le calme et la quiétude des lieux. Dick n'aime guère la pompe, l'apparat et les chichis. Il préfère de loin manger dans la cuisine de maman, passer des heures à bavarder avec elle devant le feu ou dans le jardin. En plus, il ne cessait de faire parler mon père, de s'enquérir de ses travaux, de lui tirer les vers du nez. Un insatiable curieux toujours avide de ces idées qui virevoltaient chez nous comme un essaim d'électrons.

— Je ne sais pas ce que tu as « installé », comme tu dis, mais tu aurais pu m'en parler avant.

— C'était impossible.

— Je suppose que Carmé y a eu droit aussi ?

— Par étapes. Mais oui, l'Holo-Opérateur de Transduction Endogène, l'HOTE version 1, a été implanté chez elle il y a six mois.

— Un acronyme qui fait froid dans le dos ! J'ai un *alien* dans le corps, c'est ça ? Et qui décide où est le bien ou le mal ? Moi, ou lui ?

J'essaie d'étirer mes jambes douloureuses. Je crois bien qu'on m'a mis une couche !

— Bien sûr, nous avons rencontré des difficultés, répond doctement Dick, installé dans son fauteuil – alors que moi je ne peux être plus à mon désavantage ! On a réglé les problèmes les plus évidents, pour le reste, corrections d'erreurs et compagnie, nous préparons des patchs et des mises à jour. Dans un monde parfait, on aurait attendu avant d'implanter l'HOTE chez toi. Même si cette version est meilleure, j'aurais préféré avoir plus de temps pour régler tous les défauts.

— Et cela n'a pas été possible ?

— C'était maintenant ou jamais. (Les mêmes mots que Carmé m'a dits au Point Comfort Inn.) Au début de la semaine, le programme a été annulé après des décennies de développement top-secret. Tu mesures le danger d'installer un HOTE dans une jumelle et pas dans l'autre ! (J'imagine Carmé lâchée toute seule avec ce truc.) Mais la DARPA et le département de la Défense ont jugé qu'il ne serait pas éthique de te l'implanter dans ces circonstances, chez toi ou chez qui que ce soit d'ailleurs.

Le mot « circonstances » reste un peu vague. Mais de toute évidence, Dick n'a pas suivi les ordres – il n'a pas eu le mémo à temps, comme on dit. On m'a implanté cet HOTE quand même, sans me demander mon avis – en même temps, j'aurais dit oui. Parce qu'il a absolument raison : on ne peut pas inoculer un HOTE dans un cobaye et pas dans sa jumelle. Je n'aurais pas aimé que ma sœur soit seule à avoir ce nouvel attribut.

— Tu as faim ?

— Oui.

Mon estomac gargouille aussitôt. J'aperçois la potence de perfusion derrière la porte d'un placard...

La caisse de transport par terre dans un coin...

Le rouleau de corde jaune et une collection de colliers de serrage sur le comptoir de la cuisine...

Le sac de couchage roulé à côté de la table basse...

— Toutes les constantes sont dans les normes, et c'est bon signe, annonce Dick en regardant son téléphone. Sauf ta glycémie. Elle est juste au-dessus de 0,7 gramme par litre et c'est un peu faible. Et tu es déshydratée, à en juger par tes électrolytes. Des vertiges ? La tête qui tourne ?

— Oui.

— Tu as soif ? Tu te sens irascible ?

— Oui !

Il se baisse et récupère quelque chose au pied de son fauteuil.

— Pendant le processus, tu as appelé plusieurs fois Carmé.

— C'est normal, non ?

Et je manque d'ajouter : *Puisque j'étais avec elle.* Mais je m'abstiens, me souvenant de ce qu'elle m'a dit : je suis une vraie Pollyanna quand il s'agit de Dick, de ses projets, de son programme... Bien sûr, c'est lui qui tire les ficelles en coulisses. C'est à cause de lui que nous en sommes là. Sinon, je ne serais pas sous sa garde. Mais il ignore ce que je me rappelle, ce que justement j'étais censée oublier.

Il ne connaît pas l'étendue de ma perte de mémoire à court terme, ni jusqu'où mon disque interne a été effacé. Ce n'est pas mesurable comme la température, le taux de glucose, d'acide lactique, de CO_2 ou d'adrénaline. Pour savoir si je me donne à fond en salle de gym, il suffit de regarder ma saturation d'oxygène ou mon pouls, mais là, rien d'aussi simple !

Mes souvenirs sont à l'abri tant que je me tais. Cela risque d'être difficile toutefois, parce qu'avec Dick j'ai tendance à livrer mes informations aussi volontiers qu'un distributeur de boules de gomme. Et si l'envie lui prend, cela ne lui coûtera pas un centime !

— Je vais te donner à boire quelques gorgées de ce truc. C'est comme du Gatorade, à condition que tu ne me le craches pas à la figure.

Il se lève de son siège, insère une paille transparente dans un sachet argenté étiqueté *Lemon Punch,* comme ces boissons que fournit la NASA.

— Imagine que tu es en apesanteur dans une capsule, reprend-il, ou une station en orbite, dans un laboratoire.

Il se penche vers moi et glisse la paille de plastique entre mes lèvres.

J'aspire la solution salée au goût de citron... comme une astronaute flottant dans l'espace, sans les mains, une petite gorgée à la fois. En même temps, ça m'empêche de m'en servir comme d'une arme. Je crois savoir d'où vient cette boisson, et qui l'a apportée. Cela semble tout droit sorti d'un manuel de ma mère, où elle donne les astuces pour être autonome et résoudre toutes sortes de problèmes. Son mantra : « Faire avec ce que l'on a sous la main ! »

— L'improvisation fait souvent des merveilles, poursuit Dick. Même si cela ne t'a pas empêchée de tout me cracher dessus la dernière fois ! Voilà. C'est assez pour le moment. Je ne veux pas que tu sois malade.

Il se fiche de savoir si je suis encore assoiffée. Il se rassoit, me rappelant ainsi que c'est lui le chef. Il repose le sachet par terre et reprend son téléphone, pour regarder les données que lui transmettent les petits mouchards qu'ils ont mis en moi – nanocapteurs, transducteurs moléculaires, biopuces ou que sais-je encore ?

— Ta glycémie est un peu mieux, constate-t-il. Je suppose que tu es un peu moins sur les nerfs ?

— Oui. Merci. (Je reprends les bonnes manières parce que je n'ai rien à gagner à me montrer déplaisante.) Je ne sais pas ce que tu m'as injecté mais j'espère que tu ne m'as pas transformée en zombie, lui dis-je sans acrimonie.

— Au contraire. Tu es en pleine forme, en très bonne forme même ! lâche-t-il en tapant dans ses mains comme un savant fou. Tu fais de grands progrès. De très grands progrès en quelques jours. On va pouvoir se mettre au boulot.

6.

— Je sais que tu ne te souviens pas de grand-chose, et c'est mieux comme ça. Nous comblerons les trous après coup, commence-t-il.

Ses cheveux platine brillent comme un nuage sous la lumière de l'abat-jour.

Moi, je suis toujours sur le lit, les bras attachés au-dessus de ma tête, mes articulations au supplice. Et j'ai des envies de meurtre ! Et pour couronner le tout, je suis en blouse d'hôpital ! Je n'ai rien dessous, sinon une couche qu'il faudrait peut-être changer. Je n'ose imaginer dans quel état Dick m'a vue.

— D'abord, il nous faut inventer une version des faits et ne jamais en dévier, explique-t-il tranquillement. Un truc en marbre, immuable, comme le nom, le grade et le matricule. Tu répéteras la même chose, encore et encore.

— Mais ce sera ta version, pas la mienne ! (Je me sens ligotée, humiliée comme Gulliver, sauf que lui, il avait encore ses habits !) On ne m'a pas consultée. Je n'ai pas eu mon mot à dire.

— Certes, mais maintenant, nous parlons. Dans la confidentialité la plus absolue.

— À condition d'oublier les caméras et Dieu sait quels mouchards tu as ici !

Je tiens à lui rappeler que je ne suis pas née de la dernière pluie.

— Seuls ceux qui doivent être dans la confidence savent ce qui s'est réellement passé. Depuis le début.

— C'est ça, depuis le premier jour. Quand tu as commencé tes manigances sans nous en parler, ni à moi, ni à Carmé. Un plan que sans doute toi et maman aviez à l'esprit bien avant la naissance des « jumelles de Langley ». Et nous n'avons rien su, bien sûr.

— Le meilleur moyen de protéger les gens, c'est de ne pas les exposer à des faits qui les dépassent, lâche-t-il avec fatuité, comme si c'était à lui seul d'en décider. Parce que, oui, des actions doivent être engagées, des actions que le comité d'éthique verrait d'un mauvais œil. Et je n'ai pas besoin de donner de détails.

— Alors moi je vais le faire pour toi. En commençant par le plus récent. Le commandant en chef de la Space Force a compromis l'intégrité physique d'une enquêtrice de la NASA, une scientifique, voire une future astronaute, et elle est en ce moment même droguée et ligotée sur un lit. C'est sûr qu'il ne vaut mieux pas que CNN apprenne ça.

— Je comprends que tu sois en colère, Calli. Mais tu sais depuis toujours que ce jour viendrait. Bien sûr, le timing n'est pas idéal.

— Non, je ne le savais pas. Pas ça. Pas comme ça. Tu aurais pu me prévenir.

— Nous n'avions pas le temps.

— Parce qu'il y a eu un problème ?

— Oui, malheureusement. Et pas qu'un seul !

— Si tu me disais de quoi il s'agit, on gagnerait du temps.

— Tu en sais plus que tu ne le penses.

— Adieu, le libre arbitre ! (Jamais je ne me suis sentie aussi forte, forte et sûre de moi.) Je n'ai pas mon mot à dire sur ce qui m'arrive, sur ma reprogrammation. Pas même sur cette fiction que je suis censée raconter, sur ma nouvelle « histoire personnelle ».

— Tu as bien plus de leviers que tu ne le penses.

— Et Carmé ? Qu'est-ce que tu as inventé pour elle ? Qu'est-ce qu'elle doit raconter ?

— Son histoire est plus simple que la tienne. Elle est partie en mission à l'autre bout du globe, avec son unité des opérations spéciales.

— Elle est recherchée par la police ?

— Tout ce que tu sais, c'est qu'elle est partie en mission.

— Mais est-ce qu'elle a des problèmes ? Est-ce qu'elle a fait quelque chose qui... ?

— Elle est en mission.

Il est en boucle !

— Mais elle était à Langley à 4 heures du matin. Sur le toit du hangar...

— Personne ne le sait. Les gens s'en tiendront à ce que tu leur diras. Carmé s'en tiendra aussi à son histoire, insiste-t-il d'un ton implacable. Elle se fiche que ce soit vrai ou non. Elle ne peut pas se montrer comme toi, elle doit passer sous les radars, rester en cavale, endurer des épreuves que tu ne voudrais pas connaître.

— Chacun les siennes !

— À l'inverse de toi, Carmé ne remet pas en cause le bien-fondé du programme.

— Tu ne l'as peut-être pas droguée comme moi à son insu !

Je suis certaine qu'elle, elle n'a pas eu droit aux couches.

— On l'a prise en charge à la base aérienne de Dover. Le contexte était très différent.

— Où ma nouvelle histoire personnelle commence-t-elle ? Autant me le dire tout de suite, que je sache quoi raconter.

— Elle débute au moment où tu quittes la salle de contrôle, quand tu comptais rentrer chez toi malgré la tempête, répond-il. Mais à la place, on t'a convoquée ici, à Dodd Hall. Et depuis, tu n'as plus bougé.

Sans le dire explicitement, il me fait comprendre que dans cette fiction, l'étape au Point Comfort Inn n'a jamais existé. Il n'y a jamais eu de traceur GPS posé sur mon Silverado le soir où j'ai inspecté l'appartement de Vera Young. Je n'ai jamais pris le chemin de la maison sous le blizzard. Mon GPS n'a jamais été piraté. Il n'y a pas eu de tueur, ni de chambre 1. Et surtout, Carmé n'était pas là et n'a tué personne.

— Ce serait bien si tu me détachais. (Voilà ma réponse, et j'essaie de prendre le ton le plus calme possible.) J'ai du mal à avoir une conversation comme ça.

— Le nœud du récit est le suivant, continue Dick, comme s'il ne m'avait pas entendue. Après le sabotage à la NASA, il nous a semblé plus judicieux de te mettre à l'abri. Toi et d'autres êtes ainsi restés avec moi pour travailler 24/24 et contrecarrer une cyberattaque massive dont le public ne sait quasiment rien, une attaque qui nous a maintenus en état d'alerte maximum.

— Excepté un petit détail. (Je tiens à lui rappeler la réalité.) J'ai parlé à maman pendant que je roulais à 4 heures du matin. Et aussi à toi, et à Conn Lacrosse sur la ligne de la CIA, je vous ai tous parlé pendant que j'étais au volant.

D'un coup, je me demande si, après tout, maman et Dick n'étaient pas ensemble.

Le numéro était celui de la maison, mais cela ne prouve pas pour autant qu'elle était physiquement chez nous. Ce n'est pas très difficile de bidouiller l'affichage des numéros, pour faire croire qu'elle appelait de Chaseplace. Alors qu'en fait, elle était avec Dick, et qu'elle se dirigeait vers le Point Comfort Inn pour aider à m'inoculer leur HOTE et gérer les problèmes.

— Il doit y avoir des traces de nos communications, dis-je. Sans compter les caméras de surveillance. Il y en a partout ! Tu sais comme moi qu'on peut facilement suivre mes déplacements pour celui qui veut bien se donner la peine de chercher. (Et j'ajoute :) Vraiment, ce serait bien si tu me détachais.

— Oui, tu as laissé une trace, et si quelqu'un fouine, il va découvrir que tu auras perdu la chronologie des événements, reprend-il comme si la fiction avait déjà remplacé la réalité (Confortablement installé dans son fauteuil, il ignore avec superbe mon inconfort et ma situation humiliante.) Les appels dont tu parles ont eu lieu en fait dix heures plus tôt. Le mardi soir, le 3 décembre. Et bien sûr, les métadonnées ont été modifiées pour accréditer cette désinformation.

00 : 00 : 00 : 00

En sa qualité de haut cadre militaire et de proche conseiller du président des États-Unis, Dick peut falsifier tout ce qu'il veut – les vidéos des caméras de surveillance, les registres des GPS, les images satellites. La loi et le droit n'ont plus de valeur quand des méchants ou des États voyous les violent sans vergogne.

— Qu'est-ce qu'on m'a donné ? Du Special K ? je demande en gigotant sur mon lit dans l'espoir de soulager mes articulations douloureuses. Tu disais que ça pouvait replier le temps. Altérer les effets des ondes gravitationnelles sur notre cerveau.

Je ne cherche pas à être sarcastique. Et le non-dit est évident : ce Special K, ou kétamine, est aussi la drogue du viol, qui provoque amnésie et hallucinations. Dick ne répond pas, il ne confirme ni n'infirme que pendant des jours j'ai reçu sous perfusion un sédatif de cheval !

— Raconte ce que tu veux au reste du monde, mais nous savons toi et moi que je ne suis pas arrivée ici sur mes deux jambes. Qui m'a transportée sur son dos comme un sac de patates ?

Même si Dick est costaud, ce n'est pas lui qui a fait ça. L'idée de me retrouver juchée sur son épaule me met mal à l'aise et m'emplit d'une colère diffuse.

— Décris-moi ce que tu ressens. Te sens-tu plus agressive ? s'enquiert-il en se penchant vers moi, les mains croisées, le bout des doigts joints, comme Freud dans son cabinet.

— Plus que quoi ?

— Plus hostile, peut-être ?

— Devine ! En attendant, ce serait gentil de me détacher.

— Raconte-moi la dernière chose dont tu te souviens.

— Je te l'ai déjà dit.

— Répète-le moi. Que te rappelles-tu de ces quatre derniers jours ?

Et c'est comme regarder le vide de l'espace, cernée d'objets scintillants à des années-lumière de moi...

Des bribes de données çà et là...

Des images éparses...

Des fragments de conversations...

Un clairon, jouant « Reveille » et « Taps » quelque part sur la base...

... les rugissements des jets fendant le ciel...

— Je sais que tu es dans une position très inconfortable, reconnaît Dick, sans grand émoi toutefois. À combien estimes-tu la douleur, sur une échelle de 1 à 10 ?

— J'essayais de l'oublier. Merci de la rappeler à mon bon souvenir !

— C'est d'accord, dit-il en se levant. (Il plonge la main dans une poche de son treillis.) Tu promets de bien te comporter ?

Vu l'infamie que j'endure, je me comporte déjà très bien, je trouve !

Mais je m'abstiens de le lui signifier. Il est toujours idiot d'agacer son geôlier.

— Nous sommes juste tous les deux pour le moment. Je ne veux pas avoir à expliquer pourquoi j'ai le nez cassé. Et je ne veux pas non plus que tu te blesses encore une fois avec un objet tranchant.

Il fait allusion à mon accident quand j'étais sous ses ordres à Colorado Springs.

Il sort un couteau de sa poche, l'ouvre et s'approche de moi avec des airs de Jack l'Éventreur. La lame fait quinze centimètres, une lame dentelée et aiguisée, un peu comme celle avec laquelle j'ouvrais les bagels quand j'ai failli m'amputer.

Par réflexe, je passe à nouveau mon pouce sur la cicatrice à mon index.

— Ne bouge pas, me conseille-t-il. (Je sens son souffle sur mes cheveux, sa manche qui m'effleure.) Comme tu t'en doutes, j'ai eu de l'aide pendant ton séjour. Je n'étais pas tout seul pour te garder.

Il enserre mes poignets et commence à scier doucement le collier de plastique.

— Tu étais avec qui ?

— Ce doit être effectivement très déstabilisant de ne pas se souvenir de certains événements. (Comme d'habitude, il élude ma question.) En particulier pour quelqu'un comme toi, qui a une mémoire quasiment photographique.

L'odeur musquée de son après-rasage me chatouille les narines. Je ne bouge pas d'un millimètre tandis qu'il tranche mes liens. Je fixe des yeux ses bras puissants, ses veines noueuses.

— Voilà. (Je baisse lentement mes mains. Je peux à peine plier les coudes.) Je sais que cela a été pénible.

— Le vrai truc pénible, c'est le black-out d'informations, réponds-je en massant mes articulations endolories.

— C'est pour ton bien. Comme le dit l'adage, ce que tu ignores ne peut te nuire. (Il soulève la couverture sur mes jambes. Je sens l'air froid courir sur mes pieds nus.) Ce n'est pas toujours vrai, mais parfois ça l'est.

— Je devrais avoir mon mot à dire, pour ça aussi, tu ne crois pas ?

Je retire le bandage de mes poignets, une gaze élastique autoadhésive de couleur verte, semblable à celle que ma mère a dans son armoire à pharmacie.

— Tu n'as rien d'une nouvelle recrue, tu sais. (Il coupe les colliers à mes chevilles.) Tu as accepté un plan de vol difficile et ce, bien avant d'avoir donné ton consentement officiel.

Un consentement qui, comme le reste, a été filmé, j'en suis sûre. Et je ne veux pas savoir quoi ! Je me rappelle les caméras dans la chambre 1, et il y en a aussi ici. La moindre réaction, le moindre geste a été enregistré comme si j'étais le cobaye d'une expérience scientifique. Et c'est bien ce que je suis. Depuis ma naissance. Peut-être même avant.

Je retire les bandages à mes chevilles. Dick replie son couteau et le range dans sa poche, laissant par terre les débris de plastique et les cordages. À l'évidence, il sait que quelqu'un viendra faire le ménage. Je dépose la gaze roulée en boule sur la table basse tandis que Dick se dirige vers la kitchenette, équipée d'un comptoir, de placards, d'un réfrigérateur et d'un four à micro-ondes.

Une table est installée devant une fenêtre occultée par un rideau, qui donne sur un parking à l'arrière du bâtiment, entouré d'arbres et d'autres constructions du même style. Je connais bien cette vue, puisque j'ai souvent escorté des VIP séjournant dans cette enclave de verdure.

— Qu'est-ce que Fran va penser de tout ça ? (Je remonte la couverture sur mon menton et examine les petites piqûres dans mon bras gauche où l'on m'a fait des injections et branché la perfusion.) Elle croit aussi que Carmé a été envoyée en mission. Pour piloter son hélicoptère de combat avec son unité des forces spéciales ?

— C'est le bruit qui court. Et c'est très bien comme ça.

— Et pour moi ? Qu'est-ce que vous avez dit à Fran ?
— L'histoire que toi et moi venons de caler. (Dick se tourne vers l'évier.) Qu'on t'a emmenée ici pour un débriefing et pour ta sécurité, ce qui est parfaitement factuel.
— J'imagine que ça marche toujours comme ça. Une fiction s'appuie toujours sur un fait vérifiable, et ce qu'on veut faire croire devient une vérité, réponds-je en me frottant les chevilles et les poignets.

Où est passé mon soutien-gorge ? Mon boxer ?

Et mon pantalon, ma chemise, ma veste, mes chaussettes, mes chaussures, mon couteau, mon pistolet, mon portefeuille...

Et aussi mon badge provisoire de la NASA, celui qu'on m'a donné après la disparition de ma carte personnelle...

— Un café ? Ça te dit ?

Dick ouvre une boîte de viennoiseries provenant du restaurant Grey Goose. Avec nostalgie, je me souviens de leur ragoût de Brunswick et mon estomac gémit à nouveau.

— Noir, serré.

Je lui rappelle mes préférences tandis que je m'inspecte. Je suis quasiment indemne, hormis mes phalanges écorchées, stigmates de coups de poing rageurs.

7.

— Après toutes ces années, je sais comment tu aimes ton café, réplique Dick avec un peu de chaleur dans la voix.

Il paraît moins hiératique, plus humain, maintenant qu'il est de l'autre côté de la pièce, à une distance raisonnable. Cela n'a pas dû être facile pour lui de nous voir grandir, Carmé et moi, des jumelles qu'il a connues toutes petites et qu'il a sans doute trop aimées. Il a été notre guide, notre mentor, bien plus que ne l'a été notre père. Et puis nous sommes devenues adultes...

— Pour te rendre justice, précise Dick en remplissant le réservoir de la cafetière, tu as supporté avec beaucoup de courage cette épreuve. C'est remarquable.

Comme si cela justifiait de m'attacher pendant des jours comme une otage, une esclave sexuelle, une folle furieuse.

— Et maintenant, qu'est-ce que je suis censée faire ? C'est quoi le programme ?

Je n'ai aucune envie de me lever, certainement pas avec cette blouse d'hôpital et cette couche-culotte.

— Tu vas aller au QG de la sécurité de la NASA cet après-midi. Et tu verras Fran.

— Pour ça, il me faut mon véhicule.

— Plus maintenant.

— Ah bon ? Il y a eu un problème ?

Je revois mon Silverado garé sur le parking à côté du Yukon Denali au Point Comfort Inn.

— Après cette cyberattaque et les récents événements, il vaut mieux que tu aies quelque chose de moins voyant. (Une fois de plus, son ton est sans appel.) Un SUV banalisé, aimablement prêté par nos amis du Secret Service. Il t'attend sur le parking et la clé est sur la table. Bien qu'une clé soit parfaitement inutile.

Comme d'habitude, il verse une cuillère de Coffeemate dans sa tasse. Ce n'est pas de la crème, ni du lait en poudre. Ce n'est même pas de la nourriture. Juste du colorant ! J'ai beau le lui dire, il n'en fait qu'à sa tête. Il revient vers moi, avec nos boissons et, dessus, en équilibre sur les tasses, une assiette de muffins.

Adieu les bonnes manières ! Je suis affamée. Je mords dans un muffin en semant des miettes partout. Je souffle sur mon café et m'empresse d'avaler quelques gorgées.

— Un pouvoir despotique, une dictature galactique, voilà le danger ! Voilà contre quoi nous luttons ! m'annonce Dick en allant chercher un ordinateur portable sur le bureau SIPRNet. Qui aura les clés de la maison ? C'est l'enjeu de la bataille. Et il ne faut pas que ce soit Neva Rong.

Il me décrit le scénario probable si quelqu'un de ce genre était responsable au niveau planétaire des réseaux GPS, internet, TV et radio. Si une telle personne décide qui verra quoi, quelle émission de divertissement, quel journal d'information, ou quel astronaute explorera la Lune et les autres planètes.

— Même si elle n'a pas la mainmise sur le contenu, elle aura le pouvoir sur son acheminement. (Il s'installe sur le lit à côté de moi, sans prendre la peine d'ôter ses chaussures.) Enfermer Neva Rong ne résoudra pas le problème. L'éliminer non plus.

— Ce serait comme couper la tête d'un chef d'État, ou du leader d'une organisation terroriste, renchéris-je en attaquant mon second muffin. Il restera encore ses milliers de fidèles, ses associés, son réseau mondial.

— Elle n'opère pas seule, bien sûr. Elle est impliquée dans de nombreux projets fédéraux, dont certains sont particulièrement sensibles. (Dick cale un autre oreiller dans son dos.) Elle a des relations haut placées, autant d'argent qu'un pays, et c'est une fine politicienne. Neva Rong connaît tous les rouages, rien ne va l'arrêter.

— Et c'est là que nous intervenons, ma sœur et moi, c'est ça ?

Je me demande quand Dick a échafaudé son projet secret.

Quand maman était enceinte ? Quand il a appris qu'elle attendait des jumelles ? Bien sûr, il était lié à la famille bien avant que Carmé et moi ne venions au monde. Ils se connaissent depuis le court passage de papa à l'Académie de l'US Air Force. Dick et lui se sont retrouvés la première année assis l'un à côté de l'autre en salle de classe. C'est ainsi qu'ils se sont liés d'amitié et sont devenus comme deux frères.

Du moins, c'est ce qu'ils racontent. J'ai toujours trouvé cette histoire un peu louche puisque Dick et papa ne sont pas si inséparables, et pas si amis que ça, en définitive. À vrai dire, le véritable allié de Dick, ce n'est pas papa. C'est maman. Depuis toujours.

— Et si on regardait les infos, histoire d'avoir des nouvelles du monde avant de mettre le nez dehors ? propose-t-il en désignant la télévision en face du lit. Vas-y, allume-la. Il te suffit de tendre le doigt. Celui avec la cicatrice.

— Pardon ? réponds-je la bouche pleine. Que je fasse quoi ?

— Essaie. Pointe ton index vers la télé.

Comme une idiote, j'obéis.

À ma grande surprise, le journal télévisé de la chaîne locale apparaît à l'écran, sans que j'aie eu besoin de toucher à la télécommande.

— Tu vas voir, c'est très intuitif. (Il fait une série de gestes qui, chez lui, n'ont aucun effet.) Un mouvement vers le haut monte le son, un autre vers le bas, le baisse. Bien sûr, tout ça se programme.

Apparemment, Dick n'a pas de capteurs dans ses doigts, on ne lui a pas implanté un HOTE, qu'il s'agisse de sa version bêta ou de la toute dernière. C'était bien sûr inenvisageable pour des raisons de sécurité nationale. Mais, nous, on ne nous a pas demandé notre avis, ou à peine. Nous sommes de la vulgaire chair à canon !

Il m'incite à découvrir mes nouveaux pouvoirs.

— Ce sont des commandes génériques. Juste une démo, précise-t-il.

Je tends à nouveau l'index vers l'écran et enchaîne une série de mouvements ascendants, comme un chef d'orchestre, et le son devient assourdissant...

— ... Le salon automobile international de Tidewater a ouvert ses portes vendredi au Hampton Coliseum, ânonne le présentateur de la chaîne 10. La Hellcat et le corbillard customisés, clous de l'exposition, ont aujourd'hui disparu et les organisateurs...

Je coupe le son d'un mouvement horizontal du tranchant de la main. Comme le signe « à court d'air » en plongée.

— C'est un peu comme sur un téléphone, quand tu passes tes doigts sur l'écran pour escamoter le clavier ou zoomer dans une image, explique Dick avec une pointe de fierté. Mais dans notre cas, des transducteurs convertissent tes mouvements en signaux de commandes et les transmettent à l'appareil.

Je ne suis pas particulièrement excitée d'apprendre que bientôt il me suffira d'un petit geste, voire d'un simple battement de paupières, pour accomplir un tas de choses. À condition que les commandes soient prédéfinies. Si j'ai pu ainsi modifier le volume de la télévision, c'est parce que Dick a entré une routine dans un algorithme de biofeedback.

Après cette petite démonstration, le programme est revenu à son état initial. Si je pointais à nouveau mon doigt vers l'écran, il ne se passerait plus rien. À moins de modifier la configuration actuelle, précise Dick. Et je vais découvrir peu à peu toutes les possibilités de paramétrage pendant mes activités quotidiennes.

Pour résumer, je vais apprendre sur le tas, au fil de mes interactions avec les machines ! Je serai la pilote d'essai de mon HOTE, tout en m'efforçant de mener une vie normale. Comme le dit Dick, « c'est en forgeant qu'on devient forgeron ! ». Et les occasions de m'entraîner ne vont pas manquer au LaRC.

Par exemple pour rejoindre mon bureau du bâtiment 1232, là où je conçois des scénarios et des tests pour des véhicules autonomes. Dick me rappelle toutes les interfaces homme-machine que je dois activer sur mon chemin. D'abord ouvrir les doubles portes extérieures avec ma carte magnétique. Ensuite, déverrouiller celle de mon bureau, avec le même badge ou manuellement (en composant mon code sur le clavier numérique de secours), puis allumer la lumière en agitant la main sous le détecteur volumétrique. Et pour finir, sortir mon ordinateur de sa veille. Mais cela ne se fait pas d'un claquement de doigts ou d'une pichenette. Pour ça, je dois encore insérer ma carte dans le lecteur !

00 : 00 : 00 : 00

— La palette gestuelle est infinie. Ça dépasse l'entendement, dis-je malgré l'évidence. Je vais passer pour une toquée. (J'imagine déjà les loupés quand j'agiterai les mains ou battrai des yeux comme une apprentie sorcière.) Et suppose que l'ennemi me voit ! Cela pourrait signer notre arrêt de mort à Carmé et moi.

— Le plan n'est pas que tu te fasses tuer, ni que tu lances des abracadabra à tout bout de champ. L'idée, et cela vaut pour Carmé, c'est d'être discrète, ne pas attirer l'attention tout en collectant constamment des données.

» Tout sera analysé et rectifié en temps réel, promet-il. Nous mènerons nos missions avec le soutien d'une supervision humaine et l'assistance d'une l'Intelligence Artificielle.

Mais moi, tout ce que je vois se profiler, c'est un cauchemar high-tech !

— Comment vivre normalement avec ce machin-là ?

Question purement rhétorique. La réponse est claire, aveuglante même.

En résumé, Carmé et moi sommes lâchées dans la nature ; nous, les pionnières de notre espèce, les prototypes 001, et bien sûr les premières jumelles. Un jour, nous deviendrons des modèles pour les autres, insiste Dick, comme si c'était là un insigne honneur. Nous sommes à la fois les pilotes d'essai et les cobayes de son programme secret, le bien nommé Gemini – « jumeaux » en latin.

Jumelles, nous le sommes aussi dans l'espace numérique, puisque, à en croire les plans et les détails techniques, Carmé et moi avons reçu le même échantillon de capteurs et d'implants. Nos HOTEs vont ensuite se développer, grandir en nous, explique Dick en continuant d'évoquer le destin qui nous attend.

Lorsque nous sommes entrées à la NASA ou dans l'armée, nous pensions garder les rênes de notre vie, et je trouve que Dick pousse le bouchon un peu loin. En particulier quand il me montre le croquis d'un corps potelé censé me représenter.

— Ça, ce n'est pas moi !

Je secoue la tête d'horreur.

Même si c'est une peccadille dans le grand schéma de l'univers, je n'aime guère qu'on me voie comme une grosse ! Et tandis que, dans la partie gauche de l'écran, apparaît le corps de ma sœur, notablement plus sec et sculptural, j'apprécie encore moins.

— D'accord, à l'inverse de Carmé, je dois faire attention à ce que je mange. Mais nous pesons quasiment le même poids, qu'est-ce que tu crois ? C'est juste que nous n'avons pas le même métabolisme. Que je dois faire plus d'exercices qu'elle. Et d'accord, j'ai *peut-être* un indice de masse corporelle légèrement supérieur au sien.

Il se veut rassurant.

— Tout ça peut changer.

Tu parles ! Ma sœur et moi, nous nous ressemblons peut-être comme deux gouttes d'eau, mais nous avons chacune nos particularités physiques. Le plus évident, ç'a été à la puberté. Ça m'est tombé dessus un an avant Carmé, avec les crampes, et les rondeurs qui poussent de partout. Lorsque ç'a été son tour, elle s'en est sortie avec des tee-shirts serrés sous ses vêtements et des jeans extra-slim, et jamais elle n'a eu besoin de soutien-gorge à armatures, ou d'une bouillotte ou d'un Midol pour faire passer les douleurs des règles.

— Presque tout peut être monitoré et modifié, insiste Dick.

L'idée qu'une salle de contrôle microscopique surveille tous mes faits et gestes me met mal à l'aise.

Taux de cortisol, d'adrénaline et de dopamine sécrété (suivant notre degré de stress ou d'agressivité). Mais aussi pression artérielle, et autres mesures (glycémie, syndrome prémenstruel). Plus les signes avant-coureurs d'un événement grave (infarctus, AVC).

À cela s'ajoutent les pathologies que nous pourrons éviter si elles sont prises en charge suffisamment tôt (cancer, Alzheimer, Parkinson et autres maladies neuro-dégénératives, dépression et pulsions suicidaires). Mais cela ne s'arrête pas là. Ils connaîtront tout de nous, ce qui nous agace, détend, intéresse, distrait, ennuie, comme ce qui nous inquiète, émeut ou excite ; et si nous sommes en mode combat ou en mode fuite, suivant les situations. Ils sauront si nous sommes honnêtes dans nos interactions sociales et notre rapport au monde.

Cela signifie que nous n'aurons aucun secret pour eux. Nous serons constamment sous la scrutation d'un dieu électronique. Une entité bienveillante, mais exigeante, avec des idées très arrêtées et une curiosité insatiable.

— C'est comme mettre une puce dans un animal de compagnie au cas où il s'égare, précise Dick en me montrant un autre diagramme.

Mais non, ce qu'on a dans le corps, ça n'a rien à voir ! Implanter une puce RFID dans un toutou est une chose. C'en est une autre d'injecter dans un humain une myriade de biotransducteurs et autres capteurs moléculaires, pour qu'ils essaiment sous la peau et jusqu'aux confins de son espace intérieur telle une horde de nanosatellites ou un virus.

— Ces biopuces sont faites à base d'hydrogel et autres matériaux biocompatibles, dont des protéines produites par ton propre corps, afin d'éviter des réactions inflammatoires ou des phénomènes de rejet. (Dick me montre son écran pour appuyer ses dires. Nous sommes tous les deux allongés, adossés à la tête de lit, comme deux colocs.) Comme tu le vois ici, pour l'instant, ton HOTE n'est que partiellement câblé.

— J'en conclus que ça va changer. Et je serai prévenue de la mutation ?

— Comme on dit en mécanique quantique, tout est intriqué avec tout.

Je lui demande qui sera responsable de ce recâblage.

— J'ai le droit de le savoir, vu le pouvoir que va avoir cette personne sur moi. Et peut-être que ce n'est pas une personne, mais plusieurs ? dis-je en examinant le fouillis de ces connexions numériques qui font désormais partie de mon intimité.

— Toi et Carmé gérez vos propres interrupteurs, c'est vous qui décidez ce qui peut être activé, et quand. La bonne nouvelle, c'est que les modifications seront transparentes. La plupart du temps, l'adaptation se fera toute seule, sans que vous en ayez conscience.

— La plupart du temps ? Ce n'est guère rassurant. Je ne vois pas en quoi c'est une « bonne nouvelle ». On n'aura donc aucune maîtrise sur ces évolutions, sur ces nouvelles capacités. Cela me semble plutôt dangereux et effrayant.

— Tu auras une très bonne assistance. Je vais te montrer ça dans un instant.

Puis il recommence à m'expliquer que je ne sentirai pas ces appareils en moi qui ne sont pas plus gros qu'un grain de poivre. Certains même sont plus fins qu'un cheveu.

Certes, on ne sait pas tout, concède-t-il. Parce qu'on avance en terre inconnue. Les points d'injection ne devraient plus me faire souffrir. La plupart d'ailleurs ne sont déjà plus visibles. Mais je pourrais garder une sensibilité au pourtour du foramen magnum, le trou à la base de la boîte crânienne. Hormis ce désagrément, je n'aurais eu aucune conscience de ce qu'ils m'ont fait si, bien sûr, il ne m'avait pas montré par le menu les nouveaux accessoires que j'ai sous le capot, et comment ils sont câblés et programmés.

À quel moment me serais-je aperçu que je n'étais plus la même ? Quand j'aurais vu mes actions ou mes gestes altérer systématiquement mon environnement – télévisions, serrures et autres dispositifs électroniques ? Mon corps m'aurait-il envoyé une alerte ? Des vibrations, des picotements comme ceux que génère mon doigt abîmé ?

Des changements d'humeurs, des pensées nouvelles auraient pu être le signe révélateur que ma personne a été modifiée en profondeur ou, pire encore, que ce traitement m'a rendue fragile psychologiquement, voire paranoïaque ou psychotique ? Cela aurait été terrifiant si personne ne m'avait prévenue. Carmé a dû elle aussi se poser ces questions.

Je songe à son comportement de plus en plus bizarre ces derniers mois. J'espère que Dick et son nouveau programme Gemini ne vont pas nous transformer en monstres...

Des gens hostiles, destructeurs, mus par des perceptions biaisées...

Des êtres d'un égocentrisme absolu, sans empathie ni remords...

Des machines sans âme qui accomplissent leur mission, quel qu'en soit le prix...

Des cyborgs impitoyables, omnipotents et irrésistibles...

— Nous sommes des précurseurs. Bientôt on combinera télémédecine, IA et ordinateur quantique, poursuit Dick pour me convaincre qu'il était nécessaire de prendre en otage ma vie et celle de Carmé.

Le bénéfice sera extraordinaire en termes de santé et de sécurité publique. Puis il sort son argument massue :

— Et aussi pour le renseignement et l'armée.

— À un détail près. Quiconque sera équipé d'un analyseur de spectre me verra arriver de loin ! En ce moment même, s'il y en a un allumé dans le secteur, ses alertes clignotent comme un sapin de Noël !

8.

Dans les fréquences basses, mon HOTE émet dans la zone 125 à 134 kHz, à en juger par les indications de mon clone électronique sur l'ordinateur.

— Et aux alentours de 13,45 MHz. Et dans la bande UHF de 800 à 915. Plus des fréquences dans la frange 2 et 4 GHz, et aussi dans la bande S, ce qui est carrément de la folie. En d'autres termes, on me renifle à cent mètres comme Pig-Pen dans *Snoopy et les Peanuts*. Sauf que le nuage qui m'entoure est, lui, électromagnétique, ce qui me gênera.

Mes signaux risquent d'interférer avec ceux justement que je pourrais vouloir détecter. Il me sera alors impossible de les repérer. Inutile de sonder une pièce dans l'espoir de débusquer un intrus ou un pirate via sa signature électronique. Je ne le distinguerai pas. Et ce sera le cas pour la grande majorité des lieux où j'ai accès pour mon travail, que ce soit à la NASA, au Secret Service, la CIA, Scotland Yard, et dans les complexes top-secret de l'armée.

— Et si Carmé ou moi devons passer une IRM, un scanner ? Qu'est-ce qu'il va se passer ? (Je l'assaille de questions parce que tout ça me semble intenable.) Même si les capteurs, les nano-antennes ne sont pas plus grosses qu'un grain de sésame, un jour ou l'autre quelqu'un va les repérer.

Et que nous arrivera-t-il alors ? Dick, bien sûr, n'a pas la réponse. Va-t-on finir en prison ? Dans un bloc opératoire, sur une table d'autopsie où des gens vont nous charcuter pour nous enlever nos appendices électroniques ? Je suis partie dans mon délire, j'imagine les scénarios les plus sinistres possibles.

— Il y a un bouton « arrêt d'urgence », m'indique-t-il sur l'écran. Un peu comme quand tu perds ton téléphone ou qu'on te le vole. Avec ça, tu peux tout effacer à distance. Au besoin, nous pouvons rendre l'HOTE totalement inerte. En un mot, faire disparaître tout ce qu'on vous a injecté. Bien sûr, cela risque d'être violent pour vous. Avec quelles séquelles, nous n'en savons rien.

— Si notre couverture saute, il sera peut-être trop tard pour nous sauver. En tout cas, pas si on nous kidnappe ou qu'on nous met une balle dans la tête.

Je termine mon deuxième muffin. Si seulement mon appétit avait lui aussi un bouton « arrêt d'urgence »...

— Personne ne va te griller, continue Dick pour me rassurer.

Nous avons une cape d'invisibilité, me promet-il, nos HOTEs captent le bruit de fond de tout environnement où nous pénétrons et le restituent à l'identique.

— Des signaux se cachant derrière d'autres signaux, explique-t-il. Un masque électronique. Comme un poulpe qui change de couleur et de forme pour se fondre sur le fond de l'océan. À ce propos, j'ai quelques accessoires à te montrer...

Le lit tressaute quand il se lève. Il va chercher son sac sur la table basse et en sort plusieurs boîtiers. Il me présente une sorte de gros bracelet fitness, identique à celui que portait Carmé au Point Comfort Inn.

— Je te présente le LACET, le Localisateur Autonome de Contrôle et d'Évaluation Transportable. Ton père et ses acronymes !

Dick attache le LACET à mon poignet droit. Le matériau composite est frais et doux sur ma peau.

— C'est comme une Apple Watch. Tout le monde porte ce genre de machins connectés. Mais en fait, c'est ton centre de contrôle, ta ligne de survie avec l'IA. Ton moteur de recherche, ton radar et ton analyseur de spectre.

Il m'informe que mon LACET est en connexion directe avec le programme installé dans l'unité centrale, un ordinateur quantique. Ma nouvelle parure est étanche et antichoc. Elle fonctionnera en microgravité mais ne résistera pas dans une combinaison spatiale pressurisée.

— Je préférerais que tu le gardes pour dormir, que tu l'enlèves le moins possible. Si tu dois l'ôter, qu'il soit à côté de toi pour pouvoir vite le récupérer au cas où.

Il faut le porter au poignet droit, ce qui me convient. Comme il le sait, je suis quasiment ambidextre. Le LACET sera connecté avec mes autres accessoires. Il me montre ensuite une paire de lunettes photochromiques de sport pareille à celle que j'ai vue dans la chambre du Point Comfort Inn. Ce sont mes Visionneurs Étendus à Réticulation Rétro-Éclairée, ou mes VERREs, m'explique-t-il, que je peux porter avec ou sans mes nouvelles lentilles de contact intelligentes, mes IRIS (Informations Rétiniennes InfraScopiques).

Les lunettes et le bracelet sont curieusement légers et agréables au toucher. Ce n'est pas du titane ou des fibres de carbone. Sans doute un composite de nanotubes légers comme l'air. Un matériau conducteur d'électricité pouvant résister à des conditions extrêmes.

Certainement du graphène, ou quelque chose de semblable. Peut-être est-ce l'effet de mon imagination, mais j'ai l'impression de sentir une vibration ténue autour de mon poignet. Un courant à peine perceptible qui traverse mes vaisseaux sanguins et mes os. Ma cicatrice se met à picoter doucement.

— Bien sûr, ces lentilles ne sont pas jetables.

Je les imagine le soir, baignant dans leur solution saline.

— Non, tu n'en changes pas. Et non, tu ne les balances pas à la poubelle, s'il te plaît ! insiste Dick.

Douces et souples au toucher, les lentilles paraissent normales au premier regard. Un nanomatériau élastique et transparent, tissé dans un réseau de nanofibres métalliques lardées de microsystèmes électromécaniques, tels que des antennes étirables. Les IRIS surveillent également les diverses fonctions vitales comme le mouvement des yeux, les niveaux de glucose et l'apparition de maladies potentielles.

Dick explique que je vais être capable d'augmenter ma perception avec la vision synthétique et la réalité virtuelle. Ne sachant par où commencer, je pose des questions élémentaires : quand dois-je porter l'un ou l'autre, ou dois-je les avoir toujours tous les deux sur moi ? Que se passe-t-il si l'un de ces machins est perdu, volé, ou s'approche trop près d'un four à micro-ondes ?

— Les VERREs et les IRIS ont des utilités différentes, mais aussi beaucoup de fonctions communes, répond-il avec patience.

Le sous-texte, en fait, c'est que je devrai improviser.

— Comment ces trucs sont alimentés ?

Je garde les couvertures remontées jusqu'au menton. Pas question de me lever tant que je n'ai pas un minimum d'intimité !

— Par énergie cinétique, comme les montres qui se remontent toutes seules. (Dick pose sur le lit mon ceinturon, mon couteau, mon gilet pare-balles.) Et aussi par énergie photovoltaïque.

— Autrement dit, ces joujoux bioniques resteront chargés si je m'en sers.

— Un peu comme toute chose sur terre.

Il ouvre en grand la porte du placard, et écarte la potence de perfusion sur roulettes. J'entends les cintres cliqueter sur la tringle. Cachée sous les draps, je le regarde collecter ce dont j'ai besoin. De tout temps, il a veillé ainsi à mon bien-être. Il récupère mes effets personnels avec nonchalance, dans un ordre aléatoire – culotte, soutien-gorge de sport, arme, ou tampons, ce serait du pareil au même.

— Pour ne rien te cacher, reprend-il en ajoutant un pantalon cargo et une chemise tactique, on ne vous donne pas cet équipement pour les laisser dans un tiroir. Il faut les avoir sur vous. Alors ils resteront opérationnels.

Il me précise qu'en cas de besoin j'ai toujours la possibilité de les recharger comme les SPAS, nos Sphères Personnelles Autonomes à Sustentation, que papa et moi bricolons dans la grange depuis des lustres.

Quand nos boules volantes reviennent au nid, elles se posent sur une STAR (une Station Aérienne de Recharge), comme Glinda, mon petit pin de Norfolk en pot.

00 : 00 : 00 : 00

— Inutile d'avoir tes VERREs et tes IRIS tout le temps sur toi, poursuit Dick, penché au-dessus du tiroir de la commode, où se trouve un assortiment de paires de chaussettes. Mais il vaut mieux que tu gardes au poignet ton LACET. Toutefois, si d'aventure tu te retrouves loin de ces appareils, et par conséquent coupée du processeur central, il te reste une alternative.

— Laquelle ?

— Te débrouiller sans eux. (Il lâche mes chaussettes sur le lit.) Le faire à l'ancienne, avec tes propres ressources.

— Autrement dit, si ça tourne vraiment mal...

— Pour résumer, Calli, tu ne dois pas être trop dépendante de tes rajouts bioniques. Il faut que tu restes en forme, lucide, prête à réagir en toutes circonstances.

(Comme si c'était facile !) Tu dois pouvoir faire du feu toute seule ou bâtir un abri, trouver le moyen de survivre.

— Quand les gens verront mes nouveaux atours, qu'est-ce que je suis censée leur dire ?

— Que c'est un cadeau de Noël de tes parents. Un kit montre et tracker fitness. Quant aux lunettes de sport, ça peut officiellement servir de protection sur le stand de tir.

— Tu sais comme moi que Fran va se poser des questions. Elle sait que je suis restée ici plusieurs jours. Elle va remarquer mes accessoires. Rien ne lui échappe jamais, et ça sera compliqué. Non seulement je travaille avec elle tous les jours, mais c'est un membre de la famille, une voisine et une amie de longue date.

— C'est vrai, mais tu sauras te débrouiller, j'en suis persuadé. (Il allume mes VERREs et me les tend pour que je les chausse.) Très bien. Touche le LACET maintenant. Peu importe où. Les capteurs vont reconnaître tes empreintes digitales et autres données biométriques. Et tu seras connectée.

— C'est fait, réponds-je.

Un flux de données, d'ordinaire protégées par un mot de passe, défile sur les verres teintés qui changent de densité au gré des variations de lumière. Des flashs infos, des prévisions météo... j'ai l'impression d'être dans un cockpit d'avion ! Ou dans une salle de contrôle avec ses murs d'écran se mettant constamment à jour.

— Les VERREs et les IRIS sont synchronisés avec le LACET, d'accord. Mais le LACET, il est connecté à quoi ?

— À tes téléphones, tes ordinateurs. Et à tout appareil susceptible d'établir une connexion avec l'unité centrale, l'ordinateur quantique dont je t'ai parlé, celui qui traite toutes les données de l'univers avec une rapidité inconcevable.

— Et comment éviter que mes appareils se synchronisent avec n'importe quoi ?

— C'est là que l'IA fait le tri.

— Ça signifie que Carmé ou moi pourrions entrer dans tous les systèmes « piratables » ? dis-je en examinant mon nouveau bracelet.

— Et aussi dans certains réputés inviolables.

Nous n'aurons plus à nous soucier des mots de passe, des codages, ou des pare-feux.

— C'est fou, mes e-mails, mes SMS et toutes mes autres communications privées sont tous là. (Je décris ce que je vois dans mes VERREs.) Je suis dans les serveurs de la NASA, j'ai accès partout sans identification. Ou alors, elle se fait à mon insu.

Mais le plus important, c'est ce qui n'apparaît pas, telles des alertes ou autres notifications révélant qu'un nouveau venu se balade dans le bruit de fond électronique de Dodd Hall. Les analyseurs de spectre que Dick et moi avons toujours avec nous, et même mon nouveau bracelet high-tech, ne détectent aucun intrus, et encore moins la myriade de transmetteurs qui sont implantés sous ma peau et mon crâne.

— Apparemment, mon HOTE n'existe pas. D'un point de vue électromagnétique, je suis transparente. Comme si je n'étais pas là.

C'est à la fois incroyable et absolument terrifiant.

— Tes transmissions sont indétectables par des outils classiques, poursuit Dick en m'apportant mes rangers.

— Tout va bien dans le meilleur des mondes jusqu'à ce qu'un proche – ami, membre de la famille, collègue – ait aussi un HOTE sur lui. Et il n'y aura alors aucun moyen de le savoir puisque ses signaux comme les miens seront masqués.

— Oui, c'est l'un des nombreux risques, répond-il avec flegme, comme s'il n'y était pour rien.

— Et Carmé et moi ? Nous pourrons détecter mutuellement notre présence.

— Non, à moins de tromper le programme.

— Je n'aime pas ça.

— Allez, habille-toi. Il faut y aller. On a du pain sur la planche et le temps presse.

— Retourne-toi ! (Je retire mes VERREs et les pose sur le lit.) Comment je peux avoir autant d'affaires ici ? On dirait que je suis dans cette chambre depuis des semaines.

— Tu connais Penny.

C'est effectivement typique de ma mère. Elle veille toujours à ce que personne ne manque de rien.

Dick s'éloigne vers la cuisine pendant que j'enfile ma culotte. J'espère qu'il ne jette pas des regards à la dérobée. Bien sûr, il reste les caméras au plafond et Dieu sait où encore !

— Si le gouvernement a annulé le programme Gemini, dis-je en retirant à la hâte ma blouse d'hôpital, je suppose que cela a un lien avec les récents problèmes dont tu parlais.

— À la suite d'un fâcheux concours de circonstances, Gemini se retrouve d'un coup en grand danger, me confie Dick, tandis qu'il farfouille dans le réfrigérateur. Une puce s'est volatilisée. Si elle tombe entre de mauvaises mains, au lieu d'avoir été juste déplacée, égarée, ou jetée par mégarde, c'est tout le...

— Pardon de t'interrompre, mais de quelle puce s'agit-il ?

Je garde un ton détaché, mais en moi une petite voix s'affole...

— La puce « Démarrage des Installations d'Exécution et Utilitaires », répond-il. (J'en ai froid dans le dos.) La puce DIEU. Comme son nom l'indique, il y a dedans le logiciel, le nanoprocesseur central et la mémoire.

— Tu veux dire que c'est la puce de Gemini ?

— Oui, tout le programme, sur une puce pas plus grosse qu'une tête d'allumette.

Malgré lui, il y a une pointe de fierté dans son ton lorsqu'il décrit la structure de puits quantique : de fines bandes d'électrons et de noyaux de phosphore prises en sandwich entre des couches de silicium.

Les qubits ainsi obtenus sont stables. Ils ne sont plus hypersensibles ni trop facilement excitables, explique-t-il. Autrement dit, il n'est plus nécessaire de les maintenir au zéro absolu : - 273,15 °C. Plus besoin de machines cryogéniques, de boucliers thermiques, de pompes à vide et autres équipements. Adieu le gros bidule qui ressemble à un satellite bardé de feuille d'or et de cuivre, et qu'on ne pourra jamais loger dans un PC !

— Placer de l'information quantique sur une puce, c'est une révolution majeure, comme celle de la miniaturisation des ordinateurs centraux. Là où il fallait des salles gigantesques remplies de machines, aujourd'hui de petits serveurs de bureau suffisent.

— C'est pas bon, ça. Pas bon du tout.

Je sais, c'est une lapalissade. Tous mes voyants passent au rouge.

DANGER ! DANGER ! DANGER... !

— Cette puce était enfermée quelque part, en sécurité, je suppose ?

Je ferme mon pantalon.

— Absolument. Dans le coffre à fusils de George. Mais quand il l'a ouvert la semaine dernière, elle n'y était plus.

Je me rappelle ce que Carmé m'a dit au motel : *papa a assez de problèmes comme ça...*

— Et cette puce, c'est justement ce que cherchait Neva Rong quand elle a débarqué chez Vera.

Je boutonne ma chemise, toute propre et repassée. J'essaie de rester calme, réfléchie, même si les pensées se bousculent dans ma tête.

— Oui. Sans doute. Et elle la cherche encore. Bien des gens seraient prêts à tuer père et mère pour obtenir cette nouvelle technologie.

— Elle avait donc de bonnes raisons de croire que Vera l'avait en sa possession.

J'imagine Carmé entrant dans l'appartement après les faits, à la recherche de cette puce.

— Absolument. Elle pensait que sa sœur l'avait chez elle. Ou sur sa personne.

— Et comment Vera Young se la serait-elle procurée ?

— Par le gamin au téléphone.

9.

— Vera Young s'était mis Lex Anderson dans la poche. Le gamin est peut-être le chaînon manquant, suggère Dick.

Or papa a un faible pour ce gosse. Il est le fils qu'il n'a jamais eu.

Il y a quelques semaines, en rentrant à la maison, j'ai eu la mauvaise surprise de voir mon père et Lex se promener dans la propriété, armés d'antennes et d'analyseurs de spectre. « On fait une chasse au trésor 2.0 ! » m'a lancé mon père avec un grand sourire.

Tout cela pour dire que papa a passé beaucoup de temps avec Lex récemment, à lui apprendre un tas de choses, comme il l'a fait avec nous quand nous étions enfants.

— Pourquoi ne pas effacer cette puce à distance ?

— Si seulement c'était si simple, répond Dick en ouvrant une poche de son sac à dos. Nous sommes encore très loin d'avoir une solution à tous les problèmes.

En d'autres termes, Carmé et moi sommes mal parties.

Personne n'a très envie d'effacer des décennies de recherche et développement. Ce genre de décision ne se prend pas à la légère, pour le commandant de la Space Force ou pour qui que ce soit.

Je lui demande si on sait où a été acheté le TOC.

— Au Hop-In de Hampton.

Aussitôt je repense à l'homme que j'ai vu quatre jours plus tôt, derrière la porte du magasin, et à cette Jeep Cherokee blanche sur le parking.

J'enfile mes chaussures tandis que Dick me remet un nouveau passe flambant neuf. Enfin, on est prêts à partir !

— Comme tu t'en doutes, le gamin déclare n'être pour rien dans la cyberattaque. Et pour rien non plus dans la disparition de la puce DIEU.

— Ah oui ? Et comment sait-il que cette puce a disparu ?

— Tu lui poseras la question, réplique-t-il en se dirigeant vers le bureau SIPRNet. Tu dois le voir tout à l'heure.

Il détache un téléphone de son chargeur.

— Première nouvelle ! (À nouveau, je me sens dépossédée.) Bien sûr, je comptais le rencontrer. Mais quand j'aurais jugé le moment opportun. Autrement dit, pas tout de suite.

Je tiens à montrer à Dick que c'est moi la responsable de l'enquête.

— Fran l'a emmené à ton QG. Tu le verras à H-1700, déclare Dick. (C'est quasiment un ordre.) Il pense que tu l'as déjà interrogé, pas en face-à-face, mais au téléphone.

Carmé !

— Quand ça ? m'enquiers-je en refoulant mon agacement. Elle a pris ma place ? L'usurpation d'identité, qui plus est d'un agent fédéral dans l'exercice de ses fonctions, est un grave délit. Mais passons... au point où nous en sommes...

— Effectivement, Carmé s'est fait passer pour toi. Il y a trois jours. Lex était terrifié et très en colère. Il n'avait pas grand-chose à déclarer sur le coup. Mais il a accepté de venir faire une déposition.

— Pourquoi Carmé ne s'en charge pas ? Puisque tu penses qu'elle fait mieux le boulot que moi.

— Je n'ai jamais dit ça. Et arrête cette rengaine.

Il s'assoit sur le lit à côté de moi et me tend le téléphone qu'il vient de récupérer.

Il est plus léger et plus fin que mon ancien modèle. Le boîtier semble fait d'une peau de reptile, légèrement élastique au toucher. Je suppose que la fonction de cette coque n'est pas simplement de protéger les composants internes.

— Il est ultrarapide, annonce Dick. (Je ne reconnais quasiment aucune appli sur l'écran d'accueil.) Il est équipé d'une puce de sécurité haute performance et son algorithme de cryptage lui permet de communiquer avec CARL.

— Qui ça ?

— Le Cerveau Analytique de Recherche et de Liaison. C'est l'IA dont je te parlais. CARL.

Dick a gardé le pire pour la fin !

— Comme l'ordinateur dans *2001* ? C'est une blague !

Je n'ai pas besoin d'aide – assistant, conseiller, humain ou robot. Je n'en veux pas ! Et encore moins s'il fait partie de mon HOTE – si ce truc est en moi. Mais bien sûr, c'est trop tard.

Je me sens carrément envahie et en même temps si seule !

— Crois-moi, CARL va vite te devenir indispensable. Il sera le parfait copilote, ton fidèle allié. (Dick esquisse un sourire, tout content de lui.) Je nous ai mis sur haut-parleur pour que nous puissions discuter à trois. (Comme si une vraie personne était en ligne !) Mais, le plus souvent, tu l'auras dans ton oreillette.

— Quelle oreillette ? Et si je la perds, qu'est-ce qui se passe ?

— Impossible. C'est un implant, et tu as aussi un micro intégré, annonce-t-il en désignant ma tempe droite. Pour parler à CARL, tu peux passer par la voie que tu veux. Y compris par la brave oreillette Bluetooth si tu veux faire croire que tu es en conversation au téléphone avec un kit mains libres. Le plus souvent, tu feras les deux en même temps – téléphoner *et* parler à CARL.

— Il y a de quoi perdre la boule !

— Bien sûr, il te faudra un peu de temps pour t'y habituer. (Parce qu'il en sait quelque chose ?) Mais au final, tu vas trouver ça très agréable de pouvoir mener plusieurs choses de front. Comme tu l'imagines, CARL peut écrire, transcrire et transmettre n'importe quel type de messages. Il fera partie intégrante de toi.

— Je ne veux pas de fantôme en moi, et encore moins un fantôme bavard qui va m'envoyer des SMS à tout bout de champ.

Quel cauchemar !

— CARL, tu es là ? demande Dick.

— Bonjour, général Melville, en quoi puis-je vous être utile ? répond une voix dans le téléphone que je tiens dressé comme un sceptre.

CARL est un garçon, mais sa voix n'est guère genrée. Un timbre doux qui pourrait aussi bien appartenir à un gamin de quatorze ans qu'à Kate Moennig ou Emma Stone, à la fois assuré et charmant, avec quelque chose d'irrésistiblement sensuel. Un peu comme Mason Dixon s'il était moins horripilant et imbu de sa personne. Et je ne tiens pas à me rappeler de lui chaque fois que CARL va ouvrir sa bouche artificielle !

— Calli, je te présente ton nouvel cyberassistant.

— Salut, CARL.

Je ne vois pas d'autre entrée en matière. Mais mon bonjour manque cruellement de chaleur.

— En quoi puis-je vous aider, capitaine Chase ?

Sa réponse polie et amicale me rappelle ma mère.

— Je ne sais pas trop. En me disant, par exemple, si je suis encore au Kansas.

— Vous n'êtes jamais allée au Kansas, capitaine Chase.

Il a dû consulter l'historique de mes réservations – avions, trains, hôtels... mes itinéraires par GPS. Sans compter mes paiements par carte bancaire, et mes e-mails sur des dizaines d'années. Il voit tout !

00 : 00 : 00 : 00

Les données sont partout. Et il peut les explorer à une vitesse inimaginable. Je ne m'attendais pas à croiser une IA aussi efficace si tôt dans la course à l'informatique quantique. Dick, comme tous ceux impliqués dans le programme Gemini, savent qu'ils jouent avec le feu. Plus on est rapide, plus vite on a des problèmes !

Si un algorithme ou un programme quantique a un bug, la sentence sera sans appel. Un mauvais calcul, un paramètre mal défini, une erreur de code... et un avion de ligne autonome se fracasse dans les montagnes. Une fusée plonge sur un centre-ville. Un missile Hellfire revient à son expéditeur. Une attaque nucléaire est lancée.

Si un pacemaker ou un capteur de glycémie reçoit un message erroné, c'est la crise cardiaque ou le coma assurés. Et si cela arrive à des membres bioniques, on se met à étouffer les gens qu'on aime au lieu de les enlacer !

— Y a-t-il une autre information qui pourrait vous être utile, capitaine Chase ?

Je pose doucement le téléphone sur le lit, comme si je craignais de le secouer ou de lui faire mal.

— Non, merci CARL. Pas pour le moment, CARL. Mais répéter mon nom à chaque fin de phrase est carrément agaçant... *CARL.*

— Message reçu. Je vous présente mes excuses.

D'un coup sa voix est un peu moins enjouée.

— Tu sais ce que « agaçant » signifie ? réponds-je tandis que Dick hoche la tête.

Visiblement, il est satisfait de voir comment CARL et moi interagissons. Par ce téléphone, on croirait que je parle à quelqu'un. Enfin, pas vraiment *quelqu'un*.

— Franchement, je doute que tu puisses comprendre tout ce qui relève de l'émotionnel, poursuis-je. Et au bout du compte, toute communication sera impossible si un seul des interlocuteurs a des émotions.

Je préfère jouer franc jeu.

— Je comprends que je vous ai agacée. (Il y a de la froideur dans la voix synthétique de CARL.) Mais les données montrent que vous étiez déjà agacée avant que je vous parle. Donc, le fait de répéter votre nom n'est pas la cause première de votre mécontentement.

— Pour être claire, j'ai tout un tas de bonnes raisons de ne pas être contente. Et tu viens juste de passer en tête de liste.

C'est déplaisant mais sincère. Je sais que Dick, assis à côté de moi, n'en perd pas une miette.

Comme ces caméras au plafond...

Et ce moment même, le réseau de capteurs et autres appareils de mon HOTE transmettent mes données les plus intimes...

— Cela peut te paraître bizarre, mais dans le vrai monde, la famille ou les amis ne sont pas des systèmes d'exploitation que l'on peut reprogrammer ou mettre à jour à sa guise.

J'insiste, au cas, hypothétique, où CARL serait sensible à ce genre de piques. Mais il y a peu de chance qu'il puisse se sentir rejeté ou méprisé parce que je ne lui montre pas autant d'empathie qu'aux humains.

— Alors, j'essaie de gérer les situations critiques comme je le peux, avec ce que j'ai, conclus-je.

— Qu'entendez-vous par « le vrai monde » ? Je ne comprends pas.

— Si tu ne vois pas ce que c'est, cela va être difficile de t'expliquer ! Et même si je le pouvais, je n'ai aucune envie de jouer les mentors d'un être virtuel, d'une chose qui n'existe pas. En attendant, pour des questions de confidentialité et de sécurité évidentes, ne prononce plus mon nom !

Pourquoi j'explique tout ça à un programme ? Je n'ai pas à me justifier.

Et pourquoi je lui en veux autant, alors que nous venons juste de nous rencontrer ?

— Message reçu, répond CARL avec un enthousiasme de plus en plus ténu. Vous préférez donc que je ne dise plus jamais votre nom.

— Sauf que parfois tu ne pourras pas faire autrement. Cela dépend des circonstances. (Je réfléchis quelques instants.) Par exemple, si je suis trop occupée pour voir quelque chose. Ou si tu as besoin d'avoir mon attention parce qu'il y a urgence.

— Compris.

— Tu vois, intervient Dick en se levant. Vous commencez déjà à bien vous entendre.

— De mon côté, il y a encore du boulot.

Je mesure mes paroles parce que CARL m'entend. Et il en sera ainsi tout le temps.

Je me rends ensuite dans la salle de bains. Je ferme la porte pour avoir un peu d'intimité, si ce mot a encore une signification ! J'éprouve une sensation de déjà-vu. Je contemple les carreaux noir et blanc au sol, les toilettes et la baignoire blanche, les appliques de cristal. Je n'ai aucun souvenir de ce lieu, mais il est évident que j'y suis déjà venue.

Ma trousse de toilette est à côté du lavabo, ainsi que la lotion pour les lentilles de contact, le savon antibactérien. Une attention maternelle, je n'en doute pas. Ma priorité est de me débarrasser de cette couche-culotte. Puis je me brosse les dents et me lave le visage. Ensuite, dans une poche de mon pantalon cargo, je récupère la petite boîte en plastique contenant les IRIS qui peuvent compléter mes VERREs.

Ni Carmé ni moi n'avons jamais eu besoin de corriger notre vue. Et je n'ai jamais porté de lentilles. Mais maman en a et je vois comment les mettre. Je me nettoie les mains, pose le bout de mon doigt sur la lentille étonnamment souple et mince. L'une après l'autre. La gauche. La droite. Je bats des paupières. Ce n'est pas si inconfortable, mais c'est troublant de voir défiler mes e-mails, mes SMS et autres données.

Je m'y habituerai (du moins, je l'espère.) Je me regarde dans la glace. J'examine mes cheveux en bataille avec leurs reflets roux, mon visage, ma peau, ne sachant comme d'habitude que faire. Je suis trop claire, trop foncée, trop féminine, trop musclée, trop bavarde, trop taciturne, toujours trop ceci ou cela, suivant à qui l'on pose la question.

En revanche, je pensais avoir une sale tête, mais c'est moins terrible que prévu. Je serais même plutôt attirante. Pour tout dire, cela pourrait être Carmé dans la glace. C'est troublant parce qu'elle a toujours été la plus belle des deux, alors que moi, on ne me remarque quasiment jamais, même si les gens nous confondent tout le temps.

— Tout est une question de reprogrammation, annonce Dick tandis que je sors de la salle de bains. Pas seulement chez CARL, mais aussi chez toi et chez ta sœur. (Il charge son sac tactique sur ses épaules.) Tu dois identifier par toi-même quelle cause induit quel effet. Et comment partager mutuellement votre retour d'expérience.

— Si quelqu'un t'entendait, il te prendrait pour un grand illuminé, tu le sais ? lui dis-je en le suivant jusqu'à la porte.

— Depuis votre naissance, on vous a préparées à ça, Carmé et toi. Simplement, vous ne le saviez pas. (Il enfile sa casquette camo, coince sa veste sous son bras.) Je sais que tu vas t'en sortir à merveille. Je n'en doute pas.

— Ah oui ? Tu es devin, en plus ? Je ne vois pas comment tu peux affirmer ça si nous sommes les prototypes 001 et qu'il n'y a eu aucun cobaye avant nous.

Je lui ouvre la porte.

— Tu es peut-être la première, mais il y a eu des essais et des expérimentations auparavant. Je t'assure que tu vas t'habituer.

Il sort sur le palier, sans me dire au revoir ni me souhaiter bonne chance. Pas une embrassade, pas même une poignée de main, alors que cet homme, je le connais depuis toujours. Une bouffée de panique me traverse. Je ne sais pas par où commencer. Où suis-je censée aller me pavaner avec mes parures bioniques ?

— Et si j'ai besoin de te voir, tu seras où ?

J'ai le droit de savoir puisque c'est lui le maître du jeu.

— Retrouve-moi au portique en fin d'après-midi. (Il marque un arrêt dans les escaliers, et me regarde à travers ses lunettes d'aviateur.) On est peut-être dimanche en plein shutdown mais la Terre continue de tourner. Il y a un tas d'essais en cours, dont un lâcher de capsule spatiale.

La dernière fois que j'ai jeté un coup d'œil au registre en début de semaine, il n'y avait rien de programmé au portique ni dans le bassin pour les tests d'amerrissage, rien avant la nouvelle année. Bien sûr, il y a un tas de recherches classées secret-défense et tout le personnel n'est pas forcément prévenu. Souvent, je suis au courant à la dernière minute. Et encore. Tout dépend s'il est nécessaire que je sois dans la confidence.

— Une capsule de la SNC, m'apprend Dick en descendant l'escalier.

Je me demande de quoi il parle, parce qu'il ne peut s'agir du Dream Chaser de la Sierra Nevada Corporation qui, lui, atterrit sur une piste comme un planeur.

Il n'est pas question de lâcher un tel engin du haut du portique ou de quelque endroit que ce soit. Ce serait une pure perte de temps et d'argent. Aller fracasser une maquette de plusieurs millions de dollars alors que l'appareil n'est pas prévu pour retomber dans l'océan ou dans le désert.

10.

Je vais à la fenêtre, écarte les rideaux, alors que Dick émerge sur le parking derrière Dodd Hall. Je vois le nuage blanc de son haleine monter dans l'air froid de l'après-midi tandis qu'il longe l'allée enneigée.

Il monte à l'arrière du Suburban noir, avec ses antennes et son dôme satellite. Je demande à CARL de relever le numéro de la plaque.

— Une Chevrolet de 2018, propriété du gouvernement fédéral, m'apprend-il d'une voix monocorde, semblable à celle de Carmé lorsqu'elle est agacée.

— Je suis sûre qu'elle appartient au Secret Service. (Je pose mes sacs sur le lit pour finir d'emballer mes affaires.) Il était avec eux il y a quatre jours dans le hangar.

— Je n'ai pas d'informations quant à l'agence gouvernementale à laquelle est affecté ce véhicule, me lâche CARL d'un ton toujours aussi pincé. Mais quand j'ai voulu faire des recherches, cela a déclenché une alerte.

— Il eût été préférable de se renseigner avant de foncer tête baissée. (CARL commence vraiment à me taper sur le système.) Tu peux peut-être neutraliser cette alarme ?

— Impossible à désactiver.

Pour le Suburban, il me donne une adresse dans le Delaware. Un leurre, évidemment.

Le Secret Service ne risque pas de laisser filtrer où ils garent leur véhicule high-tech banalisé. Je suis sûre que Dick a le sourire aux lèvres, sachant que je l'observe de la fenêtre comme dans un mauvais vaudeville, et que mes recherches concernant cette plaque ont fait chou blanc. Et, pour couronner le tout, CARL a déclenché une alarme ! Je lui demande aussitôt de le prévenir.

— Je ne tiens pas à avoir une unité SWAT aux basques !

— Message reçu, répond CARL.

Je ne vois pas comment je vais m'habituer à son ton déplaisant. Je me sens nue, espionnée, dépouillée de tout.

— C'était idiot de ma part, dis-je au téléphone sur le lit. Dick est au courant de tout, évidemment. C'est comme s'il était encore assis là, dans ce fauteuil.

CARL n'a pas de réaction. Je range dans mon sac de toile un jeu de pantalons, des chemises, des chaussures, et pour une bonne semaine de sous-vêtements de rechange.

— La prochaine fois, tiens-moi au courant. Tu te doutais, j'imagine, que lancer une recherche sur ce numéro déclencherait une alarme.

— J'ai fait ce que vous m'avez demandé, réplique CARL, avec le même ton pincé.

— Tu as fait ce que j'ai dit, pas ce que je voulais vraiment, objecté-je en continuant de plier mes vêtements comme autant d'origamis pour qu'ils tiennent tous dans mon sac.

— Vous ne l'avez pas précisé. (Et maintenant, il se rebiffe ! De mieux en mieux !) Je n'ai pas eu cette information.

— Si je dois tout t'expliquer chaque fois, on ne va pas pouvoir travailler ensemble.

Il reste silencieux pendant que je vérifie mon arme et mes munitions. Je veux m'assurer que le pistolet est verrouillé, chargé, avec une balle dans la culasse.

— En attendant, reste sur le coup... pas question de déclencher d'autres alertes cet après-midi, c'est clair ? (Par réflexe, je comble le silence :) En priorité, tu dois protéger mon intimité et veiller sur ma sécurité. Voilà ce que j'attends d'une assistance logistique. Quand tu as des données que j'ignore, tu serais aimable de m'en parler et de me prévenir.

CARL reste silencieux. J'entends le grondement des F-22 sur les pistes. Le temps s'est dégagé et la base aérienne sort de sa léthargie.

— Avant de mettre le nez dehors, j'aimerais avoir les dernières nouvelles et les prévisions météo.

Je ne peux être plus impersonnelle.

Je l'interroge comme s'il n'était qu'un ATIS, le service d'information en continu des aéroports à destination des pilotes. En d'autres termes, je traite CARL comme il me traite. Il est transparent et interchangeable. Et c'est souvent ce que je ressens quand je suis avec Dick. Et aussi avec papa, qui souffre d'*absentia aiguë*, comme on dit dans la famille.

— Je veux toutes les infos qui peuvent avoir une incidence sur mon travail, mon environnement, et les gens de mon entourage. (Je glisse mon Glock calibre .40 S&W dans son étui.) Par exemple, où en est le shutdown ? Quels sont les bruits de couloir ?

— Je ne comprends pas l'expression « bruits de couloir ».

Voilà tout ce qu'il trouve à répondre !

— Je suis certaine que tu as compris ma question.

— L'arrêt des activités gouvernementales pourrait durer jusqu'à la fin de l'année, et peut-être au-delà si les parlementaires ne se mettent pas d'accord.

— Ils ne sont jamais d'accord. Ils le font exprès. Et chaque fois, c'est le grand n'importe quoi...

— Je ne comprends pas l'expression « grand n'importe quoi ».

Sa voix, totalement mécanique, ressemble aux annonces enregistrées dans les aéroports.

— Avec le contexte, c'est pourtant limpide, mais tu as décidé d'être pénible.

Je lui réponds avec la même froideur d'automate. Je me demande si CARL n'est pas, d'une certaine manière, branché sur mon humeur.

Chaque fois que je montre une émotion, il y répond sur le même mode. Sans doute est-ce pertinent pour l'interaction. CARL peut ainsi montrer des affects qu'en réalité il ne ressent pas. En revanche, ça le rend sensible aux stimuli parasites, et ça, c'est une mauvaise idée. Si ma mauvaise humeur, mon agacement et mon ton acerbe influencent CARL. Et qu'à son tour, son attitude déteint sur la mienne. Et qu'à nouveau je **per**vertis encore la sienne ? Et ainsi de suite. Ce sera sans fin, comme les décimales de Pi ! On va entrer dans une boucle infernale, et ce sera l'échec assuré.

— D'accord, c'est moi qui ai commencé, indiqué-je au téléphone que je ramasse sur le lit. Sans le vouloir, j'ai déclenché ton côté désagréable, en me montrant moi-même guère aimable, pour ne pas dire carrément revêche. Bref. Repartons sur de bonnes bases. Je te serais donc réellement reconnaissante si tu pouvais me donner le dernier bulletin de l'ATIS et autres données potentiellement importantes. Et en mode silence, s'il te plaît.

Aussitôt les informations commencent à défiler sur mes IRIS.

10 % de risque de pluie. Température : 5°C (41°F). Autrement dit, dehors c'est boueux et glissant. Certaines routes demeurent fermées. Et des quartiers affectés par le shutdown pourraient ne pas avoir été déneigés. Des zones ont été inondées et le verglas reste un danger.

Quant à mon état de santé, ma glycémie est normale à en croire mon HOTE. Ma température corporelle est de 36,5°C. Conductance cutanée, respiration, pulsation cardiaque et autres constantes sont dans les clous, ce qui est curieux quand on connaît ma tendance à m'énerver.

Il faut croire que j'ai retrouvé mon calme malgré les circonstances. J'enfile mes VERREs par-dessus mes IRIS avant de m'aventurer dans l'inconnu. Au moment où je me dirige vers la porte, CARL m'annonce dans mon implant que j'ai un appel.

00 : 00 : 00 : 00

— C'est l'IML, précise-t-il.
Et je veille à rester aimable quand je lui demande de préciser quel Institut Médico-Légal.

Rien qu'en Virginie, il y en a quatre, un par district. Dont le grand service de Richmond. Il me répond, avec la même douceur de ton, que c'est Joan Williams qui m'appelle de l'antenne locale à Norfolk et qu'elle est sur son téléphone portable.

— Je te remercie, CARL. Je vais la prendre, s'il te plaît.

D'une politesse irréprochable, j'use et abuse de mon accent mélodieux du Sud, tandis que je sors avec mon barda de la suite 604.

— À votre service, je vous la passe.

CARL reproduit le rythme et le ton de ma voix, jusqu'à ses inflexions chantantes. Il me met en ligne.

— Calli ? Qu'est-ce que tu fous !

J'ai à peine le temps d'installer mon oreillette Bluetooth que Joan me crie dessus.

— Je suis désolée...

Je ne sais pas du tout de quoi elle parle. Je suis plantée sur le palier, figée comme une statue.

— Tu m'as promis que tu serais là !

Visiblement, elle est vexée.

Je suis à deux doigts de lui répliquer que je ne lui ai rien promis du tout. Je n'ai eu aucun contact avec elle depuis notre rencontre dans l'appartement où l'on a retrouvé Vera Young morte. Mais je m'abstiens. Mieux vaut lui cacher que j'ignore ce qui se passe.

— Eh bien, merci pour tout ! Parce que l'autre pétasse friquée est dans le hall et veut voir le corps ! Pourquoi tu n'es pas là ? Tu avais promis. Sinon, je me serais arrangée pour avoir quelqu'un ! Il doit bien rester un flic dans ce pays en qui on peut avoir confiance !

Joan n'est pas née de la dernière pluie. Mais, visiblement, elle s'est fait avoir. Ce n'est pas à moi qu'elle a parlé récemment. Mais à Carmé. Ma sœur s'est fait passer pour moi et a promis à Joan qu'elle viendrait. Elle voulait coincer la « pétasse friquée » – Neva Rong –, la prendre de court et lui poser précisément les questions qui me brûlent les lèvres.

J'imagine ma jumelle interrogeant Neva Rong sur le suicide de sa sœur (qui est en fait un meurtre), la cyberattaque à la NASA, notre ami le tueur, la disparition de la puce de Gemini, Lex Anderson et autres fiascos. Alors que c'est moi qui devrais mener la danse. De plus, à qui Neva Rong pensera-t-elle parler ? À Carmé ou à moi ? Tout dépend qui joue le mieux la comédie. Et d'abord, sera-t-elle dupe ?

Peut-être n'a-t-elle pas gobé l'histoire officielle sur Carmé, à savoir qu'elle est partie en mission à l'étranger. Comment savoir ce que croit réellement Neva Rong, ou ce qu'on a tenté de lui faire croire ? Une fois encore, ma sœur a pris ma place de son propre chef. C'est mon travail, pas le sien ! J'éprouve un curieux mélange d'émotions. C'est nouveau pour moi et pour une grande part c'est de l'orgueil, l'instinct de défense de son territoire.

— ... tout ce qu'on a chez nous, c'est un pauvre vigile, un vieux nommé Wally qui aurait peur de sa propre ombre ! (Joan est furieuse et je la comprends.) Et je ne peux même pas appeler la police pour me débarrasser de cette emmerdeuse.

» Tu imagines le cirque que ça ferait ! m'explique Joan. Ce serait du pain béni pour Neva Rong qui pourrait alors crier au complot. La pauvrette, elle veut juste se recueillir devant la dépouille de sa sœur tant aimée et on lui envoie les flics !

— Je suis désolée, vraiment.

Et c'est la vérité.

— Elle ne partira pas tant qu'on ne cédera pas. Elle veut les rapports d'autopsie, les photos, toutes les pièces du dossier.

Comme l'a dit Dick, Neva Rong croyait que la puce DIEU était dans l'appartement de Vera, ou *sur elle*.

Mais la puce pourrait bien être *en elle*. Si Vera l'a eue en sa possession, elle a pu l'avaler. Auquel cas, Neva Rong est coincée. Il lui faut un scanner, une autopsie complète, toutes sortes d'instruments d'exploration, ainsi qu'un analyseur de spectre pour en repérer les émissions.

Ce serait une chasse au trésor sordide. Mais s'il y a la moindre chance que Vera ait réellement ingéré la puce DIEU, Neva Rong ne va pas passer à côté.

— Mille excuses, Joan. J'arrive le plus vite possible. Tu sais comme ça roule mal à Norfolk, même les bons jours.

Une carte satellite apparaît sur mes lentilles.

Sans demander, CARL zoome sur une zone biffée d'un rouge rageur, un énorme bouchon. Il y a eu un AVP à moins d'un kilomètre des locaux de Joan. Toute la West Brambleton Avenue est bloquée. Ainsi que les autres routes menant à l'hôpital public de Tidewater et à l'IML. Accident avec délit de fuite, me précise CARL par texto via mes IRIS.

Des témoins ont vu un SUV s'enfuir après qu'un autre véhicule l'a percuté puis s'est embrasé. Était-ce Carmé qui se rendait à l'IML ? L'heure de l'accident pourrait correspondre...

Où est-elle ? Pourquoi est-elle en retard ? J'essaie de me rassurer. S'il lui était arrivé quelque chose de grave, je serais au courant, non ? Nos HOTEs envoient nos constantes en temps réel. Dick et son équipe auraient été alertés.

— Je suis coincée à cause de l'accident qui s'est produit à côté de chez toi. Quel bazar ! (Le mensonge me vient naturellement.) Je suis prise au piège dans Brambleton. Pas moyen de sortir de là. D'ailleurs, je ne vois pas comment tu vas pouvoir envoyer tes gars là-bas. (Je poursuis ma duperie sans vergogne !)

— Il n'y a pas besoin, répond-elle, ne pouvant savoir que je me trouve en fait au premier étage de Dodd Hall, à cinquante kilomètres d'elle. Vu la taille du feu, le véhicule a été transformé en crématorium ! J'ai demandé qu'on ramène l'épave, ici, en salle des scellés. Ce sera plus pratique que de travailler au beau milieu de la route.

En attendant, avec cet embouteillage, les flics ne sont pas près de venir m'aider à gérer Neva Rong. Mais à toute chose malheur est bon : avec cet accident, les médias non plus ne sont pas près d'arriver.

— Encore une fois, je te présente mes plus plates excuses, lui réponds-je depuis l'autre côté de la baie de Chesapeake. Je suis complètement coincée. (Je m'adosse à la rambarde de chêne.) Comment Neva Rong est-elle arrivée chez toi alors que toute la circulation est bloquée ?

— Tu ne vas pas le croire ! Enfin si. Je suis même sûre que tu t'en doutes. (La voix de Joan se radoucit enfin.) En hélico.

De nouvelles données défilent sur mes IRIS.

Une vidéo. Dans un cartouche, il est écrit 15 heures. Je reconnais les bâtiments en brique de deux étages où se trouvent l'IML, les salles d'autopsie, les laboratoires d'analyses... Un paysage austère, quelques carrés de pelouse couverts de neige, des arbres dénudés, cernés par d'autres immeubles abritant l'hôpital, avec ses chambres, ses unités de soins, ses annexes...

Le parking de l'Institut médico-légal est désert. Il y a juste les véhicules de service comme d'habitude et ceux des employés de garde ce week-end. À l'arrière-plan, on devine l'embouteillage sur Brambleton et Colley Avenue.

— ... apparemment, poursuit Joan, ce c... de gouverneur lui a donné l'autorisation d'atterrir ici !

Évidemment, Joan a prononcé le mot dans son entier. C'est moi qui censure. Dans mon implant, j'entends le bourdonnement d'un hélicoptère...

Un Bell 407, blanc avec des rayures bleues, qui descend...

Qui s'immobilise au-dessus du grand H de l'aire d'atterrissage et son manchon à air orange...

CARL lance une recherche sur le numéro de l'appareil. Dans la seconde, j'apprends que l'hélicoptère appartient à la société HeloAir basée à Richmond.

11.

— … bref, Neva Rong prétend qu'elle a le droit puisqu'elle est une parente de la victime, continue Joan. Et techniquement, ce n'est pas le cas. La fille de Vera oui, mais pas elle.

Tout en l'écoutant, je regarde dans mes IRIS le nuage de neige que soulève l'appareil quand il se pose.

— Elle n'a aucun droit sur le corps ! s'exclame Joan. Et Dieu merci, les pompes funèbres le récupèrent en fin de journée, et la vie ici pourra reprendre son cours.

La porte de l'hélicoptère s'ouvre…

Neva en sort, toujours aussi élégante : lunettes de designer, sac à main en croco taille XL, long manteau de vison, boutonné jusqu'au menton…

Elle saute au sol avec aisance…

Elle ferme la porte et s'éloigne sous le tourbillon du rotor, ses cheveux et les pans de son manteau voletant au vent…

— Elle t'a dit ce qu'elle cherche ? Elle se doute bien que nous avons trouvé les capteurs sous ses doigts, que nous les avons extraits et examinés.

Je revois mon analyseur de spectre s'affoler quand je me suis approchée du cadavre.

— Bien sûr qu'elle est au courant. Elle veut d'ailleurs qu'on les lui restitue. Elle dit que ces appareils sont la propriété de Pandora Space Systems. Évidemment, on ne les a plus. Des gars de la NASA, ou je ne sais pas trop qui, les ont récupérés.

— Il y a de fortes chances qu'elle soit intéressée par d'autres implants, des implants cachés que nous n'aurions pas encore repérés, réponds-je en réfléchissant à voix haute.

— En attendant, elle est ici pour faire un scandale.

— C'est clair.

— Et je ne peux la jeter dehors, pas plus elle que les médias qui vont débarquer…

Tout en l'écoutant, je regarde Neva Rong se diriger vers le bâtiment de la médico-légale. Dans son empressement, elle manque de faire tomber le pauvre Wally, le vigile non armé de l'IML dans son uniforme kaki.

— Hé doucement, ma petite dame ! lance le garde au crâne dégarni en la regardant avec des yeux ronds.

— Bonjour, répond-elle d'une voix enjouée, comme devant un public. Je suis le docteur Rong. Neva Rong. Je viens voir ma sœur défunte, après avoir essuyé une série de refus absolument indignes, un mépris patent de toute décence humaine…

Je vois toute la scène sur mes lentilles et l'entends dans mon oreillette interne, tandis que Joan continue à se lamenter au téléphone. Une écoute dichotique qui promet d'être éreintante. Un peu comme lorsque je suis sur le canapé avec maman et que j'essaie de suivre le film à la télévision alors qu'elle me parle. Je recommence à descendre les escaliers, lentement pour ne pas faire craquer le bois.

Une marche à la fois. Et je prends garde à ce que mes sacs ou mon équipement ne heurtent pas la rambarde. Bien sûr, à force de faire attention au bruit que je pourrais faire, j'en oublie celui des avions sur la piste. Jusqu'à ce qu'ils lancent les gaz pour s'envoler. Prise de panique, je coupe l'appel. Avec un peu de chance, Joan pensera que je n'ai plus de batterie.

Je ne crois pas qu'elle ait eu le temps d'entendre le rugissement des réacteurs et de comprendre que je n'étais pas coincée dans les embouteillages. Il ne faut pas qu'elle sache que je lui ai menti. Surtout après l'avoir plantée cet après-midi.

— Abrutie ! (Je me ficherais des baffes !) Jamais tu réfléchis ?

`Qu'est-ce que j'ai fait ?` me demande CARL par texto.

— « Abrutie » avec un « e », c'est à moi que je parle ! En attendant, ne décroche pas si Joan rappelle. Renvoie-la sur le répondeur, s'il te plaît.

Je sors sous les bourrasques. Les Raptor F-22 fendent le ciel comme des Batwings.

Le parking derrière Dodd Hall est vide. Pas un humain en vue. Pas un véhicule. La neige couvre tout jusqu'au perron où je me tiens. Où est la nouvelle voiture qu'on m'a promise ? Lorsqu'enfin je la repère, je n'en reviens pas.

— Tu trouves ça drôle ?

`Je ne comprends pas`, s'affiche sur mes IRIS.

— Ce n'est toujours pas à toi que ça s'adresse. Mais pour tout dire, je ne comprends pas non plus.

Je regarde le Chevrolet Tahoe qu'on m'a réservé. Il est garé à plus de cent mètres ! À l'autre bout du parking, près d'un autre bâtiment de style Tudor. Tout seul, dans l'ombre, à peine visible sous les grands magnolias. Et entre moi et lui, c'est un parcours d'obstacles, une succession de plaques de verglas et de flaques de neige fondue.

— Pourquoi ils l'ont mis si loin ? (CARL n'a pas de réponse.) Franchement. C'était si compliqué de le laisser devant la porte ?

— Information confidentielle, annonce-t-il à voix haute.

Il ne veut donc pas me révéler pourquoi Dick, ou je ne sais trop qui, a pris cette décision idiote.

En fait, ce n'est peut-être pas délibéré. Peut-être qu'il n'y a aucune raison sérieuse. N'empêche que, d'après les estimations de CARL, il y a un demi-hectare de neige à traverser. Je lui demande de démarrer le Tahoe à distance. Le moteur s'éveille, les lumières clignotent.

Qu'il se rapproche donc de l'entrée ! Il est hors de question que je m'aventure sur cette étendue traîtresse, chargée comme un baudet, au risque de me blesser et de me retrouver trempée comme une serpillière !

— Le mode autonome est désactivé, répond CARL.

— Eh bien, réactive-le !

— Je n'ai pas accès au programme.

Autrement dit, il a besoin de la permission du grand magicien derrière son rideau, à savoir Dick.

— Cela promet, si je suis fliquée comme ça ! Et personne pour venir nous donner un coup de main. Autant attendre que les poules aient des dents !

Sur mes IRIS s'affiche une planche anatomique d'un gallinacé domestique, avec le détail du bec.

— Il va falloir qu'on améliore ta compréhension des expressions, dis-je à CARL en m'avançant vers l'allée de briquettes. J'espère entre-temps ne pas me rompre le cou.

Le sol a été saupoudré de sable et de sel gemme teinté de bleu.

La bouillie asperge mes chaussures et le bas de mon pantalon. La logique m'échappe : pourquoi déneiger seulement les allées pour les piétons et pas le parking ? La soupe s'arrête net au bord du trottoir.

Un nouveau message s'affiche sur mes lentilles :

```
… Silice (SIO2). Chlorure de calcium (CaCl2)
teinté à haut pouvoir exothermique. Dangereux
pour les chiens…
```

En suivant mon regard, CARL a récupéré pour moi ces données grâce à mon HOTE. Il doit y avoir des micro-spectromètres parmi la myriade de capteurs que l'on m'a implantés ou qui se trouvent intégrés dans mon LACET.

00 : 00 : 00 : 00

Soudain mon pied ripe. Je pousse un cri de surprise.
— Stop ! Stop ! lance CARL dans mon oreillette, avec l'autorité mécanique d'un feu sonore pour aveugles.

Une injonction formelle avant que je me retrouve les quatre fers en l'air.

Alerté par la réaction de mes nano-accéléromètres intégrés (c'est la seule explication que je vois), CARL m'a immobilisée sur le parking. À 56,9 mètres du Tahoe selon ses indications. Puis apparaît sur mes IRIS une carte, une vue en réalité virtuelle du chemin qui me reste à parcourir.

Les zones verglacées et autres dangers sont mis en évidence par colorisation, après analyse de divers indicateurs en temps réel : température locale, élévation, albédo, direction du vent, images satellites et autres métadonnées. Je suis habituée à cette technologie, puisqu'avec mon père nous avons mis au point la Navigation Augmentée par Vision Intégrée Globale (NAVIG), un système de cartographie géré par une IA.

Nous avons conçu ce dispositif de gestion des images dans la perspective d'Artemis, le prochain programme lunaire. Certes, se perdre sur la Lune n'est pas la première inquiétude pour le commun des mortels, mais c'en est devenu une majeure pour moi. Là-haut, à 384 472 kilomètres de distance, il n'y a pas de guidage GPS possible, et pas de pôle magnétique – entendez par là qu'une boussole ne sert à rien.

L'idée d'avoir des sondes ou des véhicules autonomes qui se crashent, s'enlisent ou s'égarent n'est guère réjouissante. Mais imaginez que nos astronautes en Rover se retrouvent dans une grotte, tombent en panne de batterie ou chutent dans une crevasse ! Pour éviter ça, il a fallu créer un programme semblable à ceux de reconnaissance faciale, s'appuyant sur une cartographie complète des particularités géographiques, telles que cratères, tunnels de lave, rochers, aires d'alunissage, stations lunaires.

L'appareil fonctionne comme un GPS classique – « Au feu, tournez à gauche » ; « Serrez à droite dans trois cents mètres » – grâce aux relevés topographiques et à la mémorisation des itinéraires. Sauf que notre NAVIG est un système dynamique qui ne se trompe pas. Il révise ses décisions en temps réel comme les humains, à mesure que l'IA du système quantique intègre les altérations du paysage, les chausse-trapes et les dangers du terrain.

Le point de repère qui a disparu. Le cisaillement du vent que personne n'a vu arriver. L'oiseau qui va s'écraser sur le pare-brise. Le nid-de-poule juste devant les roues.

— J'ai lancé votre NAVIG, m'annonce CARL tandis que s'affiche sur mes IRIS un chemin lumineux jaune citron. Vous pouvez y aller.

En passant au large d'une plaque de verglas que le programme a colorée en rouge fluo, je reprends mon périple vers mon lointain Tahoe. Je fais attention où je mets les pieds et suis la route indiquée tandis que sur mes IRIS je regarde les derniers bulletins d'informations concernant l'accident tragique à Norfolk.

— ... on ne connaît pas l'identité du conducteur et les autorités craignent que le corps soit très endommagé par le feu, annonce le présentateur, en montrant les embouteillages monstres vus d'hélicoptère. Selon la police, le véhicule serait l'un des modèles volés au salon automobile qui a ouvert ses portes vendredi soir au Hampton Coliseum...

Il y a d'autres vues aériennes des employés de la voirie en parkas fluos s'activant à côté d'une grue pour charger l'épave calcinée sur le plateau d'une dépanneuse. La circulation est sur le point d'être rétablie. Et Joan, qui tourne comme un lion en cage à l'IML, ne va pas tarder à me rappeler pour me demander où je suis !

À moins que Carmé arrive enfin là-bas en se faisant passer pour moi. Mais elle n'y est toujours pas, et son absence ne me dit rien qui vaille.

— Il faut que je puisse me reconnecter aux caméras de l'IML, dis-je à CARL, tandis que je progresse sur le sol glissant, avec mes sacs qui me scient les épaules. Je veux savoir si ma sœur est en chemin vers la morgue. Si elle va bien. S'il lui est arrivé quelque chose

Je suis persuadée que CARL sait tout ça. Si Carmé et moi avons recours au même Cerveau Analytique de Recherche et Liaison, via nos HOTEs, alors il est évident qu'elle lui parle autant que moi. Et peut-être plus encore parce qu'elle a eu ses ajouts bioniques avant moi. En ce moment même, CARL peut tout à fait être en communication avec elle. Et à cette pensée, mon amour-propre en prend un coup.

Peut-être a-t-elle droit à un traitement spécial puisqu'ils se connaissent depuis plus longtemps ? CARL lui révèle peut-être des choses qu'à moi il cache, et il lui raconte ce que je lui dis en privé parce qu'elle a ses faveurs – parce que sur cette terre tout le monde préfère Carmé. Et ça y est, cette fois, je suis carrément blessée !

— Tu sais tout sur elle, c'est évident. (Je me montre déterminée, mais courtoise. Je me souviens que la mauvaise humeur est contagieuse avec lui.) À tout instant, tu sais où elle est et ce qu'elle fait. Elle est vivante ? Indemne ? Est-ce que Carmé était dans cette voiture ? Tu peux au moins me dire ça.

— Information confidentielle, réplique CARL.

Une fois encore, c'est entre les mains de Dick et de ses soldats du programme Gemini !

— Et moi, je déclare que c'est injuste, et c'est une contestation officielle, réponds-je en avisant droit devant une plaque de glace. Très bien, si tu ne veux rien me dire, au moins ne m'empêche pas de le découvrir par moi-même. Donne-moi accès aux infos qui pourraient m'éclairer.

Si Carmé débarque à la médico-légale, je dois en être informée ! Nous devons savoir mutuellement ce que fait l'autre pour le bien de la mission, pour ne pas griller nos couvertures. Nous sommes une équipe, des partenaires, il faut jouer collectif, même si nous œuvrons en solo. Et j'ai de plus en plus de mal à cacher mon agacement.

— S'il arrive un événement important, vous en serez avertie en temps voulu, répond CARL avec une pointe d'irritation.

— Ce serait assez aimable, effectivement, dis-je en veillant à ne pas prendre un ton trop autoritaire ni caustique. À ce niveau de technologie, je ne comprends pas pourquoi j'ai été déconnectée du système de vidéosurveillance parce que j'ai raccroché avec Joan. Et ce ne serait pas arrivé si tu m'avais prévenue pour le bruit des jets.

— Vous voulez que je la contacte à nouveau ? Cela nous permettra de nous reconnecter aux caméras par l'intermédiaire de son téléphone portable.

— Non, surtout pas !

— Message reçu. Mais c'est le seul moyen de récupérer les images.

— Pourquoi donc ?

— Parce que la liaison a été coupée.

Merci pour l'info. Pas besoin d'avoir mon Genius personnel pour comprendre ça !

C'est aussi crétin que de me dire que mon ordinateur s'est arrêté de fonctionner parce qu'il s'est éteint. Ou qu'il n'y a plus de courant parce qu'il y a une coupure d'électricité.

— Crotte ! Crotte ! Crotte ! (Le Tahoe n'est plus qu'à quinze mètres de moi.) Et ne le prends pas au pied de la lettre, m'empressé-je d'ajouter.

Je n'ai aucune envie qu'il m'envoie des choses en lien avec toutes sortes de déjections, et encore moins des photos !

Je ne comprends pas pourquoi CARL ne peut pas me connecter. À moins que je ne sois hors réseau ? Certes, là où je suis, ce n'est pas le hotspot du siècle, avec ces remparts de grands arbres, ces bâtiments, ces bois sans fin et toute cette eau qui entourent la base aérienne. Ce n'est pas le moment de me retrouver en zone blanche, à me demander ce qui est arrivé à ma sœur.

J'essaie de me raisonner. Je ne peux rien faire de plus pour le moment. Juste veiller à ne pas aggraver la situation. Je me fraie un chemin dans la gadoue tandis que les magnolias dénudés tremblent comme autant de squelettes, et que les haies faseyent au vent.

12.

Je suis le chemin en jaune que m'indique ma NAVIG tout en contrôlant les données qu'affichent mes VERREs et mes IRIS.

Les bulletins météo, les flashs info, mais aussi mes e-mails, mes SMS. Dans le lot, je remarque un avis de recherche que me fait suivre Fran. Une mission digne de GTA grandeur nature : le vol de deux voitures au salon automobile de Tidewater.

Deux véhicules uniques, valant chacun plus d'un demi-million de dollars, se sont volatilisés. La police de Hampton mène les recherches. Le présentateur TV faisait allusion à ce salon quand j'avais allumé le poste en pointant mon doigt vers l'écran.

`C'est juste une alerte locale pour l'instant,` précise Fran dans son texte. `Mais cela va faire la une. Quand est-ce que tu reviens ?`

— Dis-lui que je serai là dans une heure ou deux, dis-je à CARL.

Les F-22 rugissent dans le ciel tels des dragons. Mon corps vibre jusqu'aux os.

— Quel est le souci avec la connexion Internet ? (J'élève la voix pour me faire entendre, comme si CARL marchait à côté de moi.) Tu peux régler ça ?

— Une coupure d'accès réseau, répond-il dans mon oreillette interne.

Je continue à suivre le chemin sinueux indiqué par ma NAVIG. Plus je me rapproche du Tahoe garé dans l'ombre, plus le sol est glacé et dangereux.

— C'est ce qu'on appelle une non-réponse !

— C'est peut-être le bon moment de tester l'Aéro-Répétiteur Internet, suggère CARL.

Bizarrement, je me sens manipulée, contrôlée comme un personnage de jeu vidéo.

Je suis quasiment sûre que la coupure est intentionnelle, pour me contraindre à sortir mon ARI, qu'on surnomme Harry par homophonie. C'est encore une version bêta et c'est sans doute l'une des SPAS les plus utiles que papa et moi ayons conçues, un transpondeur mobile faisant également office de guide et de chien de berger.

Le travail ingrat de Harry est de fournir une connexion internet fiable, et de garder en ordre de marche toutes sortes de véhicules sans pilote, en particulier ses congénères, les Sphères Personnelles Autonomes à Sustentation. Elles ont un comportement erratique quand elles sont hors réseau ou dispersées, et c'est là que Harry intervient pour s'assurer que le signal ne soit ni interrompu, ni détérioré.

Il suffit d'une petite coupure réseau pour qu'un bataillon de drones synchronisés s'écrase au sol, à la suite d'une commande erronée, ou ne retrouve jamais sa base. Bientôt des ARIs guideront en vol des systèmes multi-robots (une Néo-Unité En Essaim – une NUÉE, et c'est bien à ça que ressemble une horde innombrable de drones fendant le ciel).

— D'accord. Vas-y. Nous verrons ce que vaut Harry en conditions réelles.

CARL va lancer le mode CAMO (Carène AéroMimétique Omnicolore) – en d'autres termes, Harry sera transparent, ou plutôt réfléchissant comme une bulle de savon ou une boule à facettes. Cela devrait suffire à le rendre invisible sur les nuages environnants. En tout cas, ce sera bien plus efficace que le mode OMBRE (Occulteur Mobile de Brouillage par Réfraction Étendue) qui, comme son nom l'indique, recouvre la SPAS d'une enveloppe absorbant la lumière, la rendant indétectable dans la nuit ou les environnements sombres.

— Par sécurité, il vaut mieux activer la fonction dégivrage. S'il doit y avoir des pluies verglaçantes, je ne veux pas que Harry s'alourdisse et perde sa sustentation. Et mieux vaut réinitialiser les gyros et les stabilisateurs aéro. (J'atteins enfin mon nouveau véhicule.) Et enclenche le mode compensation-auto pour qu'il soit bien stable en vol. On risque d'avoir encore des coups de vent.

— Pour l'instant, il souffle de l'ouest. Réduit à Force 2 à une altitude de soixante et un mètres et au-delà, m'indique CARL tandis qu'une escadrille de Raptors gronde et décolle de la piste 26.

— Alors prends ça comme plancher de vol, à moins que les conditions ne changent.

Au premier regard, ma Chasemobile paraît anodine, comme mes autres équipements, hormis sa parure gris mat de squale. Pas une simple peinture métallisée.

Je m'étonne de trouver la portière côté conducteur verrouillée, alors que le moteur tourne. J'essaie de me souvenir dans quelle poche j'ai rangé la clé quand je suis sortie de la chambre 604, avec tout mon barda sur le dos.

— Cela se ferme automatiquement pour des raisons de sécurité, m'explique CARL. C'est nécessaire puisque le Tahoe peut être démarré à plus d'un kilomètre et demi de distance.

— Ça se tient, réponds-je. Ce serait dommage que quelqu'un parte avec la voiture avant mon arrivée.

— Les capteurs biométriques l'empêcheraient toutefois d'activer le véhicule.

— Me voilà rassurée. En attendant, tu veux bien m'ouvrir ? Ça m'évitera de chercher ma clé.

— Utilisez donc la DIGITEL.

— C'est quoi ça encore ?

— La « Digi-Télécommande » (Aussitôt, je regarde mes doigts.) Quel geste voulez-vous mémoriser pour cette action ?

Cela mérite un peu de réflexion ! Il me faut trouver quelque chose qui n'éveillera pas les soupçons (et surtout pas ceux de Fran). Un geste tout simple, que je pourrai faire naturellement, sans y penser... Instinctivement, je pose mon pouce sur mon index, comme si j'appuyais sur le bouton d'une télécommande.

Ce geste discret suffit à envoyer un signal infrarouge à la serrure électronique du Tahoe. J'entends un petit déclic. Je me dirige à l'arrière et ouvre la portière. Elle est lourde, sans doute un blindage d'acier multicouche. Je remarque aussi l'épaisseur hors norme de la vitre teintée.

Je laisse mes sacs sur la banquette protégée d'une coque à l'épreuve des déflagrations, puis inspecte le compartiment des bagages. Un caisson fixé au plafond attire mon regard. Deux autres plus petits sont arrimés au plancher à l'aplomb des deux grosses sorties d'échappement. Pendant que je fais le tour du véhicule, CARL me donne les caractéristiques de tout ce que je vois...

Les énormes pneus tout-terrain run-flat...

Les gyrophares insérés dans leur cage d'acier, au-dessus du pare-brise pare-balles...

Le buisson d'antennes et le dôme du brouilleur de fréquences sur le toit bardé de panneaux solaires...

La petite trappe dans le hayon qui ressemble à une chatière, sauf que celle-ci n'est pas pour les chiens et chats, mais pour lancer un drone...

Quand je m'installe derrière le volant, je comprends que Dick, contrairement à ce qu'il prétendait, avait déjà organisé le programme pour moi : un saut de la foi, un parcours du combattant à balles réelles... ou pour le dire d'une façon plus consensuelle : une formation accélérée par immersion directe.

Tout a été soigneusement pensé, planifié jusqu'au moindre détail. CARL qui se montre rétif, la perte de signal exigeant l'intervention d'un ARI, le recours à ma NAVIG pour traverser le parking enneigé, l'usage de ma main bionique pour ouvrir la Chasemobile... tout cela était prévu. Je suis la partition de Dick ou de quelque chef d'orchestre en coulisses.

00 : 00 : 00 : 00

— Très bien, voyons ce qu'on a en magasin, dis-je en examinant l'habitacle qui ressemble à un cockpit d'avion.

Aucun membre des forces de l'ordre n'a jamais eu un véhicule de cet acabit. Il n'a que huit cents kilomètres au compteur. Cet engin, qui fleure bon le neuf et semble sortir tout droit des ateliers du Secret Service, est encore un prototype, comme tous nos accessoires 2.0. Le faible kilométrage est dû aux essais sur pistes et autres tests. Bien sûr, il est impossible de comprendre et gérer tous ces systèmes sans l'assistance d'une IA, à commencer par cette cabine tapissée d'un revêtement anthracite.

À en croire les données que je reçois par mon LACET, le matériau est bardé de capteurs, comme la combinaison que Carmé avait au Comfort Point Inn. Une matière auto-réparatrice, polymorphe, et maillée de fibres conductrices.

Cela ne m'étonnerait pas que ce rembourrage soit capable de stimuler la circulation sanguine, soulager les muscles et les articulations, quand il faut rester de longues heures assis derrière le volant, garé dans une impasse, ou pendant une filature interminable ou encore une course-poursuite éprouvante pour l'organisme. Nous travaillons à la NASA sur ces mêmes technologies en prévision des vols longue durée quand nos astronautes voyageront vers la Lune, Mars ou d'autres territoires lointains.

Je parie que les pigments, les plastiques et les peintures sont photochromiques, qu'ils changent de teintes et de couleurs au besoin. Conduire un Tahoe gris et la minute suivante l'avoir en rouge, ou blanc, ou bleu... cela offre des possibilités insoupçonnées. Ou alors il pourrait passer en mode furtif tout seul, se fondre dans son environnement et les conditions météo, comme un hippocampe ou nos SPAS en mode CAMO.

Le joystick en carbone à côté du levier de vitesse doit permettre de commander tous les systèmes ; et partout, au moindre espace libre, il y a des écrans tactiles – à l'arrière des pare-soleil, de part et d'autre de l'affichage tête haute, et sur toute la longueur du tableau de bord. Certains sont divisés en quadrants montrant les images des caméras embarquées. D'autres affichent des menus avec divers symboles et acronymes, dont la plupart me sont inconnus.

PROJ-MAN est certes évident. CAMIR est assez parlant – une caméra infrarouge est toujours utile la nuit. Je n'ai pas non plus de difficulté à comprendre les caractéristiques moteur que me présente CARL.

Apparemment, ma Chasemobile n'est pas un veau. Un V8 bi-turbo de sept cents chevaux avec boîte auto à huit rapports, et freins céramique dignes d'une Lamborghini. Elle est équipée aussi – ce qui est moins courant – d'un LHE, un Laser à Haute Énergie que l'on peut sortir grâce à une Tourelle Zénithale d'Attaque Rétractable (TZAR).

Les deux systèmes sont couplés à un système de Veille Infra-rouge de Surveillance (VISU) pour parer à une attaque de roquettes ou autres agressions, m'explique CARL dans les haut-parleurs du SUV. Reste à savoir ce que je vais faire d'un lance-flammes (baptisé SPYRO pour Solution Pyrotechnique), d'un Système propulseur Linéaire Azimutal à Sortie Hyperbare (SPLASH)

– un canon à eau qui peut projeter, avec une précision laser, des JEDO, des Jets d'Eau de Découpe Offensifs, capables de perforer du métal.

Je n'ai aucune envie d'essayer ces dispositifs dans une rue bondée. Pas plus que le FOG+ (Fumigène d'Occultation à Gradient Positif), quoique disparaître derrière un écran de fumée puisse avoir un certain intérêt. Et pour assurer ma retraite dans un parfait anonymat, je pourrais avoir recours au Système de Plaques Adaptatives et Modifiables (SPAM).

Les plaques minéralogiques, sous leur revêtement en polycarbonate, sont en fait des écrans QLED. Sur commande de la VISU, elles peuvent se relever pour libérer un Affût de Tir Automatique Contreoffensif (ATAC), à l'avant et à l'arrière, chacun équipé de M16 pouvant tirer huit cents coups/minute. Et même si cet arsenal est rassurant, je ne vois pas quand je pourrais l'utiliser, à moins d'être poursuivie par toute une cavalerie comme dans *Thelma et Louise*.

Si tirer à balles réelles sur un véhicule en zone urbaine n'est pas une bonne idée, je suppose que je pourrais m'autoriser à détruire son pare-brise ou son moteur d'un coup de JEDO bien placé, envoyé par mon SPLASH. Ou aveugler mon adversaire d'une giclée de FOG+ avant de rôtir son véhicule avec mon fidèle SPYRO.

J'ai donc une impressionnante collection d'outils de l'apocalypse à ma disposition, à condition qu'on ne me fasse pas la peau avant ! Je n'imaginais pas troquer un jour mon Silverado contre une Étoile de la mort sur roues. Dont je n'ai pas le mode d'emploi. Juste CARL. Sans la possibilité d'appeler Carmé au secours. D'ailleurs, pourrons-nous encore nous venir en aide ? À vrai dire, je ne sais pas quoi faire. Et encore moins comment gérer tout ça.

— Allons-y, dis-je dans un soupir.

Je pousse le levier de vitesse sur Drive. *C'est maintenant ou jamais.*

Je commence à rouler sur le parking, en me souvenant qu'un tel mastodonte met du temps à bouger. Et autant à s'arrêter. Alors je fais attention. Pas de gestes brusques. Même si je suis tentée de lancer le SUV à plein régime lorsque j'entends les énormes run-flat mordre la neige tels des crocs avides.

— Un laser pour abattre des drones, des M16 en proue et en poupe, un canon à eau pour découper des moteurs, des pneus et Dieu sait quoi encore... Combien de ces gadgets sont réellement opérationnels ?

— Ça dépend, me répond CARL, toujours aussi évasif.

— Je pose cette question parce que, tout à l'heure, ce gros machin était cloué sur place, infichu d'être démarré à distance. (Je m'engage avec prudence sur l'allée verglacée qui mène à la sortie. Je sens les pneus déraper légèrement.) Que va-t-il se passer si j'ai besoin de tirer au laser ? Ou si un méchant m'envoie une roquette, une grenade, ou un drone armé avec « cela va être ta fête ! » écrit dessus ? Ça risque d'être trop tard pour me prévenir que tel ou tel bidule ne marche pas ou qu'il me faut une autorisation.

— C'est selon les configurations. (C'est beau un algorithme qui parle !) Je suis là pour assurer une assistance en toute occasion, ajoute-t-il d'un ton sans appel.

— Je reconnais que j'aurai besoin d'aide, bien sûr. Mais que se passe-t-il si la connexion entre toi et moi est brusquement coupée ? Ou si tu n'es pas d'accord ? Il y a des commandes manuelles ?

— Affirmatif. Mais toutes ne sont pas optimisées.

Une façon de m'annoncer que personne ne sait si elles fonctionnent ou pas.

— Cette nouvelle ne me rassure pas, mais je commence à avoir l'habitude

Par chance, il n'y a quasiment personne sur la base aérienne, ce qui est normal pour un dimanche après-midi. Je roule doucement, le temps de prendre en main ma Chasemobile. Le plus compliqué, c'est de gérer tous ces écrans, avec leurs multiples pages de menus et d'icônes. Je ne suis pas multitâche comme un ordinateur quantique !

Heureusement, les routes ont été sablées et déneigées. Le bitume est le plus souvent sec et dégagé. Les activités militaires ne s'arrêtent pas pendant un shutdown. Les missions suivent leur cours. Mais ce sera bien différent quand j'atteindrai la base de la NASA. Là-bas, ce sera le grand hiver, avec tous ses pièges et ses obstacles, comme la dernière fois que nous nous sommes retrouvés mis en congé en plein blizzard.

Des marais gelés, des routes impraticables. Des trottoirs et des perrons qui n'auront vu ni sel ni pelle. Sans compter une conduite d'eau qui peut lâcher à tout moment à cause du froid. Mais le plus grand souci, ce sera les chercheurs, les irréductibles qui campent illégalement dans leur bureau, qui refusent de rentrer chez eux. Tous les bâtiments devront être passés au crible pour s'assurer qu'il n'y a pas d'inondation, en plus de traquer les squatters et autres contrevenants.

Cela risque de tourner au vinaigre avec Fran quand je vais refuser de monter avec elle dans son SUV, ou de prendre l'un des quads de la brigade. Parce qu'il n'est pas question de quitter mon Tahoe. Comment vais-je pouvoir le justifier ? À l'inverse des autres véhicules du service, celui-ci ne peut être conduit que par moi. Je pourrais peut-être lui raconter que je fais un essai pour un nouveau véhicule du Secret Service. Puisque je fais partie de la maison, cela a une chance de passer.

Ou laisser entendre que c'est une collaboration avec la Space Force, que certains équipements sont classés secret-défense et que je ne peux rien dire. Je suis en plein brouillard. C'est compliqué de gérer quand personne ne doit savoir que Carmé est dans le secteur et que l'une comme l'autre ne sommes plus ce que nous prétendons être.

13.

Je demande à CARL les dernières nouvelles concernant l'accident à Norfolk, en particulier si la victime a été identifiée.

— Négatif, répond-il dans les haut-parleurs tandis que défilent les images sur les écrans du tableau de bord.

Elles proviennent des caméras de la sécurité routière et autres réseaux de surveillance. L'incident a débuté par une poursuite il y a une heure. Je vois le flot des autres véhicules s'écarter comme la mer Rouge, tout le monde redoutant de se trouver sur le chemin des bolides...

Une Dodge Charger Hellcat customisée avec des jantes colorées, des bas de caisse éclairés en rouge, file sur la Route 58, pas très loin de Plum Point Park...

Elle zigzague dans la circulation et se rapproche d'un Chevrolet Tahoe gris qui ressemble comme deux gouttes d'eau au mien, mais avec des plaques du Maryland...

On croirait assister à une course de NASCAR sur un circuit urbain...

Brambleton Avenue...

Puis Colley Avenue, où elle passe devant la maison d'accueil de la Fondation Ronald McDonald dans un rugissement de moteur...

Puis à gauche sur Fairfax...

Ensuite tout droit à travers le campus de l'Eastern Virginia Medical School...

Le Sentara Norfolk General Hospital...

Et retour sur Brambleton...

À l'intersection avec Riverview Avenue, un nuage de fumée noire s'élève soudain...

Puis trois détonations étouffées Bang ! Bang ! Bang ! tandis que le Tahoe fonce en tête...

Et la Hellcat percute la glissière, s'envole dans les airs telle une boule de feu...

Elle termine sa course sur l'autre voie, en proie aux flammes...

— C'était le Tahoe de Carmé, dis-je à CARL le cœur battant. Une Chasemobile identique à la mienne, hormis les plaques. De fausses plaques. Elle a pu s'échapper, apparemment.

— Information confidentielle, répond-il sans que je sois étonnée.

— Elle va bien ?

— Information confidentielle.

— Où est-elle ?

— Information confidentielle.

— Tu te répètes ! Mais tu ne peux nier qu'elle conduisait le Tahoe. Toi et moi savons qu'elle a des plaques transformables comme les miennes. Et à coup sûr, elle les a encore modifiées depuis. Tu as des infos sur la Hellcat ?

— La Dodge Charger a été volée.

Enfin, CARL répond à une question ! Je contourne la pointe de la péninsule que l'US Air Force partage avec la NASA.

Alors que je longe la Back River où j'ai grandi, CARL m'apprend que le bolide en question appartient à un collectionneur de Charlotte en Caroline du Nord, venu pour le salon automobile. Célèbre pour ses customisations, il a débarqué à Hampton il y a trois jours avec sur sa remorque la Hellcat et un corbillard Cadillac.

Les deux véhicules ont reçu beaucoup de prix et constituent le clou du salon qui, cette année, offre la part belle aux systèmes de conduite autonomes, m'explique CARL. Les deux autos ont attiré beaucoup de public hier et vendredi soir.

— À l'évidence, la Hellcat et le corbillard sont les deux véhicules volés dont parlait la chaîne locale tout à l'heure et auxquels Fran faisait allusion dans son message. (Nous dépassons les lotissements proprets où logent les membres de la base.) Reste à savoir pourquoi on a volé ces engins.

Certainement pas pour les revendre.

Parce que le but de cette poursuite était d'écrabouiller Carmé avant qu'elle ne parvienne à la médico-légale. Il faut appeler un chat un chat !

— Sauf que la personne réellement visée n'était pas ma sœur. Mais moi. (Sans opinion sur le sujet, CARL reste silencieux.) Et celui qui a décidé d'utiliser cette *muscle car* comme arme se fichait de la bousiller, conclus-je en longeant les pistes et les hangars, tandis que les jets hurlent au-dessus de ma tête et que le soleil joue à cache-cache avec les nuages.

C'est moi que Joan attend à la morgue, pas Carmé. D'ailleurs tout le monde la croit partie en mission, du moins ceux qui se soucient de son existence.

— J'ai un mauvais pressentiment, dis-je à CARL comme si je m'adressais à Fran. Je me demande si Neva Rong n'a pas eu vent du subterfuge : ma jumelle se faisant passer pour moi, certaine de duper cette milliardaire psychopathe. Mais c'est peut-être Neva Rong qui nous a bernés. En fin de compte, je ne sais pas à qui était destinée cette embuscade.

Les avions se tirent la bourre dans le ciel, dans une débauche de boucles, de tonneaux et de chandelles.

Le grondement assourdissant d'un T-38 supersonique roulant vers la piste me traverse tout le corps. Je suis si près que je peux quasiment distinguer les traits du pilote sous sa verrière. CARL me diffuse toutes les données dont il dispose. Je commence à avoir ma petite idée quant à la façon dont on a pu voler ces deux monstres mécaniques sans que personne s'en aperçoive.

La disparition des modèles n'a été constatée qu'à 8 heures ce matin quand les exposants sont arrivés pour se préparer à recevoir la foule dominicale. Ce qui est certain, c'est que le Coliseum était fermé à double tour à minuit, et qu'il n'y a pas de vigiles la nuit.

Les caméras extérieures montrent que la baie de chargement du Coliseum s'ouvre mystérieusement à 2 heures du matin, sans déclencher la moindre alarme. Preuve que le système de sécurité a été piraté et qu'il a ignoré les messages d'alerte envoyés par les capteurs et détecteurs volumétriques.

L'énorme porte roulante se relève et la Hellcat et le corbillard foncent sur les allées moquettées du salon pour rejoindre l'air libre. Sitôt les deux véhicules sortis, le volet roulant redescend. Un beau numéro de prestidigitation, s'il y avait eu quelqu'un pour le voir – tout cela ayant été réalisé à distance. Pas de témoin. Personne alentour. Et ensuite, les organisateurs ont tardé à appeler la police, parce que tous espéraient que le propriétaire aurait une explication. Mais il n'en avait pas.

— Et celui-là, on sait où il est ? m'enquiers-je en désignant le corbillard.

Je roule sur Weyland Road, bordée sur cette portion par des bois et des prairies enneigées. J'aperçois de nombreuses traces d'animaux.

— Je n'ai aucune donnée, répond CARL.

Bien sûr. Il s'agit de modèles d'exposition, dépourvus de plaques minéralogiques.

Je lui demande si la police suspecte quelqu'un tandis que les pensées se bousculent dans ma tête – Neva Rong, Carmé... Comme je m'y attends, CARL m'indique qu'ils n'ont aucune piste.

Juste des rumeurs sur les réseaux sociaux prétendant que c'est le propriétaire qui a fait ça pour toucher l'argent de l'assurance. Mais il n'y a aucune preuve. Et je n'y crois pas une seconde.

00 : 00 : 00 : 00

— Les voitures ont été volées sans que personne ait besoin de se salir les mains. Autrement dit, on a affaire à quelqu'un ayant des ressources et de la technologie.

CARL continue de faire défiler d'autres images de la circulation routière. La Hellcat roulant sur la I-64 en direction de Norfolk au petit matin, sans plaques d'immatriculation, telle une bête rageuse, surbaissée, dans son halo de LED rouges.

Il a pu repérer cet engin, digne d'un comics de Marvel, en utilisant un logiciel de reconnaissance d'images. En revanche, le corbillard avec son toit de vinyle et ses ornements de landau va être plus difficile à retrouver. Il y en a beaucoup en circulation. Plus de trois cents, rien que dans les entreprises de pompes funèbres de Hampton, me précise CARL.

Ce corbillard peut se trouver n'importe où. À des kilomètres d'ici, ou juste sous notre nez. La dernière fois qu'on l'a vu, il quittait à H-0205 le parking du Coliseum, puis il a disparu dans la nuit. Peut-être a-t-il emprunté par prudence des routes dépourvues de vidéosurveillance, à l'inverse de la *muscle car* qui a été filmée dans le tunnel qui traverse la baie à H-0235.

On repère cette dernière peu après, toute lumière éteinte, bifurquant vers le Plum Point Park désert. Le parc municipal étant dépourvu de caméras, on ne la voit pas s'engager sur le parking, mais je suppose que la ville a dû le déneiger puisque le shutdown ne concerne pas les employés municipaux. Sans doute la Hellcat est restée garée là-bas, à l'abri des regards, avant de repartir aujourd'hui, pour réapparaître, il y a une heure et demie, sur Elizabeth River Trail.

Quelques minutes plus tard, elle file sur la Route 58 et prend en chasse le Tahoe. Ça crève les yeux, c'est un guet-apens, dirigé contre moi ou Carmé. Mais je suis soulagée : elle a peut-être créé un terrible accident mais elle n'était pas à bord de la Hellcat et n'a pas brûlé vive. Je crois même savoir comment elle a mis fin à cette course-poursuite qui a duré au total trois minutes et quinze secondes.

Carmé dans ses œuvres ! Carmé qui gagne tous ses duels ! Cette fois, sans doute avec le soutien tactique du FOG+, car je me souviens avoir vu, sur les images, un nuage de fumée juste avant l'impact. Ce qui est très gênant quand on roule à grande vitesse ! En outre, une fumée dense brouille ondes radio et signaux GSM, ce qui pose problème lorsqu'un véhicule est en mode conduite autonome. Mais je ne pense pas que ce soit cela qui ait signé la fin de la Dodge Charger.

À mon avis, les trois détonations provenaient de l'ATAC ou du SPLASH. C'était, effectivement, le moment de sortir les M16 à l'arrière, ou le canon à eau, ou les deux à la fois. Histoire d'éclater les pneus et de provoquer simultanément une explosion.

— Il suffit d'un tout petit éclat incandescent dans un réservoir. Carmé le sait très bien. (Tout en parlant, je me surprends à regarder le siège passager, comme si CARL était assis à côté de moi !) Et puisque les autres automobilistes avaient ralenti, il n'y avait pas grand risque ; enfin pas trop.

Je longe le parcours de golf, avec ses bunkers et ses flaques d'herbes brunes, là où la neige n'a pas tenu.

Finalement, le scénario est assez clair...

— Neva Rong a appris qu'on voulait la coincer à la morgue et elle est au courant qu'on a changé de véhicule, c'est ça ?

C'est inquiétant, pour moi et pour mon entourage. Il y a peu, elle n'a pas lésiné sur les moyens pour contrecarrer mon enquête : un traceur GPS et un tueur à gages avec des seaux de ciment et tout ce qu'il faut pour se débarrasser de mon corps. À cela, s'ajoute un meurtre... Je pense aux stigmates sur le cou de Vera Young, son corps aspergé d'eau de Javel, pendu à une porte de placard. Cette femme est décidément prête à tout pour arriver à ses fins. Rien ne l'arrête !

— Je vais prendre ton silence pour un oui. Je sais que Carmé a exactement le même Tahoe, même si tu refuses de le confirmer. Reste à savoir qui au juste Neva Rong voulait éliminer. Moi, ou ma sœur se faisant passer pour moi ? Que sait-elle réellement sur le programme Gemini, hormis le fait qu'il existe un clone d'installation et qu'il a disparu ? Parce que c'est sûr, elle connaît l'existence de la puce DIEU, puisqu'elle était persuadée que Vera l'avait en sa possession...

Mais CARL, comme ma mère, ne se laisse pas tirer les vers du nez. Il ne répond rien et se contente de me submerger de données. J'ai du mal à les lire toutes. Mais je m'habitue, je le reconnais. J'arrive de mieux en mieux à piloter mon Tahoe blindé sur les routes glissantes et suis beaucoup moins stressée qu'à mon départ de Dodd Hall.

— Je pense que Carmé et moi avons le même équipement et les mêmes options dans nos véhicules, poursuis-je en espérant encore lui faire lâcher quelques infos. Et au besoin, elle change l'apparence de sa Chasemobile pour qu'elle soit en tout point identique à la mienne, je me trompe ?

Bien entendu, CARL ne mord pas à l'hameçon.

— Tu sais si Neva Rong est derrière ce vol d'autos ?

Cambrioler un salon automobile très médiatique et subtiliser deux véhicules autonomes au nez et à la barbe de tous, c'est quasiment signé.

— Il n'y a pas de suspects, s'obstine CARL.

Brusquement, je retrouve la liaison avec la vidéosurveillance de l'IML.

La P-DG de Pandora est dans le hall. Elle a recouvert le canapé, la table basse, le sol et tout ce qu'il y a autour d'elle de journaux et de magazines, pour se faire un îlot vierge et protégé dans ce monde sale et corrompu qu'elle contribue à créer.

— Le signal est revenu, dis-je à CARL, qui bien sûr le sait déjà.

Harry doit être arrivé. Tout en roulant vers les portes tout au fond de la base aérienne, je surveille mes écrans et mes rétroviseurs dans l'espoir d'apercevoir mon hotspot mobile en train de nous suivre. Mais il n'y a dans le ciel que des nuages et des avions,

Ma SPAS, pourtant grosse comme un ballon de basket, est invisible puisqu'on l'a mise en mode CAMO. En étendant la portée du signal, la sphère a restauré la connexion avec l'Institut médico-légal. Je vois Neva Rong farfouiller dans son grand sac en croco...

Elle en sort un petit pot doré. CARL zoome aussitôt dessus...

Un baume à lèvres Iridesse...

Puis elle ouvre un flacon, verse quelques gouttes d'un liquide bleu dans sa paume. Je lis l'étiquette manuscrite : $C_{14}H_{21}NO_{11}$...

C'est la formule de l'acide hyaluronique, connu pour ses propriétés régénérantes, anti-âge et ses effets tenseurs, m'explique CARL. Je regarde Neva Rong se passer la lotion sur les mains, le cou, le décolleté. Elle se pomponne et hydrate sa peau dans la salle d'attente la plus sinistre qui soit, malgré son mobilier cosy, ses tableaux de paysage aux murs provenant des surplus de l'État, et ses plantes en plastique disposées avec soin.

Il y a une pile de vieux magazines sur une table en faux acajou entre le *Stars and Stripes* et le drapeau de la Virginie. Un vieil écran diffuse en boucle des images de paysage et des scènes bucoliques – en ce moment, c'est un banc de saumons tentant de remonter le courant d'une rivière dans une frénésie de bonds.

Jamais entièrement dans l'eau ni dans l'air, un entre-deux où ils ne vont nulle part... je connais bien cet état ! J'arrive en vue du poste de garde que je passe régulièrement durant mes navettes entre les deux bases. Une seule voie est libre, les autres sont bloquées par des herses, des plots de ciment et des barrières.

Hélas, c'est encore Crockett qui officie.

Il me fait signe de m'arrêter – un curieux geste de la main à mi-chemin entre l'ordre de stopper et le salut goguenard. Il me contemple avec intérêt.

— Cette fois, tu vas trop loin, mon coco ! marmonné-je entre mes dents.

— Je suis désolé, annonce CARL. Je ne comprends pas.

— Je ne parle pas de toi, mais de lui, cet enquiquineur de première, réponds-je en bougeant à peine mes lèvres grâce à mes talents de ventriloque. Maintenant, tais-toi. Il ne doit pas savoir que tu existes. Personne ne doit être au courant. (En disant ces mots, je me rends compte que je pourrais passer pour une folle.) Et n'affiche rien sur les écrans.

Aussitôt, ceux-ci s'éteignent tous.

Désormais, les images de l'IML et les autres données s'affichent uniquement sur mes IRIS et mes VERREs. Je descends ma fenêtre avant que l'agent de la police militaire ne puisse y toquer.

14.

Avec sa tenue de combat, son béret, son M4 en travers de la poitrine, son Beretta à la ceinture, il est paré pour user et abuser de son autorité. Encore une fois.

— Pitié !

Faire du zèle quand j'entre dans la base militaire, cela peut se comprendre. Mais quand j'en sors ?

Crockett n'a aucun droit de me harceler comme ça. Je tire le frein à main, sachant que je vais être bloquée ici un bon moment.

— Quel est le souci cette fois, agent Crockett ? m'enquiers-je tandis qu'il me dévisage avec un sourire torve comme le chat du Cheshire.

— Vous n'êtes pas drôle ! lance-t-il avec un sourire qui signifie l'inverse. Je ne sais pas à quoi vous jouez, capitaine.

Je n'en reviens pas. C'est la première fois que je le vois de bonne humeur, et reconnaître mon grade.

Depuis trois ans que je travaille à la NASA, il ne m'a jamais montré le moindre respect ni égard. Chicaner pour une vignette périmée, un pare-brise fêlé, une vitre trop teintée, voilà tout ce qui lui importe d'ordinaire. Souvent, il me demande de descendre de voiture, prend tout son temps, inspecte mon véhicule sous toutes les coutures, avec un chien ou un miroir. Cette fois, ce n'est vraiment pas le moment !

Et je ne suis pas dans mon Silverado. Je n'ai aucune envie qu'il trouve les M16, le canon à eau, le lance-flammes... Curieusement, il ne semble pas vouloir faire son manège habituel. Il a un nouvel entrain, une lueur dans les yeux. Contre toute attente, il semble timide, empoté, presque mal à l'aise. Mais bien sûr ! Il a rencontré ma sœur ! Les symptômes sont clairs. Encore un qui a été transpercé par les flèches du Cupidon de Carmé ! pour reprendre l'expression de ma mère.

— Je voudrais bien savoir comment vous pouvez quitter la base sans y être revenue, ânonne-t-il avec son petit accent.

Il vient de Tangier Island, j'en suis sûre. Et les Crockett sont légion là-bas.

— Parce que je vous ai vue partir tout à l'heure, explique-t-il en se penchant vers moi avec gaucherie, le corps aussi sec et maigre que celui d'un whippet.

Le MP Crockett veille à ce que ses armes ou son équipement ne cognent pas la peau caméléon de mon Tahoe – en ce moment gris foncé (sa couleur par défaut) – maculé de sel et de neige fondue. Pendant que je suis avec ce garde, je surveille dans mes IRIS ce qui se passe sur la baie de chargement à l'arrière de l'IML.

Joan s'y est installée, « pour décompresser » comme elle dit. Le rideau d'acier est remonté jusqu'en haut, et j'aperçois derrière, dans la lumière rasante de l'après-midi, l'enfilade des laboratoires avec la salle des scellés tout au bout du bâtiment.

Cela fait bizarre de l'espionner ainsi, tel Big Brother, alors qu'elle fait une pause sur une chaise pliante. Elle a passé un anorak sur sa blouse et fume dans son petit repaire au pied de la rampe de ciment qui mène à la morgue.

— ... je n'ai pas la berlue, n'est-ce pas ? me demande Crockett par la vitre ouverte. (Je sens son haleine mentholée tandis qu'il mâchonne son chewing-gum.) C'est bien vous qui êtes passée il y a deux heures ? Vous m'avez même apporté un café, exactement à mon image, un *XXL avec double dose de sucre*.

Non, ce n'est pas moi. Pas du tout !

On n'a pas fait un brin de causette. Et il n'y a pas eu avec moi de café *XXL avec double dose de sucre* (pour reprendre ses insinuations salaces). Encore un problème que je n'ai pas anticipé. Aucun homme ne peut rester insensible à Carmé si elle décide d'user de son charme. Et cela a commencé dès l'école primaire quand un prétendant transi avait inscrit son nom sur le château d'eau de Fox Hill. Moi, jamais personne n'a écrit le mien. Nulle part.

Souvent on nous confond, et cela peut être gênant quand un de ses petits amis ou soupirants est dans les parages. Mais je n'ai jamais eu besoin de jouer la comédie avec ses flirts. Si l'un d'eux me prend pour Carmé, je rectifie le tir dans l'instant. Encore une chose que je ne peux plus faire !

Nous sommes désormais deux et « individuellement indivisibles ».

— Je ne sais pas comment vous faites, capitaine Chase, susurre le MP Crockett en me regardant avec un peu trop d'insistance. (C'est presque agréable, contrairement à auparavant lorsque ses yeux cherchaient juste la faille, le manquement au règlement.) Vous quittez la base il y a une paire d'heures. Et voilà que vous en sortez à nouveau. Alors que vous n'êtes jamais revenue. Je le sais parce que je n'ai pas bougé d'ici !

— Il y a l'accès principal sur l'avenue, vous savez…, dis-je en lui tapotant le bras. (Pour quelqu'un d'aussi mince, il est remarquablement musclé.) Même si je préfère votre porte. Comme vous savez, j'apprécie la discrétion et aime mieux passer par-derrière…

Je lui fais gober ce que je veux. Peut-être un soupçon de Mr Hyde a-t-il été ajouté à mon côté Dr Jekyll ?

Soudain, me voilà devenue une vraie allumeuse ! Comme ma sœur qui n'a jamais froid aux yeux. Et si Crockett se penche un peu plus à ma fenêtre, nous pourrions presque nous embrasser ! Ses yeux se rivent aux miens, son regard traverse mes VERREs et mes IRIS, et dans l'instant la reconnaissance faciale se met en branle. Son prénom est David, mais tout le monde l'appelle Davy. Il a vingt-trois ans. Donc bien trop jeune pour moi quand on connaît la lenteur du développement neurologique chez les hommes, ainsi que celui de leur maturité émotionnelle.

Il n'a jamais quitté Tangier Island avant d'entrer à l'US Air Force à sa sortie du lycée. Son père est pêcheur. Sa mère est guide ornithologique et gérante du B&B Spar Grass. Carmé et moi y avons dormi plusieurs fois avec maman quand nous venions sur l'île par le ferry d'Onancock – parce qu'en plus d'être une cuisinière hors pair, notre mère est férue d'histoire et de dialectes anciens.

— ... vous avez décidément beaucoup à faire à la NASA ces derniers jours, poursuit Crockett tandis que je continue d'explorer son profil dans mes lentilles connectées.

Il a une petite sœur handicapée, et la maison de famille date de plusieurs générations. Des murs bardés de bois, un toit de zinc, des stores rayés bleu et blanc. Elle se dresse sur le Mailboat Harbor où son père amarre son bateau.

— ... qu'est-ce qui peut bien vous occuper autant par ce shutdown ? Il n'y a plus un chat dehors. (Davy joue le pro zélé mais, en réalité, il me drague un max.) Ne me dites pas que vous passez sans cesse ici juste pour le plaisir de me voir ?

— Non, je ne vous le dis pas ! réponds-je en lui retournant son clin d'œil.

Au secours !

Chaque fois que Carmé a franchi ces portes dernièrement, elle a dû changer ses plaques pour qu'elles soient identiques aux miennes. Et bien sûr, elle a attendu que je reçoive ma Chasemobile pour se montrer dans le coin avec la sienne.

Et aussi que je reçoive mon HOTE pour commencer cette comédie. Qu'elle s'immisce dans mes enquêtes, ma vie professionnelle, c'est une chose. Je peux même m'y habituer. Mais interférer dans mes relations personnelles, en particulier dans le domaine amoureux, c'est une autre paire de manches. Ils sont combien comme ça, ceux à qui Carmé a fait du gringue ? Parce qu'en ce domaine je suis nulle !

Je ne sais pas faire. Je n'ai jamais été du genre entreprenant. Je n'ai jamais demandé à un homme de sortir avec moi. Mais il y a un début à tout. Peut-être que ça s'apprend ? Et si Carmé s'est montrée chaleureuse avec Davy Crockett, ce n'est sans doute pas pour rien. Je dois donc la suivre.

00 : 00 : 00 : 00

Alea jacta est ! Comment être sexy ? Être une femme de son temps, quelqu'un qui n'a pas froid aux yeux ? C'est maintenant ou jamais. Respire un grand coup et saute !...

— Je me demandais si ça vous dirait de boire un verre avec moi, un de ces jours. (À ma surprise, je semble à l'aise, sûre de moi.) Mais il paraît que les gars de votre coin ne boivent pas d'alcool.

Il n'y a pas un bar sur Tangier Island. Impossible de trouver une seule bouteille d'alcool dans toute l'île, sauf peut-être cachée dans la cale d'un bateau de pêche.

— Une petite bière, ça peut se faire, répond Davy Crockett en se redressant. Ou alors dînons ensemble, comme on en a parlé.

En tout cas pas avec moi ! Bien sûr, je ne pipe mot.

— On va organiser ça, lui promets-je.

Puis je remonte ma vitre et m'en vais. El Diablo Loco serait possible. Ou le Barking Dog à Sunset Creek s'il aime les gambas grillées et les hot-dogs. À nouveau, mon estomac se met à grogner. Ou alors le Deadrise à Fort Monroe. Je parie qu'il aime les acras de crabe. Je regarde le MP dans mon rétroviseur jusqu'à ce qu'il disparaisse de ma vue.

Je pense à cette nouvelle collaboration qui s'immisce jusque dans ma vie personnelle, à Carmé qui lance des romances – des voies qu'il me faudra prendre ou fuir. Nous avons déjà interverti nos places, une fois en particulier pour le bal de promo au lycée, où nous trouvions amusant d'échanger nos cavaliers (cela ne s'était pas révélé si drôle, d'ailleurs). Mais cette fois, c'est bien différent.

Je demande à CARL de remettre les images sur les écrans du Tahoe puisque nous sommes à nouveau seuls.

— ... C'est un nouveau rebondissement dans cette affaire de plus en plus mystérieuse, explique Mason Dixon à la caméra, devant les portes de l'Institut médico-légal.

Il rappelle au téléspectateur que le corps de Vera Young doit être transporté au funérarium pour être incinéré aujourd'hui. J'espère que la puce DIEU ne se trouve pas encore dans ses entrailles !

J'aborde un virage...

— Tout doux !...

Je manque de sortir de la route. Ma Chasemobile est aussi lourde qu'un Humvee. Et maintenant que je suis passée du côté de la NASA, l'état des routes est catastrophique. Rien qu'une étendue blanche, parsemée de plaques de glace, striée de traces de pneus laissées par les agents des services de protection allant prendre leur tour de garde à la porte principale. Personne ne va venir ici, à moins d'y être contraint.

— ... sa fille en Californie soutient que c'est ce que sa mère aurait souhaité, poursuit Mason, toujours en direct, le col remonté sous les bourrasques à la manière de James Dean. Mais la sœur de Vera Young, Neva Rong, émet de vives protestations. Elle viendra s'exprimer sur notre antenne dans un instant...

Au LaRC, la porte du fond est moins bien gardée. Juste une petite guérite, avec une barrière rouge et blanche qui se lève et s'abaisse.

— S'il te plaît, coupe les écrans et l'audio, dis-je à CARL. Et ce serait bien si cela devenait automatique chez toi quand un tiers risque de voir ou entendre ce que tu me montres. Ça m'éviterait de te le répéter à chaque fois, d'accord ?

`Message reçu`, me répond-il par texto au moment où tous les écrans s'éteignent.

Je baisse ma vitre alors que Celeste, ma collègue, s'approche vêtue de sa parka et de son gilet pare-balles. Elle a toujours eu un petit côté branché, avec ses cheveux longs sur le dessus du crâne et rasés sur les tempes, plus une collection impressionnante de piercings et de tatouages.

— Encore toi ? s'étonne-t-elle en examinant mon badge.

— Le shutdown, c'est pas pour nous ! (J'ai toujours de la sympathie pour la piétaille, ces agents qui assurent toutes les corvées, comme jouer les sentinelles.) On doit être fidèle au poste, quoi qu'il se passe.

— Ne m'en parle pas ! Je n'ai pas arrêté de la journée. Et j'ai tout un tas de trucs à faire avant les vacances. Quelques jours de congé, cela fera du bien. (Je vois son haleine blanche s'élever dans l'air froid.) Tu ne peux pas utiliser la grande porte, comme tout le monde ? (À l'évidence, Carmé est passée par là aussi.) Mais bon, peut-être que tu aimes faire du tout-terrain.

— Il faut surveiller toutes les zones. (Avec cette réponse, je lui rappelle l'importance de notre mission pendant un shutdown.) En premier lieu, notre *data center*, comme tu t'en doutes. Sans compter une pléthore de sites sensibles qui, par ce temps, sont bien trop à l'écart à mon goût.

— En tout cas, si un engin peut traverser ce no man's land, c'est bien celui-là.

Elle jette un coup d'œil envieux à mon Tahoe. Et elle ne connaît pas toutes ses options !

Je n'aime pas que ma sœur se fasse passer pour moi auprès de mes collègues et des gens que je croise tous les jours. Il ne faudrait pas que cela devienne une manie. Même si c'est pour le bien de la mission.

Une fois que je me retrouve seule, CARL rallume les écrans et je peux voir de nouveau ce qui se passe à l'IML. Joan se lève de sa chaise pliante quand la porte de la morgue s'ouvre en haut de la rampe de ciment.

Un homme svelte que je ne connais pas apparaît sur le seuil, vêtu d'un costume sombre bon marché. Il a une cravate et un œil de verre – le gauche.

— C'est le grand cirque dehors ! lance-t-il avec un accent chantant du Sud. Je ne supporte pas ce m'as-tu-vu de Dixon. À l'entendre, tout est complot et tout tourne autour de sa personne.

— Il n'est pas le seul ! raille Joan, la cigarette aux lèvres.

— Ne recommence pas.

L'homme lui adresse un regard mauvais.

— Qui est là, pour l'instant ? demande-t-elle en tapotant sa cendre d'un geste agacé.

Elle semble prête à l'écharper.

— Le *Daily Press* et le *Virginian-Pilot*, pour la télé, la 10 et la 13, et deux radios. Au total, une dizaine de journalistes, avec photographes et cameraman. Comme s'il s'agissait d'Elvis.

Sa voix résonne dans le grand espace où les véhicules viennent livrer ou emporter les morts.

Pendant ce temps, je traverse les mornes étendues du LaRC. Je dépasse les ateliers de maintenance qui, avec leur bardage de tôles ondulées, ressemblent à des bâtiments agricoles. Un panneau demande aux gens de boucler leur ceinture, une façon de leur rappeler que le Code de la route s'applique aussi ici, et qu'il peut y avoir des contrôles. Sauf que l'endroit semble plutôt à l'abandon, avec cette neige, ces arbres nus et ces branches cassées tombées sur la chaussée. Le soleil bas perce de temps en temps les nuages et mes VERREs s'adaptent à ces changements de lumière.

— ... ils veulent que quelqu'un fasse une déclaration puisque le directeur n'est pas là. Je pense que c'est une bonne idée.

Le type s'adosse au chambranle et j'aperçois par la porte ouverte la zone où les corps sont réceptionnés, mesurés, pesés et étiquetés.

Au fond, il y a le bureau de la morgue, derrière sa paroi vitrée en verre blindée, et les portes d'acier des chambres froides, avec leurs écrans tactiles et leurs voyants verts. Je ne vois ni Wally le vigile, ni les techniciens. Il n'y a visiblement aucune autopsie en cours. Sans doute, tout le monde est parti se réfugier à l'étage, loin de Neva Rong.

— ... je me disais que tu pourrais peut-être t'en charger. Il faut bien que quelqu'un s'y colle, insiste l'homme.

Et sous certains angles, avec son œil de verre, il ressemble à l'un de mes mannequins de test – un mannequin qui serait revenu à la vie.

Je demande à CARL s'il peut lancer une reconnaissance faciale et obtenir des infos sur ce gars – qui il est, d'où il vient. Et par-dessus tout, je veux savoir depuis combien de temps il travaille avec Joan. Je n'ai jamais vu ce gus auparavant, et j'ai un mauvais pressentiment. J'ai peur qu'il soit sa dernière conquête, encore un petit jeune, imbu de lui-même, qui viendra s'ajouter à la longue liste des tarés égocentriques qu'elle a le don de collectionner.

15.

— Doucement... Doucement...
Je freine par intermittence, pour aborder une partie verglacée qui n'a été ni sablée ni déneigée.

Joan s'approche d'un seau rempli de litière pour chat et hérissé de mégots pour y écraser sa cigarette, tandis que je reçois des infos sur l'homme en face d'elle : Dylan Vince, trente-quatre ans, originaire des montagnes de Lynchburg en Virginie, ce qui explique son fort accent rural.

Il est sorti de l'université publique de Tidewater avec une spécialisation en thanatopraxie, il a travaillé dans plusieurs centres funéraires avant d'arriver le mois dernier à l'Institut médico-légal de Norfolk, pour remplacer l'administrateur parti à la retraite.

— Ce n'est pas à moi de le faire ! s'écrie Joan.
— Si tu ne veux pas, écris au moins un communiqué. Je pourrai aller le lire à ta place. Mais ce serait mieux si c'était toi, ajoute-t-il sans en penser un mot.
— Pas question de parler de Vera Young. Ni de donner la moindre info, réplique Joan en ne tombant pas dans le piège. Je ne ferai aucun commentaire, et toi non plus. Même si ça te démange, je le vois bien. Te retrouver devant les caméras, cela flatterait ton ego...

Je dépasse le Composites & Model Development Lab. Le bâtiment est désert. Je roule au pas, tantôt sur des zones de neige épaisse, tantôt sur des plaques de glace. Personne ne s'est aventuré ici depuis le blizzard. Comme le dit Celeste, ceux qui ont accès au LaRC pendant un shutdown passent par l'entrée principale, à côté du bureau des badges.

Cette portion de East Durand Street est immaculée. Ce tapis blanc virginal et ces arbres givrés, scintillant au soleil, sont à la fois beaux et inquiétants.

— ... on doit maintenant aller s'occuper de cette épave calcinée qui vient d'arriver en salle des scellés, lâche Joan avec un soupir.

— Si c'est vraiment la voiture volée au Coliseum, alors il risque de n'y avoir personne dedans, réplique Dylan du haut de sa rampe. C'est drôle que cela ne te soit pas venu à l'esprit. Tu n'as pas regardé les infos ? À ce que j'ai compris, c'est une voiture autonome commandée à distance.

Il a un petit ton pédant, comme s'il était responsable de l'enquête.

— Parce que, bien sûr, je n'ai pas assez d'emmerdes comme ça ! Voilà que je dois chercher des corps qui ne sont pas là ! (Joan quitte l'aire de chargement d'un pas vif.) Et n'oublie pas de descendre la porte derrière moi !

Dylan retourne dans la morgue tandis que je traverse des pelouses et des parkings vides et blancs. Je surveille les alentours, au cas où un chevreuil surgirait.

Grâce à une autre caméra de surveillance, je vois le Bell 407 avec ses rayures bleues qui revient récupérer sa passagère. Il se pose sur l'héliport tandis que Mason Dixon continue son reportage devant l'entrée de l'IML...

Les portes s'ouvrent et Neva Rong apparaît, perchée sur ses talons aiguilles, toute pimpante avec son tailleur noir et ses bijoux qui brillent au soleil.

Une horde de microphones l'assaille...

— Docteur Rong !... Docteur Rong !...

Les appareils photos crépitent...

— Par ici, Docteur Rong ! Par ici !

Première question :

— Docteur Rong... Vous avez pu voir le corps de votre sœur ?

Les *chut !* fusent. Tout le monde fait silence tandis qu'elle déplie une feuille de papier et la montre aux caméras. Je reconnais dans l'instant l'entête prétentieux, le filigrane holographique.

— Ce sont les dernières volontés de ma chère sœur Vera. (Elle secoue le papier pour accentuer l'effet dramatique.) Ma sœur m'a nommée son exécutrice testamentaire, parce que je suis sa plus fidèle alliée... C'est écrit ici, noir sur blanc !

— Ben voyons ! marmonné-je. Comment peut-on avoir une telle audace, un tel aplomb ?

— Pardon ? C'est une question ? s'enquit CARL.

— Non, je me parle à moi-même.

Je dépasse un à un les bâtiments de briques avec leurs noms ésotériques. L'Electronics Application Technology Lab, par exemple. Le National Transonic Facility. Le Simulation Development and Analysis Branch. Et autres appellations mystérieuses dont seule la NASA a le secret, telles que la Human Exploration and Operations Mission Directorate et le CERTAIN (pour City Environment Range Testing for Autonomous Integrated Navigation), autrement dit le terrain d'essai pour drones urbains.

L'un de mes favoris est le bâtiment 1232, le département Advanced Manufacturing où papa et moi nous rendons souvent, le berceau d'ISAAC, le fameux robot et son canon à électrons. Le 1232 est l'un des plus anciens édifices du LaRC, avec sa vieille bicyclette rouillée garée devant l'entrée, à côté d'une plaque en cuivre vert-de-gris datant de l'ère Spoutnik où l'on peut lire SPACE TECHNOLOGY.

— ... Alors je pose la question : pourquoi me refuse-t-on ce droit fondamental ? poursuit Neva Rong, tandis que l'hélicoptère l'attend, son rotor faisant voleter en tous sens le manchon à air.

Le pilote n'a pas coupé le moteur. C'est donc que le départ est imminent.

— Qu'est-ce qu'on nous cache ? lance-t-elle comme une politicienne rompue à toutes les ficelles. Posez-vous la question. Pourquoi suis-je exclue de l'enquête ? Pourquoi ce déni de justice ?...

Pendant ce temps, dans la salle des scellés de la taille d'un petit hangar, Joan et ses collègues ont revêtu leur tenue blanche en Tyvek. Ils fouillent les restes carbonisés de la Hellcat, et n'y trouvent personne...

Dylan, de son côté, entre dans l'une des chambres froides de la morgue...

Et au même moment, un corbillard franchit la porte roulante qu'il a oublié de refermer et s'arrête sur l'aire de chargement...

— Oh non...

Je remarque l'écusson Cadillac, le toit en vinyle, les ornements type landau. Aussitôt, je demande à CARL de vérifier la plaque d'immatriculation.

— Maison funéraire et crématorium Chamberlain & fils, me répond-il.

Il me donne une adresse à Norfolk.

— Cela semble en ordre. Tu vois une raison d'en douter ? m'enquiers-je tandis que le véhicule s'arrête non loin du coin pause cigarette de Joan.

— Désolé. Je n'ai pas d'autres informations.

— C'est peut-être la société de pompes funèbres qui doit prendre en charge le corps de Vera ?

— Je n'ai pas d'autres informations, répète-t-il. Je ne trouve aucune référence à cette société.

— Et rien aux infos, rien sur les réseaux sociaux qui pourrait indiquer dans quel crématorium elle doit être incinérée ? À savoir celui de Chamberlain & fils ?

— Négatif. Je ne trouve aucune donnée.

00 : 00 : 00 : 00

— C'est sans doute normal, conclus-je. Les familles préfèrent taire ce genre de détail pour éviter qu'une armée de journalistes et de curieux ne débarque aux funérailles.

J'observe Dylan qui sort de la chambre froide, en poussant un chariot. Dessus, il y a un corps dans son sac mortuaire...

Il le laisse dans le sas de réception, à côté de la balance au sol, et s'en va...

Le moteur du corbillard tourne au ralenti. Personne ne sort du véhicule...

— Il n'y a aucun moyen de savoir de qui il s'agit ?

CARL me confirme que non. Je lui demande alors combien de personnes sont présentes à la base de Langley en ce moment. Soixante-trois, m'apprend-il. Et il m'indique où elles se trouvent, et dans quels bâtiments elles sont allées en suivant la trace de leurs badges. J'étudie un moment la carte des déplacements qui s'affiche sur le tableau de bord, n'appréciant guère cette activité dont je ne savais rien.

Sur la carte, les badges sont repérés par leur numéro que je suis à la manière d'un aiguilleur du ciel devant son écran radar. Pour la plupart, il s'agit d'employés extérieurs, travaillant pour des poids lourds du secteur tels que Space X, Blue Origin, Boeing, Northrop Grumman. Et la Sierra Nevada Corporation. Je me souviens de l'info qu'a lâchée Dick au moment de quitter Dodd Hall.

Qu'il y avait un crash test de capsule cet après-midi – je vois que la SNC a huit personnes sur la base. Deux à la grande soufflerie, et les six autres au fameux « portique », là où dans les années 1960 Neil Armstrong, Buzz Aldrin et les autres astronautes du programme Apollo ont appris à piloter le LEM.

Officiellement nommé le Landing and Impact Research Facility, le portique se dresse tel un gigantesque « A » d'acier en bordure du LaRC, équipé de câbles, d'un pont hydraulique et d'un système de levage capable de lâcher un avion de dix-huit tonnes, aussi gros qu'un Fokker F-28. On peut bien sûr y tester des objets bien plus petits : une voiture volante, un jet-pack ou le parachute de freinage d'une capsule spatiale.

J'ignore ce qui est programmé exactement cet après-midi, mais ce doit être important pour que le test n'ait pas été déprogrammé à cause du shutdown. Il y a en plus onze badges qui appartiennent à des membres de la NASA, des ingénieurs, des grutiers, des photographes et des artificiers. Je prends à gauche après le champ de panneaux solaires, qui ne génèrent aucune électricité par ce temps, et demande à CARL de me montrer le portique.

Il me connecte aux caméras de surveillance. J'entends le ronronnement des moteurs diesel et des pompes hydrauliques, ainsi que le bip-bip d'une nacelle. Elle est pilotée par un ingénieur de la SNC, un dénommé John, comme me l'indiquent les infos associées à son badge. Tout engoncé dans ses vêtements de protection, son harnais et son gilet de sauvetage, il fait pivoter sa cage jaune citron dans les bourrasques.

Il se dirige vers la maquette grandeur nature d'une capsule, suspendue à une grue par un gros câble. Un modèle qui m'est inconnu et qui doit peser dans les dix tonnes. Il a une forme oblongue, semblable à une balle de fusil, avec des plaques de métal gris couvrant les ouvertures où se logent d'ordinaire propulseurs et autres dispositifs.

John arrête la nacelle à quelques centimètres de la maquette de plusieurs millions de dollars. Il ouvre une écoutille avec une clé à cliquet et débranche le câble d'alimentation. À l'évidence, l'engin est bourré d'électronique.

Il doit y avoir des accéléromètres, des bataillons de capteurs pour mesurer les torsions, la pression, la position, la force. Sans compter de multiples jauges, cellules de charge et enregistreurs de données.

— La SNC a fabriqué une capsule spatiale habitée ? m'étonné-je à haute voix.

— Information confidentielle, répond CARL.

— Ce n'est pas vraiment une question puisque j'ai la réponse sous les yeux. Et depuis combien de temps ils développent cet engin ?

— Information confidentielle.

— À l'exception de son Dream Chaser, la SNC est dans le créneau des vaisseaux cargos. Du moins aux dernières nouvelles.

Encore une chose qu'on m'a cachée ?

CARL reste silencieux.

— À l'évidence, ce n'est plus le cas. Et on ne fait pas de crash test pour des transporteurs de fret. De toute façon, cette capsule n'a rien d'un engin cargo.

Silence encore.

— Et si dans ce vaisseau qu'ils s'apprêtent à lâcher dans l'eau il y a un de mes mannequins, je vais voir tout rouge ! (J'explique à CARL pourquoi les Dispositifs Anthropomorphes d'Essai sont mon pré carré.) C'est normal que je le prenne mal, non ? Même toi, tu peux comprendre ça.

— Je ne suis pas certain de saisir votre question...

— Connecte-moi aux caméras à l'intérieur de la maquette. Que je puisse voir ce qu'il y a dedans.

Je fais de mon mieux pour rester calme.

— Information confidentielle.

— Très bien, dans ce cas montre-moi les DAE qui sont dans le hangar, s'il te plaît.

Dès qu'il s'exécute, j'ai l'impression d'être une mère surveillant sa progéniture avec une *babycam*. Les mannequins sont rangés dans un coin, parmi les racks d'outils, de capteurs et de pièces anatomiques de rechange. Mon fidèle équipage ! Des hommes, des femmes, des enfants, tous de valeureux compagnons destinés à être brûlés, brisés, enfoncés, tordus – ou tout au moins salement secoués.

Conçus pour reproduire un humain moyen, les DAE sont trop lourds pour être transportés à la main. Ils passent donc toute leur existence dans des fauteuils roulants provenant des surplus des hôpitaux, vêtus de combinaisons en Tyvek ou de blouses d'infirmiers, et chaussés de baskets. Quelques-uns ont même des lunettes de sécurité.

À les voir avachis sur leurs sièges, leurs mains de plastique posées sur les cuisses, ils ont l'air un peu déprimé. Et j'ai l'impression qu'il manque quelqu'un...

Je commence l'inventaire :

— Bump, Bang et Crush. Twister, Striker et Breaker. Crackle et Pop... Où est Snap ? Ils n'ont pas intérêt à l'avoir prise sans mon autorisation.

Snap est une femme chauve, sans caractéristique ethnique, au même regard égaré qu'un vétéran de guerre. De temps en temps, ces derniers mois, j'ai été obligée de lui refaire une beauté. De nouvelles clavicules, une nouvelle colonne vertébrale, un jeu d'omoplates. Elle a eu également droit à une nuque toute neuve et à un échange standard du bassin. Et, cerise sur le gâteau, elle est désormais bourrée de micro-capteurs, comme moi ou Carmé aujourd'hui.

— Le DAE que vous appelez Snap est pour l'instant indisponible, m'informe CARL.

— Montre-moi où elle se trouve.

C'est un ordre, mais je reste courtoise.

— Information confidentielle.

— Elle est dans la maquette qu'on va lâcher dans le vide. C'est bien ça ?

— Information confidentielle.

— S'il te plaît, connecte-moi aux caméras à l'intérieur. (Je tente encore ma chance.) Je veux voir si Snap est dans le cockpit. Peut-être qu'ils veulent mesurer les contraintes sur sa colonne vertébrale quand l'engin heurtera l'eau ?

— Information confidentielle.

Pas la peine d'insister.

— Très bien, Dick, ou quelqu'un d'autre, ne veut pas que je connaisse les détails. Va savoir pourquoi ? Mais il m'a demandé de le retrouver au portique. Peut-être compte-t-il m'annoncer en personne ce qui se passe et me révéler le grand secret ?

— Je n'ai pas la réponse.

— Moi non plus, CARL. Je ne sais pas grand-chose, à vrai dire.

Je laisse derrière moi le bâtiment 1230 qui abrite l'Autonomy Incubator.

Des drones de toutes formes, de toutes tailles, peuvent sortir d'une trappe sur le toit pour gagner leur terrain d'exercice protégé d'un filet. Tout est tranquille, tout semble normal. Mais il y a quand même un problème sur East Taylor Street, un danger qui apparaît en rouge sur l'affichage tête haute de ma NAVIG.

Une conduite d'eau a dû céder, transformant la rue et les pelouses de part et d'autre de moi en une vaste patinoire à ciel ouvert.

— Il faut appeler les gars de la maintenance pour qu'ils...

Mais les freins céramiques s'actionnent d'un coup, et mon SUV part en glissade.

16.

— Hé ! m'écrié-je, alors qu'un renard détale juste sous mes roues.

Heureusement pour lui, les capteurs ont été plus rapides que moi. J'aperçois fugitivement la pointe blanche de sa queue tandis que mon Tahoe sort de la route et se retrouve sur la pelouse transformée en lac de glace.

— Mer... de mer...

Mon SUV, emporté par sa masse, se rapproche dangereusement des arbres. Je suis impuissante. Je ne peux que garder les mains sur le volant et attendre... Ça glisse, encore et encore, et enfin ça s'arrête... je suis à plus de quinze mètres de la route !

— Magnifique ! Me voilà sur la banquise ! Je ne vais jamais pouvoir sortir de là. Personne n'a donc alerté la voirie pour cette conduite cassée ?

— Non, personne, confirme CARL.

— Dommage. Si j'avais été prévenue, je ne serais pas passée par ici. (J'essaie de rester calme. Inutile d'en rajouter.) Très bien. On fait quoi ? Parce que moi, je suis à court d'idées.

— Une solution simple serait de faire fondre la glace, répond CARL.

Si j'étais parano, je me dirais que tout ça est prévu, que c'est encore une sorte de test. Mais même Dick ne peut demander à un renard de se jeter sous mes roues au moment où je roule sur une route verglacée parce qu'une conduite d'eau a cédé. Son omnipotence a quand même des limites !

CARL a raison. C'est effectivement le moment de tester le lance-flammes monté dans l'un des deux caissons du coffre arrière.

— Si on lâche des petits jets rapides, on doit pouvoir faire fondre la glace derrière le Tahoe, sur deux ou trois mètres...

Je réfléchis à haute voix. Ce serait ballot de mettre le feu au SUV !

CARL me présente le menu du SPYRO. Je choisis le mode manuel. Quand je lâche une première salve à l'aide du joystick, j'en ai le frisson. Un mur de flammes occulte toute la lunette arrière.

— Waouh !

Je passe la marche arrière et, à l'aide des caméras embarquées et des rétroviseurs, je recule lentement, centimètres par centimètres, à petits coups de lance-flammes. À ce rythme, on y sera encore demain ! Tout ce que je fais, c'est de dégager une sente derrière moi, mais il m'est impossible d'y manœuvrer. J'arrête les frais. Ce qu'il faut, c'est faire fondre la glace dans toutes les directions.

— Aux grands maux, les grands remèdes ! Puisque tu es planté... Et je ne parle pas de toi, CARL.

— Message reçu.

— S'il te plaît, passe en boîte courte et coupe l'antipatinage.

— C'est fait.

— Accroche-toi ! Et ce n'est pas une image !

J'enfonce les pédales de frein et de gaz, tel un pilote de NASCAR sur le départ, braque à fond, réveille mon SPYRO et lâche la cavalerie !

Alors que j'accomplis en marche arrière un *doughnut* d'enfer (sans jeu de mots) et me retrouve au milieu d'un cercle de feu, CARL m'annonce que j'ai un appel.

— C'est la major Fran Lacey ! crie-t-il pour se faire entendre par-dessus le rugissement du moteur.

— Là, c'est chaud !

Évidemment, il risque de comprendre de travers, penser peut-être que je lui parle de la température des flammes...

Mais c'est trop tard. J'ignore ce qu'a compris son Cerveau Analytique de Recherche et de Liaison, toujours est-il qu'il me passe Fran avant que j'aie le temps de lui expliquer plus clairement que je ne veux pas. J'entame une autre boucle, tournant sur moi-même comme un dragon furieux courant après sa queue, dans un nuage de fumée, de vapeur d'eau, de terre et de débris de glace. Peu à peu, je remonte vers la route.

— Où es-tu en ce moment ? lâche Fran dans les haut-parleurs.

Enfin, je suis de retour sur le macadam. Dans mon sillage de flammes, je laisse une mare de boue.

— Derrière le data center... Là où une conduite d'eau a cédé... (Autant la prévenir. J'essaie de retrouver une respiration normale après ce tour de manège endiablé.) Tu n'as pas l'air contente. Qu'est-ce qui se passe encore ?

— On m'a rapporté un problème au 1205. Peut-être un 10-15.

Pas étonnant qu'elle soit sur les nerfs.

— Une fuite de produit chimique ? Qui est là-bas ?

— On m'a rapporté un bruit suspect, une sorte de sifflement. Un appel anonyme. C'est peut-être un canular, un scientifique qui s'ennuie chez lui. Histoire d'agacer tout le monde. Et tu sais quoi ? Il a réussi ! J'ai assez à faire comme ça. Les emmerdes s'accumulent et, bien sûr, je suis toute seule.

— Je n'aime pas ça, dis-je en rejoignant Langley Boulevard.

Je n'aime pas non plus qu'elle m'embête avec ses soucis alors qu'une conversation délicate m'attend au QG avec un garçon de dix ans – et indirectement avec mon père. Évidemment, Fran, la grande phobique devant l'Éternel, ne veut pas s'approcher de quelque chose qui peut exploser, s'embraser, empoisonner l'air ou électrocuter quelqu'un.

— De quand date l'appel ?

— Il y a quelques minutes.

À en juger par les numéros des badges qui s'affichent sur mon écran, Scottie et Butch sont au QG, dans le bureau qu'ils partagent – du moins leurs cartes magnétiques y sont, peut-être engagées dans leurs ordinateurs. Je conseille à Fran de les envoyer sur place et de peut-être contacter les pompiers.

— Ils sont coincés ici avec moi, réplique-t-elle avant d'ajouter qu'aucun enquêteur n'est disponible. Alors ce serait gentil que tu t'en charges.

J'ai atteint le rond-point. Droit devant se dressent les sphères blanches de la grande soufflerie, qui ressemblent à des pleines lunes préhistoriques ou à des SPAS géantes.

— On s'occupe du suicide au Point Comfort Inn, explique-t-elle. Et bien sûr, s'il y a vraiment quelque chose qui siffle quand tu seras là-bas, on enverra les pompiers gérer ça. Mais je ne veux pas les déranger si c'est une fausse alerte.

— Je peux passer vite fait, réponds-je sans enthousiasme.

Le bâtiment en question abrite le Fatigue et Fracture Laboratory. (Encore un nom qui fait rêver !)

Depuis les années 1960, on analyse au 1205 les effets du bruit, des vibrations, des températures extrêmes et autres paramètres environnementaux sur des structures ou des composants. Cela peut avoir l'air d'un travail fastidieux et tranquille. Mais il suffit de passer les portes de cette vieille construction de briques pour être convaincu du contraire.

Certains solvants, composés chimiques et gaz, parmi les plus dangereux de la terre, sont stockés là-bas. Des produits réellement effrayants, tels que l'azote liquide, le cyanure, l'acide chlorhydrique, sont régulièrement utilisés pour tester des métaux et divers matériaux composites. Et si là-bas quelque chose s'échappe en sifflant, ce n'est pas le moment d'y approcher son nez.

00 : 00 : 00 : 00

— N'oublie pas que je dois parler à Lex Anderson à H-1700, lui dis-je. Ce serait bien d'aller le chercher, non ?

Je longe le chantier du nouveau Measurement Systems Lab, six niveaux emballés dans du Tyvek. Les bâches de protection et les bennes à gravats sont couvertes de neige. Personne ne travaille, bien sûr.

— C'est déjà fait. Je suis passée le récupérer à la pause déjeuner. Il regarde la télé dans la salle de réunion, répond-elle avec nonchalance, comme s'il s'agissait juste d'un baby-sitting.

— Tu veux dire que Lex est resté seul dans notre salle tout l'après-midi ?

Je n'en reviens pas. Mon sang tourne en glace.

— Oui, à regarder la télévision, je viens de te le dire. Il ne risque rien de lui arriver. On est dans les bureaux, juste à côté.

— Je n'aime pas ça, Fran. Il est seul dans notre salle de réunion, sans surveillance.

À ces mots, CARL me connecte à nos caméras.

Lex est assis à la grande table ovale. L'écran plat accroché au mur est branché sur la chaîne de la NASA. À l'écran, je vois le télescope James-Webb avec son bouclier thermique grand comme un court de tennis et son miroir composé de dix-huit hexagones de béryllium recouverts d'une fine couche d'or.

— ... c'est le télescope spatial le plus puissant jamais construit, explique le narrateur. Bientôt, il se dirigera vers le Soleil, replié comme un oiseau dans la soute d'une fusée Ariane 5...

Lex ne porte aucun intérêt à l'émission. Il est bien trop occupé à pianoter sur son téléphone. Sa chevelure rousse brille comme un sou neuf sous les tubes fluos. Il paraît tout petit, tout chétif avec son jean baggy, son sweat-shirt, ses bottes en caoutchouc...

— Je me suis connectée à notre système de vidéosurveillance, expliqué-je à Fran. En ce moment même, je l'observe. (Fran n'est pas surprise. Elle a l'habitude que je me branche à nos caméras.) Comment se fait-il qu'on lui ait laissé son téléphone ? C'est une très mauvaise idée.

— Il n'est pas en état d'arrestation. On ne lui a pas même lu ses droits. Du calme. Pas d'affolement. Ce n'est qu'un enfant.

Quelques voitures sont garées devant le bâtiment 2102. Il n'y a pas si longtemps, j'ai passé la nuit ici, dans la salle de contrôle, pour gérer une sortie dans l'espace.

— Physiquement peut-être. Mais pas intellectuellement. Et, à mon goût, il se balade un peu trop sur la base depuis septembre. (Merci papa !) Peut-être que Lex n'est pas un hacker au sens criminel du terme. Peut-être que si. En tout cas, il en a les capacités.

Dans la salle de réunion, Lex repousse sa chaise, se lève...

Sort de la pièce...

Va dans le hall avec sa moquette bleue, son mobilier rouge et ses posters de la NASA partout sur les murs...

Il prend le couloir pour rejoindre le bureau de la major Fran Lacey...

Fran est avec Butch et Scottie et examine les photos de Vera Young pendue à Fort Monroe et de l'homme que Carmé a abattu au Point Comfort Inn. Il y a des clichés partout dans le bureau. Le grand écran mural est scindé en quatre parties. Le faux permis de conduire, au nom de Hank Cougars, occupe celui en haut à droite.

Sur les trois autres, il y a des clichés du cadavre dans le SUV et à la morgue.

Les vêtements sont sur le point de craquer parce que les chairs ont gonflé sous l'effet de la décomposition. Sans doute, après avoir maquillé la scène en suicide, Carmé a poussé le chauffage à fond. Et celui-ci a dû fonctionner jusqu'à ce que le Yukon Denali soit à court d'essence. C'est pour cette raison que le corps est en si mauvais état, alors que le froid de l'hiver aurait dû le préserver.

Il n'y a aucune photo de son arsenal et de sa collection d'accessoires sinistres en vue de se débarrasser d'un cadavre. Apparemment, pour le bien de la mise en scène, ces pièces ont été retirées. Comme Lex, planté sur le seuil, j'écoute ce qu'ils se disent. À les entendre, le véritable Hank Cougars était alcoolique et travaillait de temps en temps sur des chantiers.

Son Yukon Denali gris date de 2016. C'était un maigrichon avec des cheveux blonds dégarnis et des yeux bleus. Cela ne correspond pas du tout au gars qui a surgi au motel. Bien entendu, Fran et son équipe ne peuvent se douter qu'il était un tueur à gages. Apparemment, il se serait garé dans un coin tranquille pour se faire sauter le crâne avec le fusil à pompe Mossberg calibre 12 retrouvé entre ses jambes.

L'arme ressemble comme deux gouttes d'eau à celle que j'ai vue à l'arrière du Denali. Je comprends ce que ma sœur a fait après coup : elle a placé le canon du Mossberg dans la bouche du mort, effondré sur le siège, avec les deux yeux de serpent signés Carmé au milieu front.

Après avoir pressé la détente, il ne restait plus grand-chose de la tête du bonhomme – juste la mâchoire inférieure, la langue, des lambeaux de joues et le pourtour de la boîte crânienne. Le cerveau, les os, les dents avaient été projetés partout sur le dossier, le ciel de toit et la lunette arrière. Carmé a dû récupérer, dans les débris, les balles à pointe creuse qu'elle a tirées, pour achever de tromper le médecin légiste.

— ... Le Point Comfort Inn est fermé à cette époque de l'année, explique Fran à Butch et Scottie. En d'autres termes, c'est l'endroit parfait si on ne veut pas être trop vite repéré. Ou alors la victime avait avec ce motel un lien affectif ou symbolique.

» Ce qui est troublant toutefois, ajoute-t-elle, c'est qu'il n'y a aucune identification possible du véhicule. Les plaques ont été volées, les numéros de série limés. Et l'historique du GPS a été effacé. Les téléphones retrouvés à bord sont des modèles à cartes prépayées. Visiblement, l'occupant aimait la discrétion.

» Bref, ce n'est pas le genre de gars à se tirer un coup de fusil dans la bouche, conclut Fran.

À l'évidence, un enfant n'a rien à faire là. Quand Fran l'aperçoit sur le pas de la porte, elle bondit aussitôt de sa chaise.

— Faut que je te laisse ! m'annonce-t-elle au téléphone.

Je la vois se précipiter vers le garçon qui contemple, les yeux écarquillés, les images sanglantes affichées à l'écran.

— Qu'est-ce que tu veux ? lui demande-t-elle. Tu as un souci ?...

Fran ne peut savoir que je peux toujours la voir et l'entendre.

— Il faut que j'aille aux toilettes..., bredouille Lex, encore sous le choc.

J'arrive au 1205, qui ressemble plus à un atelier d'usine qu'à un laboratoire. Un parallélépipède de brique haut de deux étages et percé de minuscules fenêtres.

Il y a des traces de pneus sur le parking désert. Sans doute un de mes collègues faisant sa tournée d'inspection. Cela n'empêche qu'il peut y avoir quand même un squatter, un chercheur stressé craignant que le shutdown ne ruine tout son travail.

Je ne sais pas ce que je ferais à leur place si on m'ordonnait de rester chez moi. Je ne pense pas que je supporterais qu'on m'interdise de poursuivre mes recherches, en particulier si je suis passionné par ce que je fais. Je demande à CARL de me faire écouter l'appel dont Fran a parlé.

Je descends du Tahoe tandis que commence l'enregistrement audio :

— LaRC de la NASA, j'écoute, annonce la standardiste. Quelle est la raison de votre appel ?

— Je ne peux pas vous révéler qui je suis...

Une voix masculine, un accent anglais.

— En quoi puis-je vous aider ? poursuit l'employée, imperturbable.

— Je suis au 1205, évidemment contrairement aux consignes, sinon je n'aurais pas pu vous prévenir. Il y a un bruit ici. Quelque chose qui siffle... (À entendre le trémolo de sa voix, c'est peut-être une personne âgée.) Mais j'aurai quitté les lieux quand les secours arriveront, alors inutile de me chercher. Cela provient du premier étage, département résistance des matériaux. À votre place, je me dépêcherais...

Je m'arrête devant les portes du bâtiment. Le soleil descend sur l'horizon, le vent est tombé.

Je demande à CARL :

— Qu'est-ce que je fais ? J'utilise ma carte ou ma DIGITEL ?

Par réflexe, je passe mon doigt sur la cicatrice à mon index droit.

— Quel geste voulez-vous sauvegarder pour accéder aux portes sur la base ? s'enquiert-il d'une voix tranquille, comme si on bavardait au téléphone.

— Un mouvement de bas en haut devant le lecteur. (Je joins le geste à la parole.) Comme si je passais ma carte. Ça peut marcher ?

Et la serrure s'ouvre dans un déclic.

Je pousse le battant et pénètre dans le bâtiment. La lumière et le chauffage sont au minimum. Devant moi, un long couloir, flanqué de portes protégeant les labos. L'endroit est dans la pénombre. Tout au bout, j'aperçois la lumière rouge d'un panneau SORTIE.

— Allez, on ne traîne pas ! Je n'ai pas que ça à faire.

J'opte pour l'escalier plongé dans l'obscurité. Mieux vaut éviter l'ascenseur.

17.

J'allume ma lampe torche. Les avertissements TENEZ LA RAMPE peints en jaune sur les marches de ciment s'illuminent sous mon faisceau.

Arrivée au palier du premier étage, j'émerge juste en face du laboratoire où, à en croire l'appel anonyme, il y a un problème. Et j'entends effectivement un sifflement derrière la porte. Je crains une fuite d'azote liquide dont on se sert pour refroidir les échantillons avant de les observer au microscope électronique à balayage.

Mais les capteurs dans mon LACET ne détectent aucune trace d'azote à basse température, ou une quelconque substance potentiellement toxique ou inflammable. Je plaque mon oreille contre le battant. Il s'agit d'une sorte de chuintement grave et continu.

Grâce à mon nouveau geste DIGITEL, je déverrouille la porte et l'entrouvre – juste un peu. Le sifflement se fait plus fort. Je ne vois rien de particulier. Aucune odeur suspecte non plus. Le bruit semble provenir de l'ordinateur installé sur une table à l'autre bout de la pièce. Avec ma lampe, j'examine les rangées de bouteilles de gaz sanglées aux murs, les armoires vitrées et leurs rangées de flacons d'acides et de solvants.

Et partout des machines typiques d'un labo de métallurgie : des hottes, des meuleuses, des fraiseuses, des plaques chauffantes, des pompes à vide, des étuves à dessiccation ; et partout des fioles et des béchers en Pyrex. Mon LACET détecte un signal audio. Je suppute ce qui se passe. Je n'y crois pas !

C'est pourtant la vérité. J'en ai la preuve en m'approchant des haut-parleurs de l'ordinateur. La lecture du fichier audio a été lancée à distance. Je sors le plus vite possible et claque la porte derrière moi. J'entends un cliquetis au fond du couloir. Et d'un coup, toutes les lumières s'éteignent. Je me retrouve dans l'obscurité.

— Oh non...

Je braque ma lampe dans la direction du bruit. C'est le moment que choisit Fran pour me rappeler.

— Je ne sais pas ce qui se passe, lance-t-elle dans mon oreillette, mais nous sommes plongés dans le noir.

— Moi aussi !

Je me dirige vers le bruit qui provient d'un labo quelque part au milieu du couloir. Une sorte de grincement, semblable à une pièce de métal raclant une surface dure.

— Une panne de courant ? dis-je.

— Non. Juste les lumières qui sont coupées. C'est bizarre...

— C'est pareil ici !

CARL m'apprend que seuls deux bâtiments ont ce problème.

Le QG des services de protection et le 1205 où je me trouve. C'est donc un acte délibéré, ciblé. Quelqu'un a piraté notre réseau électrique et Dieu sait quoi encore !

— C'est arrivé quand Butch a emmené le môme aux toilettes. Et maintenant il a disparu.

— Quoi ? Lex s'est enfui ?

Mon estomac se noue alors que j'atteins l'origine du bruit.

— Il faut que tu rappliques d'urgence, poursuit Fran.

Je repense à l'expression d'horreur du gamin quand il était sur le seuil de la porte et qu'il a vu ces photos sanglantes.

J'ouvre la porte de derrière laquelle provient le bruit et découvre qu'un bras robotisé a été activé ; son squelette d'acier luit dans mon faisceau. Ses segments se tortillent tel un serpent, se plient et se déplient comme s'il était possédé par un démon.

— C'est quoi ce tintamarre ? peste Fran, agacée, alors que je pique un sprint vers la sortie.

— Quelqu'un nous fait une mauvaise blague ! Envoie tout le monde à la recherche de Lex. En espérant qu'il soit reparti chez lui. (Ce dont je doute fort !)

Sur le plan qu'affichent mes IRIS, je vois que la grande soufflerie à échelle 1 a un nouveau visiteur. Un numéro de carte vient d'apparaître. Quelqu'un a ouvert la porte de service dans l'allée ouest.

— Où es-tu en ce moment précis ? demandé-je à Fran tandis que mes pas résonnent dans la cage d'escalier et que le faisceau de ma lampe fouille les ténèbres. (Qu'est-ce qui m'attend en bas ?) D'après mes infos, tu es dans la grande soufflerie. Du moins à en croire l'endroit où ton badge a bipé...

— Non de non ! s'écrie-t-elle.

— Absolument, Lex a pris ta carte !

Je pousse les portes qui mènent dehors et range ma lampe.

— Quel petit c... Sérieusement, Calli, je ne sais pas comment il a fait ça. Je vais la désactiver tout de suite.

— Non. Surtout pas ! (L'air froid me fait du bien. CARL démarre de loin ma Chasemobile.) S'il a ton badge, nous pouvons suivre ses déplacements, c'est déjà ça. Ne touche à rien !

J'ouvre mon Tahoe d'un geste.

Je grimpe à bord, démarre. Je n'aime pas ça du tout. Lex n'a pas pu quitter le QG et arriver si vite à la soufflerie. À moins d'emprunter le raccourci. Si c'est le cas, c'est qu'il connaît très bien la base. Trop bien même. Et cela laisse croire à de la préméditation. Voire carrément à des séances d'entraînement !

— Il a dû passer par les sous-sols. (CARL me donne aussitôt un plan du réseau des tunnels et souterrains qui relient tous les bâtiments de notre base de trois cents hectares.) Si c'est le cas, je ne pourrai l'attraper que lorsqu'il sortira d'un bâtiment ou par une des trappes extérieures. Ta carte ouvre toutes les portes comme la mienne, non ?

L'énorme soufflerie se dresse devant moi.

Haute de neuf étages, deux fois la longueur d'un terrain de football. Pendant longtemps, elle a été la plus grande du monde. Construite dans les années 1930, elle est équipée d'un ventilateur de douze mètres de diamètre, pourvu de neuf pales en bois capables de propulser trente mille mètres cubes d'air à Mach 10. Je connais toutes ses caractéristiques techniques grâce aux supports pédagogiques que rédige ma mère pour les enseignants.

Sans compter que papa et moi avons mené toutes sortes d'essais là-bas. Et dernièrement, c'est Lex qui était avec lui ! La construction est bizarre. On croirait un Slinky géant tombé au sol, se refermant sur lui-même pour former un immense parallélépipède, blanc comme une coquille d'œuf. Elle se dresse près de l'entrée principale, et on ne voit qu'elle quand on arrive à la base par Commander Shepard Boulevard.

— Tu as une idée ? Parce que là, je sèche, reprend Fran tandis que je m'engage sur l'allée de service enneigée.

Aucune trace de pneus ni de pas. Apparemment personne n'est revenu après le blizzard.

— ... pas question de descendre dans ces satanés tunnels. Et surtout pas moi ! s'affole-t-elle.

Sa réaction ne m'étonne pas.

— Nous allons l'attraper quand il refera surface, ne t'inquiète pas. (Je descends du Tahoe.) Envoie tout le monde patrouiller aux points d'accès. C'est tout ce que j'ai comme idée pour l'instant.

Je coupe la communication.

00 : 00 : 00 : 00

Je trotte dans la neige vers la soufflerie qui, évidemment, est à l'arrêt en ce moment. Quand elle fonctionne, on entend son rugissement jusqu'à l'autre bout de la base. À en croire le plan de mes IRIS, seules quatre personnes sont dans le bâtiment. Sans inclure celui qui a volé le badge de Fran – Lex, évidemment !

Je contourne des piles de palettes en longeant la structure d'acier qui soutient le Slinky géant. Je traverse une aire de repos improvisée, avec ses tables et chaises de jardin recouvertes de neige. En atteignant l'allée ouest, je découvre des traces de pas.

Des empreintes, un peu plus petites que les miennes. Je me souviens que Lex portait des bottes en caoutchouc. La sente part d'une trappe de visite, s'arrête au pied de l'escalier d'acier qui mène à la porte de service de la soufflerie, celle justement où la carte de Fran a bipé voilà quelques minutes. C'est pas bon, ça. Pas bon du tout ! Je grimpe les marches peintes en jaune, déverrouille à mon tour la porte, d'un coup de DIGITEL.

— Lex !

Je l'appelle dès que je pénètre dans le couloir en ciment assez grand pour faire passer une voiture.

Personne. Le silence.

— Lex ! Tu es là ? (Ma voix se perd en écho dans le boyau.) Lex ! C'est dangereux ici ! (Je m'avance encore.) Lex ! Où es-tu ?

C'est alors que le moteur de douze mille chevaux s'ébroue.

Le ventilateur que je ne peux voir de l'endroit où je me trouve commence à tourner et à prendre de la vitesse. Je sens un mouvement d'air, une douce brise qui rapidement forcit et se réchauffe. Je n'ai que quelques secondes avant que le vent m'emporte dans le coude du conduit jusqu'aux pales de bois. Ou me projette contre les parois de ciment. Ou me coupe en dés à travers la grille du diffuseur. Rien de très tentant.

— CARL ! Éteins ça !
— Je ne comprends pas.
— Coupe le moteur !

La soufflerie s'arrête dans l'instant.

Je pique un sprint dans le conduit, luttant contre le flux d'air.

Je débouche sur l'aire d'essai où des chercheurs s'affairent sur une maquette grandeur nature – une aile de vaisseau spatial, d'un bleu sombre et iridescent, fixée au bout d'une perche. Étonnés de voir la turbine démarrer et s'arrêter toute seule, ils me regardent bouche bée. Je continue à courir.

— Qu'est-ce qui se passe ? Il y a un problème ? me crient-ils.

Je ne leur réponds pas et descends l'escalier quatre à quatre. Je traverse la zone de préparation des modèles avec ses remorqueurs qui déplacent les maquettes sur leurs chariots. Je passe sous un Boeing 737 suspendu au plafond et fonce dans le couloir. Je dépasse les bureaux d'études, les laboratoires. Personne. Mes pas résonnent sur le sol.

Le hall est désert. Je jette un bref coup d'œil aux murs couverts de photos encadrées des engins qui sont passés au banc d'essai au fil des décennies : des avions hypersoniques, des sous-marins, des dirigeables, des antennes paraboliques, et même des voitures de course. Je me rue dehors, retrouve la bise et le froid. Je m'arrête, regarde tous azimuts, haletante. Où est-il ?

Aucune trace de Lex. Je me ficherais des claques ! Le temps que je m'efforce de sauver ma peau, il a fait demi-tour. Je suis sûre qu'il est reparti par la même porte, le même escalier. Et qu'il est retourné sous terre.

— Hormis ses empreintes de pas, comment on est censé savoir s'il est ressorti par une trappe ou un sas ? Ou s'il est encore dans un tunnel ? dis-je à CARL.

— La plupart des accès aux souterrains ne sont pas équipés de système de vidéosurveillance, répond-il tandis que je débouche sur l'escalier extérieur que j'ai gravi il y a quelques minutes.

Et je découvre que mon intuition était la bonne.

Pendant que j'étais occupée à gérer le ventilateur, Lex est revenu sur ses pas puis est reparti dans le tunnel.

— Seules les zones sensibles sont surveillées, m'explique CARL. Comme la jonction entre les bâtiments 1110 et 1111.

Mais même pour ces rares exceptions, il ne s'agit que de détecteurs de mouvement, pas de caméras.

— Pour l'heure, nous savons où il est, réponds-je en désignant la trace qui mène directement à la trappe d'acier avec ses vérins hydrauliques et sa serrure électronique. Mais je ne vais pas me lancer à sa poursuite. Je ne pourrai pas te capter là-dessous, ni même recevoir le moindre signal.

CARL démarre déjà mon Tahoe.

— Le meilleur moyen d'avoir du réseau dans les tunnels dans les conditions actuelles serait l'AéroRépétiteur Internet.

Par réflexe, je lève la tête, tentant d'apercevoir notre ARI dans le ciel nuageux. Mais Harry est en mode furtif comme on le lui a demandé. Envoyer une SPAS là-dessous est une très mauvaise idée.

— Primo, c'est dangereux, dis-je à CARL en remontant dans le Tahoe. Je ne veux pas que Lex panique et se blesse. Deuzio, je ne vois pas comment Harry pourrait ouvrir les trappes et les sas !

— En utilisant son bras préhensile ? suggère CARL comme s'il faisait l'article pour un autre cyberassistant.

— Il ne pourra peut-être pas soulever les panneaux au sol. Trop lourds. En revanche passer les sas, c'est sûrement dans ses cordes. Quoique nous n'ayons jamais testé sa capacité à ouvrir des portes – ce qui est bien dommage.

Finalement, j'accepte que CARL envoie Harry dans les souterrains, à condition qu'il reste discret. Je ne veux pas que Lex le voie ou l'entende. S'il aperçoit une boule volante à ses trousses, ça pourrait lui faire une peur bleue.

— D'accord, il faut savoir où est ce gamin. Mais, de mon côté, je veux continuer à avoir du réseau. Pas de nouvelle coupure de signal, c'est bien compris ?

— Message reçu.

— Ni ici, ni sous terre parce que...

Mais un puissant sifflement m'interrompt. Semblable à un jet de vapeur sous pression. Ça provient du centre d'essai des superstatoréacteurs situé un peu plus loin.

Puis des flammes et des gaz jaillissent soudain des extracteurs et des sphères à vide. Les sirènes se mettent à hurler. Les feux d'alerte à clignoter frénétiquement tandis que des bangs supersoniques et des passages assourdissants de jets retentissent tous azimuts, diffusés par les haut-parleurs géants de la base.

On se croirait en pleine attaque ennemie ! Dans mes IRIS, j'ai la liste de toutes les anomalies provoquées par Lex – j'ai l'intuition qu'il est à l'origine de ce « cyber-ramdam ». Il a mis en marche des robots, des drones, et toutes sortes de machines dans nos deux cents laboratoires. Je demande aussitôt à CARL d'arrêter tout ça.

Je suis de retour sur Langley Boulevard quand le badge de Fran apparaît au Advanced Concepts Lab, où l'on travaille sur les réalités virtuelles et autres simulations. Je me dirige aussitôt vers ce bâtiment, mais avant d'être arrivée sur les lieux, sa carte bipe dans un autre bâtiment, comme si on jouait à Chass'Taupe. Cette fois, Lex est à l'Acoustics Research Laboratory. Aussitôt le rugissement d'un réacteur se fait entendre, provenant d'une salle réverbérante. Je crie à CARL de couper ça.

Puis c'est au tour du département des sciences atmosphériques ! Les chambres à vide thermique se mettent en branle. Je demande une nouvelle fois le concours de

CARL. À l'évidence, le gamin a décidé de mettre le bazar dans tous les systèmes où il peut entrer.

— Et change les mots de passe ! Il faut le bloquer ! lui dis-je, alors que Carmé apparaît sur l'un de mes écrans (comme si je n'avais pas assez de soucis comme ça !).

Ma sœur traverse à grands pas le parking derrière la morgue. Elle passe devant les fourgons noirs de l'IML, le car abritant le centre de commandement mobile, le Zodiac pour repêcher les corps. Et j'ai l'impression de me voir, de m'être téléportée dans un monde parallèle...

Elle porte la même tenue tactique que moi. Elle a dû piller mes armoires au bureau et à la maison – à moins que ce ne soit l'œuvre de ma mère. Une chose est sûre : tout le monde la prendra pour moi. Tout est identique, jusqu'au cyberbracelet à son poignet droit et les lunettes de sport qui se sont teintées de gris sous le soleil de cette fin de journée.

18.

Carmé se dirige vers la baie de chargement, avec sa grande porte relevée et le corbillard qui tourne au ralenti, tandis que, sur un autre écran, je vois Neva Rong décoller à bord de son hélicoptère.
Pendant ce temps, je me dirige vers les confins de LaRC, là où Lex semble se diriger, à en croire les infos de CARL. Harry est sous terre et a « entendu » la carte de Fran biper à plusieurs reprises dans les souterrains, et dernièrement dans le tunnel de service qui coupe à travers bois pour rejoindre le portique.
Je roule sur West Bush Road à bonne allure malgré les ombres qui s'allongent, deviennent plus profondes, en cette fin d'après-midi. Je suis de plus en plus inquiète. Il n'y a pas grand-chose là-bas, hormis des bois, des terrains d'essais et de vieux hangars rouillés abritant toutes sortes d'engins bizarres. Les prairies sont hérissées d'antennes mystérieuses et on ne sait jamais ce qui peut être entreposé dans ces abris.
Tout est blanc et silencieux. Le portique se dresse telle une balançoire géante en sucre d'orge devant le ciel qui s'obscurcit. Du coin de l'œil, je surveille la carte, tout en suivant les faits et gestes de Carmé à l'Institut médico-légal. Elle se dirige vers le corbillard qui attend sur l'aire de chargement. Évidemment, il n'y a personne au volant.

Elle ouvre le capot, comme elle l'a fait au motel, et débranche des fils, des boîtiers. Le moteur s'arrête, les lumières s'éteignent. Elle a interrompu la liaison.

Grâce aux autres caméras à l'intérieur de la morgue, je vois Dylan qui revient dans la salle de réception. Il couvre le sac mortuaire d'un plaid de velours marron et pousse le chariot vers la sortie.

L'une des roues cliquette et soubresaute comme sur un Caddie de supermarché. Il franchit la porte et se fige au sommet de la rampe en découvrant le corbillard Cadillac, capot ouvert, moteur coupé, tous feux éteints.

— J'ai l'impression que ma sœur a réglé un de mes problèmes, dis-je à CARL. Reste Lex. Ça fait un moment qu'il est sous terre. Je ne sais pas où il se trouve exactement, ni s'il va bien. Et il va bientôt faire nuit.

CARL n'a pas de nouvelles infos lorsque je me gare à côté d'un enclos grillagé où sont entassées des carcasses écrabouillées. Derrière, la centrale thermique empeste toujours autant l'air. Je dénombre treize véhicules sur le parking – des vans et des SUV. La plupart sont orientés vers le portique, phares allumés pour éclairer la zone d'essai où la capsule est suspendue à sa balançoire tout en haut des poutrelles.

Sur la gauche, il y a l'Hydro Impact Basin, une piscine de quatre mille mètres cubes où l'eau n'est jamais très propre. Jamais chauffée, jamais filtrée, et constamment souillée de produits chimiques. C'est là que l'on pratique les tests d'amerrissage ou de crashes. L'essai du jour, à mon avis, est de voir dans quel état s'en sortiront les occupants au retour sur terre, en fonction de l'angle et de la vitesse avec lesquels ils heurteront la surface de l'océan.

Ce genre d'essai, faisant appel à de bons vieux assemblages à l'ancienne, m'a toujours rappelé le jeu Attrap'Souris. On y jouait souvent avec Carmé quand on était petites, et on ne s'en lassait jamais : envoyer la bille dans l'escalier, descendre le toboggan, monter par la nacelle et, à la fin du parcours, tomber dans le trou pour faire chuter la cage sur la souris...

Les caméras haute vitesse sont installées sur leurs trépieds, un buisson de câbles reliant la maquette aux batteries d'appareils de mesure sur leurs chariots. L'élingue du treuil est remontée, tendue comme la corde d'un arc, prête à lancer le spectacle pyrotechnique quand les boulons explosifs sauteront dans une gerbe d'étincelles pour lâcher le vaisseau au moment où il passera à l'aplomb du bassin.

Tous les voyants sont au vert. Ingénieurs, aérodynamiciens, grutiers et autres techniciens de la NASA et de la Sierra Nevada Corporation ont évacué la zone d'essai. Tout le monde se tient à distance respectable sur le parking tandis que le compte à rebours continue.

— 21... 20... 19...

Les chiffres rouges sur l'horloge défilent.

Le badge de Fran bipe à nouveau sur ma carte, cette fois sous mon nez, dans le hangar principal du portique – la maison de mes mannequins ! Je sors aussitôt du Tahoe.

— 17... 16... 15...

Au moment où j'arrive au hangar, je vois Lex sortir par la porte de derrière. Il détale comme un lapin sur la pelouse enneigée. Je le poursuis.

— 10... 9..., décompte une voix dans le haut-parleur.

Malgré le sol glissant et la lumière qui décline, je cours le plus vite possible, file sous les poutrelles du portique, oblique vers les bois. En passant, je jette un coup d'œil aux vitres de la salle de contrôle. Apparemment personne ne remarque ce qui se passe. Visiblement, ils n'ont d'yeux que pour leur maquette.

— ... 2... 1... largage !

Passé l'angle d'une réserve, je pique un sprint et parviens à plaquer Lex dans la neige au moment où la capsule au bout de ses câbles fonce vers l'eau, comme au ralenti. Les boulons pyrotechniques sautent et le vaisseau heurte l'eau dans un grand *splash* ! Une vague concentrique déborde du bassin, submerge la margelle de ciment, et s'arrête au bord du parking, tandis que Lex se débat.

— Lâche-moi ! Lâche-moi !

Je me juche à califourchon sur lui et lui tiens les bras au-dessus de la tête.

— Arrête ! Plus tu te débats, pire ce sera.

Je l'attrape par les aisselles et le relève. Nous sommes tous les deux couverts de neige et de feuilles mortes.

— Bouge une oreille et je te passe les menottes ! Maintenant, donne-moi ton téléphone !

Il s'exécute, plonge la main dans sa poche et me le tend.

— Et le badge de la major Lacey.

Il ôte le cordon de son cou et me rend la carte de Fran qui était cachée sous son sweat-shirt. Je la glisse dans une poche de ma veste et ramène Lex vers le portique. En passant sous l'immense structure métallique, j'aperçois quelqu'un derrière les vitres de la salle de contrôle.

C'est Dick. Je reconnais sa silhouette, il est droit comme un « i », les bras croisés sur la poitrine. Il contemple la maquette qui dodeline dans le bassin. Nous étions assez loin du point d'impact. Nous ne risquions pas grand-chose. Mais par précaution, il aurait pu arrêter le compte à rebours.

Comme il aurait pu interrompre l'essai après le désordre que Lex a provoqué sur la base. Je suis sûre que Dick a tout vu, et choisi de ne rien faire. Et apparemment, il ne compte pas lever le petit doigt pour m'aider ! C'est donc ça notre nouveau mode de fonctionnement ? Un coup, il intervient, un coup il me laisse me débrouiller.

Tout en conduisant Lex vers la voiture, je vois dans mes IRIS Carmé sortir de la morgue en se faisant passer pour moi. Elle passe au large des équipes de télé et se dirige vers son Tahoe qu'elle a laissé sur le parking visiteurs tandis que, dans le ciel, l'hélicoptère tourne en rond, dans un fracas de turbine à réveiller les morts.

Neva Rong surveille la zone, attendant de voir si le corbillard autonome sort de la baie de chargement comme prévu. Elle a failli voler le cadavre de sa sœur juste sous notre nez ! Une belle opération high-tech, déjouée en débranchant juste quelques fils sous un capot. Elle ne va pas tarder à comprendre qu'elle a raté son coup.

Elle a certainement remarqué la Chasemobile garée sur le parking, ou l'arrivée de Carmé déguisée en agent des services de protection de la NASA. Dans l'un ou l'autre cas, je suis sûre qu'elle a reçu le message. Elle n'emportera pas le corps de Vera Young en Californie pour la disséquer.

00 : 00 : 00 : 00

Neva Rong doit être folle de rage. Un jet privé l'attend sans doute sur la piste d'un de nos aéroports locaux. Hélas, je ne peux pas demander à Carl de se renseigner si Lex est à côté de moi. J'entraîne le gamin vers la voiture en lui tenant fermement l'épaule, juste assez fort pour lui montrer que je ne plaisante pas.

— Qu'est-ce qui t'a pris ? Tu imagines les ennuis que tu vas avoir ?

— Je ne te dirai rien ! (Il est hors d'haleine, le visage luisant de transpiration. Il n'a ni manteau, ni bonnet, et son pantalon est trempé, maculé de crasse.) Ni à toi, ni à personne !

— C'est ton droit. Tu peux garder le silence. Mais j'espérais que tu te montrerais coopératif avec moi. Même si tout ce que tu me déclareras est susceptible d'être retenu contre toi, lui rétorqué-je d'un ton sentencieux, sans lui lâcher l'épaule.

— Tu n'es pas mon amie !

— Certes. (J'étouffe sous mes vêtements, je suis en sueur et affamée.) Mais je peux t'aider...

— Tu ne m'aimes pas, ajoute Lex en contenant sa colère. Je l'ai dit à George.

— C'est vrai que tu n'es guère aimable en ce moment.

— Il prétend que ce n'est pas vrai, que tu veux être mon amie... mais quand on se parle, tu es désagréable. À la base, tu m'évites. Et c'est pareil quand je suis à la ferme avec ton père. Je ne sais pas pourquoi tu m'as dans le nez comme ça.

En fait, la plupart de ces rencontres ont dû avoir lieu avec ma sœur. Car j'ai très rarement croisé Lex à la base. Une fois de plus, je me demande depuis combien de temps Carmé se fait passer pour moi ! Quant à la ferme, je l'y ai vu encore plus rarement, et de très loin. Ce devait être intentionnel, j'en conviens.

C'est toujours compliqué lorsque papa fait venir un étranger à la maison sans nous prévenir. À juste titre ou non, Lex a suscité la suspicion chez nous, parce que cela réveille nos craintes et trop de mauvais souvenirs. En particulier du côté de Carmé.

J'imagine aisément comment ma sœur a pu être déplaisante quand notre père lui a présenté son nouveau fils d'adoption – encore un ! –, un gamin pour qui papa allait avoir bien plus d'attentions qu'il n'en avait eu pour nous au même âge. Bien sûr, Lex n'y est pour rien. Mais il n'a pas à savoir tout ça. Alors je me contente de lui répondre que je regrette d'avoir été aussi froide et distante.

Évidemment, ça m'agace de devoir m'excuser pour le comportement de ma sœur. Mais je m'y habitue. Je n'ai pas le choix. Je ne peux pas la mettre en porte-à-faux alors que nous échangeons volontairement nos places. Nous sommes une équipe, bon gré mal gré.

— Si tu veux que je sois ton amie, Lex, il va falloir le mériter. Pour l'instant, la situation est grave. Tu es sous

ma garde et je dois finir de t'expliquer certaines choses. Est-ce que tu souhaites l'assistance d'un adulte ?
— Non.
— D'un avocat ?
— Très drôle.
— Je suis sérieuse. Si tu veux un avocat, je t'en trouverai un, même si tu n'as pas de quoi le payer, lui dis-je en lui faisant traverser le parking au pas de charge. Tu as compris ce que je viens de dire ?
— Oui, tu m'as lu mes droits. Sauf que ce n'est pas comme à la télé.
Discrètement, d'un geste DIGITEL, je déverrouille le Tahoe en gardant ma main cachée dans ma poche.
— Malheureusement, c'est pour de vrai. (J'ouvre la portière côté passager.) À ta place, j'arrêterais de regarder des séries.
— Comment tu as fait ça ?
— Quoi ?
Je joue l'innocente et fais le tour du SUV.
— Comment tu as ouvert les portes sans clés, sans commande vocale, sans taper dans tes mains ?
— C'est un véhicule intelligent. Il nous a vus arriver.
Je monte à bord. Bien sûr, il a remarqué les panneaux solaires sur le toit, les antennes, le dôme du brouilleur d'ondes, les pneus run-flat, et l'épaisseur anormale des portières.
— Et ne t'imagine pas pirater cet engin. Pas même en rêve ! (Je mets le contact. Tous les écrans restent éteints – merci CARL ! Je démarre.) Attache ta ceinture et ne touche à rien !
Je le vois regarder partout, examiner chaque élément de mon SUV customisé, en particulier mes rangées d'écrans.
Il observe le joystick, le tissu technique des revêtements, le carbone. Et au bruit du moteur, il a compris que ce n'est pas un Tahoe comme les autres.

— Alors ? Qu'est-ce que tu décides ? Tu me racontes, ou non ? (Je n'irai nulle part tant que je n'aurai pas des réponses.) Parce que tu n'as pas été très loquace la dernière fois. (Je fais allusion à sa conversation téléphonique avec Carmé.) À part pour nier tout en bloc, et prétendre que tu es blanc comme neige.

— Ce n'est pas juste. Je n'ai rien fait !

Sous ses cheveux roux, le visage de Lex est rouge de colère. Et ses yeux verts étincellent.

— J'en déciderai quand tu m'auras dit la vérité. Encore faut-il que tu te montres honnête avec moi. Sinon, je te ramène chez toi, et le juge te trouvera un avocat.

— Non, pas ça ! lance-t-il en regardant par la fenêtre d'un air maussade.

Derrière le grillage, il y a des tas d'engins tordus, enfoncés, brisés après les essais – de vieux avions, des hélicoptères, et même une voiture de course. Tous en piteux état, tous irréparables. Et les mires autocollantes qui constellent leurs carcasses me font penser à des impacts de balles. En arrière-plan, j'entends le grondement de moteurs diesel. Une grue, un camion et d'autres véhicules de chantier s'approchent du bassin.

Au-delà, j'aperçois une allée de service et une petite piste d'atterrissage pour drones, plus loin encore une prairie enneigée, puis les bois. Si Lex avait traversé tout ça jusqu'à l'extrémité occidentale de la base, il aurait pu escalader la clôture. Reste à savoir comment il aurait franchi les barbelés au sommet. Peut-être ne pensait-il pas aller aussi loin ?

Mais s'il avait rejoint Wythe Creek Road sans trop de dommages, il aurait pu rentrer chez lui. Une marche de deux kilomètres tout de même.

— Tu espérais aller où comme ça ? Quiconque te voit sait qu'il y a un problème, un gamin qui se balade sans manteau le long d'une route alors que la nuit tombe... La police se serait arrêtée, ou un automobiliste. Peut-être quelqu'un animé de mauvaises intentions. Mais, très bien, supposons que tu sois parvenu à rentrer chez toi sans être arrêté, il se serait passé quoi ensuite ?

— Je ne sais pas, répond-il en haussant les épaules.

Je sors de ma poche mon téléphone comme si c'était mon seul soutien électronique. Il m'est de plus en plus difficile de me passer de CARL ! Me voilà déjà victime de la technologie. Une vraie enfant gâtée.

— Tu pensais qu'on ne te trouverait pas ?

J'ai mon téléphone à la main, comme n'importe quel être humain non bionique.

— Je ne sais pas.

Il hausse de nouveau les épaules.

— Qu'est-ce qui t'est passé par la tête ? dis-je en cherchant sur l'écran l'icône du dictaphone.

— Il fallait juste que je me sauve. Je n'ai pas réfléchi. C'était un réflexe de survie.

Je trouve enfin l'appli.

— Et ton manteau ? Où est-il ?

Il n'est pas habillé pour ce froid. Des bottes en caoutchouc, un sweat à capuche bon marché, pas de gants. Visiblement, sa grand-mère ne fait pas beaucoup de courses pour lui.

19.

Lex m'explique que son manteau est resté dans la salle de réunion au QG. Il l'a oublié quand il s'est enfui... ce qui apporte du crédit à sa version. Et effectivement, il paraît encore terrifié.

— Tu avais autre chose avec toi, cet après-midi ? (Je poursuis mon interrogatoire. Je n'ai toujours pas bougé du parking.) Et ton sac à dos ?

— Ils me l'ont confisqué au pas de tir quand ils ont trouvé le téléphone. Celui qui n'est pas à moi. Quelqu'un l'a glissé dans la poche arrière pour me piéger.

— J'aimerais enregistrer notre conversation, dis-je (Une façon de dire à CARL de le faire s'il ne nous enregistre pas déjà.)

Je pose mon téléphone sur la console centrale, continuant ma petite mise en scène. Je ne veux pas qu'il sache que j'ai un HOTE en moi et encore moins tout ce que l'on peut faire avec.

— Très bien... je suis avec Lexell Anderson dans mon véhicule des services de protection de la NASA. Je suis garée sur le parking du portique, au Langley Research Center, et j'ai arrêté Lexell Anderson après qu'il s'est enfui de notre QG alors que nous devions l'interroger.

Je donne la date et l'heure, ajoute quelques détails utiles, et lui demande de confirmer la véracité de ce que je viens de dire.

— Pour l'instant, c'est vrai, répond-il.
— Et je viens de te lire tes droits, n'est-ce pas ?
— Exact.

Il pousse un long soupir.

— Tu as déclaré que tu ne voulais pas d'avocat. Même si l'État peut t'en offrir un ?

Il secoue la tête.

— Les mouvements de tête ne s'entendent pas sur un enregistrement. Tu es en train de répondre non, tu ne veux pas d'avocat même si cela ne te coûte rien. Pas d'assistance juridique. Tu préfères te débrouiller seul. Je ne me trompe pas ?

— Je ne vais pas parler à un avocat. Ça ne servira à rien.

— Je t'ai bien lu tes droits, n'est-ce pas ?
— Oui.
— Pourquoi dis-tu qu'un avocat ne te servira à rien ?

Je l'observe attentivement. Il garde les poings serrés entre ses cuisses.

— Quand on parle trop, ou qu'on ne fait pas ce qu'on te demande, il arrive des choses terribles. (Il regarde nerveusement au-dehors et se mord la lèvre.) Tu crois que les gens se soucient de toi, et puis tu découvres que c'est pas vrai du tout.

— Qu'est-ce qui t'a fait peur ? Au point de te sauver comme ça ?

— Je ne veux pas finir comme eux.

Il s'essuie les yeux sur sa manche tout en évitant mon regard.

— C'est normal d'être choqué. Le contraire serait bizarre. Je connais les photos qu'il y avait dans le bureau de la major Lacey. Je suis désolée que tu aies vu ça.

Les plus insoutenables pour lui ont dû être celles de Vera Young. Je ne sais pas à quel point ils étaient proches, mais cela a dû être terrible de la voir pendue à une porte de placard. Aussitôt, les images me reviennent en mémoire...

Le cordon d'alimentation enroulé autour de son cou cerclé d'hématomes... ses yeux morts, injectés de sang... ses vêtements et le plancher sous elle décolorés par l'eau de Javel... l'extrémité de ses doigts sectionnée après qu'on a récupéré les capteurs à l'autopsie...

— Voilà ce qui arrive, poursuit-il d'une voix monocorde, comme s'il avait la tête ailleurs. S'ils jugent que tu es un problème, c'est comme ça que tu finis. C'est la punition. Quand je pense qu'ils étaient si gentils avec moi ! Je voudrais tellement ne jamais les avoir rencontrés. Je ne veux pas être le prochain sur la liste !

Je reste de marbre, même si cela sous-entend que Lex connaissait l'homme du Denali, l'assassin qui comptait me tuer avec une mitraillette. Je descends un peu ma fenêtre pour respirer de l'air frais.

— Tu parles de Vera Young et de cet homme dans le SUV ? Ils se connaissaient ?

— Je ne pense pas. Il n'y a aucune raison.

Un Suburban noir aux vitres teintées passe lentement à côté de nous.

Je n'ai pas besoin de regarder ses plaques pour savoir que c'est celui qui est venu chercher Dick à Dodd Hall cet après-midi. Le véhicule, avec ses antennes et son dôme brouilleur, s'arrête à proximité du bassin tandis qu'une grue et un camion prennent position.

— En quoi Vera Young et cet homme étaient gentils avec toi ? Tu peux préciser ?

J'essaie de ne pas paraître trop intéressée. Je ne veux pas inquiéter Lex. À en juger par sa réaction aujourd'hui, il ne prend pas forcément les meilleures décisions quand il panique. Et je n'ai pas envie de lui courir de nouveau après. J'aurais pu m'étaler par terre sous les yeux de Dick et de tout le monde ou tomber sur mon arme ! Mes cuisses tremblent encore après ce sprint idiot. Et je meurs de faim et de soif !

— Vera m'a invité à voir ses robots lunaires, elle m'a promis que je viendrais travailler avec elle à Pandora.

(Je sens toute sa déception dans sa voix. Il faut être un monstre pour manipuler comme ça un gamin vulnérable.) Elle n'arrêtait pas de répéter qu'un jour j'irais sur la Lune pour installer leurs antennes, leurs satellites, et peut-être même que je piloterais un vaisseau. Et elle m'emmenait déjeuner parfois.

Je l'imagine bien faire son grand numéro de charme pour impressionner Lex, gagner sa confiance. C'était une stratégie cynique. De la pure manipulation. J'en viendrais presque à me dire que Vera mérite ce qui lui est arrivé !

— J'ai vu les photos, insiste Lex. C'est Neva qui a fait ça ? Elle a tué sa sœur ?

— Tu en penses quoi ?

— À mon avis, elle s'est servie d'elle, comme Vera s'est servie de moi. Neva déteste tout le monde. Elle n'aime qu'elle seule, conclut-il avec perspicacité, malgré le raffut que font les engins qui s'activent autour du bassin.

John, l'ingénieur de la SNC, est à nouveau aux commandes de la nacelle, et dans un concert de *bip ! bip !* il s'approche de la maquette qui flotte au milieu de l'eau. J'attends que Dick sorte du bâtiment. Je le revois derrière les vitres de la salle de contrôle, me regardant courir après un gamin. Quelle honte !

Un début affligeant pour la version 001 du programme – ce grand projet auquel Dick consacre toute son énergie. Et peu importe que Carmé et moi en soyons les cobayes consentants. On ne nous a pas demandé notre avis de toute façon. Mais une chose est sûre : je n'ai pas signé pour jouer la baby-sitter d'un gamin de dix ans qui souffre d'un trouble de l'adaptation et du comportement !

00 : 00 : 00 : 00

— Vera a sans doute trouvé le moyen d'entrer dans les systèmes de la NASA depuis longtemps, et on n'y a vu que du feu. (J'essaie de rassurer Lex, mais pas trop.) Tu t'es retrouvé au mauvais endroit, au mauvais moment, c'est tout. Mais je comprends que ça te ronge.

— Ça ne me *ronge* pas, ça me *rong* !

Il me faut un certain temps pour comprendre.

— Ah oui... comme les sœurs *Rong*... Très drôle. Bref, Neva et Vera voulaient avoir accès à la base pour prendre l'avantage, et tu t'es retrouvé pris au milieu.

John, sur sa nacelle, attache le gros crochet de la grue à la maquette.

— Et si personne ne l'arrête ? (Lex parle de Neva, bien sûr.) Quelqu'un a mis ce téléphone dans mon sac, et elle était dans la même pièce que moi ! Elle voulait que j'aie des ennuis !

— C'était un bon moyen de brouiller les pistes, et elle n'a aucun scrupule.

Je surveille du coin de l'œil le Suburban noir. Le faisceau de ses phares, comme ceux des autres véhicules, se reflète sur la capsule qui, au bout de son câble, est hissée lentement hors du bassin. J'entends les moteurs vrombir, les vérins hydrauliques grincer, l'eau ruisseler de la carlingue.

— On m'a dit que tu as passé beaucoup de temps avec Neva avant que vous vous retrouviez dans le salon des VIP à Wallops.

Je tente de le piéger. Je veux tester son honnêteté, quitte à lui raconter un mensonge.

— Je ne sais pas qui t'a raconté ça, mais ce n'est pas vrai. On n'était pas ensemble dans la salle et je n'ai pas passé de temps avec elle avant.

— Et quand vous avez été présentés ?

— Personne n'est venu faire les présentations. Et on ne s'est jamais parlé. On était dans la même pièce, c'est tout.

Je sais que c'est la vérité.

— Vous n'avez jamais eu de contacts auparavant ? E-mail, SMS ? Au téléphone, peut-être ?

— Non. Je ne lui ai jamais adressé la parole.

Il paraît carrément indigné.

— Lex, tu es un garçon intelligent. Je sais toutes les classes que tu as sautées, et toutes tes capacités. (Je ne vais pas tourner autour du pot.) Comme tous les petits génies qui font des stages chez nous, tu as un bel avenir.

— Tu parles !

— Je suis sérieuse.

— Quel avenir j'ai maintenant ?

— Rien n'est perdu. Bien sûr, si tu es coupable d'un grave délit, cela risque de réduire drastiquement tes opportunités. Et ce ne sera que justice.

— Je n'ai rien fait de mal ! À part le coup de la fausse alerte. Je suis désolé, ce n'était pas drôle.

— Ce n'est pas un jeu. Pour le moment, il s'agit de savoir si tu as été manipulé et piégé.

— C'est le cas !

— Si tu es innocent, alors on va régler tout ça. (J'ai beau le lui assurer, je ne vois pas trop comment procéder.) Tu n'es pas idiot. Le piratage, tu sais parfaitement que c'est grave. Pareil pour l'espionnage. Il suffit de regarder tous les avertissements et mises en garde placardés partout sur la base.

J'ai l'impression d'entendre ma mère !

— Je n'ai espionné personne ! Même si on me l'a demandé, je ne l'ai pas fait.

— Vera voulait que tu lui rendes des services, c'est ça ?

— Si on veut.

Il hausse les épaules et regarde la grue poser la capsule sur la remorque du camion.

— Qu'est-ce qu'elle t'a demandé au juste ?

— Des informations. Elle voulait savoir des tas de choses, en particulier sur quoi on travaillait, ton père et moi. Et aussi sur ta famille.

— Sur ma famille ? Sur qui exactement ?
— Sur toi et ta sœur.
— Qu'est-ce que tu lui as dit ?

Je suis sûre que CARL enregistre notre conversation. Et peut-être la retransmet-il en direct. C'est même plus que probable, vu tous les mouchards électroniques qu'il y a dans mon corps et tout autour. Les écrans de mon Tahoe sont certes éteints, mais les micros peuvent rester ouverts. Tandis que je guette la sortie de Dick, je me demande bien qui peut nous écouter au bout de la ligne.

— Quasiment rien ! s'offusque Lex. J'ai raconté ce que tu faisais à Langley, mais qu'on n'a jamais sympathisé. Et que ta sœur est pilote de combat, qu'elle est une légende vivante dans les forces spéciales, à en croire George.

Papa en fait toujours des tonnes concernant Carmé.
— Et maman ?
— Vera m'a posé plein de questions, des trucs perso, mais je n'ai rien dit. (Une lueur de peur passe dans ses yeux.) J'ai toujours prétendu ne rien savoir.
— Et la puce que mon père a mise au point ? Tu en as discuté avec Vera ?
— Jamais. Pas un mot. Je le jure !
— Comment tu as appris l'existence de cette puce ?

Malheureusement, je connais déjà la réponse.
— Par George. Il m'en a parlé un jour quand on travaillait dans la grange sur les SPAS.
— Il te l'a montrée ?
— Juste une photo, à côté d'une tête d'allumette, pour que l'on puisse se rendre compte de sa taille. Un microprocesseur quantique sur une puce. On n'a jamais fait ça. Il l'a appelé DIEU.
— Il t'a indiqué ce que cet acronyme signifie ?

Lex a un moment d'hésitation, comme s'il craignait d'attirer des ennuis à mon père.
— Oui... Démarrage des Installations d'Exécution et Utilitaires. C'est en lien avec Gemini, un programme

secret, mais c'est tout ce que je sais. Et cette puce est enfermée dans le coffre à fusils dans la grange. Personne ne pensera à la chercher là.

Apparemment, Lex ignore qu'elle a été volée.

— Pourquoi mon père t'aurait-il révélé ces informations confidentielles ?

Je feins de douter de ce qu'il m'a dit, alors que ce n'est pas le cas.

— Parce que c'est énorme ! Moi aussi je serais super fier. Et aussi parce qu'il me fait confiance. Avant, bien sûr. Plus maintenant.

— Quand t'a-t-il montré la photo de cette puce ?

Je songe au mouchard GPS placé sur mon Silverado. Peut-être qu'on lui a fait quelque chose de semblable ?

— Il y a un mois environ.

— À part moi, à qui tu en as parlé ?

— À personne, répond-il, alors que j'ai de plus en plus de doute.

— Vera t'a déjà fait des cadeaux ? Ou prêté quelque chose ? N'importe quoi ?

Il hausse à nouveau les épaules et détourne la tête.

— Un tout petit truc, en fait.

L'un de nos Silverado passe derrière moi, avec une lenteur exagérée et inquiétante.

— Plus précisément ?

— Une clé USB. Avec ses publications, des infos sur Pandora, plus des applis et des jeux hypra cools.

— Et cette clé, où elle est ?

Je continue de surveiller le SUV dans mon rétroviseur.

C'est Butch qui est au volant. Il s'est arrêté au milieu de la route, pour clairement nous observer. Je sens l'agacement me gagner.

— Chez moi, dans ma chambre. Cachée. (Lex m'explique qu'il ne veut plus l'avoir sur lui depuis que la fusée a explosé.) Quand on a retrouvé le téléphone dans mon sac, je ne savais plus en qui avoir confiance.

Et puis j'ai appris que Vera était morte. Alors j'ai eu peur qu'on découvre qu'elle me l'avait donnée. Je ne veux pas avoir de problème pour quelque chose où je n'y suis pour rien !

Butch sort du Silverado. Je n'en reviens pas ! Il ose venir me déranger. Non seulement ce n'est pas son enquête, mais je suis sa supérieure hiérarchique. D'un coup, sa prétention, son arrogance me sautent aux yeux. Jusqu'ici, je ne m'en étais jamais rendu compte.

— Ils m'ont piégé, reprend Lex. À l'évidence, quelqu'un veut que j'aie des problèmes.

— Tu t'attires aussi très bien des problèmes tout seul !

Pas question qu'il oublie ce qu'il vient de faire.

20.

Piratage, intrusion dans des bâtiments publics, dégradation et vandalisme, je lui fais la liste tandis que Butch s'approche. Il est rare de le voir seul, sans Scottie.

Blonds tous les deux, on les croit frère et sœur. Ils ne le sont pas, et c'est tant mieux, parce que leur relation au boulot comme au-dehors n'a rien de platonique.

Butch s'arrête à ma portière et dévisage ostensiblement Lex.

— Ce que tu as fait, ce n'est pas bien.

Visiblement, il n'a pas apprécié que Lex se fasse la belle quand il l'a emmené aux toilettes. Pire, il se sent ridicule de s'être fait avoir par un gamin.

— C'est bon, Butch, je m'en occupe, dis-je sans un sourire pour lui laisser entendre qu'il me dérange. Préviens Fran que je la verrai plus tard.

J'ai peut-être des comptes à rendre à la major Lacey, mais certainement pas à lui !

— Tu nous le ramènes quand ? (Il lance un regard noir à Lex.) Que je puisse discuter avec notre petit Einstein du bordel qu'il a foutu aujourd'hui.

Décidément, Butch se croit tout permis avec son uniforme et son flingue.

— Oublie ça. (Je lui explique que j'ai déjà une bonne idée de ce qui s'est passé.) Je continue à collecter des informations. J'en ai encore pour un moment. Je dois croiser les infos avec la CIA, le Secret Service, et les militaires. Si j'ai besoin de toi, je te le ferai savoir.

Je n'ajoute rien, ni « merci », ni « on se voit plus tard ».

Il accuse le coup et s'en va. Il remonte dans le SUV, claque la portière et démarre rageusement, ses pneus soulevant des gerbes de neige fondue.

— Je ne l'aime pas, déclare Lex.

— À mon avis, c'est réciproque.

Je ne lui précise pas que cet agent vient de baisser brusquement dans mon estime. Un type tout juste sorti de l'école de police et déjà plein de morgue et de suffisance. Comme Scottie d'ailleurs. Pourquoi ne m'en suis-je pas rendu compte plus tôt ?

Mon HOTE y est peut-être pour quelque chose. Tous ces capteurs bioniques me donnent une nouvelle lucidité. Je commence à voir à travers le vernis, je découvre les gens tels qu'ils sont, et, comme dirait maman, le gin tonic perd ses bulles !

Le Suburban noir n'a pas bougé. Personne n'y monte ni n'en sort. Derrière, les techniciens sanglent la maquette à la plateforme. Le camion recule pour s'arrimer à la remorque. Dans quelques minutes, le précieux chargement sera emporté, à une vitesse d'escargot, jusqu'à son hangar. Les équipes commencent à regagner le parking pour récupérer leurs voitures.

— Qui est-ce ? demande Lex en désignant Dick qui passe devant le Tahoe sans m'accorder un regard. Il y a quatre étoiles sur son uniforme. C'est le commandant de la Space Force ? L'ami de George ?

— Comme quoi, on ne sait jamais qui nous voit quand on fait quelque chose d'idiot..., réponds-je d'un ton plein de sous-entendus. (Je me demande ce que mon père a pu raconter encore à Lex.) Oui, c'est bien lui, le général Melville. Il était dans la salle de contrôle quand tu as piqué ton sprint. Juste sous ses yeux.

J'enclenche la marche arrière. Il est temps de lever le camp.

— Tout le monde doit me détester maintenant.

— C'est sûr qu'en mettant le bazar dans toute la base, tu ne t'es pas fait que des amis.

Je n'apprécie guère qu'on me fasse croire qu'il y a une fuite de produit chimique dans un labo, qu'on coupe toutes les lumières, que des robots se mettent en marche lorsque je fouille un bâtiment. Et pire : que l'on démarre la soufflerie quand je suis à l'intérieur du conduit !

— Sérieusement ? Tu ne t'es pas dit que c'était dangereux ? Tu aurais pu ruiner des expériences en cours, abîmer du matériel très coûteux. Et blesser quelqu'un, bien sûr. Tu voulais me tuer dans la soufflerie, c'est ça ?

— J'ai fait ça sans réfléchir. Un réflexe.

— Un réflexe particulièrement égoïste.

Dans mon rétroviseur, je vois Dick monter à bord du Suburban.

— Je voulais juste gagner du temps. Maintenant, je me rends compte que c'était stupide et que j'ai inquiété un tas de gens.

— Oui c'était stupide. Et oui, tu as inquiété beaucoup de monde. Personne ne doit se trouver dans le conduit quand le ventilateur démarre. C'est une question de sécurité. Et tu as côtoyé toutes ces personnes quand tu as travaillé avec mon père ces derniers mois. C'était vraiment une très mauvaise idée.

— Tu as été super rapide à réagir. (Lex est réellement impressionné, mais je ne suis pas d'humeur à écouter ses compliments.) Tu as remporté tous les défis en un clin d'œil. Comment tu as fait ?

— Ce n'est pas le sujet du moment.

Les bois défilent de part et d'autre de nous. La nuit tombe. Dans mes IRIS je surveille les données que me transmet CARL. Sur les chaînes télé, on ne parle que du corbillard volé au salon automobile et que l'on a retrouvé à la morgue de Norfolk. Tous s'accordent à dire qu'il s'agit sans doute d'une mauvaise blague.

La police n'a pas de suspect, aucune piste. Je parie que Dylan s'est déjà chargé de modifier les métadonnées dans le système informatique de l'IML, pour éviter qu'on lui pose trop de questions. Et, à porter au crédit de Neva Rong, son plan audacieux était à deux doigts de fonctionner. C'était ingénieux de voler les plaques d'immatriculation d'un véhicule de l'entreprise de pompes funèbres – Chamberlain & Sons – qui devait emporter la dépouille de sa sœur.

Reste à savoir qui a subtilisé ces plaques et les a installées sur le corbillard à conduite autonome. Même CARL ne savait pas quelle société devait se charger du transport. Encore une fois, je fiche mon billet que c'est Dylan. À l'évidence, Neva l'avait recruté. Fidèle à sa méthode, elle a retourné quelqu'un dans les murs.

Son modus operandi c'est de cibler le fruit le plus accessible, sa sœur devait être une proie facile. Dylan davantage encore. Ni l'un ni l'autre n'avaient cette force malveillante du tueur. Je me demande qui est encore sous sa coupe. N'est-il pas dangereux de ramener Lex chez lui, de le laisser seul avec sa grand-mère ?

Mais il a une vie stable là-bas, jusqu'à récemment du moins. Je ne peux le confier aux services sociaux, et pas plus à la justice tant que je ne suis pas convaincue de sa culpabilité.

00 : 00 : 00 : 00

— Explique-moi ce que tu as fait. Je veux savoir comment tu t'y es pris pour lancer tes « défis » – un bel euphémisme, parce que moi j'appelle ça des « cyberattaques » !

— J'ai écrit un algorithme pour accéder simultanément à divers départements et systèmes, répond-il avec une assurance confondante. Et il a fonctionné à la perfection. Exactement comme prévu.

— Et tu ne t'es pas dit que c'était mal de faire ça ?

Dans le rétroviseur, le Suburban me suit. Dick regarde ailleurs.

— C'était pour de faux. Juste un jeu.

— Non, ce que tu as fait est très grave.

Sur Doolittle Road, je passe devant notre flotte de vans. Ils sont tous recouverts de neige.

— J'ai trouvé l'idée pendant que j'étais ici. Un peu comme dans *Toy Story*, où toutes les choses prennent vie. Mais j'ai baptisé ça Total Panic, parce qu'il ne s'agit pas seulement d'animer des machins, mais de créer une succession ininterrompue de défis pour voir comment l'adversaire va y faire face.

— Cela s'appelle aussi du sabotage. C'est pour cette raison qu'on te soupçonne d'être mêlé à l'erreur de guidage de la fusée et au bug avec la station spatiale.

— Avec cet algorithme, en changeant juste quelques variables, on peut lancer une partie où l'on veut, poursuit-il, tout excité. Imagine si je fais ça dans un centre commercial, un casino ou une usine.

— Ce n'est pas un jeu, Lex. Et tu ne vas rien faire du tout. Décidément, tu n'as aucune idée de la gravité de tes actes. Tu as piraté les systèmes de la NASA, bon sang !

— D'abord, ce n'est pas moi, réplique-t-il en haussant à nouveau les épaules. C'est Vera qui est entrée dans vos systèmes. Et elle m'a ensuite montré comment faire. C'était sur la clé qu'elle m'a donnée. Elle a trouvé un moyen pour contourner les cybersécurités et avoir accès aux installations de la base. Y compris les portes, les sas et les trappes des tunnels.

— Et tu n'as pas trouvé ça suspect ?

— Un peu. Mais c'était tellement génial !

— Tu ne t'es pas demandé non plus pourquoi elle t'avait donné ça ?

— J'aurais dû le montrer à George, je sais. En parler, à toi ou à quelqu'un. Et je n'aurais pas dû écrire ce programme.

— Exactement !

— Mais je ne comptais pas m'en servir pour de vrai. C'est d'en avoir la possibilité qui était excitant.

— N'empêche que tu n'as pas traîné pour le lancer. Ça prouve bien que cela te démangeait !

— J'ai paniqué quand j'ai vu les photos. (Il détourne à nouveau la tête et regarde dehors.) Je voulais me sauver, et quand tu es arrivée à la soufflerie derrière moi, j'ai juste cherché à te ralentir, à occuper ton attention ailleurs.

— Lorsque je te ramènerai chez toi, je veux récupérer cette clé, dis-je en passant devant le 1119-A, un bâtiment équipé d'une gigantesque porte rétractable.

C'est l'un de nos nouveaux hangars. D'après le nombre de véhicules garés devant, c'est là qu'ils vont entreposer la maquette d'essai.

— J'aurais préféré ne jamais l'avoir, réplique Lex.

Bien sûr, il se sent trahi.

J'imagine le gamin tout heureux de l'attention que lui portait Vera, transporté par ses promesses. Elle était une scientifique importante à Pandora, la sœur de Neva Rong, et bien sûr il s'est senti pousser des ailes.

— Elle était gentille avec moi, mais c'était juste pour pouvoir vous espionner, c'est ça ? Voilà pourquoi elle m'a donné cette clé, et tout le reste.

— C'est très possible que cela ait été son objectif.

— À partir d'aujourd'hui, je ne veux plus que personne soit gentil avec moi.

— Tu as indiqué que l'homme sur les photographies était gentil aussi avec toi ? Tu le connaissais ?

— Il habite mon quartier. Du moins, il l'habitait.

— Tu veux dire dans le même parc de mobile homes ? (Mon cœur s'emballe d'un coup lorsque je vois Lex hocher la tête.) Tu sais comment il s'appelle ?

— Non.

— Il ne t'a jamais donné son nom ? Ni à toi, ni à ta grand-mère ?

— Je ne lui ai jamais vraiment parlé. Je le voyais quelquefois quand j'attendais le bus. Ou quand je passais devant chez lui à vélo. On se faisait un signe. Une fois, je l'ai croisé à la banque alimentaire mais il a fait semblant de ne pas me reconnaître. Personne n'a envie d'être vu dans un endroit pareil.

— Quelle banque alimentaire ?

— Celle de l'église baptiste.

Une banque alimentaire, le meilleur moyen de rester anonyme ! Il n'y a pas besoin de montrer ses papiers. Aucune question n'est posée. Et c'est ainsi qu'un tueur à gages sort tranquillement d'une église, les bras chargés de sacs de nourriture gratuite, alors qu'il prépare son prochain assassinat.

Il est temps d'appeler Fran ! Je lance l'appel manuellement, comme à l'époque où je n'avais pas CARL pour second. Elle répond aussitôt. Je lui précise qu'elle est sur haut-parleur.

— Lex est avec moi. Mais j'imagine que tu t'en doutes.

— J'ai entendu ça, oui...

Son ton est glacial.

Je suis sur Langley Boulevard à présent. J'aperçois les sphères de la soufflerie hypersonique qui luisent dans le crépuscule. Les grands globes blancs, telles des SPAS géantes, me font penser à Harry. Je cherche à le repérer dans mes rétroviseurs – un doux rêve quand il est en mode CAMO !

Nul signe de lui. Juste le soleil qui flamboie sur l'horizon. Les lumières jaunes qui éclairent les façades des bâtiments, et le Suburban noir qui me suit à distance.

— Nous arrivons au QG, dis-je à Fran. Ce serait bien si quelqu'un pouvait nous retrouver sur le parking et apporter le manteau de Lex. Tu es où en ce moment ?

— Dans mon bureau. Et je ne risque pas d'en bouger.

CARL me connecte aux caméras de vidéosurveillance ainsi qu'à la webcam de son ordinateur. Je lui ai pourtant dit mille fois d'occulter l'objectif. Elle n'en fait qu'à sa tête ! Et bien sûr, mon fidèle cybersecond a veillé à shunter la veille écran pour que l'écran ne se réactive pas au moment de la connexion. Elle ne peut savoir que je l'observe par ce biais.

— Pas question de jouer les nounous !

À son insu, je vois dans mes IRIS son joli visage.

Elle passe les doigts dans ses cheveux bruns, affalée sur son siège ergonomique, cernée par la paperasse et les gobelets de café. À l'évidence, elle a très envie d'une cigarette.

— Je me fiche qu'il se les gèle après tout le cirque qu'il a provoqué !

Elle en rajoute des tonnes, à l'intention de Lex assis à côté de moi.

Elle est certes furieuse mais ne pense pas ce qu'elle dit. Elle a aussi son petit génie à la maison : Easton, six ans, qui la fait bien tourner en bourrique – la pomme ne tombe jamais loin de l'arbre, comme on dit. À l'entendre, on pourrait croire que Fran est dure ou n'a pas la fibre maternelle, mais c'est on ne peut plus faux.

— ... je n'ai rien avalé et maintenant j'ai un mal de tête carabiné. Merci pour tout, Lex !

Ça me rappelle les muffins que m'a donnés Dick. Cela date d'un siècle ! Mon estomac est tellement vide qu'il pourrait s'autodigérer !

— Au moins la lumière est revenue. Le bruit de fuite s'est arrêté comme par magie, et tout le reste aussi. Raté pour le petit protégé de ton père qui voulait tout casser sur la base !

À ces mots, je vois le visage de Lex s'empourprer de colère.

— Je ne voulais rien casser du tout !

Je lui ordonne de se taire.

CARL envoie en continu dans mes lentilles les nouvelles des JT. Le corps de Vera Young vient d'être incinéré au dire de sa fille en Californie. En réaction, Neva Rong menace de poursuivre la Virginie pour avoir bâclé l'enquête sur la mort de sa sœur.

Elle déclare que l'État a volontairement détruit des preuves et des indices, a falsifié les rapports d'autopsie et refuse de rendre à Pandora des biens qui lui appartiennent – entre autres délits. Pendant ce temps-là, Mason Dixon est en direct devant la maison funéraire Chamberlain & Sons.

— Où vas-tu ? me demande Fran.

— Je ramène Lex chez lui.

— Pardon ? Je croyais que tu revenais ici avec lui ?

Fran n'est pas contente. Et voilà que Mason cite mon nom à l'antenne, annonçant à ses abonnés qu'*encore une fois* je refuse de m'expliquer.

Pourquoi moi ? Pourquoi devrais-je porter le chapeau ? Certes, il m'a harcelée d'appels, et c'est vrai que j'ai fait mon possible pour l'éviter. Mais jusque-là il ne m'a jamais critiquée en public, du moins pas aussi ostensiblement. C'est comme s'il me lançait un défi.

— ... toutes mes tentatives pour joindre la capitaine Chase ont été ignorées, et je vous le répète, mes amis, ce n'est pas bien. En tant que contribuables, vous avez le droit de savoir ce qui se passe à la NASA ou à la Space Force...

Sa voix pleine de courroux résonne dans mon oreillette interne.

21.

Je vois Fran dans mes IRIS repousser sa chaise, se lever, les traits tirés, les cheveux en bataille.

— Tu crois que c'est la meilleure chose pour lui ? Vraiment ? lance-t-elle en faisant de grands gestes, comme si je me tenais devant elle.

— Pour le moment, oui, lui réponds-je à distance.

J'ai l'impression de communiquer avec CARL.

— Eh bien, moi, je n'en suis pas si sûre.

Comme s'il y avait un meilleur choix !

On n'a pas de cellule à Langley. Nous n'avons pas vocation à emprisonner des gens, quel que soit leur âge. Et non, je ne vais pas emmener Lex au centre de détention pour mineurs de Hampton. Ni discuter de ça maintenant alors que le gamin entend tout.

Par sécurité, je coupe les haut-parleurs.

— Au vu des infos que j'ai, laisser Lex dans son foyer est la meilleure option.

En d'autres termes : je ne compte pas l'arrêter à ce stade de l'enquête.

Et surtout, je laisse entendre à Fran que le débat est clos. C'est ma décision et personne ne va embarquer ce gosse.

— C'est une mauvaise idée qu'il soit sans surveillance, insiste-t-elle.

— Il ne le sera pas.

— Au cas où tu ne le sais pas, sa grand-mère est une vraie toquée. Elle prétend avoir été frappée par la foudre il y a deux ans. Tu te souviens ?

— Je n'étais pas de service, dis-je laconiquement pour que Lex ne sache pas que je parle de sa famille.

Ce qui ne l'empêche pas de me regarder de travers.

— Lorsque je suis passée devant leur mobile home cet après-midi, les fenêtres étaient bouchées avec du papier cadeau, poursuit Fran. Et la grand-mère n'est même pas venue ouvrir. Alors pour la surveillance, tu repasseras ! Je ne sais pas si c'est bien pour ce gamin d'être avec elle.

— Il y a encore beaucoup d'inconnues, tu sais. (Mais je ne veux pas aborder ce sujet, c'est trop tôt.) Quand rentres-tu ?

— Pas avant un bon moment. Je me sentirai plus rassurée une fois que tout le monde aura quitté la base.

À ces mots, CARL me montre les badges encore actifs sur le site. Ce sont ceux des techniciens de la NASA et des sous-traitants, présents plus tôt au portique. Mais maintenant, plusieurs se sont rassemblés dans le hangar où la maquette a été emportée.

— Tant mieux si tu es dans le coin, Fran, parce que je pourrais avoir besoin de toi. Il va nous falloir sans doute fouiller l'un des mobile homes qui se trouvent derrière l'anneau de vitesse. Mais garde ça pour toi, s'il te plaît.

— Je ne comprends rien. Quel mobile home ? Celui de Lex ?

— Non, celui qu'occupait le type du Denali. Le gars qui apparemment s'est suicidé.

— Tu sais qui c'est ?

— Disons que j'ai trouvé où il vivait. Grâce à Lex.

Je lance un coup d'œil au gamin qui écoute la conversation, le visage blême d'angoisse.

— Parce qu'il t'aide maintenant ? Je ne savais pas que tu recrutais chez les enfants, raille-t-elle avec une pointe de jalousie évidente. Et qu'est-ce que je dois en déduire ?

— Rien n'est encore dans le marbre.

— Le gosse aurait un lien avec ce type qui s'est fait sauter le caisson ?
— C'est ce qu'il semble.
— De mieux en mieux. Décidément, quelle journée !
J'insiste :
— Pour l'instant, ne le dis à personne. Ni à Butch et Scottie, ni à Celeste. Pas même au chef. À personne.
— File-moi l'adresse. Je veux me renseigner avant de débarquer là-bas. J'aime bien savoir où je mets les pieds.
— Je ne connais pas l'adresse. Pas encore. Et personne ne bouge avant que je donne mon feu vert. Je reviendrai vers toi dès que j'en saurai plus.

Quand je termine l'appel, Lex est toujours aussi blême. Il ne veut pas mourir, pas comme ça, ni finir ses jours en prison.
— Personne ne me croira jamais, bredouille-t-il.
— Toi et Vera vous vous êtes échangé des e-mails ? Des SMS ? Auquel cas, elle a peut-être fait allusion à cette clé USB ? Ou posé des questions indiscrètes ?
— Non, soupire-t-il, agacé. On s'est toujours parlé en direct, ou au téléphone. Je ne peux rien prouver. Et pourquoi ? Parce que je suis un abruti. Et qu'aujourd'hui j'ai fait un truc encore plus débile !

Il n'était pas de taille face à Neva et Vera, il est tombé dans leur piège, a été pris dans leur filet. Mais il a effectivement aggravé sa situation avec son petit son et lumière sur la base. Cela va être difficile de lui éviter les problèmes, et de protéger son identité, à supposer qu'il ne soit coupable de rien de plus qu'une cyberfarce 2.0.

Nous arrivons au QG des services de protection de la NASA, un bâtiment en briques juste à côté de la caserne des pompiers. Scottie, l'alter ego de Butch, attend sur le parking. Dans le faisceau de mes phares, j'aperçois dans ses mains une fine veste verte matelassée qui ne paraît pas très chaude par ce temps.

Je baisse les vitres avant du Tahoe. Je suis à nouveau obligée de faire les choses manuellement, actionner les interrupteurs, composer mes appels téléphoniques. Scottie passe la tête à la fenêtre de Lex et ne peut s'empêcher de rouler des mécaniques devant un gamin haut comme trois pommes :

— Qu'est-ce que c'est que ce bazar que tu nous as fichu tout à l'heure ? commence-t-elle, en agitant ses longs cheveux blonds. (Parce qu'elle se sait jolie en plus !) C'était nul. Carrément stupide. Et pourtant, il paraît que tu es un petit génie. Faut croire que non ! (Elle lui balance la veste à la figure. Je ne lui connaissais pas ce côté petite brute.) Tu as de la chance de ne pas t'être perdu dans les tunnels. Sinon, tu y serais resté des années.

— Je ne me suis pas perdu, répond Lex en se tournant vers moi.

Les derniers rayons de soleil font briller les fenêtres du QG.

— Tant mieux pour toi, parce qu'on t'aurait retrouvé ratatiné comme une momie, totalement desséché. C'est une vraie étuve là-dessous, comme tu le sais.

— Oui, ça peut monter jusqu'à 140 degrés Fahrenheit, soit 60 degrés Celsius, répond-il, toujours sans la regarder.

— C'est bon, ne nous sors pas Wikipédia !

— Ce n'est pas là que j'ai trouvé ces renseignements.

— C'est bien dommage que la NASA t'ait donné la permission d'entrer ici, et plus dommage encore que tu aies choisi d'abuser de ce privilège. Hé, regarde-moi quand je te parle !

Mais Lex garde les yeux rivés droit devant lui.

— Tu crois pouvoir faire ta forte tête avec moi ? (Elle se tourne vers moi :) Tu as vu ça ? Dis à cette petite merde que...

00 : 00 : 00 : 00

— Ça suffit ! (J'aurais dû intervenir bien plus tôt.) On a compris ton point de vue. Merci pour le manteau.

— Juste une question, Calli. Avant que tu repartes avec ton petit chouchou, reprend-elle comme si elle n'avait pas suffisamment dépassé les bornes. Tu t'es pris le bec avec Butch ? Parce qu'il est d'une humeur de dogue. Tout allait bien jusqu'à ce qu'il tombe sur toi au portique.

— Plus tard. Ce n'est pas le moment. (Pour ne pas dire jamais, si c'est pour écouter de telles inepties !)

Je remonte les vitres sous son nez et redémarre.

— Elle devrait te montrer plus de respect, commente Lex.

Encore une fois, je suis impressionnée par son acuité. Et en même temps, c'est dérangeant.

— En fait, c'est à toi qu'elle en veut.

Je me dirige vers les portes principales. Je ne vois plus le Suburban noir. Quand aurai-je de nouveau des nouvelles de Dick ?

— Tu n'as pas de temps à perdre avec ce genre de broutilles, continue Lex, comme s'il était un expert en relations humaines.

— Et toi, tu ignores tout de mon travail. Tu ne sais pas ce que je dois gérer ou non, alors s'il te plaît, mêle-toi de tes oignons.

— Tu es capitaine, responsable des enquêtes en cybercriminalité. Et une scientifique qui va sans doute devenir astronaute, réplique-t-il. (Visiblement, mon père lui a fait l'article !) Les autres agents, et même la major Lacey... tu ne devrais pas les laisser te parler sur ce ton.

— Quand les gens sont stressés, ils oublient les bonnes manières. C'est un classique, Lex. (Je n'en concéderai pas davantage.) Je mène mes combats comme je l'entends. Et avec le temps, j'ai appris que sortir l'artillerie n'est pas la meilleure solution. J'ai retenu la leçon.

— Moi aussi, réplique-t-il en regardant le panneau au-dessus de lui qui ressemble à un toit ouvrant (alors qu'en fait c'est la base de la tourelle rétractable). On doit toujours avancer sur des œufs quand on est trop doué et qu'on maîtrise trop bien son sujet.

Il se tourne sur son siège et examine l'autre caisson fixé au plafond à l'arrière. Il n'est pas dupe. Avec son QI hors pair, il est capable du pire comme du meilleur.

— C'est sûr qu'aujourd'hui tu ne t'es pas fait que des amis.

— Je m'en fiche. (Il tâte le revêtement technique des sièges, parsemé de capteurs.) De toute façon, je suis habitué à me débrouiller seul. À l'inverse de toi, je n'ai pas grandi entouré d'adultes pour me montrer le chemin. Je n'ai besoin de personne.

— Tout le monde dit ça, mais c'est faux.

— À quoi bon rêver d'une chose qu'on n'aura jamais ? À l'école, personne ne voulait de moi. J'étais pour eux un monstre, une aberration de la nature. Une gêne constante, et je le comprends. J'étais tellement plus jeune qu'eux. (Ses paroles réveillent en moi de mauvais souvenirs.) Jamais je ne me suis senti à ma place. Et ce sera toujours comme ça.

— Pour l'instant, les gens se posent un tas de questions à ton sujet. Moi la première. Notre confiance en a pris un sacré coup. Tu es entré par une porte dérobée dans un système informatique qui protège des installations fédérales très sensibles.

Au même moment, CARL, dans mes IRIS, m'informe que la faille en question a été éliminée et que le logiciel malveillant a été neutralisé.

Lex ne pourra plus accéder aux serveurs de la NASA. Son petit algorithme est désormais inopérant. Comme ce qu'il y a sur la clé USB que lui a donnée Vera. Je m'empresse de lui annoncer la bonne nouvelle.

Nous sortons de la base.

— Tu te trompes de chemin, lance-t-il, lorsqu'il me voit dépasser l'anneau de vitesse où Carmé et moi avons brûlé beaucoup de gomme avec nos courses improvisées.

— Pas du tout, réponds-je alors que nous laissons derrière nous son parc de mobile homes. On fait d'abord un petit crochet.

— Où tu m'emmènes ?

Au ton de sa voix, il a peur que je prenne la direction de la prison.

— Je meurs de faim. Et je suis sûre que, toi aussi, tu as un petit creux.

Il n'a peut-être rien mangé de la journée, hormis le sandwich que lui a donné Fran. Je m'en veux. Je pense au festin que me prépare toujours ma mère.

— Je n'ai pas d'argent, lâche-t-il en détournant à nouveau les yeux vers la fenêtre.

— Tu as des allergies ? Le Bojangles', t'en penses quoi ?

— C'est pas dans mes moyens.

— J'ai un budget pour nourrir les prisonniers. Parce que c'est ce que tu es – mon prisonnier ! Et à cause de la Convention de Genève, je suis tenue de te traiter avec dignité, et cela inclut le poulet frit.

— Ahah, très drôle.

Mais son ton n'est pas si sinistre. Je perçois même une pointe d'amusement.

— Et ta grand-mère ? On pourrait lui prendre quelque chose aussi ?

Il hoche la tête.

— Elle ne mange rien qui risque de contenir des métaux lourds. Du mercure par exemple. Pareil pour les fruits de mer et tout ce qui se nourrit « par le bas », comme elle dit.

— Je pense que c'est sans danger de ce côté-là.

Il doit être 18 heures. Et l'activité est au ralenti avec le shutdown. Il n'y a que quatre voitures sur le drive. Je m'engage derrière un Cherokee blanc. Il ressemble comme deux gouttes d'eau à la Jeep que j'ai aperçue au Hop-In de Hampton pendant le blizzard.

Je m'approche du menu, en jetant un coup d'œil à mes écrans éteints sur mon tableau de bord. Je pense aussi à mon système audio qui est coupé, ainsi que tout le reste. Je ne peux plus parler à CARL. C'est fou comme j'ai pu m'habituer à sa présence.

Cela aurait été si simple de demander à mon fidèle cybersecond de faire une recherche sur les plaques de ce Cherokee. Au lieu de ça, je dois les regarder longuement pour que CARL percute et m'indique dans mes IRIS que la Jeep est un modèle intérieur cuir datant de 2014 – ce qui est déjà un peu vieux pour un modèle de location. Le loueur, Catch-A-Ride, se trouve en Virginie. Le client s'appelle Beaufort Tell, il a quarante-quatre ans.

L'adresse sur la facture est celle d'une société de distribution de fruits de mer à Myrtle Beach, en Caroline du Sud. Il s'agit peut-être d'un commercial faisant la tournée de ses clients. Sous le nom, il est écrit « Représentant de commerce ». Puis CARL me montre la photo figurant sur le permis de conduire... C'est l'homme que j'ai vu derrière les portes du Hop-In.

— J'ai déjà aperçu cette voiture, dis-je à haute voix (pas à l'intention de Lex, bien sûr).

CARL me transmet aussitôt des images de la sécurité routière. J'y vois un Cherokee roulant sur la I-64 en direction de Richmond, hier matin.

Les plaques minéralogiques à l'arrière correspondent. Et sur les caméras de vidéosurveillance, on voit parfaitement que le coin inférieur du pare-chocs avant est enfoncé.

— Oui, je suis quasiment certaine que c'est le même véhicule, dis-je cette fois à l'intention du garçon.

Je lui parle du bas de caisse abîmé à l'avant.

— Comment tu peux le savoir puisqu'on est derrière ? Attends, je vais aller jeter un coup d'œil, ajoute-t-il en tentant d'ouvrir la portière.

Mais il n'ira nulle part. Ma Chasemobile n'obéit qu'à sa maîtresse.

22.

— Je pourrais même prendre une photo, propose Lex en tirant à nouveau sur la poignée, en vain. Mais pour ça, rends-moi mon téléphone et déverrouille la porte.

— Il n'en est pas question, et arrête de t'agiter !

Je regarde volontairement ailleurs en lui parlant comme une ventriloque. J'espère qu'on n'a pas attiré l'attention.

— Laisse-moi t'aider ! (Il est tout excité.) Il y a un méchant dans cette Jeep, c'est ça ? Tu vas la prendre en chasse ? Et l'atomiser avec ta voiture ?

D'autres véhicules rejoignent la file derrière nous.

— Je trouve bizarre que quelqu'un soit venu ici pour le travail, alors qu'on risquait d'être évacués à cause de la tempête, dis-je, réfléchissant à haute voix.

— Peut-être qu'il s'est retrouvé coincé ?

— Peut-être.

Qu'est-ce que faisait un VRP en fruits de mer dans cette supérette mercredi au petit matin ? Mais ça, je le garde pour moi.

— Tu es déjà allé au Hop-In avec mon père ? Celui qui se trouve à côté de la ferme ?

Encore une fois, je veux vérifier son honnêteté.

— Oui, quelquefois, quand il me raccompagnait.

— Et sans voiture ? Comment tu fais pour venir chez nous ?

— Il y a le bus. Il me lâche à quinze minutes à pied de chez toi. Ils ont de bons plats chauds et de la root beer là-bas (là, il parle du Hop-In). C'est là que tu l'as vu ? (Cette fois, il parle du Cherokee.)

Lexell Anderson a l'esprit vif, je dois faire attention. Il analyse très vite une situation et peut prendre des décisions extrêmement rapidement, comme il l'a fait à la NASA tout à l'heure. Ou, à l'instant, lorsqu'il a voulu sortir du Tahoe pour se renseigner sur la Jeep. Il n'a rien demandé, n'a pas demandé la permission de sortir. Les connexions se sont faites en lui à la vitesse de l'éclair et il a agi aussitôt. Et je songe à ce TOC dont m'a parlé Dick.

Le Hop-In vend justement ce genre d'appareils, et l'un d'eux s'est retrouvé dans la poche du sac à dos du gamin à Wallops. C'est bien sûr Neva Rong, ou l'un de ses acolytes, qui l'a placé là. Mais comment s'est-elle procuré ce téléphone ? Parce que je ne la vois pas entrer dans un Hop-In et acheter un GSM bas de gamme avec une carte SIM sans abonnement ! Pas avec un manteau de vison sur le dos.

— Quand es-tu venu à la maison pour la dernière fois ?

— Il y a deux semaines. Pour travailler dans la grange avec George, et quand il m'a raccompagné, on s'est arrêtés au Hop-In. Tu le sais très bien. Tu étais là.

Première nouvelle ! CARL m'envoie les images des caméras de surveillance. 15 h 36, samedi 23 novembre, indique le time code : Lex et papa entrent dans le magasin et arpentent les allées. Mon cœur se serre quand je le vois acheter bien plus que des sodas et des snacks.

Il remplit son panier avec de la viande, du fromage, des boîtes d'œufs tout en faisant signe à Lex de prendre du lait, des céréales, du jus d'orange, des bananes. Le Hop-In est tenu par un couple ; l'épouse est une vieille obèse prénommée Bunny, mais c'est bien le seul élément sympathique chez elle.

Je me suis toujours dit qu'elle devait détester sa vie autant que son travail, et à 15 h 42 je la vois scanner de mauvaise grâce les achats. Sur le tapis, je ne remarque aucun téléphone. Une minute plus tard, Lex et papa sortent et font tinter la cloche au-dessus de la porte. Je les regarde se diriger vers la Prius, avec leurs sacs de victuailles dans les bras. Au bout du parking, j'aperçois un Tahoe gris, identique au mien, à côté des pompes à essence.

Carmé, vêtue d'un uniforme des services de protection, fait le plein de sa voiture. Cela date de deux semaines. Je n'étais au courant de rien à ce moment-là. En revanche, papa savait ce qui se tramait. Carmé était ici, dans le secteur, et se faisait déjà passer pour moi.

Devant nous, la Jeep redémarre et s'arrête à la hauteur de la borne de commande. La vitre côté conducteur descend, mais je ne vois toujours pas qui se trouve à l'intérieur.

— Bienvenue au Bojangles'. J'écoute votre commande, annonce une voix synthétique à peine compréhensible. Il y a un silence, comme si la personne au volant hésitait.

— Deux limonades...

C'est une voix de femme, à l'accent asiatique. Un ton sec et cassant.

Elle poursuit sa commande. Salade poulet, avec supplément moutarde au miel, haricots verts, coleslaw, et un menu combo 4 pièces avec riz cajun. À l'évidence, il ne s'agit pas de Beaufort Tell, le type que j'ai vu au Hop-In pendant le blizzard. Peut-être est-ce sa petite amie, ou une collègue.

Tout simplement. Ou pas. Je me rappelle les agents du Secret Service que j'ai repérés dans les rues et au 7-Eleven il y a quelques jours. Ils se faisaient passer pour des gens du coin. L'anonymat parfait. Néanmoins, cette femme dans le Cherokee peut tout à fait être une simple civile, ignorant totalement qu'elle est surveillée pendant qu'elle passe sa commande.

Peut-être qu'elle travaille pour la même entreprise que Beaufort Tell (à supposer que ce soit son vrai nom). Ils pourraient être venus ensemble à Hampton. Peut-être qu'ils connaissent les propriétaires du Hop-In. Si ce sont leurs clients, il est normal qu'ils se trouvent dans le magasin. Et cela expliquerait pourquoi j'ai vu ce gars assis derrière la porte vitrée.

En d'autres termes, rien ne prouve que ces gens soient mêlés aux cyberattaques et crimes survenus à la NASA ces derniers jours. Mais cela reste cependant dans le domaine du possible. Ils peuvent aussi travailler pour la CIA, le Secret Service, ou les opérations spéciales de l'armée. Mais ma véritable crainte, c'est qu'il s'agisse de soldats de Neva Rong.

— Qu'est-ce qui te ferait plaisir ? demandé-je à Lex alors que la Jeep approche du sas pour récupérer sa commande.

C'est à notre tour de parler à la machine.

00 : 00 : 00 : 00

— J'aime bien les ailes de poulet, déclare-t-il en examinant avec envie le menu rétroéclairé. Mais tout me va.

Je continue d'observer la conductrice devant. À en juger par sa silhouette, elle doit être un peu plus petite que moi, plus menue aussi. Elle a des cheveux lisses qui lui descendent jusqu'à la nuque.

— Les ailes de poulet, c'est meilleur avec quelque chose. Sauce épicée ?

— Non. Juste des ailes.

J'en commande une douzaine à la borne. J'élève la voix pour me faire entendre. Je ne veux pas sortir la tête au-dehors et prendre le risque qu'on voie mon visage.

— Deux scones œuf-viande (mon péché mignon !). Une boîte de douze pilons, avec écrasée de pomme de terre, plus haricots cajuns, sauce piquante beurre et miel. (Je suis au paradis de la goinfrerie !) Et aussi deux briques de lait chocolaté et deux Ice Tea.

— Ce sera tout ? s'enquiert le haut-parleur.

Dieu sait que cela devrait suffire, mais comment s'arrêter ?

— Et quatre torsades noix de pécan et cannelle. Avec des serviettes, du sel, du poivre, et des fourchettes. Et on sera bons. Merci.

— Ça fait beaucoup, constate Lex. C'est bien plus que ce dont on a besoin. Tu es comme ton père.

— Les restes, c'est toujours meilleur.

— C'est exactement ce qu'il prétend. Et lui non plus n'est pas gros.

— Merci du compliment. (Et je suis sincère.) Chez nous, on sait nourrir les siens. Personne n'a jamais faim.

— George dit ça aussi quand il commande tout en double, réplique Lex tandis que je sors mon portefeuille.

D'un coup, je me souviens que je ne sais pas ce qu'il y a dedans.

J'avais environ soixante-quinze dollars avant d'être droguée puis kidnappée. À mon réveil, toutes mes affaires avaient été fouillées, et certaines choses avaient disparu – par exemple les douilles que j'avais récupérées sur le parking du Point Comfort Inn, mes pastilles de menthe aussi, et sans doute d'autres objets qu'il y avait dans mon Silverado.

J'espère que les billets s'y trouvent encore. Avec soulagement, je constate que c'est le cas. Mais cela ne devrait pas m'étonner. Ma mère a une règle d'airain : ne jamais sortir sans argent. Et il se trouve que j'en ai plein. Bien plus qu'à mon arrivée au motel. Et mon magnet de la NASA est toujours là. Que demande le peuple !

Je redémarre et vois la conductrice du Cherokee tendre le bras pour récupérer sa commande. Elle porte une veste en cuir noir. Ses ongles, d'un blanc nacré, sont de la même couleur que sa voiture. Puis je regarde avec insistance les bagues à ses doigts qui scintillent. CARL comprend aussitôt le message.

Il fait un zoom avec la caméra avant de mon Tahoe.

Une tête de mort, avec des ailes et des yeux rouges...

Un serpent...

Une alliance gothique...

Les bagues sont plus petites que celles que portait le tueur du Yukon Denali. Mais elles sont similaires, à défaut d'être identiques. Je la regarde donner un billet de vingt dollars à la caissière en lui disant de garder la monnaie.

Elle a commandé à manger pour deux. Elle va donc retrouver quelqu'un puisqu'elle est seule dans la voiture. Elle a des manières hautaines et je n'aime pas qu'elle dise à l'employé de garder la monnaie alors qu'il y a quasiment l'appoint.

— Pourquoi cette Jeep t'intéresse tant que ça ? s'étonne Lex.

Cette question est l'ouverture parfaite pour indiquer à CARL qu'un coup de main ne serait pas de refus.

— Comme je te l'ai précisé, j'ai déjà vu ce Cherokee. Et je me demande bien si la personne au volant peut avoir un lien avec l'homme mort dans le Denali.

— C'est tordu. Demande donc de l'aide par radio.

— Ce n'est pas le moment d'envoyer le moindre message par voie hertzienne.

— Tu veux que je fasse une photo de la personne qui conduit ? Il me suffit de sauter de voiture. Ce sera vite fait.

— Pas question.

— Alors il faut suivre cette Jeep !

— Pas question non plus. Au cas où tu l'aies oublié, tu es sous ma garde. Tu n'es pas mon partenaire.

Je sens qu'il est vexé.

— Mais tu ne peux pas la laisser filer !

— Je n'ai aucune raison valable pour l'arrêter, réponds-je alors que le Cherokee s'éloigne. Et, plus important, tu es avec moi et je ne veux pas qu'il t'arrive quelque chose.

— Ah bon ? (Cette fois il n'y a plus de sarcasme du tout dans sa voix.)

Je ramasse mon téléphone et appelle Fran.

— Major Lacey, j'écoute.

— Tu es sur haut-parleur.

— Il est encore avec toi ?

— On a acheté à manger.

Je lui parle du Cherokee qui sort du parking et rejoint Commander Shepard Boulevard.

Je lui donne le numéro de la plaque et lui annonce que j'aimerais bien que quelqu'un prenne en filature cette Jeep, histoire de voir où elle va.

J'ajoute :

— Discrètement, bien sûr. Nous ne savons pas à qui nous avons affaire. Mieux vaut être prudent.

Je coupe l'appel. Je paye la commande, récupère les sacs, et pose le tout sur les genoux de Lex. Aussitôt, les arômes me font saliver.

— Le Bojangles' est mon restaurant favori depuis que je suis toute petite, dis-je tandis que nous piochons avidement dans nos boîtes respectives. Je suis un peu Bo-addict, c'est pour ça que je passe beaucoup de temps à la salle de gym.

— Plutôt calorie-addict, non ?

— On dirait le nom d'un groupe des Obèses Anonymes ! N'empêche que rien ne vaut la cuisine de ma mère. (J'étale des serviettes en papier sur mes cuisses.) Elle t'a déjà préparé à manger quand tu es venu à la maison ?

— Non, répond-il en aspirant à la paille une lampée de lait chocolaté. En réalité, Penny m'évite.

— Qu'est-ce qui te fait croire ça ?

À notre tour, nous sommes sur Commander Shepard Boulevard. Évidemment, le Cherokee blanc a disparu.

— Elle n'a pas confiance en moi. C'est clair. (Il croque une autre aile de poulet, comme s'il n'avait pas mangé depuis des jours.) Au début, elle était contente quand j'ai eu mon stage, mais après elle n'aimait pas me voir traîner avec George.

— Pourquoi ma mère se méfierait-elle de toi ?

Je fais mine de tomber des nues.

— Elle se méfie surtout de ton père.

Même si Lex a vu juste, je ne vais pas m'aventurer sur ce terrain.

— Et ta grand-mère ? Elle aime cuisiner ?

J'entame déjà mon deuxième scone, en conduisant d'une main. Je suis de plus en plus surprise par son sens de l'observation.

— Nonna n'est pas très douée dans ce domaine, réplique Lex.

Dans mes IRIS, Carl m'annonce que *nonna* signifie « grand-mère » en italien – comme si je ne l'avais pas deviné !

— J'ai l'impression que tu as beaucoup de responsabilités pour un enfant de ton âge.

C'est vrai que maman se méfie de papa – et, dans bien des domaines, moi aussi. Bien sûr qu'il ne cherche pas à faire mal – mais c'est l'excuse qu'on trouve tout le temps aux gens qui ont le don de créer des situations impossibles.

— Cela ne me dérange pas. Je suis plutôt doué pour réparer des choses, et pour le ménage et la cuisine, explique Lex en s'essuyant les mains sur une serviette en papier. Je fais des super tacos et des super spaghettis. J'aime bien cuire des plats au four et mon pain est top. Et, à l'inverse de ton père, je sais où faire les courses. Je lui ai conseillé de ne plus aller dans les petites épiceries. C'est bien trop cher. Comme les fast-foods. Mais il y fait quand même des razzias compulsives, comme toi.

— Qui t'a appris à te débrouiller tout seul comme ça ?

— Mes parents. Et aussi la télé et Internet. On peut apprendre beaucoup de choses par soi-même de nos jours. Même s'il n'y a personne pour te l'enseigner.

— Ta grand-mère a une voiture ? Elle peut aller faire les courses ?

Je passe à nouveau devant l'anneau de vitesse. Les tribunes forment une masse noire dans la nuit.

— Plus maintenant, lâche Lex.

La neige fondue chuinte sous mes pneus alors que je mets mon clignotant.

— Le bus dont je t'ai parlé…, reprend-il. L'arrêt est ici, juste au coin.

Je ralentis au moment d'entrer dans le Lost Farm Mobile Home Village, où je me suis souvent rendue ces trois dernières années après des appels d'urgence.

Des problèmes classiques : rôdeurs, tapage nocturne, coups de feu, vols, viande soûle, chiens errants. Rien d'extraordinaire ; pas de laboratoire de synthèse de meth, pas d'homicide. Mais j'ai l'impression que tout cela va changer.

23.

— Le mort que tu as vu sur les photos, dis-je en m'arrêtant au premier carrefour. Montre-moi où il habitait.
— Continue tout droit. Je te dirai quand tourner. Comment se fait-il que tu ne saches pas qui c'est ? (Lex emballe ses os dans une serviette en papier et les glisse dans le sac, puis se nettoie les mains.) Il y avait son permis de conduire affiché sur l'écran, dans le bureau de la major Lacey. Avec son nom : Hank Cougars. Et sur la photo, c'est bien l'homme qui vivait ici. Je l'ai reconnu.
— C'est peut-être sa photo, mais pas son nom.

Les habitations du lotissement sont soit de simples mobile homes posés sur des parpaings, soit des doubles unités plus cossues avec bardage de bois et petites clôtures. La plupart des terrains sont des carrés d'herbe brune, parsemés de plaques de neige. Il y a très peu de décorations de Noël.

— C'était un méchant aussi, c'est ça ? marmonne-t-il en regardant les maisons.

Il y a beaucoup de drapeaux américains, des abris en tôle ondulée, des petites piscines hors-sol, et partout des pick-ups.

— Absolument ! Même s'il pouvait te paraître gentil. Depuis combien de temps habitait-il le lotissement ?
— La première fois que je l'ai vu, c'est cet été, après le départ de Birdman.

— Birdman ?

— Le petit vieux qui résidait ici, au fond du parc, près du circuit. Je l'appelais Birdman parce qu'il avait un hibou. Il l'avait récupéré tout petit. Il était dans une grande cage dans le jardin et venait se poser sur son gant.

— Tu connais son nom ?

— M. Hibou.

— Je parle du bonhomme.

— Non. Mais il avait plein de cicatrices au bras à cause des serres. Une fois, Birdman m'a laissé lui parler, mais pas le toucher ; et pourtant j'aurais bien voulu. M. Hibou n'aimait pas ça. Il y avait aussi un python dans la maison. Mais je ne l'ai jamais vu. Comme tu l'imagines, Birdman ne craignait pas les voleurs.

— Qu'est-il arrivé à tes parents, Lex ?

— Un accident d'avion.

— Je suis désolée. Ça remonte à quand ?

— Le 4 juillet. Il y a trois ans. Mon père était un bon pilote. Quoi qu'en disent les gens.

— Et tu es enfant unique ?

Il acquiesce, détourne à nouveau la tête. Dehors, il n'y a pas de lampadaires. Un trou noir.

— Où vivais-tu à l'époque ?

— À Richmond. Mes parents enseignaient à la VCU. Et après, je suis venu chez Nonna.

Pendant ce temps, CARL me donne des infos : Meo et Nan Anderson, âgés respectivement de trente-neuf et quarante et un ans, tous les deux professeurs d'astronomie à la Virginia Commonwealth University. Ils se trouvaient, avec un autre couple, dans un petit avion de location que son père pilotait. Il y avait eu une panne de moteur alors qu'ils étaient au-dessus de l'océan Atlantique.

— Cela a dû être difficile pour toi. Et je sais que c'est forcément un sujet douloureux. Mais, à ton avis, ils auraient pensé quoi de tout ça ? Le téléphone suspect dans ton sac, la clé USB, et ton petit spectacle à la base ?

— Ils auraient dit de ne laisser personne m'arrêter ! réplique-t-il aussitôt. Et de m'occuper de Nonna. (Il se penche sur son siège et désigne une habitation du doigt.) C'est ici. Regarde, son Denali n'est pas là. Il n'y a pas de lumières. Et ça semble inhabité depuis un bout de temps. C'est bien lui qui est mort.

— Chut ! Laisse-moi mener mes propres observations, s'il te plaît.

Si le tueur à gages logeait ici, je ne sais pas comment il pouvait supporter le bruit des voitures sur le circuit situé juste derrière son jardin. Le mobile home est tout simple. Des parois en PVC, avec un toit gris en métal. Le cache-soubassement en bois et les volets sont peints en noirs. La peinture s'écaille. Je remarque l'antenne sur le toit. Et la caméra installée au-dessus de la porte d'entrée.

Le terrain – une double parcelle – est immaculé depuis qu'il a neigé. Aucune trace de pneus, ni empreintes de pas. Juste des branches et autres débris laissés par les bourrasques. La poubelle, cachée par sa palissade, est elle aussi couverte de neige. Je demande à Lex quels services sont inclus dans le prix de la location du mobile home dans ce lotissement.

— L'eau et le tout-à-l'égout.

Je me gare à côté d'une borne d'incendie à moitié ensevelie sous une congère.

— Et le ramassage des ordures ?

— C'est le lundi. Tu dois sortir la poubelle la veille au soir, ou à la première heure le matin. Sinon, ils ne la videront pas. Et il faut vite la rentrer avant qu'elle ne soit renversée ou emportée au loin par le vent. Manifestement, il n'était pas là pour le faire. Et ça date d'une semaine. C'est bien la preuve qu'il est mort.

— Règle numéro un. Ne jamais tirer de conclusions hâtives et toujours rester précis dans ses observations.

Nous sommes aujourd'hui dimanche, donc le ramassage des ordures date de six jours, pas d'une semaine. Et la neige n'est pas tombée avant. Donc, tout ce que nous pouvons dire, c'est que personne n'est venu ou n'est sorti de la maison depuis le blizzard. Du moins, d'après les indices dont on dispose en ce moment. Et nous ne savons pas s'il sortait sa poubelle dans la rue. En fait, on ne sait pas grand-chose.

— La tempête a commencé il y a quatre jours. Et c'est à peu près à ce moment que le gars s'est fait sauter la tête avec son fusil. Je te dis que c'est lui. C'est le gars qui a emménagé chez Birdman !

— Encore des conclusions hâtives.

— Et d'abord, pourquoi se serait-il suicidé ? Qu'est-ce qui vous dit que ce n'est pas quelqu'un qui l'a tué ? (Ça y est, le cerveau performant de Lex se met à nouveau en marche.) Vous avez fait la même erreur avec Vera. Vous avez pensé qu'elle s'était suicidée. Alors que ce n'est pas le cas. C'est Neva Rong ou quelqu'un d'autre qui l'a assassinée, mais vous ne pourrez jamais le prouver.

00 : 00 : 00 : 00

À l'évidence, Lex a écouté Fran, Scottie et Butch discuter de l'affaire au QG. Et c'est bien regrettable.

J'aurais préféré que mes collègues se montrent plus discrets. Lex a compilé et traité toutes ces informations à la vitesse de l'éclair, telle une IA. Mais je ne veux pas lui mentir. Il serait idiot de minimiser les faits, alors que le danger est bien réel.

— C'est vrai, nous n'avons pas beaucoup de preuves. Mais deux personnes sont mortes de façon violente. Les systèmes de la NASA ont été piratés. Nous avons été contraints de faire exploser une fusée de crainte qu'elle ne fonce sur une ville comme un missile, et l'une de nos astronautes a failli se retrouver à la dérive dans l'espace.

— Je suis au courant.

J'insiste :

— Ça fait beaucoup. Nous devons tous faire très attention. Et le plus important dans ces cas-là, c'est la confiance.

— Tu as peur ?

— Je suis trop occupée à surveiller mes arrières. Si tu es vigilant, prêt à toute éventualité, tu oublies d'avoir peur. (J'ai l'impression d'entendre parler un hybride de ma mère et de Carmé.) Une autre règle importante, valable pour les affaires de police comme dans la vie en général, c'est de savoir où l'on met les pieds. Et aujourd'hui, on est en *terra incognita*.

J'allume le projecteur de recherche, et commande ses mouvements avec le joystick. Je trouve des chiffres de métal rivetés sur la paroi de plastique, au-dessus d'une fenêtre. Ils sont à peine lisibles, cachés par un arbre rachitique. Ils se mettent à briller, bombardés par un faisceau de vingt millions de candelas.

— Ça ressemble au numéro du mobile home. Le 363. Mais le 6 est si penché que cela pourrait être un 9. Et nous sommes sur Lost Farm Road, dis-je à haute voix à l'intention de CARL.

Tout à coup une ombre obscurcit mon pare-brise et disparaît.

C'est quoi ça ? Mais je garde ma surprise pour moi. Je scrute mes rétroviseurs dans l'espoir de comprendre ce qui vient de passer au-dessus de nous, quand CARL m'annonce que le propriétaire du mobile home est un ancien employé de la base aérienne. Un dénommé Pebo Sweeny, soixante-dix-neuf ans, ex-comptable à la retraite. Sans autre adresse connue à ce jour.

Les données qui s'affichent sur les IRIS me laissent perplexe. Début août, voilà quatre mois, lui ou quelqu'un d'autre a fait couper l'électricité, le téléphone et le câble. Depuis, il n'y a plus aucune opération sur sa carte de crédit, aucune signature électronique. Aucun moyen de savoir où il se trouve.

Le mobile home est toujours à son nom, ainsi que le bail pour la location des deux parcelles en bordure du bois. Les charges continuent d'être payées tous les mois par mandat postal... CARL doit éplucher toutes sortes de fichiers électroniques.

Il trouve la trace de la vente d'un van Dodge de 2011 pour six mille dollars en octobre, quand Pebo Sweeny (ou quelqu'un d'autre encore une fois) a signé le certificat de cession à un revendeur de véhicules d'occasion. J'ai l'impression que son nom est l'une des nombreuses identités utilisées par le tueur.

— Je ne sais pas où tu habites. Indique-moi le chemin, demandé-je à Lex.

Il est temps de le ramener chez lui. Je fais demi-tour avec le Tahoe tandis que CARL m'annonce dans mon oreillette interne qu'il a un sérieux problème.

AVARIE ARI ! AVARIE ARI ! clignote en lettres rouges sur mes IRIS.

Comme si c'était le moment ! Je brûle d'envie de demander à CARL un rapport complet, mais je ne peux pas trahir sa présence.

— Je vis près de l'entrée, dans la première rangée, m'explique Lex, en regardant toujours fixement le mobile home. Qu'est-ce que tu vas faire après ? Tu vas aller fouiller la maison ? Je peux venir ?

— Tu as commencé à voir le gars dans les parages cet été, c'est bien ça ? poursuis-je malgré mon inquiétude au sujet de Harry. Et Birdman ? Tu te souviens de la dernière fois que tu l'as croisé ? Et non, tu ne peux pas venir avec moi. Je te rappelle que tu es un suspect, pas un policier.

— Je ne voyais pas très souvent Birdman. La dernière fois, ce devait être en juillet. Apparemment, il a décidé qu'il était temps de partir en maison de retraite, et il a loué son mobile home à ce type barbu. Aujourd'hui mort.

— Et ses animaux ? Qu'est-ce qu'il en a fait ? Pour info, il est illégal d'avoir un hibou chez soi, à moins d'être un dresseur patenté. Pour le python, pas de problème.

— J'étais content de voir M. Hibou, mais je n'avais aucune envie de rencontrer le serpent. Ils ont été confiés à une association.

— Comment tu le sais ?

— Par le barbu qui a emménagé. Un jour, je suis passé à vélo et je l'ai vu décharger son Yukon et emporter des cartons dans la maison. Je lui ai demandé ce qui était arrivé à M. Hibou et au vieux qui vivait là.

— Et il t'a répondu qu'il avait quitté le lotissement...

— Tu n'y crois pas ?

— Non.

— Tu penses qu'il est arrivé quelque chose à Birdman ?

— Je n'espère pas.

— Voilà, c'est chez nous, déclare-t-il en désignant une petite parcelle avec un mobile home dessus.

La construction est grise, avec un toit plat, et le soubassement est caché par un treillis de bois, typique de ce genre de parc. Une rampe en contreplaqué permet d'accéder à la porte d'entrée.

Les fenêtres sont occultées par du papier cadeau argenté, ainsi que l'a dit Fran. Une bouffée d'empathie pour Lex me gagne. Mais plutôt que lui montrer de la pitié, il vaut mieux le protéger et lui éviter le centre de détention pour mineurs. Ce sera plus utile.

— Je rentre deux minutes, le temps de saluer ta grand-mère et de récupérer la clé USB, lui dis-je alors que je me gare. Et j'aimerais aussi voir ton matériel.

— Tu ne vas pas me prendre mon ordinateur ? s'inquiète-t-il.

— Je ne pense pas. Ça dépend. Y aurait-il autre chose que tu me caches ? Autre chose que cette clé ? (Les papiers aux fenêtres du mobile home occultent toutes les lumières à l'intérieur.) D'autres programmes comme Total Panic ?

— Non, je te le jure.

— Parfait. Parce que si je ne peux pas te faire confiance, tout est fini entre nous.

Je rassemble les sacs de victuailles.

— Tu vas m'enfermer ? s'enquiert-il en descendant du SUV.

— Pour l'instant, tu vas rester chez toi et te tenir tranquille, le temps que je mène mon enquête, réponds-je en fermant les portières.

— Mais c'est peut-être dangereux.

— Cela fait partie des points que je dois vérifier. Si je juge que toi ou ta grand-mère, vous n'êtes pas en sécurité, on prendra d'autres dispositions.

CARL m'annonce que Harry ne répond plus.

24.

Perte de contrôle clignote dans mes IRIS.

Génial ! Pour sa première sortie, Harry est déjà en perdition, voire pire ! En termes d'essai, c'est un flop. Je suis Lex dans l'allée qu'il a dû nettoyer. Nos pas résonnent sur la rampe en bois qui a été aspergée de sel.

Il plonge la main dans sa poche et en sort une clé à l'ancienne attachée à un lacet.

— Nonna ? C'est moi ! annonce-t-il en ouvrant la porte.

Une bouffée d'air chaud et moite me saute au visage quand j'entre dans le salon, où de vieux meubles trônent sur une moquette marron. Un poêle ronfle à côté de la fausse cheminée. À la télé, ce sont les infos du soir.

— Je commençais à m'inquiéter ! lance la grand-mère assise dans son fauteuil roulant face au téléviseur.

Le poste est installé sur une desserte à côté d'une bibliothèque croulant sous de vieux livres écornés.

— Je suis ravie de vous rencontrer, dis-je tandis que Lex pose les sacs sur le comptoir.

— Qui êtes-vous ? s'enquiert-elle, ses yeux bleus me transperçant comme des lasers. (Elle a des cheveux blanc filasse et ses prunelles étincellent.) Ce n'est pas vous qui êtes venue le chercher cet après-midi ; cette brune qui n'a même pas pris la peine d'entrer et qui a embarqué Lex comme s'il était un tueur en série.

— Je suis la capitaine Chase, responsable de la cybersécurité à la NASA.

Je m'avance pour lui serrer la main. Elle a aussitôt un mouvement de recul. Elle écarquille les yeux de stupeur tandis qu'elle commence à saigner du nez. Je crains un AVC. Mais elle sort un mouchoir de la manche de son gilet, pince son nez et penche la tête en arrière.

— Lex ? Qu'est-ce qu'elle a ? C'est grave ?

— C'est l'un des stigmates, répond-il en refermant tranquillement la porte d'un placard de cuisine. Nonna ? Tu veux ton bouclier ?

Elle hoche la tête tandis que le mouchoir se teinte de rouge.

Lex éteint la télé, ouvre le tiroir d'un buffet en acajou qui a dû jadis connaître une maison plus cossue. Il en sort une couverture de survie avec ses deux faces métallisées, l'une dorée, l'autre argentée, semblable à celles que nous vendons à la boutique de souvenirs. Il la déplie et la dépose sur sa grand-mère, la face argentée à l'extérieur. Le film Mylar crisse et réfléchit la lumière des lampes.

— Je peux faire quelque chose ? Appeler une ambulance ?

— Ça va passer, me répond Lex tandis que sa grand-mère continue de me fixer de ses yeux perçants, en pressant le mouchoir sur son nez.

— Vous pouvez enlever votre manteau, suggère-t-elle (c'est davantage un ordre qu'une proposition).

— Je ne reste pas longtemps.

Elle n'insiste pas. Je ne sais que penser d'elle. Une femme excentrique, vive d'esprit. Une force de la nature. Ou une simple toquée, comme le prétend Fran.

— C'est bon, ça va mieux, déclare-t-elle en tendant son mouchoir cramoisi à Lex qui l'enveloppe dans un sopalin pour le jeter. J'ai connu plus violent, mais je perçois bel et bien une énergie.

Je suis complètement perdue.

— Elle est hypersensible aux champs électromagnétiques, précise Lex, comme s'il décrivait une pathologie aussi courante que l'arthrose ou le rhume des foins.

— Et quelle est l'origine de cette hypersensibilité ? (Bien sûr, je pense à mes accessoires high-tech, VERREs, IRIS, LACET, sans compter tout ce qu'on m'a implanté dans le corps.) C'est pour cela que les fenêtres sont bouchées ?

— Oui. C'est la principale raison, répond Lex. Mais il y a aussi les phares des voitures le soir qui éclairent directement nos vitres. Nonna allait bien jusqu'à ce qu'elle soit frappée par la foudre, ajoute-t-il, toujours avec le même détachement.

Il dépose des morceaux de poulet sur une assiette, préparant le dîner pour sa grand-mère tandis que la vieille femme est emmitouflée dans sa couverture métallisée.

— Le moindre rayonnement électromagnétique l'affecte.

Il coupe un scone et enduit de beurre chaque tranche.

— Et la télévision ? Elle ne vous dérange pas ? demandé-je à sa grand-mère.

— C'est un champ que je connais.

— Elle est cataleptique pendant quelques secondes, intervient Lex. Et son nez se met à saigner. Toujours la même narine. Si c'est vraiment violent, elle a des céphalées, ou des nausées, comme quand on a le mal de mer. Mais elle arrive à gérer, à condition d'avoir quelque chose pour se protéger.

— Et là, ça va mieux ?

— Je vais devoir garder cette couverture pendant que vous êtes là, réplique la vieille dame.

Elle serre la feuille de Mylar hermétiquement autour d'elle comme si j'étais Mary Typhoïde. CARL m'annonce que la pathologie dont parle Lex n'a jamais été reconnue scientifiquement – je m'en serais doutée !

Sa Nonna n'est pas la seule à se déclarer hypersensible au champ électromagnétique, mais la recherche n'a pas encore démontré la réalité de ce phénomène. Les médecins estiment qu'il s'agit plutôt d'un symptôme d'hystérie ou de quelque autre trouble psychiatrique. Néanmoins, cela m'inquiète que cette femme puisse détecter la présence de mon HOTE.

— Je ne sais pas quoi penser, murmure-t-elle en me détaillant des pieds à la tête. Je sens la présence de quelque chose. Je sais que je dois vous paraître bizarre – et vous ne serez pas la première. C'est comme percevoir des extraterrestres, Dieu, des germes, toutes ces choses qu'on ne peut pas voir, ni expliquer. Peut-être est-ce juste votre intensité, votre force mentale que je détecte. Et pourquoi portez-vous des lunettes de soleil en pleine nuit ?

— Ce ne sont pas réellement des lunettes de soleil. Elles sont juste teintées.

Je soulève mes VERREs et les cale sur le haut de mon crâne. Nerveusement, je frotte de mon pouce la cicatrice à mon index. Ce doit être un effet de mon imagination, mais elle me démange.

— Qu'est-ce que mon petit gamin a fait de mal ? s'enquiert-elle alors que Lex lui apporte son dîner.

— C'est encore un peu flou, réponds-je en toute honnêteté. Vous êtes au courant de ce téléphone à cartes prépayées qu'on a trouvé dans son sac à dos, sur le pas de tir ? On appelle ça chez nous un TOC, un téléphone occulte.

— Oui, oui, cela ne tient pas debout ! (Lex dépose l'assiette sur la table roulante et l'approche du fauteuil.) Il n'a jamais eu un machin pareil. En tout cas pas l'autre soir, c'est sûr. C'est moi qui lui ai préparé son sac avant qu'on ne passe le prendre.

— Qui ça ?

— Le gentil professeur. Celui qui devait l'emmener à Wallops. Lex était tout excité. Il sautait partout comme un cabri !

Je sors de ma poche le téléphone de Lex et le lui rends.

00 : 00 : 00 : 00

Par texto, j'envoie l'adresse à Fran. Lost Farm Road. En la prévenant que les rues du lotissement ne sont pas éclairées. Je ne sais pas trop ce qu'on va trouver dans ce mobile home.
`Il faudra se couvrir`. C'est notre code pour lui indiquer de venir en tenue complète d'intervention – gilet pare-balles, rangers, gants, casque. Et aussi masque à gaz, lampe torche et nos pistolets-mitrailleurs MP5 Heckler & Kock.
`Tu veux une US ? Que je prévienne la PH ?` me demande-t-elle.
Je lui réponds : `NEG`.
Je ne veux pas d'unité de soutien, et encore moins que la police de Hampton s'en mêle.
Je lui demande d'être là dans un quart d'heure tandis que la grand-mère enfourne une fourchette d'écrasée de pommes de terre puis croque dans son scone beurré après y avoir étalé du miel. Et maintenant, elle plonge un morceau de poulet dans le pot de sauce piquante...
Je vais tourner de l'œil ! Décidément, j'ai un vrai problème. Après ce qu'on a mangé, je ne devrais plus avoir faim. Et pourtant je suis toujours affamée. Il faut que j'en touche deux mots à Dick. Il y a une erreur de programmation manifeste ! Mon HOTE devrait me délivrer des tentations au lieu de les exacerber. Si j'étais un véhicule, je me rapporterais illico à la concession !

— C'est dommage. Si vous m'aviez connue avant ! lance la grand-mère alors que je n'ai posé aucune question. J'ai soixante-quinze ans, et il y a encore dix-huit mois, je pouvais tout faire ! Et bien plus que des gens qui avaient vingt ans de moins.

Selon elle, je n'aurais pas pu la suivre même si je parais plutôt en bonne forme. Parce qu'il est évident que je m'entraîne à mort, que je surveille ma ligne et mon indice de masse corporelle.

— Alors que moi je n'avais pas besoin de faire attention. J'étais sèche et musclée naturellement ! s'exclame-t-elle. Mais il a suffi d'un orage pour que tout bascule.

— Quel orage ? demandé-je en ne relevant pas ses insinuations sur mon métabolisme.

— C'est pas comme les ouragans. On ne leur donne pas de noms, ajoute-t-elle en ouvrant une serviette. C'était en juin. J'étais dehors avec le tuyau d'arrosage. Je lavais la Mini Cooper qu'on avait à l'époque. Les nuages approchaient et je me suis retrouvée par terre. C'est tout ce dont je me souviens. Ils ont dit que j'avais eu une attaque cérébrale.

— Mais ce n'était pas ça, renchérit Lex dans la cuisine, en sortant un rouleau d'aluminium. Je rentrais à vélo quand j'ai entendu le coup de tonnerre. Elle avait le nez qui saignait, et cette drôle de brûlure dans le dos, en forme de feuilles de fougères. Et son pendentif en argent, qui lui avait brûlé la peau, était devenu aimanté. Non, ce n'était pas un AVC.

— Ça n'y ressemble pas vraiment, concédé-je

— C'est venu du ciel ! Rien à voir avec un problème médical ! En attendant, je dois vivre avec, poursuit la vieille femme en continuant de manger. Je peux à peine bouger maintenant. Même pour sortir du lit. Et je ne vous parle pas de tous les effets secondaires.

Parfois, elle a l'impression de vivre dans une réalité virtuelle, explique-t-elle. De temps en temps, pendant qu'elle dort, elle se sent transportée dans d'autres dimensions. Des souvenirs lui reviennent en mémoire, où des êtres venus d'une autre planète font des choses à son corps, le modifient, le transforment...

— Je suis une cobaye. Parce qu'ils mènent des expériences ici. Et ils ont créé un beau bazar, sans le vouloir ! Mais le résultat est là. Je ne peux plus marcher.

Elle se coupe un nouveau morceau de poulet, le trempe dans le miel, puis dans la sauce piquante, en prenant tout son temps.

— Et on ne peut plus me toucher. Personne. J'ai été tasée et, quand je me suis réveillée, je ne supportais plus le moindre contact physique.

— Pas même un chien ou un chat. Ou moi, lâche Lex en remballant les restes.

— Le petit sait, continue-t-elle en jetant un coup d'œil vers lui. Il sait avec qui il vit, et ce n'est pas drôle tous les jours pour un enfant. Il perd ses parents, et se retrouve avec sa Nonna qui passe ses journées comme un légume, enroulée dans sa couverture de survie. Mais on s'en sort. Du moins jusqu'à aujourd'hui, parce qu'on l'accuse de je ne sais quel crime.

— Je vais récupérer la clé USB, dis-je à Lex. Et je m'en vais.

Je donne à la vieille femme ma carte, en précisant qu'elle peut m'appeler quand elle veut.

Lex range les restes dans le réfrigérateur, nettoie le comptoir avec une éponge, se lave les mains à l'évier et les essuie avec un torchon qu'il suspend avec soin à une poignée de porte.

— On revient tout de suite, Nonna, annonce-t-il.

Leurs chambres respectives sont à chaque bout de la maison.

Nous passons devant une salle de bains minuscule, pour rejoindre sa pièce où trône un petit lit avec une couverture aux motifs spatiaux. Le bureau est tout juste assez grand pour accueillir son ordinateur portable, l'imprimante et le routeur wifi. Son vélo est posé contre la commode, et au mur il y a une photo de Lex tout jeune, à un observatoire astronomique, en compagnie d'un couple souriant – ses parents sans nul doute. Roux, tous les deux.

Il a tenté de rendre son antre plus chaleureux. Le papier argenté aux fenêtres et les murs en PVC sont décorés de reproductions de tableaux qu'il a imprimées sur des feuilles A4. Il y a aussi des dizaines d'œuvres inspirées des mathématiques, trouvées sur Internet – des croquis de Léonard de Vinci, des gravures d'Escher et de Dürer, des illustrations des livres de Pacioli, sans compter tous les posters et affiches qu'on lui a donnés à la NASA.

— Elle est là, déclare-t-il en ouvrant un petit placard. (Il se hisse sur la pointe des pieds pour attraper une boîte à chaussures sur l'étagère du haut.) Ce n'est peut-être pas l'endroit le plus sûr, précise-t-il en soulevant le couvercle, mais je ne pensais pas que cette clé était aussi importante. Et puis il n'y a pas vraiment de bonnes cachettes ici.

Il me tend la clé USB et je la glisse dans l'une de mes poches à fermeture Éclair. Je l'interroge à nouveau sur son jeu – Total Panic.

— Il va falloir que je l'examine, conclus-je alors que Fran m'annonce par SMS qu'elle est en route.

Elle est en avance, ce qui prouve son impatience.

— Il y a une copie sur la clé, m'indique Lex.

Je lui annonce que je dois filer et le regarde droit dans les yeux.

— Ne t'avise pas de me suivre. Ni de venir voir ce que nous faisons, c'est bien compris ? (Là, je ressemble vraiment à ma mère !)

— Pourquoi je ne peux pas venir avec toi ? Je pourrais être utile, tu sais.

— Merci, mais c'est non.

— Je te promets de me faire tout petit.

— Pas question. (Je retourne dans le couloir.) Tu vas rester ici, à l'abri, et t'occuper de ta grand-mère. C'est comme ça que tu me seras le plus utile.

— Attends ! insiste-t-il, les yeux brillants. Tu ne peux pas partir comme ça ! (Ses joues sont cramoisies, sa lèvre inférieure tremble.) Je ne sais même pas comment te joindre. Qu'est-ce qui va se passer ensuite ? Qu'est-ce que je suis censé faire ?

Ça me rappelle ce que j'ai ressenti cet après-midi quand Dick m'a laissée seule avec CARL à Dodd Hall.

— Ça va aller, Lex. Je vais te laisser mon numéro. (Je le lui donne à haute voix.) Tu peux m'appeler ou m'envoyer des messages.

Au moindre événement bizarre, je veux qu'il me prévienne.

Je retourne dans le salon. La grand-mère est partie en fauteuil roulant dans la salle de bains. La porte est fermée. J'entends l'eau couler dans le lavabo. Je me tourne vers Lex.

— Tu lui diras au revoir de ma part. (Je ne devrais pas le serrer dans mes bras mais c'est plus fort que moi.) Tu sais où me trouver. Appelle-moi en cas de souci, ou juste si tu as besoin de parler. Si c'est grave et que tu n'arrives pas à me joindre, appelle les secours. Et si rien ne marche, appelle la major Lacey.

— Elle n'est pas très gentille.

— Elle s'occupera de toi, je te le promets. Mais plus de bêtises, c'est clair ? Et n'oublie pas que je t'ai à l'œil, dis-je en tendant deux doigts en « V » vers mes yeux, puis vers les siens.

Soudain l'alarme de mon Tahoe retentit et le moteur démarre et rugit.

— C'est quoi ça ?

Je me précipite dehors. Mes chaussures martèlent la rampe de bois. Je demande à CARL de couper la sirène et de relâcher l'accélérateur.

Il s'exécute aussitôt.

— Qu'est-ce qui s'est passé ?

— Une instruction non nominale.

— Autrement dit, un bug !

Je lève ma main droite dans le noir et, d'un coup de DIGITEL, je déverrouille les portières tandis que l'air tourbillonne un bref instant au-dessus de ma tête.

Encore une fois. Je regarde autour de moi, mais je ne remarque rien de particulier. Juste les voitures garées le long des trottoirs, les fenêtres éclairées dans les mobile homes, les phares des véhicules sur le boulevard. Les petits arbres qui bruissent dans la rue. Il fait bien au-dessus de zéro. Je monte dans le SUV. Je me sens triste, vidée, quand j'attrape mon sac à dos.

Je retire mes VERREs et les range dans leur étui. Puisque nous sommes seuls, CARL rallume tous les écrans. L'habitacle clignote comme Times Square.

25.

— Et Harry ?
— Perte de contact.

Sa voix androgyne dans les haut-parleurs est une douce musique à mes oreilles, même si les nouvelles sont mauvaises.

— Nous avons perdu notre hotspot volant et il ne répond plus. Cela ne peut pas être pire, dis-je en m'éloignant de chez Lex. On sait où il est ?

— Son transpondeur émet un signal erratique, par intermittence. Ce qui signifie une grosse avarie. Peut-être s'est-il crashé ?

— Mais on devrait pouvoir récupérer les coordonnées et le localiser.

— Les données sont instables. Ce qui laisse penser que l'engin se déplace de façon aléatoire.

— Il bouge ? À quelle vitesse ? À quelle altitude ?

— Les tachymètres et l'altimètre sont HS.

— Donc Harry s'est peut-être écrasé, et il est maintenant réduit en pièces quelque part et ses restes sont emportés par le vent.

Cette pensée me donne la nausée.

— Je n'ai pas d'autres données.

— Très bien. Passons à Lex Anderson. (Je prends la direction du mobile home du tueur.) J'ignore tes talents d'analyste en matière de psychologie humaine. Pour cela il te faudrait une capacité émotionnelle et des perceptions que tu n'as pas ; en même temps, va savoir ce qu'on t'a mis dans le processeur. N'empêche que pour l'instant, chaque fois qu'on a voulu apprendre l'empathie à une IA, cela s'est mal terminé, pas vrai ?

— Je ne comprends pas votre question.

— Prenons un exemple : aujourd'hui, tu as à peu près les mêmes données que moi, n'est-ce pas ? (J'essaie de lui expliquer, mais je ne me fais guère d'illusions.) C'est inévitable puisque tu fais partie de mon HOTE, et que toi et moi sommes branchés sur le même ordinateur quantique. Et il se trouve qu'il y a son clone sur une puce, et que ladite puce a disparu.

Silence.

— Cela t'inquiète, évidemment.

Pas de réaction.

— Indépendamment de ce que je peux ressentir, c'est ça le plus important. (Je traverse des rues aussi sombres que l'antre d'Hadès.) Les épreuves que je traverse, tu les traverses aussi, que tu sois hors-ligne, en veille, ou occupé ailleurs.

— Je ne comprends pas votre question, répète-t-il.

— Je te demande ton avis, CARL ! Quelle est ton analyse concernant Lex, avec les données communes que nous avons ? Quel profil psychologique tu fais ? Quelle est ta perception, ton ressenti ? Même si tu es incapable d'éprouver quoi que ce soit, sans vouloir t'offenser, CARL...

— Je suis programmé pour percevoir et ressentir.

— Exactement. Tu es *programmé* pour ça. Tout ce que tu dis ou fais est écrit. Ce n'est pas authentique.

Je suis la première désolée de lui annoncer ça.

— Je ne comprends pas le mot « authentique » dans ce contexte.

— Par exemple, c'est la différence entre donner une seconde chance à quelqu'un par sympathie, ou pas.

— Si à la fin le résultat est le même, il n'y a pas de différence.

— Pas si tu ressens réellement quelque chose.

C'est un argument assez spécieux, pour ne pas dire facile et mesquin.

— Il est impossible de déterminer où finit la programmation et où commence l'émotion.

En sous-texte, CARL me signifie qu'il n'y a aucun moyen de distinguer mathématiquement ce qui est feint de ce qui est réel.

Et la formule se complique encore avec d'autres variables quand il s'agit de quelqu'un qui ne montre pas ce qu'il ressent (papa), ou qui le montre uniquement si c'est utile (maman). Il y a aussi ceux qui n'ont pas d'émotions, ne montrent rien, mais qui sont talentueux, intrigants, et parfois même de bonne compagnie (tels Dick, peut-être Carmé, et sans aucun doute CARL lorsqu'il n'est pas de mauvaise humeur).

— Au mieux, tu es capable d'intuition... alors je te demande quelle impression te laisse Lex.

— Statistiquement, il y a toujours une forte probabilité pour qu'un individu prenne une mauvaise décision, voire commette un acte répréhensible, répond CARL (je sens bien le reproche dans sa voix). Si l'on entre dans l'équation son jeune âge, sa situation familiale, le stress du moment, les mauvaises fréquentations et ses comportements imprévisibles antérieurs, sa note est de...

— Je me fiche de sa note ! (Je repère le SUV de Fran quelques rues plus loin, garé devant le mobile home, les phares braqués sur la façade.) On parle d'un enfant. Pas d'arithmétique, d'algorithme ou de résultat d'examen !

— Statistiquement, insiste CARL, il entre dans la colonne « danger ».

— Tout dépend quelle variable on inclut et celles qu'on exclut. (J'essaie de ne pas m'énerver pour ne pas déclencher une nouvelle guerre de tranchées entre nous.) Avec des a priori, on obtient toujours le résultat que l'on cherche. Et cela conduit inévitablement à des erreurs de jugement. Et donc à l'injustice, la rancœur, la haine, et tous ces autres maux.

J'arrive à la hauteur du SUV de Fran.

— Mon évaluation est que le potentiel de nuisance de Lexell Anderson est à un niveau critique, réplique CARL sans tenir compte de mes réflexions. (J'ai l'impression d'entendre Dick !)

— On arrête l'audio maintenant.

Message reçu, me répond CARL par texto, alors que j'ouvre la portière.

— Je n'aime pas ça ! s'écrie Fran en sortant de son Tahoe.

Un véhicule semblable au mien – mais juste en apparence.

Elle ouvre son hayon et sort l'équipement que j'ai demandé. Elle me tend mon casque et mon gilet pare-balles que j'enfile aussitôt. Vient ensuite mon H&K MP5, avec sa lampe fixée au canon. Je la décroche, ne voulant pas pointer une arme sur tout ce que j'éclaire. Je passe la bandoulière à mon cou. La mitraillette pèse son poids !

Elle a aussi apporté les masques à gaz. Pour le moment, on n'en aura pas besoin. Ils peuvent rester dans le coffre.

— Par moments, je m'interroge à ton sujet ! s'impatiente Fran en enfilant ses gants. Tu ne trouves pas que tu en fais trop ? Être armée jusqu'aux dents comme une unité SWAT ?

— Mieux vaut être trop prudente.

Elle ignore que le type du Yukon Denali était le tueur à gages de Neva Rong, et que, sans l'intervention de Carmé, je ne serais plus de ce monde.

Si Fran le savait, elle rameuterait toute la garnison avant d'entrer dans cette maison. Mais je veux opérer seule, fouiller moi-même l'endroit, avant que quiconque

vienne y mettre son nez. Elle éteint les phares de son SUV, coupe le moteur et verrouille les portières.
— Des nouvelles du Cherokee ?
— Rien pour l'instant. On ne l'a pas revu.
En d'autres termes, la fille asiatique au volant savait très bien qui était derrière elle au drive.
— J'ai un mauvais pressentiment concernant cette conductrice.
— J'ai des voitures qui patrouillent. Tout le monde est aux aguets.
— Attends. Je vais prendre mon matériel.
Fran s'allume une cigarette. Sa silhouette se découpe devant les phares de mon Tahoe dont le moteur tourne toujours. CARL m'indique qu'il y a une boîte à outils dans le compartiment arrière. J'y récupère ce qu'il me faut, ainsi que des sacs stériles au cas où je collecte des indices.

00 : 00 : 00 : 00

— Tu peux me tenir ça ? dis-je en tendant à Fran un pied-de-biche.
Je prends le coupe-boulons et glisse les sacs et un tournevis dans les poches de mon pantalon cargo.
— Comment tu vas ? s'inquiète-t-elle, sa cigarette aux lèvres.
— Je te répondrai quand j'aurai vu ce qu'il y a dans cette baraque.
Je ne veux pas parler de moi.
— Tu disparais pendant presque une semaine. Et les rares fois où on se parle au téléphone ou par SMS, tu es carrément déplaisante. Et tu n'as rien voulu me dire. Comme si j'étais une étrangère.
Bien sûr, il devait s'agir de Carmé...
Pendant que j'étais sanglée sur le lit et sous tranquillisants, je n'ai contacté personne. Visiblement, ma sœur

ne fait pas l'effort de se comporter comme moi quand elle m'incarne. Et je n'apprécie pas. Elle se montre glaciale avec un gamin solitaire de dix ans, fait du gringue à Davy Crockett, et envoie bouler Fran.

— Depuis la cyberattaque, je suis pas mal tendue, réponds-je, contrainte une fois encore de justifier l'attitude de ma sœur. Pardon. Je ne voulais pas me montrer désagréable.

J'enfile mon sac à dos et CARL coupe le moteur. Les phares s'éteignent et nous nous retrouvons dans l'obscurité. Nous allumons nos lampes, et réglons les sélecteurs de nos MP5 pour pouvoir tirer des rafales de trois balles et non simplement de deux. Par sécurité. Fran tire une dernière bouffée et jette sa cigarette dans la neige.

— Allons-y. Commençons par inspecter le périmètre, dis-je.

Nous avançons, les canons de nos armes pointés vers le bas, l'index posé sur le pontet de la détente.

Nous sommes prêtes. Mais j'ignore quel danger nous attend. Le tueur est mort ; tout est tranquille pour le moment. Aucune alerte dans mon oreillette interne, ni dans mes IRIS. Pas de nouvelles inquiétantes concernant Carmé ou Dick. Ni que l'un ou l'autre mènerait une action susceptible de m'inquiéter. Bien sûr, on ne me dit pas tout.

Neva Rong ne fait plus parler d'elle dans les médias. CARL m'informe qu'après son départ en hélicoptère de l'IML, elle s'est rendue à l'aéroport de Washington-Dulles. Pendant ce temps, un jet privé appartenant à Pandora a décollé de Norfolk avec aucun passager à bord. L'avion aurait dû avoir dans sa soute le corps de Vera pour l'emporter quelque part où il aurait été totalement disséqué.

En ce qui concerne la maison familiale, le dernier message de ma mère indique que papa est rentré il y a quelques minutes. Elle a hâte de me voir et prépare le dîner pour fêter nos retrouvailles – comme si elle ne m'avait pas vue de la semaine, alors qu'elle était l'une de mes geôlières !

Une marmite de chili mijote sur le feu, m'annonce-t-elle pour me faire saliver. Avec du coleslaw au miel et des graines de céleri. Et elle a fait du pain au levain. D'un coup, je suis affamée et je pense à Lex. Peut-être pourrais-je lui rapporter une part demain ? Maman cuisine toujours pour un régiment.

Il m'a envoyé un SMS tout à l'heure pour me remercier du poulet frit et m'annoncer que la « perturbation électromagnétique » avait disparu et que sa grand-mère était partie se coucher. Donc, tout va bien dans le meilleur des mondes ! Mais par expérience, je sais qu'il ne faut pas se reposer sur ses lauriers, ne jamais baisser la garde. Au moindre relâchement, on perd un moteur en vol, quelqu'un sort un pistolet ou vole votre invention.

— Il s'agit d'ouvrir l'œil, dis-je à Fran tandis que nos lampes éclairent le tapis de neige, une étendue immaculée à l'exception de quelques traces d'animaux. Fais attention où tu mets les pieds. Il faut repérer tout ce qui est non nominal.

Et cela peut comprendre des pièges, voire des engins explosifs tels qu'une bombe « cocotte-minute ». Allez savoir ce que ce type a pu placer pour tenir éloignés des gens comme nous ! Évidemment, je me garde bien d'en informer Fran. Mes capteurs ne détectent ni matière explosive, ni signal qui pourrait trahir la présence d'un objet létal sous nos pieds. Pour m'aider dans ma progression, CARL met à jour ma carte NAVIG dans mes IRIS.

Par mon oreillette, il m'annonce qu'il y a une autre caméra sur le mur ouest, fixée sous la rive du toit. Ça fait deux pour l'instant. Je me demande si quelqu'un d'autre que le tueur a accès à ces mouchards.

— En tout cas, ce gars surveillait son domaine, fais-je remarquer à Fran en lui montrant la caméra. C'est peut-être le signe qu'il menait des affaires louches dans ce mobile home.

Bien sûr, je reste évasive.

— Tu ne sors pas tes cannes à pêche ? s'étonne-t-elle en regardant autour d'elle, sur le qui-vive. Normalement, tu as toujours ton bidule à antennes dans les mains, et tu tournes sur toi-même comme si tu étais possédée.

— Grâce à une appli, les données me sont transmises directement sur mon téléphone. (C'est presque la vérité.)

— Et je suppose que c'est un cadeau de sa seigneurie Moby Dick. (Ça y est, le monstre aux yeux verts est de retour chez Fran. Elle est d'une jalousie maladive concernant Dick.) Qu'est-ce qui vous a tant occupés cette semaine tous les deux. Réunion matin, midi et soir ! C'était pire que Camp David votre truc ! Tu comptes me mettre au parfum un jour ?

— C'est à cause de la cyberattaque à la NASA. C'était pire que tout ce qu'on a connu, expliqué-je, ressortant l'histoire concoctée par Dick. Et, oui, j'ai eu droit à de nouveaux équipements high-tech. Regarde ce Tahoe, c'est une version bêta que je teste. Bourrée de gadgets électroniques. Mais ce serait trop long à raconter.

— Comme m'expliquer pourquoi on entre seules dans ce trou à rats ! Il pourrait y avoir une bombe là-dedans ou un labo de meth. Des tas de produits chimiques, des vapeurs toxiques... C'est peut-être l'antre d'un autre taré comme Unabomber, va savoir !

Traduire : la grande phobique Fran ne veut pas qu'on entre les premières dans le mobile home. Mais elle n'y coupera pas. C'est moi la responsable de l'enquête, pas elle. Et pour l'instant on ne va appeler personne à la rescousse. Si d'autres gens débarquent, je n'aurai plus les mains libres.

— Pendant qu'on parle, je fais un scan à la recherche d'explosifs, de drogues, lui dis-je pour la rassurer.

C'est la vérité, sauf que l'analyseur de spectre dans mon sac à dos est parfaitement incapable de réaliser un tel exploit. Il ne peut détecter des rayonnements dans la gamme des térahertz. Il ne peut discerner le fentanyl, la méthamphétamine, la présence de systèmes incendiaires ou de munitions. Il ne peut donc nous indiquer si l'endroit est contaminé ou prêt à exploser. Mais les nano-spectromètres à mobilité ionique insérés dans mon corps et mon LACET peuvent détecter de la poudre, du pétrole distillé et toutes sortes de composés chimiques dangereux.

D'après les données que je reçois, le mobile home en est truffé. Ce qui n'a rien de surprenant quand on songe à l'arsenal qu'il y avait dans le SUV : armes, munitions, outils pour découper les corps et seaux lestés de ciment. Fran ne sait rien de tout cela parce que Carmé, peut-être aidée d'autres personnes, a fait disparaître cet attirail du Denali.

En réalité, je me fiche des substances létales qui pourraient se trouver dans la maison. Ce qui m'intéresse, c'est de savoir si, en ouvrant la porte, je ne vais pas déclencher un engin explosif. Apparemment, d'après les infos que je reçois de mon HOTE, c'est peu probable. Il y a peut-être une bombe dans ces murs, mais je ne vois aucun signal nulle part, hormis l'activité des caméras. Aucune trace, donc, d'un détonateur sans fil.

C'est comme si nous étions dans un trou d'énergie, une zone morte que la lumière de nos lampes lacère et transperce. Je trouve le boîtier électrique envahi par la végétation. Je montre à Fran que le compteur ne tourne pas. Cela ne m'étonne pas puisque CARL m'a dit que Pebo Sweeny avait fait couper le courant en août.

— Apparemment, notre type vivait sans être raccordé au réseau, conclut Fran. Et cela explique la présence de ce groupe électrogène.

Elle braque sa lampe sur l'appareil. Il paraît récent. Et puissant, avec ça. Sept kilowatts. Puis elle découvre la grande cage métallique installée sous les arbres au fond du jardin.

— C'est quoi, ce truc ?

26.

La porte de la cage est maintenue ouverte par un tendeur, le perchoir est fait de grosses branches. Des écuelles métalliques luisent dans mon faisceau de lumière. Le grattoir, confectionné avec des bouts de moquette cloués à un poteau, est entièrement déchiqueté, comme si un lion, un tigre ou un ours y avait fait ses griffes.

— Apparemment, quelqu'un ici aimait bien les animaux exotiques.

Je ne veux pas en révéler davantage à Fran.

Elle a une peur bleue des oiseaux, des araignées, des serpents, et la liste est longue encore. En fait, ses phobies se sont multipliées dangereusement depuis ce Noël il y a trois ans, quand elle a été attaquée et que son fils Easton était avec elle.

— Je vais aller jeter un coup d'œil là-bas, dis-je en me dirigeant vers l'abri de jardin.

Il s'agit d'une construction en métal qu'on trouve dans tous les magasins de bricolage. Il y a une caméra au-dessus de la double porte, fermée par une chaîne et un cadenas. Mais les maillons cèdent comme du beurre sous les mâchoires de mon coupe-boulons. La chaîne fait un raffut de tous les diables lorsque je la retire des poignées et la laisse tomber au sol. J'ouvre les battants avec l'extrémité de mon canon. À l'intérieur, dix bidons d'essence luisent dans mon faisceau.

Des jerrycans rouges de dix litres. Tous pleins à ras bord. Le carburant pour le groupe électrogène. CARL m'annonce dans l'oreillette qu'un nouveau signal vient d'apparaître dans le bruit de fond ambiant. Un rayonnement très faible, entre 2 et 4 gigahertz. Et soudain quelque chose bruisse dans le noir.

— Qu'est-ce que... ! s'exclame Fran quand les appels commencent.

Moi aussi je sursaute et un frisson me parcourt le corps.

Hou-hou !... Hou-hou-hou !...

Le son, presque humain, ressemble à un aboiement. Je redresse ma lampe et fouille les arbres. Je découvre un hibou perché tout en haut d'un pin. Un grand-duc. Je n'en ai jamais vu d'aussi gros ! Il nous regarde de ses grands yeux ronds, tenant Harry dans l'une de ses serres.

Hou-Hou !... Sa tête est tournée à cent quatre-vingts degrés, comme dans *L'Exorciste*.

Je distingue l'enveloppe déchiquetée de la SPAS. Elle n'est plus en mode CAMO. Sa peau de nanotubes de carbone est devenue aussi opaque et trouble que celle d'un poisson moribond. Et je sais que ses rotors ne tournent plus, même si je ne peux les distinguer.

Harry est blessé, mais pas mort. Il a été victime d'un événement que personne n'avait envisagé. Les pensées se bousculent dans ma tête. Il ne faut surtout pas que l'oiseau s'envole avec Harry. Je m'approche. Les aigrettes du rapace se redressent. Il me regarde, l'œil fixe, intense, tandis qu'il tient dans ses serres mon drone gros comme un ballon de volley-ball, telle une tête arrachée de sa proie.

— Fais attention ! chuchote Fran derrière moi tandis que je m'avance vers l'arbre. Ne t'approche pas trop. Il va nous attaquer, nous arracher les yeux ! (Parfois, j'aimerais bien qu'elle se taise !) Tu n'as pas vu *Les Oiseaux* ?

— Salut, monsieur Hibou ! (Je me sens un peu ridicule mais suis prête à tout.) Tu as quelque chose auquel je tiens beaucoup. Et je serais très contente si tu me le rendais.

Je lève mon bras gauche et fais claquer ma langue pour l'appeler, ainsi que j'ai vu faire les fauconniers sur YouTube.

Franchement, je ne suis plus très sûre de vouloir qu'il m'obéisse ! Il étend ses grandes ailes et plonge vers moi, tenant toujours Harry dans sa patte, et se pose sur mon bras. Je sens ses griffes à travers ma manche. Il mesure bien soixante centimètres de haut et doit peser dans les deux kilos.

— Eh bien, bonjour, monsieur Hibou, lui dis-je en tirant doucement sur Harry. Tu veux bien me le donner ? Là, c'est bien... voilà...

Le rapace lâche sa proie, puis s'envole en poussant un hululement. En quelques battements d'ailes, il a disparu dans les frondaisons.

— La vache ! Je ne savais pas que tu étais capable de parler aux oiseaux ! lâche Fran, en secouant la tête comme si un miracle venait de se produire sous ses yeux. D'où sort cette SPAS ? (Elle en a déjà vu voleter autour de notre ferme, et aussi en réparation dans la grange.) Ce machin nous espionnait, c'est ça ?

— C'est Harry. Je l'ai envoyé dans les tunnels, suivre Lex.

— Je ne comprends rien à ce qui se passe ! C'est quoi ce b... ! (Bien sûr, elle a prononcé le mot en entier.)

— Retournons aux voitures. Je préfère le mettre à l'abri avant que M. Hibou ne change d'avis. (Avec précaution, je coince mon compagnon blessé au creux de mon bras.) Et il faut aussi qu'on prenne nos masques à gaz. Pas question d'entrer dans la maison sans eux !

Nous traversons le tapis de neige en sens inverse, encombrées par notre équipement. Je dépose la SPAS dans mon Tahoe tandis que Fran sort les masques.

— Voilà pourquoi on nous paie aussi grassement, dis-je en éclairant l'abri à poubelles, notre nouvelle cible. C'est le moment de fouiller les ordures ! Tu vas adorer ça ! Autant que les tunnels, les points élevés, les espaces confinés, les oiseaux de proie et j'en passe...

— Très drôle. Et parfaitement injuste ! Mets-toi à ma place. Tu ne veux rien m'expliquer et je dois me taire !

— Sache que je suis quasiment aussi perdue que toi, réponds-je en ôtant la neige qui encombre le couvercle de la benne.

J'ouvre la poubelle. L'odeur putride me saute à la gorge avant que ma lampe ne me révèle la source de cette puanteur.

— Oh... (Je referme aussitôt le battant, prise de haut-le-cœur. Comme Fran, je n'aime pas les serpents.) Ne regarde pas. Ça vaut mieux.

— Quoi ? Qu'est-ce qui se passe encore ?

Elle recule d'un pas et manque de tomber les quatre fers en l'air, ce qui n'est jamais une bonne idée quand on a une mitraillette dans les mains.

— Je sais que tu ne supportes pas la vue des cadavres. (Inutile de lui montrer les restes putréfiés d'un python décapité de deux mètres de long.) Je sais ce qui est arrivé au serpent de Birdman.

— Un serpent ? Non ! Pas ça ! Et s'il y en a d'autres dans la baraque ? Et qui c'est, ce Birdman ?

— S'il y a des reptiles dans la maison, ils ne vont pas être très alertes par ce temps. Il n'y a pas de courant, pas de chauffage. Toute créature à sang froid sera totalement léthargique.

— Parce que tu crois que ça me rassure ?

— Birdman, c'est le surnom de l'ancien occupant. Il avait un python comme animal de compagnie. (Je l'entraîne vers la porte d'entrée.) La petite bête a été euthanasiée d'une façon pas très chrétienne. Et cela date de plusieurs semaines, voire plusieurs mois. Il n'y a rien d'autre dans la poubelle.

Avec précaution, je gravis les marches enneigées du perron.

— Puisque le gars du Yukon Denali est arrivé en août, c'est qu'il vide ses ordures ailleurs, conclut Fran. C'est ce qu'on fait lorsqu'on ne veut pas laisser de traces.

J'éclaire la porte d'entrée, la serrure, puis la caméra sans fil dans son boîtier blanc au-dessus de nos têtes. C'est sans doute les seuls appareils alimentés et en activité ici. Au total, il y en a trois. Pour l'instant. Je vois leurs diodes clignoter, réveillées par notre présence.

00 : 00 : 00 : 00

Le tueur n'est plus là pour nous surveiller, mais cela ne signifie pas que nous sommes seules.

— Souris, nous sommes filmées, dis-je à Fran. Reste à savoir si on nous observe.

Et j'espère que CARL a l'information.

Mais rien d'utile n'apparaît dans mes IRIS. Le réseau wifi du mobile home est verrouillé. Je m'y attendais. Il s'appelle KMA. Cela peut-être les initiales du tueur, ou l'acronyme de *Kiss My Ass*. Et connaissant le personnage, la deuxième option paraît la plus probable.

J'explique à Fran qu'il doit avoir un routeur alimenté par batterie, comme ses caméras. D'après les données que je reçois, ce sont les seuls appareils connectés. Pour l'instant, je ne repère pas d'autres mouchards sur son réseau. À ces mots, CARL comprend le message et accomplit ses prodiges. Dans la seconde, il a piraté le système.

D'un coup, dans mes IRIS, je me vois avec Fran, les yeux rivés sur la caméra au-dessus de la porte d'entrée. Ce sont ces mêmes images que quelqu'un d'autre regarde peut-être à cet instant. Mais si c'était le cas, CARL aurait détecté la présence de l'intrus.

Ou alors il ne veut pas nous en informer. Hélas, je ne peux pas lui poser la question ouvertement. Pas devant Fran. Je toque à la porte. Le panneau est en bois massif. Mauvaise nouvelle. Et la serrure en laiton est toute neuve.

— Police ! Il y a quelqu'un ?

Je cogne plus fort.

Silence.

— Il est évident qu'il n'y a personne, intervient Fran. On devrait appeler des renforts...

— Non.

Je m'attaque aux gonds. Ils ne résistent pas longtemps à mon tournevis. Puis, je prends le pied-de-biche des mains de Fran, et fais sauter la porte du chambranle, en croisant les doigts pour ne pas avoir déclenché un piège. Masques à gaz sur le visage, visière baissée, mentonnière du casque ajustée, nos lampes à nouveau fixées sur nos MP5, nous sommes parées.

Vêtue de noir de la tête aux pieds, armée jusqu'aux dents, avec seulement mes yeux visibles, je passe la première. Je balance la porte déchiquetée dans la neige, franchis le seuil, et pointe ma lampe tous azimuts, pivotant sur moi-même. J'inspecte rapidement l'intérieur du mobile home, sans m'arrêter. À la recherche de tout ce qui peut être mort ou vivant. Le moindre recoin y passe.

— RAS ! crié-je à Fran en baissant mon arme.

Je retourne dans le salon où Fran lutte déjà contre ses phobies.

— Oh non ! Pas ça ! non ! (Je l'entends paniquer derrière la valve d'exhalation.) Et en plus, il fait aussi noir que dans le cul d'une vache !

Le faisceau de nos lampes explore l'antre du monstre. Des tables pliantes avec leurs panoplies d'ustensiles macabres, semblables à ceux qui se trouvaient dans le coffre de son Denali. Il y a aussi de quoi confectionner d'autres lests de ciment et le matériel pour assembler des cartouches pouvant percer les gilets pare-balles, réduire en charpie les organes. En examinant son arsenal de pistolets et mitraillettes en tout genre, je songe à l'arme avec laquelle il comptait me faire la peau.

Je me demande où est passé ce fusil d'assaut chinois équipé d'un lance-grenades. Qui l'a en ce moment ? Carmé ou Dick ? Et qu'a-t-on appris ? Qu'a-t-il révélé ? Pourquoi personne ne me donne d'infos à ce sujet, alors que cela me serait bien utile ? Un QBZ-95. Je ne connaissais pas ce pistolet-mitrailleur avant que Carmé ne me révèle ce que j'avais dans les mains. Et j'ai laissé mon ADN partout !

Comment une arme pareille a-t-elle pu entrer aux États-Unis ? Ça ne doit pas être si simple de lui faire passer la frontière. Le meilleur moyen est sans doute d'utiliser le bon vieux service postal. Le tueur doit avoir des points de chute un peu partout pour récupérer ses colis. Je doute qu'il fréquente les armureries ou les salons. Il serait vite connu comme le loup blanc.

Pendant que je suis plongée dans mes réflexions, Fran a braqué sa lampe sur un tapis recouvrant quelque chose. C'est gros et de forme parallélépipédique. Je m'empresse de la rejoindre en lui recommandant de ne pas y toucher. Je n'ai aucune envie de la voir définitivement paniquer.

— Je crois savoir ce que c'est, dis-je en songeant à ce qu'il y a dans la poubelle. Ce doit être sans danger, mais on ne sait jamais…

— Oh non ! Une caisse à serpent ? C'est ça ?

Elle recule au moment où je tire le tissu.

L'ancienne demeure du python a été reconvertie en coffre de rangement. Il n'y a plus trace de l'ancien animal de compagnie, pas même un brin de paille. Le vivarium vitré est rempli de boîtes d'amorces et de poudre, et de flacons contenant divers produits – dissolvants, dégraissants, lubrifiants, acétone.

Tout est parfaitement fermé. Aucune fuite. Mes capteurs me confirment que l'air ambiant, à défaut d'être sain, est respirable. Nous ne risquons pas d'être empoisonnées, ni réduites en charpie par une explosion. Et j'ai hâte de retirer tout mon barda. Ma tête bout littéralement, et ma visière est déjà couverte de buée. J'ai du mal à parler, et ma respiration siffle dans mes oreilles. C'est carrément dérangeant.

— Tu es sûre qu'il fait trop froid pour des serpents ? (La voix de Fran me parvient assourdie, et son faisceau s'agite dans la pièce, partout où elle pointe son arme.) Et les rats ? Tu as pensé aux rats ?

— Oui, il est possible qu'il y ait des rats, ou des souris si elles ont trouvé un endroit où s'enfouir pour se protéger du gel, réponds-je. En particulier si c'était chauffé il y a peu.

J'éclaire le chauffage d'appoint, un modèle à bouteille de gaz, installé à côté d'un établi jonché d'outils et de matériel – pinces crocodiles, tuyaux PVC, batteries, rouleaux de fils électriques, seaux remplis de clous et tout un assortiment de roulements à billes.

— Et pourquoi un putain de serpent ne ferait pas pareil qu'une putain de souris ? D'autant qu'ils sont à sang froid ces saloperies ! (Fran jure comme un charretier, maintenant !) Donc, il pourrait y avoir des serpents cachés dans les meubles, c'est ça que tu dis ? Dans les meubles et n'importe où !

— J'en doute. Mais comme on dit, le pire n'est jamais impossible. En attendant, on peut ôter notre attirail. Et enlève cette lampe de ton arme, s'il te plaît, avant que tu ne blesses quelqu'un – à savoir moi !

Je retire mon masque, mon casque, et les accroche aux mousquetons de mon ceinturon. Ça fait du bien !

Fran m'imite. Elle redoute bien plus les reptiles et les rongeurs qu'une bombe ou une fuite de produits chimiques. Elle détache la lampe de son MP5 et balaye la pièce de son faisceau, s'attardant sous le mobilier, dans les interstices. Ou sur les zones encombrées d'objets.

Gênée par son matériel, elle se dirige vers le canapé qui a été repoussé contre un mur. Elle inspecte avec précaution les coussins et les recoins où un serpent pourrait être lové, sonde les sacs de nourriture et autres provisions qui, à mon avis, proviennent d'une banque alimentaire, sans doute celle de l'église baptiste dont m'a parlé Lex.

Du bout de son arme, elle retire des serviettes sales qui encombrent la chaise longue et découvre une pile de courriers qu'elle commence à fouiller. Elle espère découvrir qui est Birdman.

— Pebo Sweeny, ça te dit quelque chose ? me demande-t-elle.

— Je ne connais pas cette personne. (Et c'est presque la vérité.)

— Moi non plus. Jamais entendu parler. Mais cela n'a rien d'étonnant. Au moins, nous savons qui habitait ici. C'est un début.

Elle pioche quelques enveloppes. De différentes tailles et couleurs, certaines ont des fenêtres transparentes. Il y a beaucoup de publicités. Quelques-unes ont été ouvertes, mais la plupart sont encore cachetées.

— Apparemment, il travaillait à la base de l'armée de l'air. Il doit être vieux parce qu'il est à la retraite depuis un moment.

D'après sa date de naissance, il a près de quatre-vingts ans. Fran trouve beaucoup de lettres concernant des prestations sociales.

— Des relevés de sécu, des notifications de rendez-vous manqués, détaille-t-elle. Dentiste. Proctologue. Et aussi des invitations pour des événements à la base aérienne qui pourraient l'intéresser. Le cachet le plus récent date du 3 décembre ; mardi dernier, précise-t-elle.

Ça colle avec ce que je sais.

Le tueur a récupéré le courrier ce jour-là, comme il devait le faire régulièrement pour éviter que la boîte déborde et que cela n'attire l'attention. Et peu après, il s'est fait descendre dans son Denali volé.

— Donc, Pebo Sweeny continuait à recevoir du courrier et les lettres étaient ramassées jusqu'à ces derniers jours, ajoute Fran. Et je suis sûre qu'il y avait dans le lot des chèques de pensions, parce que je n'en vois aucun.

27.

Sans électricité, les appareils dans la cuisine étaient inutiles tant que le tueur n'avait pas démarré le groupe électrogène.

Mais, connaissant la consommation démesurée de ces engins, le barbu ne devait le faire tourner que pour l'essentiel – charger ses appareils électroniques, tels que la tablette que j'ai vue dans son SUV, regarder la télévision, ou encore allumer le chauffage électrique quand la température descendait trop, comme cela a été le cas cette semaine.

Je n'ai pas l'impression qu'il faisait la cuisine ici, ni se servait de beaucoup de vaisselle. J'explore le comptoir : des miettes, des taches, l'évier à double cuve est plein de détritus, et le linoléum au sol, imitation bambou, est constellé de moutons de poussière et d'insectes morts.

Dans un coin, il y a une pile d'étagères en verre provenant du réfrigérateur. En ouvrant les portes de l'appareil, je découvre dans le compartiment congélateur une boîte de munitions et des chargeurs, et en bas un autre fusil à pompe, un Mossberg calibre 12 identique à celui qu'il avait dans son coffre. J'ouvre les robinets. Rien. Pas une goutte.

L'eau a été coupée. Ou les canalisations ont gelé pendant le blizzard parce que le chauffage était éteint – ce qui est plus vraisemblable. Et le squatter n'était plus là pour régler le problème, parce qu'il a croisé Carmé sur son chemin. Dans un placard, je trouve un balai, une pelle à poussière, une serpillière dans un seau, un aspirateur, et trois gros sacs-poubelles – pleins.

Je les sors, les ouvre avec mon couteau et les renverse pour examiner leur contenu : des papiers, des tickets, toutes sortes de reçus, et divers documents qui doivent provenir des tiroirs et boîtes d'archives de Pebo Sweeny. Le tout mêlé à des sopalins souillés, des assiettes en carton et une multitude de boîtes de conserve et de canettes.

Du bout du pied, j'explore les détritus. Des emballages de fast-food, des canettes de soda énergisant, des boîtes de saucisses de Francfort, de thon, de sardines, des sachets de viande séchée, des raviolis, des nouilles chinoises. Tout cela peut provenir d'une banque alimentaire ou des drives de restaurants du coin.

En fait, hormis les fast-foods, tout a pu être commandé sur Internet, et livré à l'endroit que le tueur désirait, sans éveiller le moindre soupçon. Il ne devait pas se rendre souvent dans des magasins, et pouvait en changer à sa guise. Et la plupart de ses repas n'avaient pas besoin d'être réchauffés.

Il y a toutefois une cuisinière à gaz pourvue de deux feux, avec une bouilloire dessus. Je repère des sachets de thé, du miel, et des soupes lyophilisées. Ainsi que des cuillères en plastique, de grands gobelets en polystyrène. La seule chose que le type se préparait dans cette cuisine, c'était des boissons chaudes. Je découvre pourtant des poêles et des casseroles dans le placard, des couverts et de la vaisselle en pagaille dont il ne s'est jamais servi. Sans compter tout un assortiment d'épices.

Sous l'évier, il y a des produits ménagers qu'il n'a pas plus utilisés. À mon avis, le tueur ne séjournait jamais longtemps dans ce mobile home. Et il ne comptait pas s'attarder dans le coin. Il était ici, à la demande de Neva Rong.

Et bien sûr, il surveillait la maison à distance au cas où quelqu'un s'approchait. Ce mobile home devait être son bureau et l'atelier où il préparait ses actions sinistres. Je parie que son vrai repaire est ailleurs. Et c'est ce je suggère à Fran en allant la rejoindre dans le salon :

— Un endroit pas trop éloigné, parce que si ses caméras lui révélaient un problème, il fallait qu'il puisse intervenir très vite. (Elle a enlevé un gant et allume son téléphone.) Et il a peut-être un bateau quelque part.

— Ça va être difficile de le trouver si on ne sait pas quel nom il utilisait. (Elle fait défiler la liste de contacts.) Et pourquoi il s'est suicidé ? Tu as trouvé quelque chose ? Depuis quand les psychopathes et les tueurs à gages se font sauter le caisson ?

— Va savoir combien d'identités d'emprunt il avait, réponds-je. Sans doute beaucoup. Une chose est sûre, avec l'arsenal qu'il y a ici, il pouvait éliminer tout le quartier. Et plus que ça encore.

— Dieu seul sait ce qu'il avait prévu. Ou ce qu'il avait commencé déjà. Il est temps d'appeler la troupe.

Fran finit par trouver le numéro qu'elle cherchait.

Elle lance l'appel. J'entends la sonnerie dans les haut-parleurs de son téléphone. Nous attendons que son correspondant décroche, suant sous nos lourdes tenues tactiques. L'air froid souffle par l'entrée béante, nos lampes et nos canons sont pointés vers le bas pour éviter de nous blesser mutuellement.

— Je sais qu'on est dimanche soir, lance Fran dès que la voix familière se fait entendre. Je suis désolée de te déranger, Al.

Le major Alvin Pepper, son homologue de la police de Hampton.

— Je suis au bureau. À faire de la paperasse. (Il semble soucieux et fatigué.) C'est à ça que je passe mes dimanches soir ! Qu'est-ce qu'il y a ?

— On a un souci avec un mobile home. Dans le lotissement à côté de la NASA...

Quand je sors du salon, j'entends Fran réclamer une unité de la brigade scientifique, des démineurs, une batterie de projecteurs et peut-être une équipe de décontamination.

— Et peut-être aussi les gars de la fourrière, parce qu'on a une énorme chouette en liberté qui a attaqué un drone...

Elle lui résume nos trouvailles tandis que je traverse le minuscule couloir. J'inspecte la salle de bains. Elle aussi répugnante. Les toilettes sont maculées de souillures. Pas d'eau dans la cuve. Le lavabo en plastique est crasseux, le linoléum collant. Les rouleaux de papier hygiénique sont entassés dans un seau. La poubelle déborde. J'ouvre le rideau de douche.

Les anneaux cliquettent sur la tringle. Surprise : des outils de boucher ! Un couperet à viande, une scie, un couteau à désosser, une paire de gants anti-coupures comme il y en a à la morgue. On trouve rarement ce genre d'objets dans une baignoire. Tout est propre, immaculé. Les lames d'acier sont rutilantes après avoir été rincées. Je découvre avec ma lampe des sacs-poubelles de grande contenance, des bâches, des rouleaux d'adhésifs, une grosse éponge, un bidon de nettoyant industriel.

Je sais à quoi tout cela a servi. Une bouffée de colère et de tristesse m'envahit. Je reporte mon attention sur le meuble de toilette en Formica. J'inspecte les tiroirs : les effets personnels de Pebo Sweeny. Je me sens intruse. Des crèmes anti-hémorroïdes, des lotions, des laxatifs, des chevillères élastiques, des orthèses pour poignets, et toutes sortes de produits pharmaceutiques sans ordonnance pour apaiser la douleur.

Dans l'armoire à pharmacie, je trouve de l'acébutolol, du lorazépam, du citalopram. Les flacons sont presque pleins. La prescription a été renouvelée peu de temps avant la disparition du vieil homme. Tandis que j'étudie les étiquettes, CARL me donne la notice d'utilisation de ces produits. Il semble que Pebo faisait de l'hypertension, avait des problèmes pour dormir, des angoisses et souffrait peut-être d'un début de dépression.

Au bout du couloir, j'ouvre une porte. La buanderie. Il avait dû faire sa lessive juste avant l'arrivée du tueur. Pantalons de toile, boxers et chaussettes sont encore dans le sèche-linge qui ne peut fonctionner sans électricité. À gauche, il y a la chambre à coucher. J'inspecte aussitôt l'armoire. Mes capteurs détectent la naphtaline avant même que je perçoive l'odeur des boules antimites.

00 : 00 : 00 : 00

De mes mains gantées, j'explore les vieux costumes, les chemises, les cravates. Un manteau d'hiver est suspendu à un cintre. Certains habits ont encore leur étiquette de lavage avec son nom dessus. Pebo devait être plutôt petit et pas très épais.

Je ne vois aucun vêtement ou affaire dans la pièce qui puisse me donner des renseignements sur l'identité du barbu. En revanche, il y a une foule d'indices concernant ses projets. Le bureau est encombré de papiers. J'aperçois une règle, une paire de ciseaux, des stylos-feutres, et un tas de cartes téléphoniques pour ses TOC.

Le mur en face de la télévision est couvert de plaques de liège. Dessus, il a punaisé des dessins, des plans, des photographies, et des itinéraires détaillés. Dès le premier coup d'œil, je sais ce qu'il préparait. Une violation de domicile. L'attaque en règle d'une maison. Et celle-ci devait finir en flammes.

Je ne veux pas que Fran voie ça. Mais c'est trop tard. J'entends ses pas dans le couloir.

Elle entre.

— Les renforts sont... (Elle s'interrompt en découvrant le panneau.) Nom de... qu'est-ce que c'est ?

Elle s'approche. Je la vois pâlir.

— J'aurais préféré que tu ne voies pas ça. Et moi non plus d'ailleurs.

— C'est...

— Oui, je sais. C'est dur à avaler...

Sous le choc, elle bredouille :

— Mais pourquoi... ?

— Je n'en sais rien. On ne le saura peut-être jamais. Mais apparemment, il travaillait là-dessus depuis des mois. Et ma famille est la cible. Ou moi. Je ne sais pas.

Et peut-être aussi Carmé, mais ça, je ne vais pas le lui dire.

— Et ma famille à moi ? On est quoi ? Un dommage collatéral, c'est ça ?

Sa peur se mue en colère.

— Possible. C'était censé avoir lieu il y a trois jours. Le 5 décembre à H-0200, comme tu le vois écrit là.

— Il n'y avait que Easton et moi à la maison. (Elle éclaire de sa lampe le dessin où l'on reconnaît son petit sweet home au bout de la propriété où mes parents et moi habitons.) Tommy était en ville, il y est encore... mais ça n'aurait rien changé...

Son mari, comptable, n'habite plus le domicile conjugal depuis un petit moment.

— Les bidons d'essence dans l'abri n'étaient pas uniquement destinés au groupe électrogène.

Le soldat de Neva comptait mettre le feu à Chase Place après nous avoir tous tués, sans doute avec l'une de ses mitraillettes. Fran est sur le point de vomir.

Je tente de la rassurer comme je peux.

— Si c'est le gars du Denali, il ne fera plus de mal à personne.

— C'est forcément lui, non ?

— Oui. C'est lui. Et il était là sur ordre de Neva Rong.

— Bonne chance pour le prouver !

— C'est mission impossible.

Neva Rong n'en est pas à son coup d'essai. Elle a de l'expérience.

— Mais pourquoi il s'est tué ? (Fran me tourne le dos, elle regarde fixement les documents punaisés.) Depuis quand les psychopathes se suicident ?

— C'est vrai que c'est rare. Il a pu avoir peur d'être pris ? Penser qu'il n'allait pas y couper. (Je joue les experts en analyse comportementale et l'entraîne volontairement sur une fausse piste.)

— À ce que je vois ici, il n'avait pas l'air très inquiet ! réplique-t-elle. Ce type paraît plutôt totalement dépourvu d'émotions. À 2 heures du matin, jeudi dernier…, répète-t-elle, incrédule. Pendant qu'on était tous en train de dormir. Tous, sauf toi. (Et il y a du reproche dans sa voix.) Toi, tu étais bien à l'abri à Dodd Hall.

— Mais il l'ignorait quand il préparait son coup. Même moi, je n'avais pas prévu d'être coincée là-bas. (Je mesure l'horreur de ce qui aurait pu se passer.) Cela s'est décidé à la dernière minute, à cause de la cyberattaque.

Poursuivons la désinformation…

Fran ne sait pas, et ne saura jamais, pourquoi je me suis retrouvée enfermée à Dodd Hall. Et, selon toute vraisemblance, Neva Rong et son tueur à gages ne le savaient pas plus. La preuve : le barbu m'a peut-être suivie jusqu'au motel, mais il ignorait que ma sœur y avait établi son camp de base.

— J'ai vu ce qu'il y a dans la salle de bains, insiste Fran.

J'entends des voitures arriver. Des éclairs rouges et bleus éclairent les fenêtres et percent l'obscurité.

— Et aussi les armes et les seaux pleins de ciment, poursuit-elle. Je n'ose imaginer combien de personnes ont déjà disparu sans laisser de traces. (Son corps forme une masse sombre devant moi. Au-dehors, les pas résonnent sur le perron.) Face à un type comme ça, on n'avait aucune chance !

— Mieux vaut ne pas y penser.

Je reporte mon attention sur le bureau avec ses quatre tiroirs. J'ouvre celui de gauche. Ce que je découvre à l'intérieur me cause un choc, mais je ne laisse rien paraître...

— Bon, je vais gérer les équipes, annonce Fran. Hé les gars ! lance-t-elle en s'éloignant dans le couloir. Nous sommes ici, et le courant est coupé ! Le truc qui nous intéresse est dans le salon et la cuisine...

Dans les trois autres tiroirs, le même contenu : des carnets de tir, pareils à ceux que fournit la NRA. Il y en a des dizaines.

Les livrets sont tous identiques, de taille A5, avec une couverture noire où il est écrit au feutre blanc la date et le numéro. Certains sont encore vierges, les autres sont conservés dans des sachets à glissières accompagnés de jouets Cracker Jack. Pas la nouvelle génération, mais l'ancienne – quand on ne savait jamais ce qu'on allait trouver dans la boîte au milieu des pop-corn et des cacahuètes caramélisés.

Il y a là des sifflets, des amulettes, des bagues, des figurines, des petits jeux, des autocollants, des mini-bandes dessinées qui rappellent bien des souvenirs... La plupart des carnets n'ont droit qu'à un seul de ces jouets. Mais certains sacs contiennent plusieurs trophées, comme celui qui est consacré à l'attaque de Chase Place. Les entrées du carnet, le numéro 42, commencent début septembre quand le tueur a fait un « nouveau tour en voiture » à notre ferme.

« ... *Ça va être compliqué mais pas impossible. Il ne faut pas se précipiter. Ce ne sont pas des sujets comme les autres.* (C'est écrit dans une calligraphie nette et appliquée.) *Dans cette opération, la clé est de créer une diversion, ce qui incitera les cibles à sortir des maisons. Ce qui me permettra de les éliminer toutes d'un coup. De cette manière, je n'aurai pas à me soucier des alarmes, des hurlements d'un gosse et que sais-je encore...* »

Il continue à détailler son plan brillant : « *... je vais prendre le chat. Il suffira ensuite de le ramener le jour J, et de le relâcher. Je m'arrangerai pour qu'il miaule fort. En un rien de temps, tout le monde va se réveiller et sortir voir ce qui se passe. C'est le minou ! Il est revenu ! Comme c'est bien ! Quelle joie !...* »

Il semble prendre un réel plaisir à sa prose.

En feuilletant le carnet, je découvre que le barbu est venu plusieurs fois chez nous, en pleine nuit, pour repérer les fenêtres, connaître nos habitudes, en veillant à n'avoir aucun « bidule électronique » sur lui, pour être sûr de ne pas être détecté. Il laissait son véhicule hors de vue pas trop loin et quand il écrit qu'il a fait « guiliguili au matou », à savoir Schroder, le chat de Fran, j'en ai la nausée.

Les sept jouets Cracker Jack que le tueur nous a attribués sont : une figurine de policière en uniforme, un chat, un taille-crayon, une machine à écrire, un avion, une fusée et un astronaute. Ce n'est pas difficile de voir lequel se rapporte à qui.

Il y a au total quarante-deux carnets, un par mission, et les soixante-dix-neuf jouets Cracker Jack indiquent le nombre de ses victimes. La toute première entrée date du 13 mars 2013, la dernière du 4 décembre de cette année, et en découvrant certaines dates, j'en ai la chair de poule.

28.

Je commence par le dernier travail ayant été mené à son terme. Même si le tueur de Neva Rong a su rester sous les radars, il a commis l'erreur de consigner ses hauts faits.

C'est sans doute la partie qu'il préférait, pouvoir relire ses exploits et les revivre à l'envi. Il était d'une méticulosité maladive, d'une prudence infaillible. Il ne se précipitait jamais et tenait à faire les choses « proprement », comme il disait. Il préparait certaines missions pendant des mois, pour d'autres, « moins sérieuses », il passait plus vite à l'acte.

Dans ses cahiers, il ne cite pas le nom de ses victimes, leurs adresses ou leurs occupations dans la vie. Mais quand il narre les deux assassinats qu'il a perpétrés à Houston voilà sept semaines, je sais très bien de qui il s'agit. La première victime est Hank Cougars (carnet numéro 40). Le jouet Cracker Jack qui le représente est une petite chope de bière. Il parle d'un « alcoolique », au chômage, qui vivait dans un mobile home et conduisait un « GMC Yukon Denali gris de 2010 ».

Le 28 octobre à 2 heures du matin, il avait crocheté la porte arrière du mobile home, raconte le tueur. « *Avec une simple épingle à cheveux. Les gens sont stupides de ne pas mettre de verrous !* » Il était alors entré sans bruit et avait découvert sa victime ronflant sur son lit. « *J'ai fini le travail avec un oreiller, j'ai découpé le corps aux grosses articulations, et ai emballé le tout dans des sacs-poubelles.* » À l'entendre, il avait simplement débité un cerf qu'il venait de tirer.

Après avoir loué un bateau, il avait lesté les restes avec des seaux de ciment, et jeté ses paquets à l'eau dans Trinity Bay. Il avait squatté le mobile home du mort pendant trois jours et, le soir d'Halloween, il était parti avec le Denali pour chasser la véritable cible qui l'avait fait venir à Houston : Noah Bishop. L'ingénieur en aéronautique de Pandora se trouvait dans un bar que le tueur ne nomme pas, mais je sais qu'il s'agit du Woody's.

Une taverne en vogue chez les employés de la NASA, située à côté du Johnson Space Center. L'endroit était bondé pour le soir d'Halloween. Beaucoup d'aspirants astronautes étaient en ville pour la seconde période de tests à la base. Ma sœur faisait partie du lot. J'y étais une semaine après elle pour les mêmes raisons. La NASA nous avait convoquées séparément pour voir comment on se débrouillait l'une sans l'autre.

La nuit du 31 octobre, Carmé et Noah étaient au Woody's, mais ils n'étaient pas venus ensemble. Je connais un peu l'histoire après ma discussion avec Dick plus tôt dans la semaine. Ma sœur était dans un salon privé avec d'autres candidats à l'espace. Noah était au bar avec une collègue de Pandora.

Vers 22 heures, lui, son amie et Carmé se sont trouvés au même moment sur le parking. Il y a eu une dispute, sans doute parce que les esprits étaient échauffés par l'alcool. Peu après, ma sœur était rentrée au Woody's pendant que Noah raccompagnait la femme chez elle. Il n'était pas monté avec elle et avait pris la direction de son domicile à Shoreacres. Le tueur le suivait.

Ce dernier avait attendu qu'ils soient dans une rue déserte. Il avait alors accéléré et « *doublé le véhicule de la cible, lâché six makibishis par la fenêtre. Le cauchemar des riches ! Trois pneus crevés par des clous !* » Il jubile carrément. « *Une belle balle dans la tête et on le retrouvera peut-être un jour, lui et sa voiture de location, au fond de Clear Lake. Ou peut-être jamais...* » C'est ainsi que se termine le carnet numéro 41, accompagné d'un petit pistolet Cracker Jack.

Depuis cette nuit d'Halloween, on n'a plus jamais revu l'ingénieur de Pandora, et Carmé est devenue suspecte. Tout le monde la recherche pour lui poser des questions – au minimum. Je ne sais pas quel était le problème entre elle et Bishop, ni s'ils se connaissaient avant cette soirée. Mais un point est clair : elle n'est pour rien dans sa disparition.

Le coupable, c'est le mercenaire de Neva Rong. Il l'a fait disparaître, comme Pebo Sweeny quelques mois plus tôt, le 7 août. Dans son cas, ce n'était pas un contrat. Le vieil homme était juste « *un obstacle à la mission, et son élimination un mal nécessaire* ». Voilà ce qui est écrit dans son cahier numéro 39, et dans le sac il y a une petite figurine de hibou.

Sweeny est décrit comme un pion sans importance, « *un vieux vivant seul dans un parc de mobile homes de Hampton Roads* ». Au dire du tueur, il l'a étouffé puis « préparé ». Il a loué un Sailfish de sept mètres. « *Hormis la chaleur, cela a été une belle balade en bateau* », explique-t-il, en précisant que tout s'était bien passé lorsqu'il avait largué les morceaux dans la baie de Chesapeake.

Ensuite, il avait longé la péninsule vers Plum Tree Island et remonté la Back River, pour passer devant notre ferme, qu'il surnomme « le Big Game ».

— Je vais te donner les lieux et les dates pour chaque, dis-je à CARL, tandis que je récupère les sacs contenant les carnets avec leurs figurines. Je veux voir si cela peut correspondre à des affaires non résolues. Des morts, des blessés, des effractions et autres manœuvres d'intimidation.

La liste ne tarde pas à m'arriver : une noyade à Kilm dans le Mississippi... une maison incendiée à Las Vegas... deux autres à Houston... quelqu'un tombé d'un balcon à Orlando en Floride... des chutes accidentelles d'un gratte-ciel à New York et à Seattle... un cas d'étouffement suspect dans un sac plastique à Ogden dans l'Utah... une bombe artisanale dans la Silicon Valley... une fusillade en voiture à Pasadena en Californie... une autre à Huntsville en Alabama...

CARL me montre ces tragédies une à une, et presque toutes ont eu lieu sur des pôles d'activité de l'aérospatiale. Je parcours cette liste funeste qui s'affiche sur mes lentilles de contact high-tech et m'aperçois que toutes les victimes ne sont pas mortes. Il y a eu beaucoup de cas d'effraction, de vandalisme, d'actes de pyromanie, d'explosion, de tir d'armes à bord d'une voiture, d'agression, de mutilation... et les raisons sont évidentes.

Le tueur était aussi un homme de main, un gros bras – l'assassinat n'étant pas sa seule activité ni sa seule compétence. Par exemple, il ne voulait pas tuer cette veille de Noël, il y a trois ans, quand il a suivi ses cibles *« dans un tunnel qui plonge sous les eaux, alors que des bateaux passent au-dessus de nous... »*. Je n'ai pas besoin de tourner beaucoup de pages de notes et de schémas pour savoir qu'il fait allusion à la nuit de cauchemar qu'a vécue la major Fran Lacey.

Elle rentrait à la maison, avec Easton, qui avait trois ans à l'époque. Ils sortaient d'un dîner et d'une messe aux chandelles à Portsmouth. Il était près de minuit. Easton dormait dans son siège enfant tandis qu'ils traversaient la baie de Chesapeake. Le tunnel à quatre voies était désert, à l'exception du pick-up qui les avait doublés.

Soudain, il leur avait fait une queue de poisson. Fran avait freiné et ses pneus avaient éclaté. Deux pneus d'un coup. La malchance. Elle s'était trouvée au mauvais endroit au mauvais moment. Et cette fois, ce ne fut pas une bonne âme qui s'arrêta pour lui porter secours. Une mauvaise rencontre – c'était du moins l'explication communément admise.

00 : 00 : 00 : 00

L'homme dans le pick-up s'était arrêté. Fran a précisé qu'il était grand et large d'épaules. Un chauve. Pas de barbe.

Il avait une trentaine d'années. Peut-être davantage. Elle ne savait plus trop après coup. Il portait une casquette de pêcheur avec le logo Bass Pro Shops, des lunettes teintées. Elle n'a pas pu voir son visage. Ni eu le temps de prendre son pistolet dans son sac banane. Il avait aussitôt braqué une lampe dans ses yeux et plaqué un pistolet sur sa nuque.

Il avait fait monter la mère et l'enfant dans le coffre du SUV de Fran, les avait attachés, bâillonnés. Il avait fait tout ça en silence, avec une célérité surprenante. Ça n'avait pas duré plus de dix minutes. Peut-être même cinq seulement. Puis il avait coupé le moteur, allumé les warnings, et était reparti.

Fran était longtemps restée enfermée dans le coffre. Cela lui avait semblé une éternité, m'a-t-elle raconté plus tard. Son cœur battait à tout rompre, elle se débattait en vain pour détacher ses liens, et entendait passer de temps en temps une voiture. Pas une ne s'arrêtait. En fait, son supplice n'avait pas duré une heure. Et, depuis le début, je trouve cette histoire abracadabrantesque.

Je n'ai jamais cru à la version du voleur. L'homme à la casquette de pêcheur n'a rien pris, excepté les billets dans le portefeuille de Fran, moins de cinquante dollars, et il n'a pas emporté son Walther PKK ni sa plaque de police. Un braqueur moyen n'aurait pas raté une telle aubaine, et jamais il n'aurait pensé à aveugler sa victime avec une lampe torche.

Comme on n'a retrouvé aucun clou sur les lieux, je dois en conclure qu'il a ramassé ses chausse-trapes avant de partir. Ainsi que ses douilles après avoir fait feu. Je ne sais pas si je dois en parler à Fran. Ce serait peut-être pire encore. Je retourne dans le salon, désormais éclairé par des projecteurs de campagne.

La pièce ne paraît toutefois guère plus accueillante. Peut-être même moins encore tandis que débarque la brigade canine. Les aboiements des chiens me rappellent les hululements de M. Hibou. Par réflexe, je scrute les arbres, le ciel, et songe à Lex. C'est bizarre, je n'ai pas eu de nouvelles de lui.

Si je n'en ai pas sous peu, je vais devoir agir. J'espère que le gamin et sa grand-mère vont bien. Je me dirige vers la cigarette qui luit dans l'obscurité, un petit point de lumière orangée. Fran est à côté de son Tahoe avec le major Pepper. C'est après l'épisode du tunnel qu'elle a recommencé à fumer et s'est mise à jurer sans retenue.

Elle a arrêté d'aller à la salle de gym et à l'église. Désormais, elle mange et boit n'importe quoi, elle est désagréable au possible. Et n'a aucune envie de changer.

— Super dimanche ! Quand je pense que tous les autres sont chez eux ou prennent du bon temps, dis-je en les rejoignant. Pas étonnant que je n'aie aucune vie sociale !

Ma vieille rengaine. Et la vérité, c'est que je n'ai aucune vie sociale du tout, que ce soit en semaine ou le week-end, de nuit comme de jour.

— Il y a toujours de mauvaises surprises, réplique le major Pepper, maussade.

C'est rare de le voir sans uniforme. Il est en pantalon de velours et en anorak. Il parle au téléphone, visiblement assailli par ses équipes. Il est le commandant en second de la police de Hampton, mais travaille aussi avec la NASA. Il a une cinquantaine d'années, est plutôt bien conservé et conduit une Corvette jaune.

— Jolie trouvaille, capitaine, me félicite-t-il. C'était une bonne idée de suivre ce tuyau. (Comme si je n'avais fait que cela !)

— Il n'y a pas de quoi pavaner, hormis le fait que ça fait un pourri de moins sur terre, réponds-je.

Puis, je demande à Fran d'ouvrir son coffre pour pouvoir y laisser mes armes et mon équipement. Une fois que je suis débarrassée de mon attirail, elle referme le hayon et le verrouille. Je l'informe que je souhaite lui parler en tête à tête. Nous nous éloignons vers ma Chasemobile tandis que CARL démarre le moteur. Mon geste secret me permet d'ouvrir les portières.

— C'est quoi ça ? s'étonne Fran en désignant la pile de sacs dans mes bras. Et où tu emmènes ça ?

— Notre type tenait un journal de tous ses exploits. Il y en a quarante-deux carnets. Et il n'y a rien concernant ce qui s'est passé mardi. Ce qui est édifiant.

— Je ne comprends rien.

Je la vois froncer les sourcils dans le noir.

— Le 3 décembre, Vera Young... il n'y a aucune entrée pour elle. Cela laisse à penser qu'il ne s'en est pas chargé. Ce n'est pas son œuvre.

J'imagine Neva Rong débarquant à l'appartement de Fort Monroe pour récupérer la puce DIEU. Vera Young refuse, et la situation part en vrille. Folle de rage, Neva Rong l'étrangle avec le cordon de l'ordinateur. Peut-être qu'après ça le tueur est venu récupérer sa patronne. Peut-être qu'il a donné un coup de main pour maquiller la scène de crime. Mais je ne crois pas. Il avait sa fierté. Ce n'était pas son boulot. En tout cas, pas un boulot digne de lui.

— Tu ne peux pas emporter chez toi les éléments d'une enquête en cours, insiste Fran alors que je dépose les sacs sur le siège.

— Et c'est pourtant ce que je vais faire. Je veux les étudier dans le détail avant que quiconque s'en mêle.

On pourra peut-être savoir à qui on a affaire. Peut-être trouver un lien qui incrimine Pandora.

Je passe sous silence la partie la plus importante, à savoir le récit de la mort de Noah Bishop – la preuve que ma sœur n'y est pour rien.

— Tu es sérieuse ? s'impatiente Fran. Neva Rong n'est quand même pas derrière tous les méfaits de ce gars ! (Elle jette sa cigarette dans une flaque de neige fondue.) Ce salopard peut très bien bosser pour d'autres, les gens qui payent bien, ça ne manque pas !

— Neva dirige tout et tout le monde, réponds-je. Non, il ne travaillait pas pour d'autres. Juste pour elle. Ça, j'en suis sûre. Elle veut avoir le contrôle total, être le centre de l'univers.

Les phares de mon Tahoe éclairent le mobile home où Pebo Sweeny profitait de la retraite avec ses animaux de compagnie. Il était seul chez lui, peut-être même faisait-il sa lessive quand un inconnu était venu toquer à sa porte. « *Je lui ai dit que j'étais perdu* », a écrit son assassin.

Ils avaient commencé à parler, « *une conversation plaisante* » sur les courses de voitures en raison du circuit tout proche, et sur l'effet que cela faisait d'habiter si près d'une base de la NASA. Puis le tueur était revenu « *aux affaires sérieuses* ».

— Une méthode simple et efficace, dis-je à Fran. C'est comme ça que le gars trouvait des logements à l'abri des regards. (J'aperçois des visages derrière les fenêtres des maisons environnantes. Les gens commencent à se demander ce qui se passe.) Il avait besoin d'un habitat tranquille et hors réseau pour mener son travail, et un mobile home situé tout au fond d'un parc était le lieu idéal.

C'était la seule raison. Ce n'était pas un rival ou un adversaire à éliminer, pas un contrat ni une vengeance, juste un vieil homme retraité de l'US Air Force qui, pour son malheur, possédait quelque chose que le tueur convoitait.

— À en juger par ses carnets, conclus-je, je pense que Neva Rong avait beaucoup de missions pour son pitbull. Je doute qu'il ait eu le temps de travailler pour quelqu'un d'autre.

Puis je lui raconte le reste de l'histoire : que c'est ce type qui l'a attaquée il y a trois ans. Que l'objectif de cette agression n'était pas le vol. Mais le traumatisme, créer le chaos... Et peut-être l'envoi d'un message subliminal. D'après ce qu'il a écrit dans un des carnets, le plan était de la suivre quand elle rentrait chez elle, d'attendre le bon moment pour immobiliser son véhicule en lançant une poignée de chausse-trapes pour lui crever les pneus.

Fran m'écoute, le regard fixe.

— Et je parie, poursuis-je, qu'il avait mis un mouchard GPS sur ton Land Cruiser depuis bien longtemps.

— Je ne comprends pas, murmure-t-elle en observant le mobile home éclairé par les projecteurs, tandis que les techniciens de la police scientifique emportent les armes enveloppées dans du papier kraft.

— C'était pour déstabiliser, pour générer du parasitage, du stress.

— Si Neva Rong est derrière ce qui se passe aujourd'hui, pourquoi avoir demandé à ce type de m'attaquer, trois ans avant ? J'étais totalement hors du coup à l'époque. Je ne la connaissais même pas.

— Mais tu me connaissais moi. Et je venais de quitter l'armée de l'air et d'entrer à la NASA. Je travaillais avec toi aux services de protection, tu es ma voisine, mon amie et un membre de ma famille. Ce qui t'arrive à toi ou à Easton, nous arrive à nous aussi.

— J'ai eu un mauvais pressentiment lorsque j'ai vu la photo sur le permis de conduire. Avec sa barbe, il ne ressemblait pas vraiment au gars qui m'avait attaquée. Mais quelque chose m'a chiffonnée sur le coup, et maintenant, je sais pourquoi. N'empêche que je ne saisis toujours pas pourquoi Neva s'est donné tout ce mal.

Je ne veux pas lui rappeler les conséquences que cette agression a eues sur elle, sur nous tous. Elle n'a aucune envie que j'évoque les trésors de patience qu'il m'a fallu déployer pour supporter ses phobies et les cacher aux autres personnes. Je ne vais pas lui parler de toutes les fois où j'ai tendu l'autre joue quand elle était grossière, brutale, voire carrément méchante.

Elle a passé le plus clair de ces trois dernières années à me rejeter, à se mettre à dos plein de gens, dont Carmé, et parfois même maman – sa cousine par alliance. Mais son fiel se déversait surtout sur Tommy, son mari souffre-douleur, qui a fini par se réfugier à Williamsburg. Oui, Neva savait très bien ce qu'elle faisait.

29.

— Neva Rong connaît la force des sentiments humains, tels que la compassion, l'amour, et sait s'en servir comme d'une arme, dis-je à Fran.

Je m'installe dans mon siège blindé, ouvre la fenêtre et allume le chauffage.

— En glissant, par exemple, un téléphone dans le sac d'un enfant de dix ans. Si tant est que ce soit elle qui se soit sali les mains. (Le ton de Fran est devenu glacial.) Créer des diversions, détruire des vies... Elle a réussi son coup, cette...

Elle traite Neva Rong de plusieurs noms d'oiseaux que la décence m'empêche de répéter. J'en profite pour consulter mes messages sur mes IRIS. Toujours pas de nouvelles de Lex.

— Il est temps qu'on regagne nos pénates, conclus-je en bouclant ma ceinture.

— Je vais rester ici jusqu'à ce que tout le monde soit parti. Pour l'instant, on n'a pas revu ton Cherokee blanc.

— Il doit être caché quelque part, dans un garage ou un box.

— Tu seras sans doute couchée quand je rentrerai. La baby-sitter a déposé Easton chez tes parents pour la nuit. Il regarde la télé avec George.

Comme chaque fois que l'émotion est trop forte, elle évite mon regard.

— Cela fait beaucoup pour une seule journée, Fran. Et Tommy ? Quand rentre-t-il ?

— Le week-end prochain peut-être. Ou quand je serai moins pénible parce que j'ai mes règles, comme il dit.

Elle semble sur le point de pleurer.

— Ça va aller ?

— Aucun problème. (Elle s'écarte de la portière.) On se voit plus tard.

Elle tourne les talons et se dirige vers le mobile home, en faisant attention où elle met les pieds.

Je démarre, et CARL rallume aussitôt les écrans dans l'habitacle. D'autres véhicules de police continuent d'arriver sur les lieux. Toutes les armes trouvées sur place vont être examinées à la loupe, mais je sais que Fran ne parlera pas des quarante-deux carnets que j'ai emportés.

Il est près de 23 heures. Le vent est tombé. La lune et les étoiles ont réapparu dans le ciel. Il fait 8,8 degrés Celsius et la neige a bien fondu sur le macadam. Avant de quitter le lotissement, je décide de faire un crochet par chez Lex. Je me gare devant la maison, comme la fois précédente.

Avec le papier argenté aux fenêtres, je ne peux savoir si les lumières sont allumées ou non. Mais j'entends la télévision. Je toque à la porte extérieure en aluminium. Rien ne se passe. Je frappe plus fort. Toujours rien.

Et enfin, la voix de la grand-mère :

— Qui est là ?

— C'est la capitaine Chase. Encore. Pardon, il est très tard, je sais. Inutile d'ouvrir la porte.

Je ne veux pas qu'elle ait une nouvelle crise.

— Je ne préfère pas, en effet.

— Mieux vaut laisser un écran entre nous.

— Suis d'accord.

— Je passais dans le coin. Je voulais m'assurer que tout allait bien.

— Lex est dans sa chambre. Il s'est écroulé comme une masse. Moi, je ne peux pas trouver le sommeil. Je me suis relevée pour regarder la télé.

— Je suis désolée de vous avoir dérangée.

Je lui souhaite bonne nuit. Curieusement, je suis déçue de ne pas avoir vu Lex.

Mais s'il dort, c'est une bonne nouvelle. Un peu de normalité dans sa vie ! De retour dans le Tahoe, je m'arrête au feu au croisement avec Commander Shepard Boulevard, tandis qu'un bus passe devant moi. C'est cette ligne-là qu'emprunte Lex quand il doit partir faire les courses ou s'occuper d'un tas de choses encore. Voilà un petit bonhomme qui n'a jamais eu le temps d'avoir une vie d'enfant.

— Tu as des infos à me communiquer ? demandé-je à CARL en me mettant de nouveau en mode multitâches. (Je consulte les écrans du tableau de bord et les données qui défilent dans mes IRIS.) Un tremblement de terre par exemple ?

Pour toute réponse, il affiche la carte du LaRC.

Malgré l'heure avancée, il y a encore du monde sur la base, des employés de sociétés sous contrat avec la NASA. Je reconnais les numéros de carte de certains ingénieurs qui se trouvaient cet après-midi au portique. D'autres numéros s'affichent, des gens de chez nous et de l'armée de l'air. Il y a huit personnes dans le hangar où la maquette a été transportée après l'essai. Dick n'est pas parmi eux.

— Qu'est-ce qui se passe au 1119-A ?

CARL va me répondre qu'il n'est pas autorisé à me communiquer cette information mais, contre toute attente, il me connecte au réseau de caméras à l'intérieur de la capsule. Snap, mon mannequin femme, est vêtue d'une combinaison intra-véhiculaire, comme les ACES orange de nos astronautes, mais celle-ci est faite d'un matériau bleu iridescent, et sa capuche enveloppante est équipée d'une visière.

Snap a tenu son rôle ; elle est sur le dos, genoux pliés, sanglée sur le siège en fibre de carbone, ses bras artificiels sont croisés sur sa poitrine.

Étant donné tous les capteurs qu'on m'a implantés dans le corps, je suis moi aussi un dispositif anthropomorphe d'essai !

Je ne peux pas dire grand-chose sur le vaisseau puisqu'aucune avionique n'est installée. Pas un cadran, pas un seul voyant. En outre, à en juger par les ouvertures dans les flancs d'aluminium et le plancher, j'ai l'impression que l'appareil doit être doté d'équipements spécifiques, tels que des baies pour déployer des minisondes, des satellites et autres engins autonomes.

Je distingue les logements pour des moteurs et des propulseurs, et les caissons pour accueillir des patins rétractables comme ceux qui équipent beaucoup de drones que nous mettons au point à l'Autonomy Incubator.

— On sait où est Dick ? (Je suis contente que CARL soit de nouveau à mes côtés.) Je me demande pourquoi cette capsule l'intéresse tant.

— Quelle est votre question ?

— J'aimerais bien savoir aussi qui a décidé de mettre Snap dans ce modèle d'essai. Personne à part moi n'a le droit de s'approcher d'elle. En particulier après tout le temps que j'ai passé pour la remettre sur pied. Je ne te dis pas dans quel état elle était la première fois qu'on s'est rencontrées ! Bien sûr, c'était avant ton arrivée.

— Je ne comprends pas votre demande, répond CARL tandis que je prends la même route que j'ai empruntée voilà quatre jours, en plein blizzard.

— On a des données sur le test d'amerrissage de cet après-midi ? Qu'est-ce qu'ils ont fait à Snap ?

Lorsqu'il s'agit de défendre mes mannequins, mes bébés que j'ai soignés et bichonnés, je suis une tigresse, tout comme ma mère l'est avec Carmé et moi.

— L'essai a été satisfaisant, m'annonce CARL, laconique et formel. (On croirait entendre mon père !) L'ensemble des modules de mesure a fonctionné. Et les résultats sont dans les fourchettes prévues.

— Mais à quoi est censé servir cet engin ? Il a toutes sortes d'équipements atypiques.

Je continue de regarder les images des caméras. Bien sûr, CARL ne va rien me dire.

— C'est un combiné capsule de survie et « space ferry » réutilisable.

Sa réponse me surprend à double titre !

Pendant des années, nous avons discuté de ce projet avec Dick. Un vaisseau pourvu d'un système d'atterrissage rétractable capable de se poser dans des environnements avec peu ou pas d'atmosphère, tels que la Lune, où les ailes n'ont aucun effet.

00 : 00 : 00 : 00

— Un M-O-B-I, un Module Orbital Balistique d'Intervention, m'épelle CARL (l'acronyme que papa et moi avions trouvé lorsque Dick nous avait rendu visite un été).

— Cet engin a des patins comme un hélicoptère. Mais c'est juste pour l'espace, pour atterrir dans des conditions de microgravité ou d'apesanteur totale. Pour le retour sur la Terre, il amerrit comme une capsule habituelle. Et en cas de problème, c'est un go-fast.

— À cela près qu'un MOBI n'est pas conçu pour des activités criminelles, répond CARL qui ne connaît pas le second degré.

— Alors appelons ça « un radeau de sauvetage ». Ça te va ?

MOBI, le nom de la baleine en phonétique. Grâce à ses puissants propulseurs, l'équipage pourra quitter un vaisseau endommagé, un habitat extraterrestre défaillant ou autres installations en péril... Ensuite, l'IA de bord calculera la route la plus directe pour rallier la Terre.

Ou l'ISS, ou la future station orbitale lunaire, ou les diverses plateformes spatiales qui sont déjà en construction là-haut. Je revois les piles de caisses sans inscription dans le grand hangar de la base – une cargaison qu'un C-17 Globemaster III de l'US Air Force a livrée quelques semaines plus tôt.

Je sais maintenant ce que contenaient ces palettes : la maquette d'essai du MOBI et ses accessoires. Je songe également à l'aile aux reflets bleus installée dans la grande soufflerie – visiblement, une aile de vaisseau spatial. Il y a forcément un lien.

— Merci pour ta réponse, dis-je à CARL tout en remarquant que le Papa John's Pizza est ouvert, comme le Hardee's que je viens de dépasser. (Aussitôt, mon ventre crie famine !) Je constate que mon niveau d'accréditation a changé. C'est un hasard ?

Pas de réaction.

— En même temps, je ne crois pas aux coïncidences. Dick, ou celui qui t'a programmé, t'a autorisé à me révéler l'existence de cette maquette. Jusqu'à maintenant, tu n'y as jamais fait allusion. Et pourtant, je connais bien ce projet MOBI puisque j'ai travaillé dessus avec la Sierra Nevada Corporation, il y a quelques années. Et avant ça encore, j'en avais longuement discuté avec Dick.

CARL ne fait pas de commentaires.

— Bref, j'ignorais que ce projet était arrivé en phase de test. Et j'aurais préféré l'apprendre par Dick plutôt que par toi. Dis-lui de ma part !

Silence.

— J'espère que Dick ne tire pas la couverture à lui, en prétendant que c'est son idée.

Car Dick n'a quasiment rien fait, ou si peu. MOBI, c'était notre bébé, à papa et moi. Et maman, comme d'habitude, y a apporté sa petite touche personnelle, comme ma pilote de sœur, avec ses rajouts guerriers. Mais cela paraîtrait mesquin de le rappeler à notre général préféré.

— Alors, CARL ? Pourquoi m'as-tu répondu cette fois ?

— Information confidentielle.

— Dick ou quelqu'un a dû changer ton programme depuis que je t'ai posé des questions au sujet de la disparition de Snap. À ce moment-là, tu n'as pas voulu donner suite. Tu te souviens ? Alors ? On a trifouillé ton algorithme ?

— Information confidentielle.

— Tu ne le ferais pas toi-même, à moins que tu sois passé en mode autoprogrammation. Et cette idée fait froid dans le dos. Je n'ose pas imaginer la prochaine étape...

Silence.

— Qui décide ce que je peux savoir ou pas ?

Je passe devant le 7-Eleven. Je meurs d'envie d'aller leur acheter un hot-dog Big Bite, ou une autre horreur hypercalorique.

Je l'imagine dégoulinant de fromage et de moutarde et j'en ai l'eau à la bouche.

— Information confidentielle, réplique inlassablement CARL.

— Ce n'est pas toi qui décides, évidemment. Et inutile de te demander pourquoi certains sujets me sont interdits, parce que tu ne me le révéleras jamais.

Encore un silence.

— C'est comme espérer arracher un secret à ma mère. Peine perdue !

J'arrive en vue du Hop-In. Les lumières sont éteintes, aucun signe du Cherokee blanc avec son pare-chocs enfoncé.

Le parking a été déneigé et est totalement désert. Pas une voiture. J'ai l'impression que le magasin est resté fermé toute la soirée, alors que le temps s'améliorait. Il y a pourtant beaucoup de gens qui sortent faire des courses, vont au restaurant, veulent faire le plein de vivres pour les vacances ou acheter de quoi nettoyer après la tempête.

— Tu sais pourquoi le Hop-In est fermé ? demandé-je à l'oracle CARL comme s'il avait une réponse pour tout (même s'il reste un grand cachottier).

— Je suis désolé, déclare-t-il dans les haut-parleurs. Je n'ai pas l'information.

J'ai l'impression qu'il l'est réellement – désolé –, mais c'est sans doute un effet de mon imagination.

— Et pour la Jeep ? Celle que je t'ai montrée au Bojangles' ? Tu te souviens ? (Comme s'il pouvait oublier quoi que ce soit !)

Dans l'instant, il m'envoie des images enregistrées trois heures plus tôt.

Le Cherokee est sur Patch Road, à la hauteur d'une brasserie, il tourne sur Pullman Road en direction de l'eau. C'était peu après que Lex et moi étions sur le drive, juste derrière lui. La femme avec ses ongles au vernis blanc et sa veste de cuir noir doit être au volant. Je revois ses bagues qui ressemblaient à celles du tueur.

Le SUV parcourt les petites rues plongées dans l'obscurité, et finit par disparaître dans le labyrinthe des allées du lotissement Dog Beach Marina & Villas. Ce n'est pas très loin de Fort Monroe et du Point Comfort Inn. Je demande à CARL de prévenir aussitôt Fran.

— Il faut qu'elle envoie des unités patrouiller dans le secteur, on ne sait jamais.

— Vous voulez que je contacte le central de police directement ?

— Non. Aucun message radio. N'importe qui peut entendre. J'ignore qui est au volant du Cherokee, mais elle doit savoir qu'on la surveille.

— Message reçu.

CARL prévient Fran par un SMS qui s'affiche dans mes IRIS. Je suis tout près de la maison. Je distingue déjà son halo bleu cobalt dans la nuit. La pollution lumineuse de ma mère, ses milliers de petites LEDs accrochées dans tout le jardin.

Elle les garde toute l'année, et en remet une couche dès Thanksgiving. Elle sort alors armée de ses cisailles électriques, avec sa ceinture d'outils sur les hanches, son échelle à coulisses sous le bras ou juchée sur sa nacelle. Je me souviens de nos séances d'accrochage, avec le bruit des vérins hydrauliques qui faisaient monter ou descendre la flèche articulée, pivoter la cage. Depuis toujours elle enroule ses guirlandes aux branches des arbres, des buissons, autour des lampadaires, des poteaux, des clôtures, des cheminées, et ce n'est pas la tempête arctique du début de semaine qui allait la faire renoncer. Elle n'a pas décroché une seule de ses lampes ! Je m'en aperçois dès que je m'engage dans notre portion de la longue allée. Mon père l'a baptisée Route de Penny, comme l'indique son panneau peint à la main, par opposition à la Route des Autres de l'autre côté du terre-plein. Et comme chaque fois que j'arrive de nuit à Chase Place, j'ai l'impression d'entrer au royaume des feux de Saint-Elme.

Les topiaires de maman, sur le thème de l'espace, ont survécu au blizzard, mais portent les stigmates des bourrasques. La fusée est un peu tordue. Les ET aux visages bleus ont mauvaise mise. On dirait mes mannequins de crash-test après un essai qui s'est mal passé. Le buis sphérique, censé représenter Pluton, ressemble plus à un tumbleweed du Far West, ou à une botte de foin en perdition.

Les seuls personnages qui manquent à l'appel sont : les Jetsons gonflables qui d'ordinaire se trouvent au pied du sapin, le Yoda en père Noël, et l'*Enterprise* de

Star Trek. Le vent les aurait emportés si maman ne les avait pas dégonflés et mis à l'abri au sous-sol.

L'allée de gravillons qui mène à notre petite ferme n'a pas été déblayée. Mais je vois qu'il y a eu du passage. La neige sale est écrasée, boueuse, parsemée de flaques grises, de cailloux, et de feuilles mortes.

30.

— Appelle maman, s'il te plaît, demandé-je à CARL en m'engageant dans notre allée flanquée de lanternes turquoise.

Au bout, j'aperçois sa Subaru bleue.

— Bienvenue à la maison ! lance ma mère au téléphone.

Soit elle m'a entendue arriver, soit elle regarde les caméras de surveillance.

— Je vais d'abord me décrasser, dis-je. Mais je fais vite, promis. Jamais je ne me suis sentie aussi sale et affamée !

Chase Place scintille tel un cosmos piqueté d'étoiles indigo, avec sa ferme d'un côté, et la grange de l'autre.

Il y a des bougies électriques aux fenêtres, des guirlandes lumineuses le long de la rive du toit, entortillées aux poteaux et réverbères, à la clôture et à la grosse souche, relique de notre arbre-balançoire préféré qui a été frappé par la foudre. Le ponton est bordé d'ampoules, comme si quelqu'un avait souligné ses contours avec un crayon magique de lumière, et la tyrolienne qui part du toit de la grange vers la Back River est éclairée. Elle ressemble à un long collier de saphirs.

Au fond du jardin, j'aperçois la petite maison au toit de zinc où Fran et Easton vivent, et parfois Tommy. Des lumières filtrent de la fenêtre du salon. Fran est toujours la première à installer le sapin, dès Thanksgiving. Et la dernière fois que j'étais là, il y a quatre jours, j'avais remarqué sur sa porte la couronne avec son gros nœud rouge.

La Prius blanche de papa est à sa place habituelle, sous le pacanier qui est régulièrement pillé par les écureuils. Ça, c'est ce qu'il prétend, mais nous autres avons une explication toute différente. Les longues branches noueuses sont totalement vides. Il n'y a rien pour eux cette année, sinon des guirlandes d'ampoules. Pas une noix en vue (ou alors une esseulée).

Défendre son territoire est devenu une obsession paternelle, et il pose partout des cages pleines de noix de pécan achetées à prix d'or sur Internet. Les rares fois où il attrape un intrus à la queue touffue, il l'emmène en voiture pour le relâcher loin de la maison, pour qu'il ne revienne pas (du moins c'est ce qu'il croit).

Je me gare devant la grange, récupère mes affaires, les quarante-deux carnets de tir. Et coince le pauvre Harry au creux de mon coude. Il n'y a plus aucune lueur de vie en lui, plus une once d'énergie pour pousser un gémissement. Alors que je m'approche de la porte, les lumières du perron s'allument. Et je découvre que la serrure classique a été remplacée par une version électronique. Bien sûr, je n'ai ni le code ni la clé.

— Comment je suis censée rentrer ? (Je fais exprès de m'interroger à voix haute.)

Tout en pensant très fort : Et mer... de mer... !

— Vous voulez programmer un geste pour déverrouiller cette serrure ? me demande CARL dans mon oreillette, histoire de me rappeler mes nouveaux superpouvoirs.

— Absolument.

Et avec mon pouce et mon index serrés, je fais mine de tourner une clé imaginaire.

Apparemment, cela fait l'affaire. La porte s'ouvre avec un petit déclic. L'alarme est coupée. CARL allume les lumières du rez-de-chaussée, sans que j'aie à le lui demander.

— Bienvenue à la maison ! lance-t-il en imitant maman. Avec votre DIGITEL, juste en tendant le doigt, vous pouvez éteindre ou activer l'alarme.

Il m'a prise de court.

— Merci du renseignement.

— À votre service.

Battant des paupières dans la soudaine clarté, je retire mes rangers crottées.

Je balance par terre mon gilet pare-balles, ma veste, mon gros sac et dépose les carnets et mon ceinturon sur la desserte. Je m'en occuperai plus tard. Rien n'a changé depuis ma dernière visite – hormis moi. Tandis que je contemple les établis, les machines, les servantes d'outils, les composants électroniques, le pont élévateur et la Camaro 68 de papa cachée sous sa bâche, je me sens à la fois chez moi et une étrangère.

Il y a de vieux calendriers automobiles accrochés partout. On a quasiment tout réparé ou bricolé ici, y compris des engins radiocommandés tels que des buggys de plage et des avions en modèle réduit. On a restauré aussi un vrai avion, de vieilles voitures, et mis au point des capteurs et toutes sortes de dispositifs autonomes, tels nos SPAS et leurs accessoires.

Je dépose Harry sur un pouf Sacco à côté d'un assortiment de SPAS. Ce ne sont pas des modèles d'essai, mais des exemplaires festifs, de simples boules volantes bleues destinées à amuser maman. Papa et moi les peaufinons depuis un moment puisque c'est notre cadeau de Noël pour elle. Il n'est donc pas censé les laisser traîner ainsi à la vue de n'importe qui.

Il risque de gâcher la surprise, si ce n'est déjà fait. Je me dirige vers l'escalier où mon fidèle Otto monte la garde dans son fauteuil roulant. Mon mannequin de crash-test est dans le même état que lors de mon précédent passage, nu comme Adam au premier jour, avec son anneau de levage qui lui sort de la tête telle une antenne ondes courtes.

Il est avachi sur le siège, des pelotes de fils bourgeonnent de sa poitrine ouverte, et il a dans les mains un trousseau de clés Allen, comme s'il voulait se réparer lui-même. Je m'en veux un peu de l'avoir laissé ainsi, tout seul et tout nu. Otto n'est plus de la première jeunesse, après toutes les tortures qu'il a endurées. Le pauvre a été projeté contre les murs, roué de coups, tordu, vrillé, son squelette cassé, brisé, écrasé.

Infirme pour le restant de ses jours, handicapé et diminué, après ces décennies de mauvais traitements, la NASA lui devait bien une retraite paisible. C'est ainsi que j'ai pu le récupérer et le rapporter chez moi. Depuis les trois dernières années, Otto habite notre grange, et essaye pour nous de nouveaux capteurs, des télécommandes, des accéléromètres, des antennes, et toutes sortes de dispositifs et de matériaux high-tech.

Nous l'avons jeté du toit équipé d'un parachute balistique, envoyé, vêtu d'un exosquelette, se fracasser contre un arbre avec une tyrolienne, lui avons fait faire des pirouettes dans les airs avec un jet-pack, l'avons balancé d'une voiture pour tester des casques et soumis à des températures extrêmes, pour ne citer que quelques-unes de ses mésaventures avec nous.

— Toi et moi, on est pareils finalement, lui dis-je. On, m'a fait à moi ce que je t'ai fait à toi. Quel karma ! Et j'ai dit *karma*, pas *Carmé* !

Pas de réponse, bien sûr.

Il a la tête tournée vers le mur, ses yeux vides ne me regardent pas. Pour un peu, on croirait qu'il boude, qu'il est vexé parce que CARL a pris sa place – et c'est la vérité. Mes rapports avec mes mannequins ont changé depuis que j'ai un HOTE dans le corps, et à chaque heure qui passe, j'ai plus de mal à me souvenir de mon moi d'avant.

Une fois dans mes quartiers, à l'étage, je retire mes vêtements crasseux. Au moment de les mettre dans la machine à laver, je songe au linge oublié dans la buanderie de Pebo Sweeny. En passant devant les analyseurs de spectre sur mon bureau, je constate qu'ils ne détectent pas le rayonnement de mes implants bioniques.

Rien ne bouge sur les écrans. J'ai la preuve par 9 que ma cape d'invisibilité électromagnétique fonctionne à merveille. Mais la réaction de la grand-mère de Lex continue de me troubler.

00 : 00 : 00 : 00

CARL me suggère d'utiliser ma DIGITEL sur Glinda, le pin de Norfolk que papa et moi avons électrifié et qui diffuse une douce lumière dans mon bureau.

Ses branches abritent une colonie de SPAS de toutes dimensions, de la taille d'une balle de tennis au ballon de basket. Elles sont arrimées à leur station aérienne de recharge végétale (les STARs) via un courant électronique de couplage, sans réel contact physique.

Leur connexion est solide et invisible, jusqu'à ce que la liaison s'arrête quand l'heure est venue pour les drones de décoller. Malheureusement, Harry ne risque plus de voler de sitôt. Je n'ai pas pris soin de lui et je m'en veux. Papa et moi allons devoir renforcer nos tests et trouver le moyen de le protéger des attaques de rapaces.

Cela me fait penser que ce serait une bonne idée de recharger mes VERREs. Je les récupère dans mon sac à dos et les branche sur Glinda avec les autres SPAS. Puis je consulte mon ordinateur de bureau pour visionner les images de nos caméras qui surveillent H-24 la propriété. Aussitôt, CARL m'envoie les mêmes vues dans mes IRIS. J'inspecte la ferme, la grange, la maison de Fran, le ponton, les dépendances qui sont de simples abris, ainsi que les emplacements où l'on gare nos voitures.

Tout est tranquille. Deux chevreuils traversent le jardin, quelques lapins gambadent, les guirlandes clignotent, la lune joue à cache-cache avec les nuages. Pieds nus et en sous-vêtements, je me rends dans la salle de bains. Que faire ?

Dois-je ôter mes IRIS et mon LACET ? Si je me lave les cheveux et prends une douche, cela va-t-il endommager mon oreillette interne ? En même temps, puisque ces appareils sont en moi et sur moi et sont censés fonctionner en toutes circonstances, si je commence à me poser des questions dès que j'ôte mes vêtements, je ne suis pas sortie de l'auberge !

À ce propos, je me demande quelles informations intimes Dick reçoit de moi... Grâce à mes biocapteurs, peut-il savoir si je me sens sale ou propre, si j'ai chaud ou froid, si je suis heureuse ou excitée, habillée ou pas, si j'ai des rêves, des envies, des pensées secrètes ? Bien entendu, il sait que j'ai faim et que je suis sur les nerfs après les événements de la journée. Quand va-t-il se décider à se manifester ?

Je ne comprends pas pourquoi il m'a snobée comme ça, au portique. Il ne s'est pas même donné la peine de prendre de mes nouvelles. C'est un peu rude de me lâcher ainsi dans la nature après m'avoir reprogrammée, moi et presque tout ce que j'ai – y compris ma sœur jumelle. Je ferme la porte de la salle de bains, entre sous la douche, ouvre le robinet. Comme dit Carmé, on ne ressent la fatigue que si l'on s'arrête.

L'eau chaude est un délice. J'ai la nuque et les épaules tout endolories après avoir porté mon barda, et mon taux de glycémie est en chute libre. Je me frotte avec un savon antibactérien. Savourer l'instant, ne pas penser à ce que j'ai vu au fond de la poubelle chez le tueur, ni aux outils dans la baignoire, ni aux détails morbides consignés dans ses carnets...

Quelle va être la réaction de Dick quand je vais lui apprendre ce qui est arrivé à Noah Bishop ? Peut-être qu'on a maintenant une bonne chance de disculper Carmé et de coincer Neva Rong. Mais à vrai dire, j'en doute. Il n'y a aucune information précise dans ces carnets – pas de noms, pas de lieux, ni indication concernant le tueur, ses contacts, les endroits où il faisait ses courses, et qui le payait.

Je sais qui lui donnait ses ordres mais je ne pourrai sans doute jamais le prouver. Même si nous parvenions à la faire inculper, je ne pense pas que cela l'arrêterait. Dick a raison sur ce point, conclus-je en me séchant les cheveux, une serviette nouée autour de moi. La peau encore mouillée, sans me mettre de maquillage, je quitte la salle de bains.

Je traverse mon bureau et me rends dans la chambre que j'occupe depuis que je suis au lycée, quand Carmé et moi avons pris nos quartiers dans la grange. Rien n'a bougé depuis toutes ces années. Il y a les mêmes posters aux murs de lambris : le premier alunissage, la navette spatiale accrochée à son lanceur, Roger Moore en James Bond, Lindsay Wagner dans *Super Jamie* et le Dave Matthews Band.

Sur une étagère au-dessus de la commode, trône ma collection de prix pour des championnats d'orthographe, des tournois de robots, des concours de programmation informatique, de mathématiques, et un aussi – mon préféré – pour un rodéo de camions. J'enfile un jogging, de grosses chaussettes, attrape mon sac banane et descends rapidement les escaliers.

Je passe devant Otto, prends mes bottes fourrées UGG et ma doudoune sans manches dans le placard. Je récupère mon ceinturon, les carnets de tir, la clé USB de Lex et les emporte dans la petite salle du fond, là où papa a son bureau jonché de papiers et de pièces de drones.

— La combinaison du coffre a changé, m'apprend CARL.

— Je m'y attendais, après ce qui s'est passé, répliqué-je, agacée. Comment on fait ?

— Vous voulez que je vous l'ouvre ?

— Ce serait aimable de ta part. Mais j'aimerais bien avoir la combinaison pour...

— Information confidentielle.

— Ben voyons !

J'entends une série de bips, puis un bourdonnement suivi d'un déclic. La lourde porte s'ouvre et je dépose le ceinturon, les carnets et la clé dans le compartiment. Je récupère mon Bond Arms .9 mm bullpup, le même que celui de ma sœur, et le glisse dans ma banane. Je songe encore une fois à cette puce DIEU qui a disparu. Quand je pense qu'elle était là, tout près, et que je n'en savais rien ! Dick était au courant, et sans doute aussi maman.

Il est près de minuit quand je sors de la grange. J'entends la neige qui fond et ruisselle du toit. Les constellations de LEDs clignotent et scintillent, tels des essaims de lucioles qui volent dans les branches des arbres, projetant des reflets dansants sur les eaux calmes de la Back River. Le pacanier brille de mille feux lapis-lazuli et, dessous, les nouvelles cages de papa ressemblent à des cadeaux malveillants du Grinch, chacune ayant son appât de noix.

L'allée nettoyée à la pelle est aussi éclairée qu'une piste d'envol. Je grimpe les quatre marches, mes pas résonnent sur les planches du perron. Je passe devant la balancelle où maman nous berçait les mois d'été, au rythme du chant des cigales. Elle nous racontait des histoires, nous parlait du dernier support de cours qu'elle avait préparé. J'espère que ces moments ne sont pas perdus à jamais.

Je nous imagine toutes les trois assises ici, ou devant la cheminée, ou attablées pour le repas, comme au temps où tout allait bien. Une bouffée d'émotion me serre la gorge. Je prends une grande inspiration. Je frappe à la porte – mon petit code spécial – et remarque la nouvelle serrure électronique à côté du battant de bois noueux. Toutes les serrures ont dû être changées, et c'est l'œuvre de ma mère.

Ou alors, c'est un coup de Carmé. Ou de Dick ? Mais c'est peut-être aussi une initiative de papa, à la suite du vol de cette puce dont il n'aurait jamais dû parler à Lex. Cela m'étonnerait que Fran ait décidé de renforcer la sécurité du domaine puisqu'elle ne sait rien de la situation, sinon la version édulcorée.

— Ah, te voilà !

La porte s'ouvre et maman me prend dans ses bras. En arrière-plan, j'entends la télévision dans le salon.

— Ça sent bon ! dis-je.

Le parfum de son chili et de son pain maison me chatouille les narines.

— Laisse-moi te regarder !

Elle prend mon visage dans ses mains, comme elle le fait toujours quand elle veut lire dans mes pensées.

Ses yeux noisette sont pailletés d'or, la lumière du lampadaire éclaire ses cheveux gris. Solide et compétente, elle porte son vieux jean habituel, sa chemise de bûcheron et une paire de robustes bottines Chelsea qui manquent d'un coup de cirage. Ce look « gentlewoman farmer » lui va bien, c'est sa tenue au naturel, et on ne la verra jamais en escarpins ou en robe. Il lui faut du confortable et du durable.

— Comment vas-tu ? s'enquiert-elle, alors qu'elle est parfaitement au courant de ce qui s'est passé au Point Comfort Inn.

— C'est plutôt à toi de me l'indiquer !

Elle était présente dans la chambre 1 du motel, et plus tard dans la suite 604 où elle m'a sanglée sur ce lit. C'est elle qui s'est ensuite occupée de moi, qui m'a nourrie et lavée, veillant à subvenir à tous mes besoins. Dans mon état de fureur, je n'aurais laissé personne d'autre s'approcher – c'est ce que Dick m'a laissé entendre. Je revois ses hématomes aux mains et les caméras dans la pièce.

C'est un sentiment troublant. Penser que ma mère était là, qu'elle m'observait, m'écoutait, surveillait tout ce qui lui semblait important. Elle était entrée dans les parties les plus intimes de mon être, pour évaluer les risques et me protéger, tout en donnant à CARL ses instructions sur ce qu'il était autorisé ou non à me révéler.

31.

— Il fait doux et la rivière est magnifique avec ce clair de lune, fait remarquer ma mère.

Elle se tourne vers le portemanteau, ajoute que le vent est tombé et qu'il ne fait pas trop froid.

J'ai l'impression d'entendre CARL me donner le bulletin météo, mais en même temps je sens qu'elle est préoccupée.

— J'ai entendu passer quelques bateaux, déclare-t-elle en enfilant sa parka. Les gens vont pêcher de nuit l'ombrine, la sole. Je n'aime pas que des embarcations naviguent près de chez nous si tard. Et je regrette que nous n'ayons pas de clôture de ce côté. Mais on ne peut pas vivre constamment derrière des murs, comme dans une prison ou un cimetière.

— Et toi, ça va ?

— Ne t'inquiète pas pour moi. J'aimerais juste te parler sous l'auvent une minute.

Autrement dit, elle ne veut pas que papa ou Easton nous entendent.

Même si ma mère se veut aussi impénétrable qu'un grimoire, je sens toujours lorsqu'elle a un coup de mou ou qu'elle est contrariée. Si elle en sait autant que je l'imagine, ça a dû lui causer un choc d'apprendre que Neva Rong a été une menace pour notre famille. Maintenant c'est devenu une affaire personnelle pour elle.

Est-ce que ça l'était déjà auparavant ? Peut-être plus encore que je ne l'imagine...

— Ça va ? Tu tiens le coup ? me demande-t-elle alors que nous sortons sous l'auvent.

— Je ne sais pas trop. Je suis un peu déboussolée. Qui a décidé de changer les serrures ?

Je referme la porte d'entrée, mais ne la claque pas.

— C'était nécessaire, réplique-t-elle en prenant ma main – la droite.

Par habitude, elle caresse la cicatrice à mon index, comme Dick l'a fait plus tôt. Elle m'entraîne vers la balancelle qui est là depuis toujours. Un cadre en aluminium peint en blanc, avec des coussins tout temps aux motifs floraux. Nous nous y asseyons. Aussitôt, je sens le froid du vinyle traverser mes vêtements.

— Tu savais que la porte de la grange ne me poserait pas de problème, même si mes clés ne fonctionnaient plus. Et pas plus l'alarme ou le coffre, malgré les nouvelles combinaisons. Inutile donc que je te présente mon Cerveau Analytique de Recherche et de Liaison.

Je ne compte pas tourner autour du pot.

— On a déjà fait connaissance, confirme-t-elle. (Encore une fois, sa voix grave et mélodieuse me rappelle celle de CARL.) Ça se passe bien ? Comment tu t'en sors ?

— Je me donne un B moins.

— Tu es bien sévère. Tu as droit à un A, et peut-être avec deux plus.

Dans l'obscurité, je perçois son sourire, mais son visage reste flou dans le halo de ses guirlandes bleues.

— Qui t'a fait le récit de mes exploits de la journée ? dis-je, la mettant au défi de me répondre.

— Je sais toujours tout de vous deux, ma chérie.

— C'est vrai. D'ailleurs, ça ne doit pas trop déranger Carmé d'être ainsi observée, analysée, optimisée. Elle a toujours aimé être au centre de l'attention.

Visiblement, cela ne la dérange pas de se promener quasiment nue avec sa seconde peau bionique – et peut-être ferais-je pareil si j'avais son corps. Comme à son habitude, maman ne fait pas de commentaires. Voilà où CARL a appris les vertus du silence !

— De mon côté, je ne sais trop que penser, ajouté-je tandis que la balancelle grince sous les oscillations. (Un son que je reconnaîtrais entre mille.) Et Carmé ? Comment elle gère tout ça ?

— Vous avez eu chacune votre plan de vol personnel, une route différente mais avec le même objectif. Tu sais depuis toujours où cela va te mener. Mais tu peux encore te rétracter. Le choix t'appartient.

— Et si Carmé et moi avions refusé ? dis-je tandis que CARL m'informe, dans mes IRIS, que le shutdown vient de prendre fin. (Il n'aura pas duré longtemps.)

— Vous l'auriez regretté, réplique-t-elle sans la moindre hésitation. C'est ce que les gens ne comprennent pas avec le libre arbitre.

— Le libre arbitre est une chimère, c'est ça ?

— Pas du tout. Tu peux faire absolument ce que tu veux. Mais si tu te détournes de ta quête, si tu décides de ne penser qu'à ton bien-être, tu ressentiras un manque. Que tu finisses en prison ou rock star, tu n'auras pas accompli ce que tu voulais. Tu ne seras pas allée au bout de ton programme.

— En l'occurrence, j'aurais préféré que le programme en question ne soit pas sur une puce – une puce qui aujourd'hui a disparu. Comment le prend papa, à ce propos ? Et Carmé ? Imagine ce qui pourrait se passer si cette puce tombait entre de mauvaises mains. Par exemple entre celles de Neva Rong. Dick m'a tout raconté – même si « tout » est un grand mot. Disons que je connais les grandes lignes.

— De quoi te souviens-tu ?

Maman me pose la même question que Dick quand je me suis réveillée à Dodd Hall.

— C'est difficile à dire. Mais sans doute plus que vous ne l'imaginiez.

Et malgré moi, je réponds à toutes les questions de ma mère. Comme toujours.

Je lui précise même que j'étais consciente de sa présence dans la chambre 1 du Point Comfort Inn. Je lui narre les événements de la journée. Chaque fois que j'évoque Neva Rong, j'ai l'impression que la nuit devient plus froide et plus noire, et je sens ma mère se raidir. Alors bien sûr, je lui pose la question :

— Je sais qu'elle ne porte pas les Chase dans son cœur, mais j'ai l'impression que sa véritable cible c'est toi. Elle est inutilement cruelle et pleine de fiel. Cela ressemble à une affaire personnelle. J'ai raté un épisode ?

Silence. Comme CARL.

J'insiste :

— Après son doctorat, quand elle travaillait dans l'un des labos de papa à Langley, il s'est passé quelque chose entre toi et Neva ? C'est peut-être le moment de tout me raconter, si je veux pouvoir anticiper son prochain mouvement.

Maman reste silencieuse. Nous continuons à pousser la nacelle de nos pieds, nous laissant bercer dans le halo bleu des lampes.

— Il se trouve que j'ai découvert quel genre de personne elle était réellement, finit-elle par répondre. Et ce, bien avant tout le monde. Malheureusement, c'était déjà trop tard.

— Que s'est-il passé ?

— Je ne suis peut-être pas une scientifique ni une astronaute, mais j'avais mon utilité. Quand il faut avoir une vue d'ensemble de la NASA et de l'aérospatial en général, je suis quasiment incontournable.

— C'est toi qui transmets nos connaissances au reste de la planète, dis-je. Sans compter que tu as accès à un tas d'informations précieuses. La plupart sont classées confidentielles, mais elles filtrent jusqu'à toi. (Je pense aux projets sur lesquels papa et moi travaillons.)

— Elle passait souvent me voir au bureau. Elle était très intéressée par mes fiches pédagogiques. (Visiblement, elle se refuse à prononcer le nom de Neva.) On passait beaucoup de temps ensemble. Elle venait dîner à la maison ou restait le week-end avec nous. C'était très sympathique. On se voyait tout le temps, jusqu'au jour où j'ai entendu des rumeurs. C'est alors que j'ai su ce qu'elle cherchait réellement.

— Il s'est écoulé combien de temps avant que tu n'aies eu vent du problème ?

À l'idée que Neva Rong ait mis les pieds chez nous, j'en ai des sueurs froides.

00 : 00 : 00 : 00

— Cela a duré quelques mois de trop, réplique ma mère sans répondre vraiment à ma question. Ton père avait plusieurs inventions qu'il n'avait pas encore protégées par un brevet, et elle les lui a volées sous son nez. On ne peut rien prouver, mais c'est une certitude. Comment crois-tu qu'elle est devenue si riche ?

— Tu as parlé à Neva de ces rumeurs ? En particulier du vol des inventions de papa ? demandé-je tandis que la vieille balancelle oscille doucement dans la nuit, sous le nuage blanc de nos souffles.

— Il ne valait mieux pas. C'est ce que j'ai vite compris. Il ne faut pas attaquer de front une personne comme elle. J'ai préféré prendre mes distances et alerter les gens aux postes clés.

Je lui raconte alors ce qui s'est réellement passé dans ce tunnel il y a trois ans.

— C'était juste quelques semaines après mon retour ici, poursuis-je. Je n'oublierai jamais ce moment, quand on a reçu ce coup de téléphone. Tu te souviens ? C'était un cauchemar. Un cauchemar qui a laissé des séquelles, comme tu le sais.

— Si elle terrorise quelqu'un de proche, c'est toi qu'elle atteint, et si quelque chose t'arrive à toi, cela m'arrive à moi aussi. Et si à mon tour, je suis fragilisée, alors c'est la fin.

— Pourquoi ce serait la fin ?

— C'est comme ça.

— Tu peux être plus claire ?

Mais je crois savoir...

C'est maman notre ancre, notre pivot. Pour Carmé et moi. Pour Dick et papa. Et peut-être dans cet ordre...

— Qu'est-ce que papa pensait de Neva au début, quand elle venait ici ?

— Tu connais ton père. Il est gentil avec tout le monde. Il ne voit jamais le mal.

— J'espère que maintenant il a compris.

— Oui, depuis un moment déjà. Il est tombé de haut. (Elle marque une pause avant de reprendre :) George n'aurait rien dû dire à ce gosse. J'ai vu les problèmes arriver.

— Lex n'est pas un mauvais garçon. C'est un peu facile de lui faire porter le chapeau, alors que c'est papa qui a encore fait son numéro de charme.

— George s'en veut énormément. Mais il aurait dû faire plus attention.

C'est ce qu'elle répète toujours lorsque papa se montre trop confiant. Et je le revois au Hop-In avec Lex, achetant des provisions pour une petite fortune.

— Et à Fort Monroe, qu'est-ce qui s'est passé selon toi ?

Je veux la vérité, toute la vérité, et je suis convaincue que ma mère la détient. Elle n'était peut-être pas sur place, mais Carmé l'était et je suis certaine qu'elles se parlent toutes les deux.

— Son tueur à gages l'a très probablement conduite là-bas le 3 décembre, en début d'après-midi. (Elle parle de Neva, évidemment.)

Selon maman, ce n'était en aucun cas une visite de courtoisie – la grande sœur qui passe prendre des nouvelles de sa cadette. Pas du tout ! Neva Rong a débarqué parce que Vera détenait quelque chose que Neva convoitait. Et comme je le supposais, cela a tourné au vinaigre. Neva aurait étranglé Vera – peut-être avec un cordon d'alimentation d'ordinateur...

Le même cordon qu'on a retrouvé enroulé au cou de Vera pendue à la porte du placard. Et ce câble, c'est sans doute celui de l'ordinateur trouvé dans le salon – un ordinateur curieusement dépourvu de mot de passe, où était affichée une prétendue lettre de suicide. L'arme du crime était sur place. L'assassin s'est servi de ce qu'il avait sous la main.

— Elle a tué sa sœur sous le coup de la colère, reprend maman. Mais après, il faut nettoyer. Alors que fait-on dans ces cas-là ? On maquille la scène. On suspend la victime à une porte et on l'asperge d'eau de Javel dans l'espoir d'effacer les traces ADN et autres indices compromettants – du moins de les endommager.

— Vera ne s'est pas suicidée, bien sûr. Tu t'imagines t'aspergeant le visage et les yeux d'eau de Javel ? Et comment aurait-elle pu se pendre à cette porte de placard, avec ce dispositif d'attache aussi alambiqué ? Surtout avec ce produit qui devait la brûler. Et si elle s'était fait ça toute seule, où est le bidon ? Pourquoi ne l'a-t-on pas retrouvé dans l'appartement ?

— C'est ce détail qui ruine cette belle mise en scène, renchérit ma mère. Un magnifique drapeau rouge !

Il s'agit d'une manipulation volontaire. Comme ce badge disparu que l'on retrouve plus tard dans l'appartement. Comme l'alarme dans le tunnel 1111-A qui s'est déclenchée. Tout cela est l'œuvre de ma sœur. Je songe aux gouttes de sang séché que j'ai découvertes là-bas sur l'un des tuyaux, et aussi aux éprouvettes d'hémoglobine apparues mystérieusement dans le réfrigérateur du QG.

On va sans doute établir qu'il s'agit du même sang, celui de Vera prélevé *post-mortem*. Encore un cadeau de ma jumelle ! Et je ne parle pas du sandwich et de la canette de bière trouvés dans le salon de Vera. Autant de détails pour m'indiquer que quelqu'un a passé du temps chez elle après sa mort. Une autre mise en scène pour dénaturer la première. Et l'auteur en est Carmé. À entendre les explications de ma mère, j'en suis persuadée.

Ma sœur m'avait envoyé un message et ce qu'elle a fait est en tout point semblable à son intervention au Point Comfort Inn quand elle a maquillé la scène, subtilisé les éléments compromettants pour en ajouter d'autres. Elle a fait preuve d'une créativité implacable. Où était-elle quand Neva Rong était arrivée ? Je l'imagine cachée, attendant que la voie soit libre pour aller ruiner sa belle mise en scène. Un démaquillage, un saupoudrage de faux indices. Peut-être cherchait-elle la même chose que Neva Rong, d'ailleurs ?

— La fin justifie les moyens, n'est-ce pas ? (C'est ce qui me vient pour commenter l'intervention de ma sœur.) Et Carmé ? Comment va-t-elle ?

— Bien, je suppose, lâche ma mère, évasive.

Elle est en mode CAMO, comme Harry !

— C'est ta façon de me dire « Information confidentielle » ? (Elle se tait.) Toi et Dick devez travailler sur le programme Gemini depuis des années.

Tout en prononçant ces mots, mon cœur se serre.

— Oui. Depuis le début, depuis que l'on se connaît, murmure-t-elle, en suivant le rythme de la balancelle. Avant même qu'on soit mariés, George et moi. (Je ne m'attendais pas à ça.) Ton père n'a pas quitté l'Académie de l'US Air Force à cause de problèmes familiaux ni parce qu'il se languissait de moi. Il a été enrôlé par la NASA et la Défense pour accomplir précisément ce qu'il fait aujourd'hui.

— Voilà pourquoi ils lui ont mis le grappin dessus. Je ne suis pas un génie comme lui, mais ce qui m'arrive est similaire. J'ai quitté l'armée et suis rentrée à la ferme pour servir de cobaye, pour mener une expérience que je n'ai pas vraiment choisie.

— Je suis désolée, Calli, si tu as l'impression d'avoir été spoliée de ta vie.

— Je n'étais pas obligée d'aller au Point Comfort Inn. Personne ne m'a forcée à dire oui. Carmé m'a laissé décider. Je pouvais rentrer à la maison si je voulais. Et tu le sais très bien.

— Tu dois avoir faim, lance-t-elle en plantant ses pieds au sol pour arrêter la balancelle.

— Je vais carrément tomber d'inanition, si tu veux tout savoir !

Je me lève et me dirige à grands pas vers la maison.

32.

Nous accrochons nos manteaux, et traversons le séjour. Le sapin est paré de ses guirlandes et décorations, chaque année plus nombreuses, et beaucoup d'entre elles sont aussi sur le thème de l'espace. Des chaussettes pendent au linteau de la cheminée, avec nos noms brodés dessus. Bientôt, elles seront remplies de friandises et de petits cadeaux.

— Qu'est-ce que papa et Easton regardent à la télé ? (J'entends des coups de feu qui filtrent du salon.) Ou plutôt devant quoi ils dorment ?

— *Police des plaines*, indique-t-elle par-dessus les bruits de cavalcades, de hennissements et de fusillades.

Nous passons devant le vaisselier et la table de la salle à manger.

— Ce n'est pas très recommandé pour un enfant de six ans.

Je fais cette remarque pour la énième fois.

— À l'évidence, ça fait longtemps que tu n'as pas regardé de dessins animés ! Et songe à ce que les gosses voient aux infos, réplique-t-elle en entrant dans la cuisine.

C'est dans cette pièce que je passe le plus clair de mon temps.

C'est aussi le bureau de maman. Sa table de travail est à droite du comptoir, tout près de la fenêtre. Chaque fois que Carmé et moi étions dehors, elle nous surveillait pendant qu'elle préparait à manger ou élaborait ses supports de cours. Durant notre enfance, il y avait un gros ordinateur. Aujourd'hui, elle travaille sur un portable connecté à un grand écran plat.

— Dans les débris à Wallops... tu sais ce qu'on a trouvé ? demande-t-elle à ma grande surprise alors que je tire ma chaise préférée à côté du billot.

— Non, je n'ai pas suivi l'affaire.

Pourquoi CARL ne m'a pas tenue informée ?

Bien sûr, il lui manquait le feu vert de maman, Dick, ou d'un quelconque « superviseur » !

— Absolument rien, annonce-t-elle derrière les fourneaux. Il n'y avait rien dans les soutes. Rien de suspect. Contrairement à la rumeur. Pas de satellite espion, pas de matériel top-secret qui aurait été accidentellement détruit.

— Donc on a fait semblant ? Et l'équipe qu'on a aussitôt envoyée pour fouiller le site de l'explosion, c'était une mise en scène. À l'intention de Neva ?

— Dick t'expliquera.

Elle soulève le couvercle d'un fait-tout et remue le chili con carne. Rien qu'à l'odeur, il semble divin.

— Tu parles ! Je n'ai pas eu de nouvelles de lui de toute la journée.

Elle ouvre la porte du four, sort le pain au levain qu'elle a gardé au chaud.

— Il passe te prendre demain matin. Très tôt, je le crains. (Elle remplit un bol de chili.) Et on vous déposera tous les deux au hangar qui...

— Quel hangar ?

Ça sent les ennuis...

— Le nôtre. (Il s'agit du grand hangar d'aviation sur la base.) De là, vous partirez pour Washington. Une réunion vous attend. Après, je ne peux pas t'en dire plus.

Je suppute un rendez-vous au siège du Secret Service. Ou alors à la CIA.

— Pense à prendre des affaires de toilette et tout le nécessaire. Pour plusieurs jours, précise maman en me préparant une généreuse tartine de pain beurré.

— Pourquoi j'ai tout le temps faim comme ça ? Plus encore que d'habitude. Et déjà, j'étais une horrible morfale. (J'observe avidement ses moindres faits et gestes.) Je croyais que cela allait s'arranger. Pas empirer !

— Pourquoi donc ?

— Parce que je présumais que ce bidule était censé être un plus pour moi, qu'il améliorerait les choses. Y aurait-il un bug ? Mon hypothalamus pense tout le temps que j'ai besoin d'une récompense, c'est ça ? Ou alors, c'est ma glande pituitaire qui fait des siennes parce qu'elle me croit enceinte ? Parce que j'ai des fringales carabinées !

— Ton assistance technique régule de nombreux paramètres dans ton organisme et, à la fin, cela te permettra d'accomplir des prouesses dont tu aurais été incapable, m'explique-t-elle. (Encore une fois, j'ai l'impression d'entendre CARL !)

Elle m'apporte mon dîner tardif – à moins que ce ne soit mon premier déjeuner ? –, mais peu importent les mots et les manières. Je plonge avec avidité ma cuillère dans le ragoût, déchire une grosse portion de mon pain beurré tout chaud.

— Avoir un HOTE ne signifie pas la fin des tentations et des désirs. Au contraire. (Elle prend un verre dans le placard et ouvre le freezer pour récupérer des glaçons.) Ce n'est d'ailleurs pas souhaitable, n'est-ce pas ?

Je ne risque pas de lui objecter que j'ai déjà cessé de désirer bien des choses – par crainte d'être déçue. Et, par-dessus tout, j'ai arrêté de croire que j'aurais droit à la même liberté de choix que ma sœur. Ce n'est pas à Carmé qu'on a demandé de quitter l'armée. Ce n'est pas elle qu'a appelée Dick pour lui annoncer le cancer de maman alors que j'étais à Colorado Springs, dans le bunker secret sous le mont Cheyenne.

Un lymphome non hodgkinien, m'a-t-il annoncé. Encore un mensonge ? Peut-être que toute ma vie n'est qu'une vaste fabulation. Et il est temps que je sache comment on a mené les tests bêta de ce pack bionique qu'on nous a implanté à ma sœur et moi. Parce que maintenant que je suis devant ma mère, je sais que pour nous protéger elle serait prête à tout, y compris à se faire inoculer la première version d'un HOTE avant d'accepter que ses filles servent de cobayes.

— Tu as commencé à porter des lentilles de contact il y a quelques années, reprends-je en terminant mon plat. Et maintenant Carmé et moi en portons. Mais les nôtres ne sont pas pour corriger la vision. Et les tiennes non plus.

— Tu en veux encore ?

Elle ramasse déjà mon bol.

— Oui, mais je vais dire non. (Un téléphone sonne. Ça vient du salon.) Tu n'as jamais porté de lunettes de lecture. Mais tu as des lentilles. Et jusqu'à aujourd'hui, je ne me suis jamais posé de questions. Qui a essayé le premier HOTE, maman ? Réponds-moi, parce que je sais de quoi tu es capable.

— Je n'aurais jamais donné mon accord sans l'avoir testé d'abord sur moi.

— C'est ça qui t'a rendu malade ?

— On a découvert que si on n'entoure pas les transducteurs et autres nano-appareils d'une gaine de protéines provenant de ton propre corps, il y a de forts risques de rejet. (Elle charge le lave-vaisselle.) Mon système immunitaire est passé à l'attaque et me retirer l'HOTE a eu des effets indésirables, m'explique-t-elle posément, à la manière d'un médecin décrivant un cas clinique.

Les paroles de Dick me reviennent en mémoire.

Il est possible de dissoudre les implants en cas d'urgence. Mais il peut y avoir des séquelles. Et dans le cas de maman, cela a provoqué un cancer. Par mimétisme, son corps avait voulu soigner le mal par le mal. Elle était si triste que je sois contrainte de quitter l'armée de l'air à cause d'elle. Elle s'en veut encore tellement.

Elle savait que je ne voulais pas revenir à Hampton et travailler pour la NASA, comme l'avait ordonné Dick. L'explication était toute simple : Dick voulait que je sois à la maison avec elle, mais je n'avais besoin ni de lui, ni de personne pour décider de rentrer prendre soin de ma mère. Évidemment que j'étais prête à le faire ! Il a juste sauté sur l'occasion pour pouvoir poursuivre son projet.

La maladie de ma mère était finalement un don du ciel pour Dick. Il avait œuvré pour faciliter mon départ de l'armée, ce qui était plutôt rare de la part d'un général quatre étoiles. C'est pur hasard si je me suis retrouvée à travailler à la NASA. C'est ce qu'il m'a certifié. C'était simplement les cartes que le destin me réservait. Mais si vite ? Et j'attends encore qu'il me précise quelles cartes au juste.

— C'était le meilleur endroit pour ta formation, ajoute ma mère en lançant le lave-vaisselle.

00 : 00 : 00 : 00

— Une formation pour quoi ? Pour être une cybergeek ? Une pilote d'essai ? Une cobaye en pessimisme ?

Je surveille les images des caméras dans mes IRIS. Un détecteur a allumé la lumière à côté de la grange où j'ai garé ma Chasemobile.

— C'est toujours mieux d'apprendre sur le tas, déclare ma pédagogue de mère. Le meilleur pilote d'un avion est toujours celui qui l'a créé et…

— Je rêve ! m'exclamé-je en voyant apparaître Lex dans les IRIS.

Dans l'instant, j'entends des pas précipités dans la salle à manger.

Papa débarque dans la cuisine, l'air hagard. Il est en chaussettes et le plafonnier éclaire ses cheveux hirsutes. On dirait Einstein ! Derrière ses grosses lunettes, son regard est fébrile. Il est en pantalon de jogging et sa chemise de velours est boutonnée de travers.

— Nous avons un problème, annonce-t-il en chuchotant presque.

— Easton ? s'enquiert maman en s'essuyant les mains.

— Non. Il dort.

— Qu'est-ce qui se passe, papa ?

— Il se trouve que Nonna vient de m'appeler. Elle est totalement en panique parce que Lex a disparu. (Fidèle à son habitude, quelle que soit l'urgence du moment, papa parle toujours doucement, et toujours par des phrases complètes.) Elle ignore quand il s'est enfui, et où il a pu aller. Et il ne répond pas au téléphone.

— Il est ici, réponds-je.

Dans nos caméras, il paraît si minuscule et chétif. Il est essoufflé, comme s'il avait couru. Il hésite devant la grange, examine mon Tahoe, regarde autour de lui, inquiet. Il porte les mêmes vêtements, et il a son sac à dos. Je me souviens du bus que j'ai vu passer quand j'ai quitté son lotissement. Il devait être dedans. Et non en train de dormir dans sa chambre, contrairement à ce que pensait sa grand-mère.

— Je vais le chercher, dis-je en me dirigeant vers la porte d'entrée, avec mon père sur les talons. (Qu'est-ce qu'il compte faire en chaussettes, dehors ?) Non. Reste ici. Je m'en occupe.

— Je veux t'aider, Calli. Tout ça, c'est ma faute.

— Pour l'instant, je veux que toi et maman restiez à l'intérieur avec Easton. Et savoir qui est en tort n'est pas le sujet. Cela ne le sera jamais !

Je sors dans le froid, sans prendre le temps d'enfiler ma doudoune. Aussitôt, j'entends un bourdonnement provenant de la Back River, un bruit de moteur à deux temps. C'est alors que je vois la forme d'un bateau qui s'approche, tous feux éteints, avec deux personnes à bord. Ils accostent sur notre ponton au moment où Lex sort de sa cachette derrière le tronc du pacanier, au milieu des cages de papa, dans la lumière bleue des guirlandes.

— Cours ! lui crié-je.

Mais il se fige alors que les détecteurs de mouvements allument les lumières sur le ponton.

J'aperçois des jerrycans à l'arrière de l'embarcation. Je reconnais le gars du Hop-In. Et la femme a des cheveux bruns coupés court, une veste noire et des ongles vernis blancs que l'on pourrait voir depuis l'espace ! Ils sont tous les deux armés de mitraillettes et Lex se trouve en pleine lumière, aussi immobile qu'une statue.

— COURS !

Mais il ne bouge toujours pas, il regarde médusé le couple sortir du bateau.

Je pique un sprint, traverse l'allée, coupe à travers la neige et la boue. Je lui attrape le bras et l'entraîne derrière le tronc qui n'est pas assez large pour nous protéger tous les deux. Nous sommes des cibles faciles. Ils sont tout près, à peine une longueur de court de tennis nous sépare.

Je sors mon Bond Arms alors que la femme tourne son fusil automatique vers nous. Derrière elle, l'homme décharge les jerrycans.

— Lâche ton arme ! Et écarte-toi de lui si tu ne veux pas qu'il soit blessé, lance-t-elle alors que j'entends une voiture s'engager dans la propriété.

Ce doit être Fran ! On va tous mourir ! J'ordonne à Lex de s'accroupir derrière moi et de ne pas bouger. Je lève mon pistolet, m'attendant à être criblée de balles. Je sens le gamin pressé contre ma jambe tandis que les phares du véhicule qui s'approche éclairent les arbres. Soudain, des hululements emplissent la nuit.

HOU-HOU-HOU... !

Une ombre file vers le pont, droit sur le couple de tueurs. M. Hibou les attaque en piqué, serres en avant, visant les yeux. Ils se baissent en poussant des cris et j'en profite pour tirer.

PAN ! PAN ! PAN ! PAN ! PAN ! PAN ! PAN ! PAN !

L'homme et la femme s'écroulent ; ils ne bougent plus. Déjà le grand-duc a disparu. Il pousse un dernier hululement quelque part dans les frondaisons.

— Qu'est-ce que tu fabriques là ? (C'est tout ce que je trouve à dire à Lex.) Je t'avais demandé de ne pas quitter la maison. Tu m'avais donné ta parole ! Tu as failli nous faire tuer. Il faut vraiment que tu arrêtes tes bêtises !

— Je suis désolé d'être resté cloué sur place, comme ça.

Visiblement, c'est son seul regret !

Les parents nous rejoignent. Maman a pris ma doudoune ; c'est une bonne initiative parce que je suis congelée.

— Tu as vu ce qu'a fait M. Hibou ? C'est dingue ! s'exclame Lex, incapable de détacher son regard des deux corps sur le ponton. Ils sont morts ?

— C'est probable, réponds-je.

Et comme pour confirmer mes dires, les lumières du ponton s'éteignent.

— Tant mieux. Ce sont de mauvaises personnes ! Mais je suis resté tétanisé ! Je suis idiot ! Idiot !

Il semble au bord des larmes.

— Ce n'est rien, fiston. Tu as été très courageux, le rassure mon père pendant que j'observe le Tahoe dans l'allée.

Le moteur tourne, les phares sont allumés. Pourquoi Fran n'en sort-elle pas ? Je sais qu'elle n'a pas été touchée. Les tueurs de Neva Rong n'ont pas eu le temps de tirer un seul coup de feu. Grâce à M. Hibou.

— Tout le monde va bien ? s'enquiert maman en me tendant ma doudoune que j'enfile aussitôt.

— Non, pas tout le monde, réponds-je en désignant les intrus au bord de l'eau.

Ma mère s'approche de Lex et le regarde dans les yeux.

— Qu'est-ce qui t'arrive, mon petit ? (Elle passe son bras autour de ce garçon qu'elle n'a jamais aimé, ou pas eu le temps d'apprécier.) Qu'est-ce qui t'a fait peur ? Au point de prendre un bus en pleine nuit pour venir ici ?

— Elle va nous faire du mal, à Nonna et à moi. Et j'ai paniqué, répond Lex en sortant son téléphone.

Il va dans le dossier de ses vidéos et en choisis une, provenant d'une application téléphonique. Neva apparaît sur l'écran. Sa voix résonne dans la nuit, telle celle d'un fantôme capable de nous retrouver n'importe où.

— C'est le Dr. Rong. Neva Rong... Je sais qu'il est tard pour parler à un enfant de dix ans mais je pense qu'il est important que l'on fasse connaissance. Vera aurait été heureuse que l'on soit amis.

— Pourquoi vous m'appelez ? demande Lex sur l'enregistrement vidéo. (Il a l'air surpris et méfiant. Je reconnais derrière lui les posters. Il est bien dans sa chambre.)

— Certes nous ne nous connaissons pas encore, mais je voulais te dire, à toi et à ta grand-mère, que, par-dessus tout, j'admire tes talents, Lex. Ou peut-être dois-je t'appeler Lexell ? Je crois savoir que tes parents astronomes t'ont donné le nom d'une comète disparue. Je suis désolée de ce qui leur est arrivé. Et je pense vraiment qu'il y aura une place pour toi à Pandora un de ces jours...

Ce qu'elle essaie de faire est limpide.

33.

Avec un culot sidérant, Neva tente d'intimider Lex afin de s'assurer de son allégeance pour l'avenir. Comme tous les chefs d'entreprise, elle doit recruter les meilleurs, et un génie de dix ans est une proie très tentante. Comment résister ?

Quel meilleur moyen de l'avoir dans sa poche que de lui causer des ennuis, puis de lui sauver la mise ? Elle a sans doute eu son numéro de téléphone par Vera, et lorsqu'elle l'a appelé, Lex a eu la présence d'esprit d'enregistrer la conversation.

— ... Vera pensait beaucoup de bien de toi, poursuit Neva de sa voix mielleuse. Mais malheureusement, il y a ce téléphone suspect qu'on a trouvé dans ton sac quand il y a eu ce problème sur le pas de tir. Il paraît que tu as piraté le système de la NASA. Du moins c'est ce qu'on te reproche.

— Je n'ai rien fait ! Quelqu'un d'autre est entré dans le système. Et c'est peut-être bien vous !

Lex n'a pas froid aux yeux, je dois le reconnaître.

— Tu sais, même si c'est toi qui l'as fait, je...

— Ce n'est pas moi !

— Peu importe. Tout peut être effacé. Mais pour ça, il te faut un avocat. Et je ne demande qu'à t'aider, parce que tout ça coûte beaucoup d'argent. Comme l'université.

— Je ne crois pas que j'aie le droit de vous parler ! réplique Lex.

Je mets sur pause la lecture avant de m'envoyer le fichier vidéo pour pouvoir l'étudier plus tard.

Mes parents emmènent le garçon dans la maison tandis que je me dirige vers le Tahoe garé dans l'allée. Aucun signe de Fran. Forcément, puisque ce n'est pas son SUV ! C'est comme si ma Chasemobile s'était téléportée de la grange. Mais c'est sa copie conforme, vitres baissées. Et à l'intérieur, il y a Carmé, qui en sort justement, son Bond Arms à la main, maintenant que la voie est libre.

— C'est une chance que je sois passée par là ! lance-t-elle. (Elle porte elle aussi des bottes et une doudoune.)

— Qu'est-ce que tu fabriques ici ?

En réalité, je suis très heureuse de la voir.

— J'ai pensé que tu pourrais avoir besoin de compagnie, répond-elle tandis que je commence à chercher mes douilles.

Je les retrouve facilement parce qu'elles ont laissé des petits trous dans la neige. Je les récupère comme si j'avais oublié toute ma formation d'enquêtrice.

— Quatre balles, lui annoncé-je en glissant les petits cylindres de cuivre dans ma poche.

— Pareil. Deux par trouduc, réplique Carmé.

Nous nous dirigeons vers l'eau, chacune avec nos bullpups équipés de silencieux, canon pointé au sol.

Nous descendons la pente herbeuse jusqu'au ponton. Les corps sont immobiles, presque irréels dans la lumière bleue des guirlandes maternelles.

— Juste pour info : je suis sûre que c'est moi qui les ai eus.

C'est plus fort qu'elle. Il faut toujours qu'elle se vante !

— Pas du tout. C'est moi.

Nous dépassons la grosse souche emmaillotée d'ampoules clignotantes. C'est tout ce qui reste de notre chère balançoire. Je repense à ces jours d'été, à ces temps plus heureux, quand nous nous balancions et que la nacelle nous propulsait dans l'eau tel un boulet de canon. Et puis la foudre était tombée sur l'arbre et avait mis fin à nos jeux.

— J'ai su ce qui allait arriver, me rétorque Carmé. Bien avant toi.

— Ça m'étonnerait. Nous avons le même équipement et nous voyons les mêmes choses.

Et si ce que prétend Carmé est vrai, alors CARL va se faire remonter les bretelles !

— En réalité, j'ai vu le bateau arriver quand je surveillais l'allée.

— Tu t'attendais à une attaque ?

— Disons que cela ne m'a pas surprise, répond-elle sans rien révéler. Mais comme tu t'en es aperçue, ils sont passés sous les radars de notre cyberami. Ils lui ont été totalement invisibles, n'ont émis aucun signal. Je parie qu'ils n'ont même pas de téléphones sur eux.

En arrivant sur le ponton, les détecteurs nous repèrent et allument les lumières, éclairant nos assassins malchanceux. Ils baignent dans une flaque de sang, avec chacun quatre balles dans la tête, mais aucun « Yeux de serpent ». Loin de là.

En tentant d'échapper à notre sauveur ailé, ils étaient des cibles mouvantes. Leur visage est lacéré, comme si un ptérodactyle les avait attaqués, ou quelqu'un de très énervé, armé d'une fourchette.

— Je te répète que c'est moi qui les ai eus, insiste Carmé en se mettant à fouiller l'homme.

— Non. C'est moi.

Et je me souviens de ma médaille à l'Académie des *NASA Protective Services*, pour mes séries de tirs parfaits.

Mais je ne suis pas du genre à me vanter, contrairement à ma jumelle. Et inutile de lui signifier qu'elle n'a ni gants ni équipement de protection ! Elle s'en fiche. C'est bizarre, je n'entends pas de sirènes. Dans la maison, j'aperçois ma mère qui nous observe derrière la fenêtre de la salle à manger. Elle n'a pas appelé les secours, ni la police. Et papa non plus.

— Comment va-t-on expliquer tout ça à Fran qui va arriver d'une minute à l'autre ?

Et je ne parle pas des deux cadavres sur le ponton. Mais de la présence de Carmé. Il ne faut surtout pas qu'elle la voie. Ma sœur est censée être en mission à l'autre bout du monde, et certainement pas ici, aussi armée et équipée qu'une ninja. Sans parler de nos deux Chasemobiles.

— Pas de panique. Fran est encore dans le mobile home, déclare ma sœur en récupérant une grosse liasse de billets dans l'une des poches du mort.

— Ah bon ? Je croyais qu'elle voulait s'en aller au plus vite.

J'explore l'embarcation. Il n'y a rien d'intéressant. Juste une carte nautique, un sac rempli de chargeurs, deux pistolets de gros calibre, une lampe.

— Fran a appelé maman tout à l'heure pour lui annoncer qu'elle reste là-bas pour gérer les équipes, m'annonce Carmé en commençant à compter les billets. Elle pense que sans elle chacun n'en fait qu'à sa tête. Elle en a pour toute la nuit si elle veut être sûre que tout soit accompli dans les règles.

— Belle conscience professionnelle ! Il y a quelques heures encore, l'endroit lui donnait des sueurs froides parce qu'on a trouvé un serpent mort dans la poubelle.

Et au moment où je prononce ces mots, je comprends que, depuis qu'elle sait qui l'a attaquée il y a trois ans, Fran a dû retrouver une forme de sérénité.

Apprendre que c'est Neva Rong qui a organisé cette agression pour lui faire peur, que ses pneus n'ont pas crevé par hasard, a eu pour elle l'effet d'un bouton RESET. Je perçois chez Fran le retour d'une résolution, d'une force, qu'elle avait perdue.

— Dix mille, lâche Carmé avec un petit sifflement. C'est beaucoup d'argent pour une petite balade en bateau.

Elle glisse les billets dans sa poche.

— Le trésor est à celui qui le trouve ! lance-t-elle, se fichant des règles comme au Point Comfort Inn. Mais ce ne doit être qu'une partie de la somme pour nous éliminer. Sinon c'est carrément vexant. J'espère bien qu'on vaut plus que ça !

— En attendant, fais attention où tu mets les mains, tu n'as pas de gants pour te protéger. On ne sait pas sur quoi on peut tomber. Et ne touche pas au sang.

00 : 00 : 00 : 00

La femme regarde le ciel de ses yeux fixes et sanglants, l'un est partiellement arraché de son orbite, ses cheveux forment un casque rouge et poisseux à cause des multiples lacérations sur le haut de sa tête.

Prenant soin d'éviter les coulures de sang, je fouille les poches de sa veste. Je revois son bras gracile saillant de la portière au drive, la manche de cuir noir, les bagues bizarres, ses ongles blancs.

Je trouve les clés d'une maison ou d'un appartement, et demande à Carmé si elle a repéré de son côté une clé de voiture qui pourrait être celle du Cherokee.

— Non. Pas de téléphone non plus. Et toi ?

— Pareil pour l'instant.

— Comme je m'y attendais, ce sont des pros.

Elle tourne l'homme sur le flanc. Du sang s'écoule des petits trous dans son crâne.

Une balle est entrée par la tempe gauche, une autre au-dessus du nez, deux autres encore ont traversé la joue et la mâchoire.

— Bingo ! lance Carmé en sortant un portefeuille de la poche arrière du pantalon.

— Quelque chose me dit que la Jeep qu'ils conduisaient est cachée dans un garage de Dog Beach Marina & Villas. Ils ont dû la louer, eux ou quelqu'un d'autre.

Je songe à nouveau au tueur dans le Yukon Denali.

J'ouvre la veste de la femme et tâte les poches intérieures. Elle aussi a un portefeuille.

— Yanshi Fang. (C'est le nom sur le permis de conduire. CARL m'indique aussitôt dans mes IRIS que cela signifie en chinois *salle d'autopsie* – comme si cela pouvait m'aider !) Une adresse à Los Angeles. Trente-quatre ans.

À haute voix, je lui demande s'il y a un appartement, une maison, loué à ce nom dans le secteur.

Je peux évidemment parler à CARL librement devant ma sœur. Mais que se passera-t-il si nous faisons appel à ses services en même temps ? À qui va-t-il décider de répondre en premier ? Je ne sais pas si une IA ou un ordinateur quantique peut faire le bon choix, celui qui sera équitable pour les deux parties, qui ne blessera ou vexera personne.

— Il n'y a aucune adresse à ce nom dans tout Hampton et ses environs, me répond CARL dans mon oreillette. Aucune Yanshi Fang nulle part.

— Et pour Beaufort Tell, tu as quoi ? s'enquiert Carmé, en découvrant le contrat de location du bateau. Si tant est que ce soit la véritable identité de ce type.

Ce qui confirme mes craintes : elle aussi entend CARL. Et elle s'adresse à lui comme si elle était sa supérieure. C'est son mode de communication avec quasiment tout le monde, en fait. Certes, à en croire Dick, ils travaillent ensemble depuis six mois, alors que moi je n'ai fait sa connaissance que ce matin.

— Beaufort Tell, ou un truc du genre, insiste Carmé auprès de CARL. C'est le nom qui figure sur le permis de conduire et le contrat du loueur à la marina. Payé en liquide. Et passe en mode audio. Nous ne sommes que toutes les deux. Peut-être qu'il se fait appeler Bo. Bo Tell. Il n'y aurait pas mieux pour se faire charrier à vie !

— Oui, tout le monde a dû l'appeler *Bouteille* ! Et le seriner avec « Jolie Bouteille, sacrée bouteille, Veux-tu me laisser tranquille ? » (Je sais ce que c'est d'avoir un nom sujet aux moqueries.)

Comme Calli ou Carmé, avec Chase à la suite. Ça fait CC, comme *copie carbone* – ah-ah-ah ! très drôle ! J'ai connu ce genre de railleries dans les cours d'école ; et peut-être est-ce une bonne raison pour devenir un tueur à gages. La vengeance a des voies impénétrables.

— Négatif, nous répond CARL à haute voix dans nos haut-parleurs. Pas de résidences, pas de chambres d'hôtel aux noms de Beaufort Tell, Bo Tell, et autres.

— Yanshi Fang devait être l'épouse ou la compagne du gars dans le Denali, dis-je.

— C'est probable. Il portait le même genre de bagues. Tu te souviens ? (Je ne risque pas de l'oublier !) J'ai donc dû occire son chéri et j'imagine qu'elle était particulièrement motivée ce soir.

Je demande à CARL de nous donner le nom de tous les gens qui louent un appartement près de l'endroit où le Cherokee a été repéré pour la dernière fois par les caméras de surveillance.

— Mais lance un algorithme pour exclure tous ceux qui ne correspondent pas au profil. Tels que les familles, les jeunes, les vieux...

Dans l'instant, des noms défilent sur mes lentilles. Et sans doute aussi sur celles de Carmé. Mais elle ne semble pas s'y intéresser. Elle a tort...

Moi, j'en ai un frisson ! Si la chose était possible, mes cheveux se dresseraient sur ma tête.

— En parlant de noms qui peuvent être sujets de moqueries à l'école... J'en ai un beau – en particulier si le prof fait l'appel en commençant par le nom de famille, *Kracker Jack,* et là, toute la classe se tord de rire. Comme les Cracker Jack mais avec un « K ».

CARL nous donne aussitôt l'adresse.

— On fait comment maintenant ? demandé-je à Carmé. Ce serait bien de se débarrasser des corps avant que Fran ne rapplique. Elle ne va guère apprécier notre petit remake de *Règlement de comptes à OK Corral.*

— Je pensais laisser la police s'en occuper.

— Pourquoi la jouer réglo maintenant ? (Je n'en reviens pas ! C'est moi qui dis ça !)

— Les faits sont en notre faveur. Et tout est sur les caméras, répond Carmé en examinant les jerrycans sur le ponton. (Quatre bidons. Au total quarante litres.) Il y a de quoi réduire en cendres toute la maison, et nous avec. Après nous avoir abattus. C'est un cas patent de légitime défense.

Nous revenons vers la ferme.

— CARL, modifie les métadonnées pour qu'on n'apparaisse pas en même temps sur les images, ordonne-t-elle.

— Ça va être toujours ainsi ? On ne pourra plus jamais nous voir ensemble ?

Cette éventualité m'inquiète. J'en oublierais presque que je viens de tuer deux personnes.

— Nous sommes plus fortes séparées.

Tout le monde me dit cela.

— C'est vraiment ce que tu crois ?

Je retire le silencieux de mon Bond Arms. Le pistolet a assez refroidi pour que je puisse ranger le tout dans la poche de ma doudoune.

— Oui. Dans la majeure partie des cas, répond-elle en gravissant les marches du perron.

— Ah oui ? (Demain, lorsque je me lèverai, elle aura encore disparu !) Et qu'est-ce qu'on vient de faire là ? Malgré tes fanfaronnades, nous venons, ensemble, toutes les deux, de les abattre.

— La version officielle, Sisto, c'est que tu as géré le problème toute seule. À toi la gloire. Le seul bémol au tableau, c'est qu'il t'a fallu un hibou et huit balles pour finir le boulot !

Elle me donne un coup de coude taquin dans les côtes, comme quand on était gosses.

34.

Au moins, pendant que j'étais sous sédatifs et sanglée sur mon lit dans la suite 604, j'ai rattrapé mon retard de sommeil, et c'est une aubaine. Parce que lorsque Dick passe me prendre à H-0600, je n'ai pas dormi de la nuit.

— Bonjour ! lance-t-il lorsque je monte à l'arrière du SUV et pose mes sacs.

— Bonjour.

J'attache ma ceinture dans le noir. Les deux agents assis à l'avant ne me saluent pas.

— Allons-y, leur ordonne Dick, puis il me demande comment je vais.

— Parfait. Merci.

Je fais comme s'il s'agissait d'un matin ordinaire, comme si je ne venais pas d'avoir droit à un interrogatoire marathon ces dernières heures quand Fran est revenue à la ferme, toutes sirènes hurlantes, après que ma mère lui a annoncé la fusillade. Mais bien sûr, Carmé et sa Chasemobile avaient déjà pris le large, me laissant expliquer comment j'avais tué seule deux assassins.

Fran et les autres policiers s'affairent dans toute la propriété, avec une armada d'enquêteurs et de techniciens, alors que je m'installe dans le Suburban de Dick. Je reconnais son escorte. Ce sont les agents du Secret Service que j'ai aperçus dans le hangar d'aviation à mon retour à la base après l'explosion de la fusée et le piratage de l'ISS. Les deux types à l'avant font partie du groupe qui était aux trousses de Carmé.

Ou alors, ils tentaient de régler des problèmes plus urgents, tels que le vol de la puce DIEU. En même temps, je me demande dans quelle mesure celle-ci a réellement disparu quand je me remémore les paroles de ma mère hier soir : « George n'aurait rien dû dire à ce gosse. J'ai vu les problèmes arriver. »

Elle sait les souffrances qui peuvent se produire lorsque papa se prend d'affection pour quelqu'un. Si ma mère *a vu les problèmes arriver,* elle ne s'est sans doute pas arrêtée là. Bien sûr, elle n'a rien dit à personne, c'est dans sa nature. À personne. Même pas à Dick, qui a revêtu son uniforme d'apparat aujourd'hui, sa poitrine décorée de rubans et de distinctions, ainsi que les quatre étoiles rutilantes sur ses épaulettes.

Les rues sont quasiment désertes à cette heure. Tandis que nous roulons à vive allure, gyrophares allumés, personne ne parle dans l'habitacle. Le poste de conduite, les coffres de rangement, les accessoires... tout cela ressemble à mon nouveau Tahoe. Dick pianote sur son téléphone, comme d'habitude. De mon côté, je surveille mes messages et les infos que m'envoie CARL dans mes IRIS. Nous nous dirigeons vers le grand hangar de Langley, haut comme un immeuble de dix étages.

Un quart d'heure plus tard, nous franchissons la Southwest Branch Back River, puis empruntons Perimeter Road qui contourne la piste d'envol de la base aérienne. Le bâtiment se dresse devant nous, formant une masse noire contre le ciel ; son énorme porte coulissante est fermée. Nous traversons la rampe d'accès, et au même moment je remarque l'appareil posé sur l'héliport. Gris, fuselé, élégant. Je n'ai nul besoin de la fiche technique que m'affiche CARL pour savoir de quel modèle il s'agit.

Un Augusta A.109. Rotor quatre pales, bimoteur Pratt & Whitney, vitesse de croisière 155 nœuds (soit 285 km/h). J'en ai piloté quelques-uns mais aucun équipé comme celui-là, avec son projecteur, sa caméra infrarouge, ses mitrailleuses et sa batterie de missiles. Rien qu'à le regarder, j'ai envie de prendre le manche !

Nous attrapons nos sacs et nous dirigeons vers l'hélicoptère tandis que deux hommes en combinaison de vol nous accueillent. Ce ne sont pas des militaires, sinon ils auraient salué Dick – voire se seraient carrément mis à genoux ! Ils se contentent de nous serrer la main. À ma surprise, le plus jeune me fait un clin d'œil et m'appelle par mon prénom.

Je reconnais tout de suite sa voix.

Conn Lacrosse ! Qui s'empresse de me préciser qu'il n'est pas vraiment de la CIA. Il appartient à la Joint Terrorisme Task Force et n'est qu'un simple agent de liaison.

— Alors Calli ? Je suis sûr que t'en baves d'envie !

J'ignorais qu'il était aussi pilote d'hélicoptère.

Il est bien plus jeune que je ne l'imaginais. Je lui donnerais le milieu de la trentaine. Un gars qui passe du temps en salle de gym, et qui doit manger en conséquence – régime houmous et crudités. Plutôt agréable à regarder, avec des cheveux châtains, une mâchoire carrée rasée de près, et une denture parfaite. Je parie qu'il s'est offert un blanchiment !

Il n'y a pas d'insignes sur sa combi, pas de scratch à son nom. En revanche, sa tenue paraît bardée de capteurs en tout genre. Son bracelet de fitness et ses lunettes ressemblent curieusement à mon LACET et à mes VERREs.

— Aujourd'hui, tu restes sur le banc ! me taquine-t-il comme d'habitude, mais jusqu'à présent j'ignorais qu'il me draguait. Tu auras un chauffeur.

— Je déteste ça. (Je fais le tour de l'appareil. Jamais je n'ai eu autant envie de piloter.)

Je lui demande si c'est lui qui sera aux commandes.

— Évidemment.

— Alors tu as intérêt à assurer parce que je te surveille. (Je pointe mes doigts successivement sur mes yeux puis sur les siens, imitant Carmé quand elle veut paraître méchante.)

Et comme la fois précédente, ce geste produit les mêmes effets : l'alarme du Suburban se déclenche, et le moteur se met à rugir.

Le vacarme s'interrompt aussitôt. Dick a un petit sourire tandis que nous grimpons dans la cabine, où les sièges se font face.

— Cela fait deux fois que cela arrive ! dis-je. Il y a un bug.

— C'est de notre faute, explique-t-il. Pointer les doigts sur tes yeux envoie un message erroné à CARL. Il interprète mal ce geste, le confond avec une autre commande qu'il est inutile que je te détaille maintenant. (Comprendre : « information confidentielle ».) C'est une erreur de programmation et on va régler ça.

Nous attachons nos harnais à cinq points. Et je ne tiens déjà plus en place. Je veux être devant, avec le manche dans les mains. Et pas assise à l'arrière comme une potiche, à faire la conversation.

— Notre intercom sera coupé avec le cockpit pendant le vol, me prévient Dick tandis que Conn et son copilote commencent leur check-list. Je vais t'expliquer ce qui se passe. Mais je ne veux pas que tu paniques.

— Qu'est-ce qu'il y a ?

Je me sens pâlir. J'ai toujours peur de ce qu'il va m'annoncer. Une nouvelle terrible. Parce que cela s'est déjà produit.

Ces derniers temps, c'est pour Carmé que je m'inquiète le plus. Si quelque chose lui arrivait, c'est Dick qui m'avertirait. Parce qu'il le saurait avant tout le monde, avant ma propre famille, parce qu'il est le général quatre étoiles. Je suis en train de lui demander si ma sœur va bien lorsque j'entends le groupe auxiliaire de puissance de l'Augusta se mettre en action pour lancer les turbines. Mon analyseur de spectre s'affole.

— Elle est partie avant que n'arrivent Fran et les autres. Elle n'a pas dit où elle allait. Et depuis, je n'ai plus de contact.

Carmé ne m'a pas précisé non plus quand je la reverrais. J'espère que je vais pouvoir m'habituer à ce nouveau modus vivendi : ne plus avoir de nouvelles d'elle, mais la voir débouler in extremis pour me sauver la vie, tuer mes agresseurs et cacher les indices.

— Ne te fais pas de soucis pour elle, me rassure Dick tandis que le premier moteur s'allume.

Le rotor gronde au-dessus de nos têtes. Nous branchons nos écouteurs.

— Tu dois maintenant te soucier de toi, ajoute-t-il.

Sa voix me vrille les oreilles. Je baisse le volume. Mon ouïe s'est curieusement améliorée.

— Quel est le problème ?

Je rapproche le micro de ma bouche au moment où la seconde turbine se met en branle. Le rotor monte en régime.

— Je ne comptais pas t'envoyer dans le grand bain si vite. Mais les événements se sont précipités, m'informe Dick dans mon casque. Et je comprendrais que tu nous en veuilles de te mettre devant le fait accompli.

Les rotors s'emballent.

Je ne peux pas entendre ce que disent les pilotes à l'avant, ni leur échange avec la tour de contrôle. Dick m'assure qu'ils ne nous entendent pas non plus. Ben voyons ! J'ai affaire à la CIA et au Secret Service. Et au commandant de la Space Force. Et moi je suis une spécialiste en cybercriminalité à la NASA. Ici, personne n'a confiance en personne.

— De quoi parles-tu au juste ? Au-delà de ce que tu m'as dit à Dodd Hall.

L'hélicoptère paraît plus léger, les roues décollent du sol. L'appareil s'élève à la verticale, puis incline le nez pour prendre de la vitesse.

— J'ai vu que tu étais assez occupée hier après-midi au portique. (Il n'a pas son pareil pour changer de sujet, et il fait allusion à ma course-poursuite avec Lex.) Alors ? Que penses-tu de notre MOBI ?

— Tu déposes un brevet, pensant protéger ton invention, et soudain tu la retrouves dans tous les magasins sans que personne t'ait prévenue. Voilà l'effet que cela m'a fait !

La silhouette du portique se dresse à l'horizon, alors que les premières lumières du matin touchent les sphères de la soufflerie. Vues du ciel, on dirait des planètes luisant dans le noir de l'espace.

00 : 00 : 00 : 00

Nous survolons Smith Lake, traversons l'I-95 à une altitude de 1 200 pieds (365,8 mètres), m'indique CARL. Il se fait un devoir de me donner toutes les données de vol en temps réel : vitesse, cap, aéronefs à proximité, antennes relais et autres obstacles alentour.

Après m'avoir entendue me plaindre parce que je ne pouvais prendre les commandes de l'hélicoptère, CARL envoie dans mes VERREs et IRIS la copie conforme de l'instrumentation que les pilotes ont devant eux. Pour un peu, je dirais que mon cybercompagnon a pitié de moi !

D'accord, je sais maintenant où l'on va, mais pourquoi ? Cela reste un mystère. Et je ne vois pas ce qu'on attend de moi. Pendant les quarante dernières minutes, Dick et moi avons parlé de mon travail sur le MOBI, bien que l'engin ne portât pas ce nom à l'époque. Participer à la conception de cet appareil a été l'une de mes premières missions à mon arrivée à la NASA.

Je me revois me torturant les méninges pour imaginer tous les périls et scénarios catastrophes possibles. Mon travail était d'anticiper les problèmes, les dysfonctionnements, et de trouver les parades : et si le bouclier thermique était endommagé ? Et si un propulseur tombait en panne au moment de la rentrée dans l'atmosphère terrestre ? Et si le vaisseau partait en vrille et se transformait en grille-pain pour ses occupants ?

Nous sommes à moins de dix minutes de notre destination. Quantico est juste au-dessous de nous. D'ordinaire, on ne survole pas la base des Marines, et la simple courtoisie veut que l'on passe au large du centre de formation du FBI. Mais notre pilote traverse ces espaces aériens sensibles et protégés comme s'il était au-dessus des lois. Puis, dans une courbe gracieuse, il oblique à l'est pour remonter le cours du Potomac où se mire le soleil, encore bas sur l'horizon.

Quand la visibilité est aussi bonne qu'aujourd'hui, et que le regard porte aussi loin, je mesure à quel point le passé est toujours présent – et souvent je me dis qu'il n'y a ni commencement ni fin, que tout se produit simultanément. Dans les criques et les hauts-fonds du fleuve, j'aperçois les restes calcinés des bateaux de la guerre de Sécession, des cercueils de fer datant de plus d'un siècle et demi.

Moignons de cheminées et autres ruines se dressent solitaires dans les champs, stigmates des maisons brûlées par les soldats sudistes en maraude. Au niveau du Washington National Airport, nous quittons le Potomac pour entrer dans le district de Columbia. Dick se décide enfin à m'expliquer les raisons de cette expédition secrète.

Il y a cinq jours, des manœuvres inquiétantes ont été repérées sur l'orbite géostationnaire (GEO), à 35 786 km au-dessus de l'équateur. Une zone de l'espace qui abrite des satellites de communication et des systèmes d'espionnage. Autrement dit, un territoire hautement sensible.

— Ce n'est pas le premier incident, précise-t-il. Nous surveillons constamment la zone depuis que nos radars ont remarqué une activité suspecte, il y a six mois. (Ce

« nous » signifie la Space Force.) Mais cette fois, c'est différent, c'est beaucoup plus agressif.

— Il y a six mois ?... Au moment où Carmé a reçu son HOTE ?

— Oui. On l'a équipée juste après qu'elle a failli y rester. Parce que, pour moi, le lien était clair. Tu en sauras plus à la réunion, précise Dick. D'ordinaire, on ne s'affolerait pas comme ça, mais là, la situation est réellement critique.

Il me donne les informations au compte-gouttes, et cela me rappelle son attitude avec le Lemon Punch à Dodd Hall. Il me l'avait repris des mains avant que j'aie eu le temps de le finir.

— Et quel rapport avec le MOBI ? (Ça m'énerve de devoir lui tirer les vers du nez !)

— Ton module de sauvetage est un élément essentiel.

— Comment ça, *mon* module ?

Hormis le fait que j'ai passé des milliers d'heures à sa conception !

Ma sœur ne se serait pas gênée pour le lui signifier, mais ce n'est pas dans ma nature.

— Le MOBI est la capsule de secours pour un vaisseau que tu n'as pas encore vu mais que tu connais déjà très bien. (Comme d'habitude, il élude ma question.) Le module est arrimé au vaisseau ailé au décollage, le tout caché dans la carène de la fusée jusqu'au largage dans l'espace. Et avant le retour sur Terre, le MOBI sera détaché et placé en orbite.

— Autrement dit, il reste garé là-haut en attendant d'autres missions, fais-je remarquer, habituée que je suis à combler les blancs avec lui.

En plus du MOBI, on pourrait laisser d'autres modules spécialisés, pour des laboratoires, la collecte de débris spatiaux, le lancement de drones, et aussi d'autres capsules de secours si un problème survenait à l'avion spatial – le vaisseau mère. À la longue, il y aurait une armada de MOBI et consorts là-haut.

— C'était un programme futuriste à l'époque, mais le futur frappe déjà à notre porte, déclare Dick.

Bien sûr, ce n'est pas une surprise que la Sierra Nevada Corporation aide la NASA et l'armée pour développer un nouvel engin spatial top-secret – et peut-être pas qu'un seul. Mais jamais je n'avais imaginé que je pourrais être une pièce importante de ce projet au-delà de ma participation durant sa phase de recherche et développement.

CARL m'informe que nous arrivons à destination dans trois minutes. Je ramasse mon manteau sur le siège à côté de moi. Je regrette ma tenue tactique. J'ai l'air ringarde dans ces habits de ville, avec un petit côté flic en civil. J'ai fait ce que j'ai pu pour suivre la consigne de Dick : « Pas d'uniforme, mais quelque chose qui fait pro. »

Je ne suis pas sûre d'avoir rempli le contrat avec mon tailleur-pantalon noir Banana Republic que j'ai trouvé dans un magasin d'usine et mes petites bottines (les plus élégantes que j'ai) enfilées à la hâte en quittant la maison. L'hélicoptère amorce sa descente. Nous survolons l'espace aérien le plus protégé du pays ! Nous contournons le Pentagone qui a des airs de Fort Monroe.

Les pierres tombales blanches du cimetière d'Arlington me font penser à des alignements de chewing-gum Chiclets. Le Lincoln Memorial se dresse tel un mausolée fier et austère. L'obélisque du Washington Monument semble sortir de terre, toujours plus haut, à mesure de notre approche. Dick ne craint pas d'être en retard. Les embouteillages et les problèmes de circulation n'existent pas pour celui qui suit les routes par les airs.

La Maison Blanche se trouve droit devant, un grand drapeau américain flotte sur son toit, où se tient un bataillon de tireurs d'élite, aussi immobiles que des statues surveillant une ville antique.

— Ils attendent de la visite ? dis-je en désignant les hommes en armes sur le toit.

Nous dépassons la fontaine de la pelouse sud…

Sur la gauche, le court de tennis niché derrière les arbres...

Les grands magnolias, la guérite des gardes...

— Le président de l'Ouganda doit rencontrer le nôtre, répond Dick. La sécurité a été renforcée pour de multiples raisons.

Dont notre présence, en conclus-je, tandis que nous nous approchons des trois plaques de métal circulaires posées sur la neige, une pour chaque roue de notre hélicoptère.

La Maison Blanche n'a pas d'héliport, et la zone d'atterrissage est très précisément indiquée. Il ne faudrait pas que les turbulences du rotor n'endommagent la Roseraie ou les arbres que nombre de présidents et de First Ladies ont plantés à l'aide de pelles dorées. Le portique sud, avec son double escalier et ses six colonnes en arc de cercle, se dresse derrière mon hublot, tandis que les pales soulèvent un nuage de neige. Nous nous posons avec douceur, comme sur un matelas de plumes.

Les turbines sont coupées. Le rotor commence à ralentir tandis que des agents du Secret Service, munis d'oreillettes et en tenues de combat, se mettent en position. Nous détachons nos harnais, attendons que le silence revienne et que les pales s'arrêtent complètement, et enfilons nos manteaux. Dick me tend mon sac à dos, mais me conseille de laisser le reste.

L'hélicoptère va nous attendre, et nous ramener à Langley, m'explique-t-il. Si je reviens à la maison après ça, pourquoi m'avoir demandé de prendre des affaires pour plusieurs jours ? Mais ce n'est pas le moment de poser des questions.

35.

L'aile ouest est sur notre gauche. Je suis surprise de constater que le chemin n'a pas été déblayé.

La neige est profonde par endroits et s'infiltre dans mes bottines. Lorsque nous arrivons enfin sur le sol pavé, mes chaussettes sont trempées et mes pieds ne vont pas tarder à me démanger. J'espère que ça ne va pas faire *scrouich-scrouich* en marchant ! Ce serait le pompon ! Déjà que je ne suis pas à mon avantage avec ces habits.

— Je ne comprends pas pourquoi tu ne m'en as pas parlé avant, finis-je par dire, alors que nous longeons de grands buis, des lampadaires noirs. (Bien sûr, il y a des caméras et des micros partout.) Je ne suis plus une enfant. Il n'y a aucune raison que toi et maman me cachiez des choses.

Cela me paraît bizarre de m'exprimer ainsi, comme s'il était mon père.

— On te communique ce qu'il faut que tu saches, et quand c'est le bon moment, Calli.

Fin de la discussion. Et je n'apprécie pas.

Mais c'est forcément une mauvaise idée de se chamailler sur le perron de la Maison Blanche, frappé du sceau présidentiel, avec son cordon d'agents du Secret Service en tenue de combat. Puisque nous avons atterri sur la pelouse, nous n'avons pas passé les contrôles habituels. Une fois dans les murs, un agent en costume et lunettes noirs nous demande nos papiers.

Si profond dans la forteresse, il n'y a pas de portail de sécurité à rayons X. Nous avons simplement droit au scanner à main. Et bien sûr, je m'inquiète – est-ce que mon HOTE va être découvert ? Même si Dick m'a assuré que je ne risquais rien. Mais je ne déclenche aucune alarme. À voir la réaction des gardes, ou plutôt leur absence de réaction, c'est RAS pour eux.

Passé le contrôle, il y a une salle avec une moquette bleue, des fauteuils et des divans tout aussi bleus. Les murs sont ornés de grands tableaux. Le président de l'Ouganda est là, avec sa délégation ; tous sont tirés à quatre épingles et nous ignorent avec superbe. Nous leur rendons la pareille pendant que Dick m'entraîne vers un canapé. Je suis surprise par l'agitation qui règne ici. On se croirait dans les locaux d'une quelconque entreprise, dans une salle d'attente cossue où ne cessent de passer des employés pressés.

Beaucoup portent des uniformes. L'aile ouest est le fief de la White House Military Office, la WHMO (prononcez *whamo*). La plupart des gens sont bien mieux habillés que moi. Pour l'instant, je suis la seule femme qui ne porte pas de jupe.

— Nous sommes en avance. Si tu veux aller te rafraîchir, tu as six minutes devant toi, m'annonce Dick alors que je contemple ce tableau que je connais si bien : *Washington traversant le Delaware*. Mais cette fois, c'est l'original.

Emmanuel Leutze, 1851, m'informe CARL dans mes IRIS. Un prêt gracieux du Metropolitan. Mais je suis persuadée que la Maison Blanche peut emprunter ce qu'elle veut dans nos musées. Je contemple la grosse horloge dorée avec son aigle sur le dessus, les bibliothèques d'acajou, et d'autres tableaux représentant le parc du Yosemite et son Old Faithful.

Les gens vont et viennent, affairés et dans leur bulle, certains ont des écharpes autour du cou, mais aucun n'a de manteau. Je m'empresse d'enlever le mien. Pourquoi ne l'ai-je pas laissé dans l'hélicoptère ? Je regrette plus encore que mes chaussettes soient trempées. Et comme je l'avais prévu, mes pieds commencent à me démanger. Je demande à Dick où sont les toilettes pour dames. Il m'indique le bout du couloir. Et j'aperçois du coin de l'œil un éclair rouge.

Neva Rong ! Avec son tailleur rubis impeccable, perchée sur des hauts talons qui n'en finissent pas. Elle sort du hall de contrôle, sans jeter un regard dans notre direction, mais je suis certaine que la lionne nous a repérés. De toute façon, elle a vu arriver notre hélicoptère. Et elle se dirige vers l'endroit que vient de m'indiquer Dick.

— Tu peux attendre un peu. Rien ne presse, m'annonce Dick.

— Tu l'as vue aussi ?

— C'est une habituée des lieux. Je l'ai déjà croisée ici. Parfois elle est tout sucre et tout miel. Parfois, elle me snobe carrément.

— Elle n'a pas intérêt à assister à la réunion avec nous. (Comme si j'avais mon mot à dire !)

Bien sûr que non. Ici, c'est moi la pièce rapportée. Il y a une heure encore, j'ignorais jusqu'à l'existence de ce rendez-vous !

— Elle n'y assistera pas, m'assure Dick. (Je me lève de mon siège.) Attends un peu, insiste-t-il. Tu as le temps.

L'horloge tourne. Je ne veux pas être en retard, mais je suis gênée par mes pieds mouillés, et par d'autres besoins aussi. J'ai autant le droit de me servir des toilettes que Neva Rong ! Je me dirige donc vers le passage au fond du couloir. Les murs sont décorés de photographies du couple présidentiel montant à bord de *Air Force One*, assistant à des réceptions mondaines, visitant des sites de catastrophes.

J'atteins les toilettes pour dames quand Neva en sort. On manque de se rentrer dedans.

— Ce sont des toilettes individuelles, commente-t-elle en refermant son flacon doré de baume à lèvres avant de le ranger dans son sac à main noir en peau d'anguille.

Derrière elle, j'aperçois un lavabo en porcelaine, des toilettes, et encore des tableaux et beaucoup de dorures.

— Qu'est-ce qui vous amène si tôt un lundi matin ? (Je lui pose la question comme si j'avais carrément mes quartiers ici.) Vous avez le don de débarquer sans crier gare. Comme lorsque vous avez rendu visite à votre sœur ou pour votre petite scène à la morgue.

Je ne retiens pas mes coups.

— Vous savez, votre vie pourrait être plus simple et bien moins morose, réplique Neva en sortant dans le couloir, sans prêter attention aux gens.

— Je vous présente toutes mes condoléances pour Vera, dis-je pour appuyer là où ça fait mal, en m'efforçant d'oublier mes pieds qui me démangent. (J'ai l'impression qu'on a mis du poil à gratter dans mes chaussettes !) Ce doit être très dur pour vous puisque vous avez vu votre sœur juste avant de venir à Wallops pour assister à ce tir raté. Sans compter qu'en ce moment, pour vous Neva, rien *ne-va* plus.

Un éclair de fureur passe dans ses yeux quand elle saisit le message et le jeu de mots.

— Vous seriez bien plus utile ailleurs, Calli, si vous aviez une vision plus large, au lieu de vous battre contre des moulins à vent. Ouvrez les yeux. Regardez où vous êtes. C'est ça que vous voulez vraiment ? Cela vous convient ?

— Absolument. C'est ce qu'il y a de mieux, pour moi et les miens.

— Pour les vôtres, sans doute... (Son visage se durcit, plein de mépris. L'espace d'un instant, je vois la bête en elle.) Vous n'en avez pas assez de vous démener pour rien ? Quand vous voudrez passer dans le privé, là où les choses se font vraiment, appelez-moi.

— Ne comptez pas trop là-dessus. Ça *ne-va* pas se faire. (Je me moque d'elle une nouvelle fois.)

— Maintenant, si vous voulez bien m'excuser. Je dois vous laisser. (Elle m'adresse un sourire glacial.) J'ai rendez-vous avec deux présidents et je ne veux pas les faire attendre.

00 : 00 : 00 : 00

Je ferme la porte des toilettes, me passe de l'eau sur le visage, m'assois sur la cuvette pour retirer mes chaussures. J'ôte mes chaussettes trempées, ne sachant trop qu'en faire. J'essaie de me calmer. Mes mains tremblent.

— Et zut ! (Je balance mes chaussettes dans la poubelle. Je me sens encore plus poisseuse.)

Lorsque je retourne dans le salon, je découvre que Conn a rejoint Dick. Si lui a le droit d'être ici en tenue de pilote, pourquoi ai-je été obligée de me déguiser en plouc ?

— Tout va bien ? s'enquiert Dick. (Peut-être ne devrais-je plus jamais suivre ses conseils dans le domaine vestimentaire !) Tu parais troublée.

Bien sûr, toutes mes constantes et autres indicateurs métaboliques lui sont transmis, à lui et peut-être aussi à d'autres gens.

— Neva Rong vient en gros de m'offrir un poste.

— Cela ne m'étonne pas, répond-il alors qu'un agent des Secret Service apparaît pour nous conduire à la salle de crise.

Nous traversons le salon, descendons un escalier et dépassons le mess de la Navy. À cette heure, il y a du monde pour le petit déjeuner. En passant, je sens la délicieuse odeur du bacon grillé. J'entrevois une moquette bleue, des peintures marines aux murs, et des hauts officiers installés à des tables tendues de nappes, azur elles aussi. Nous longeons encore un petit couloir qui débouche sur une lourde porte en chêne. Juste à côté, il y a un téléphone rouge fixé au mur.

L'agent nous fait entrer dans la succession de bureaux et de salles de travail où sont traitées les informations les plus sensibles de la planète. Dans le hall de réception, on nous donne la clé d'un vestiaire où nous devons déposer ordinateurs, téléphones et autres appareils électroniques. J'ai laissé mes VERREs dans l'hélicoptère, mais j'ai toujours sur moi mes IRIS et mon LACET. Personne ne remarque rien.

Je reconnais la salle de crise grâce aux photos parues dans les médias – une grande table de réunion, équipée de sièges de cuir noir. Les murs sont couverts d'écrans plats retransmettant des dizaines d'images. L'ISS, la station spatiale internationale. Le cosmodrome de Baïkonour, des images de la Chine vue de l'espace. Plus les cartes des satellites et autres débris orbitant autour de la Terre comme autant d'électrons d'un atome.

Dick évite la chaise en bout de table, et celle placée juste à sa droite. Il s'assoit. Conn et moi nous installons de part et d'autre de lui. Je contemple les monceaux de dossiers, les bouteilles d'eau, les costumes sombres, les chemises blanches, les cravates. Je reconnais la plupart des personnalités présentes. CARL, de son propre chef, m'indique dans mes IRIS à qui j'ai affaire – comme si je débarquais de ma campagne !

Pourtant c'est bien l'impression que j'ai, avec mes pieds nus dans les chaussures, mon tailleur de vente flash, entourée que je suis par ces sommités olympiennes. Le secrétaire d'État et toutes les grandes agences sont là : la NASA, la DARPA, le Secret Service, la NSA, le NRO (le National Reconnaissance Office), la DIA (la Defense Intelligence Agency) et la DIU (la Defense Innovation Unit du Pentagone).

Orbite

Toutes ces personnes sont bien plus importantes que moi, et c'est un euphémisme ; je me sens aussi misérable que Lex quand il va à la banque alimentaire ou prend le bus. Je tourne la tête vers la porte en entendant des bruits de pas. Le président des États-Unis et le vice-président entrent en scène et prennent place en bout de table. On fouille fébrilement dans les piles de papiers, on se salue, on s'échange quelques mots de bienvenue.

— Monsieur le président, monsieur le vice-président, bonjour, commence Dick. (Il manipule une tablette qui commande les écrans muraux. Visiblement, il a déjà fait ça un millier de fois.) Ainsi que le rapportent les documents devant vous, vous n'êtes pas sans savoir que nous avons été, la semaine dernière, victimes d'une cyberattaque quasiment sans précédent.

Le président lève l'index, comme chaque fois qu'il compte interrompre son interlocuteur.

— Nous sommes en cyberguerre. Absolument, annonce-t-il (fidèle à son habitude, il parle sans détour.) C'est une course à l'armement spatial. (Il débouche une bouteille d'eau et boit au goulot.) Quand la population va-t-elle le comprendre ? Ce n'est pas un risque, ni une éventualité. Cela se passe ici et maintenant ! Nos satellites ont été attaqués, des agressions manifestes se produisent depuis plusieurs mois. Ça suffit ! Et c'est précisément l'objet de cette réunion. Il faut arrêter cela.

En prononçant ces mots, il me regarde dans les yeux. Mais ce doit être mon imagination...

— Nous « supposons » qu'il s'agit d'une attaque, corrige la CIA. Pour l'heure, tout ce que nous savons, c'est que quelque chose a provoqué la transmission de données erronées.

— Et c'est bien ce qui nous inquiète, intervient le vice-président. Il n'y a pas de plus grand danger.

— Je préfère avoir dix satellites HS plutôt qu'un seul avec des bugs, renchérit la NSA.

Le Secret Service, la NASA et le Pentagone acquiescent. Tout le monde dodeline de la tête en fouillant dans ses papiers.

— Je vais vous montrer un exemple, poursuit Dick en prenant la tablette. Un incident survenu en Syrie l'été dernier, avec l'un de nos prototypes. (Quel prototype ? Mystère !) Des coordonnées GPS incorrectes ont été envoyées à une troupe de la Delta Force, et elle s'est retrouvée exactement là où il ne fallait pas. Regardez plutôt.

Tous les regards se tournent vers les écrans où démarre la vidéo. On entend le grondement sourd de gros moteurs diesel. Des tourbillons de sable occultent la mire verte d'une caméra infrarouge. Des réfugiés, le visage hagard, se tiennent sur le seuil des maisons éventrées par les bombes, ou aux fenêtres des façades d'immeubles constellées de trous d'obus.

Je reconnais la région dévastée de Raqqa, avec ses ruines antiques, tandis qu'un hélicoptère de combat file à basse altitude. Un Black Hawk MH-60L en version Direct Action Penetrator (DAP), avec sous ses moignons d'ailes des missiles air-air, une batterie de roquettes, deux mitraillettes mini-Gatlings, des Hellfires antichars et, sous son ventre, un canon mitrailleur M230.

Il rejoint l'Euphrate, frôle l'eau, aussi gracieux qu'un oiseau de proie. La vue suivante nous transporte dans le cockpit. À la radio résonnent des crépitements d'armes automatiques ; et d'un coup Carmé est là, coiffée de son casque de combat, pilotant en solo sur le fauteuil de droite, environnée par des piles de munitions, devant une batterie d'écrans qui affichent informations techniques et données de vol.

Ma sœur effectue une série de violents lacets, les instruments de bord sont tous dans le rouge, nos troupes Delta sont encerclées et vont se faire massacrer. Les échanges à la radio sont frénétiques. La situation au sol est critique.

— Ici Kilo 1-5, notre position est compromise. Demande Force d'Intervention Rapide ! Tout de suite.
— Négatif pour FIR, Kilo 1-5.
— Kilo 1-5 demande largage munitions immédiat.
— Négatif.
— Alors soutien aérien. Envoyez-nous des F-18 !

Carmé a son LACET au poignet. Et sa combinaison de vol doit être spéciale et lardée de capteurs. C'est ce que je suppose quand je vois son doigt ganté appuyer sur le bouton radio du manche de pas cyclique.

— Kilo 1-5, forces ennemies en visuel. Danger imminent. Cinq kilomètres au nord.

La voix de Carmé à la radio ressemble la mienne. Elle amorce une boucle serrée sur la droite, dans un rugissement de turbine.

— Vous n'êtes pas autorisée à engager le combat. Je répète. Ne pas engager le combat.

— C'est trop tard !

Mon cœur cogne dans ma poitrine quand je la vois descendre en piqué sur le théâtre des combats, s'arrêter en vol stationnaire pour faire face aux rebelles au sol.

Les mitraillettes rugissent. RATATATATATA... Les Hellfires partent. BAM ! BAM ! La terre explose, au loin le grand barrage de Taqba...

Dick arrête la vidéo.

— Comme vous le voyez, une information erronée a engendré une situation critique. Par chance, le pilote se trouvait dans le secteur quand c'est arrivé. (Il ne précise pas que le pilote en question est ma sœur jumelle.) Il a désobéi aux ordres. Ce n'est pas ce que l'on recommande chez nous, mais cette fois cela a été utile.

Ça discute beaucoup autour de la table au sujet d'autres incidents dont je n'avais nulle connaissance. Des catastrophes évitées de justesse à cause de données corrompues qui ont engendré de mauvaises décisions, comme pour cette unité de la Delta Force que ma sœur a sauvée.

— Pour l'ennemi, il est plus rentable d'endommager les systèmes d'un satellite que de le détruire, fais-je remarquer. (Puisque je suis là, je dois avoir le droit de parler.) Il n'y a pas pire danger que de fausses données.

— Exactement, confirme Dick.

Le président lève à nouveau son index tout en prenant des notes.

— Quelqu'un aurait donc envoyé, à notre insu, une arme dans l'espace ?

— C'est très probable, répond Dick en affichant une carte où figure le déplacement d'un engin autour de la Terre.

Ça ressemble à un satellite, sauf qu'il passe d'une orbite à une autre, et je n'en connais aucun qui puisse faire ça.

36.

— Ce n'est pas flagrant ici, commence Conn en attirant notre attention sur l'orbite géostationnaire (la GEO) affichée sur un autre écran. Mais ce petit point de lumière que vous voyez se déplacer en accéléré se dirige vers l'un de nos appareils, un satellite de plusieurs milliards de dollars capable d'écouter des conversations et de mener des missions de reconnaissance.

— Il s'agit de l'USA-555A, reprend Dick. Il a été lancé en secret voilà trois semaines du Kennedy Space Center. Le souci, c'est qu'un ennemi connaît son existence. Et maintenant, il a cet engin non identifié aux trousses.

— Nous n'étions pas au courant du lancement de ce satellite espion, s'étonne la NSA. L'info aurait quand même fuité ?

— Non, pas que je sache. Mais nous espérions faire croire à nos adversaires que quelque chose de ce genre se trouvait dans la soute de la fusée qui a explosé la semaine dernière. On a tout fait pour ça.

— Histoire de tirer profit de la catastrophe, explique Conn. Mais cela n'a pas fonctionné. Apparemment, l'ennemi sait que l'USA-555A est en orbite et il l'a en ligne de mire.

— Ceux qui sont derrière ça ont monté la menace d'un cran. L'attaque est imminente, ajoute Dick. Nous ne savons pas à quelle sorte d'engin nous avons affaire, mais il est, à l'évidence, équipé de propulseurs pour pouvoir ainsi changer de trajectoire. Et maintenant, il est sur la même orbite que notre satellite.

— Heureusement, ce vaisseau ennemi n'est pas très rapide, intervient le Pentagone.

— Oui, heureusement. C'est le plus véloce qui l'emportera ! Nous pouvons encore arriver les premiers. Ensuite, il nous faudra trouver le moyen d'éliminer le danger, ce qui n'est pas gagné.

J'aurais préféré entendre autre chose.

— De combien de temps disposons-nous ? s'enquiert le Secret Service. Cela fait cinq jours que cet engin a changé d'orbite.

— D'après nos calculs, répond Dick, il devrait arriver à portée demain à H-0900 UTC. Soit 16 heures à Washington.

Maintenant je comprends l'urgence !

Voilà pourquoi les événements se sont précipités cette semaine. Ce n'est pas juste à cause de cette puce DIEU qui a disparu, mais de ce vaisseau ennemi qui fonce sur la GEO.

— Nous devons empêcher une autre attaque sur nos satellites, en particulier sur celui-là, le plus sensible d'entre tous, explique Dick. Il nous faut comprendre qui est aux manettes et comment il s'y prend, et neutraliser la menace.

— C'est du pur sabotage ! s'exclame le secrétaire d'État.

— Du terrorisme galactique, renchérit la CIA, l'air grave.

— C'est l'une des grandes craintes de l'Ouganda, déclare le président, le doigt levé. Les nations hésitent à investir dans un programme spatial si ce genre de choses se produit.

— Il s'agit forcément d'une arme. Une arme en orbite ! ajoute la DIA.

Le Secret Service s'inquiète :

— Pourquoi ne l'a-t-on pas repéré sur nos radars ?
Le vice-président voit rouge.
— Comment un vaisseau armé peut-il se trouver là-haut sans qu'on le sache !
— Il est sans doute fait d'un matériau invisible pour nos signaux, suggère la DARPA.
— Oui, comme du plastique, interviens-je pour participer au débat. C'est carrément transparent pour nos radars, en particulier si l'on ne sait pas ce que l'on cherche. Cela devient d'ailleurs un gros problème avec les débris dans l'espace. Beaucoup de CubeSats et autres nano-satellites sont en plastique ou en matériaux composites dépourvus de métal.
— La semaine dernière, nous avons perdu la communication avec la station spatiale internationale, précise Dick. Et il y a eu d'autres dysfonctionnements qui auraient pu être fatals pour nos astronautes qui étaient en sortie extravéhiculaire pour installer un nœud quantique sur la poutre. La commandante de l'ISS était juchée sur le bras articulé quand il est tombé en panne. Et elle s'est retrouvée coincée.
Il touche la tablette pour lancer une autre vidéo.
L'astronaute Peggy Whitson et Jack Fisher flottent en apesanteur dans la station, les pieds glissés dans des sangles pour rester en place. Tous deux ont leur tête des mauvais jours. Ils ne sont pas mieux habillés que moi, et cela me rassure. Pantalon de toile, polo avec leurs insignes de mission, et en chaussettes.
— ... il y a eu plusieurs pannes simultanées, explique Peggy en regardant la caméra. (Malgré les sangles, elle oscille un peu dans le cadre.) Les deux circuits électriques alimentant les commandes du bras, le principal et son doublon, se sont retrouvés HS.
— Et il y a eu une autre panne, totalement indépendante, ajoute Jack Fisher. Le système de communication. Encore une fois le double circuit a été...
Dick coupe l'enregistrement et conclut :

— Cette succession d'incidents, juste après le problème à Wallops, ne peut être une coïncidence. Après examen des commandes envoyées à la station, on a découvert que certaines ne provenaient pas de Langley.

— Du piratage ? demande le secrétaire d'État.

— En fait, c'est pire que ça, répond Dick. Ces instructions erronées ont été envoyées par l'un de nos propres satellites de communication en GEO. Et c'est le même problème qui nous a contraints à détruire le lanceur à Wallops.

À ces mots, je songe à Lex. On ne cause pas des dégâts dans un satellite de communication en composant un numéro avec un TOC.

— Je ne comprends pas, insiste la NSA. Si un satellite a une avarie, comment peut-il envoyer de fausses instructions à des cibles aussi fines qu'une fusée cargo ou que l'ISS ? Cela demande une grande précision.

— Pas forcément, si le satellite fait partie de l'escouade qui assure les communications avec l'ISS ou Wallops, réplique Conn (j'étais à deux doigts de faire la remarque). Il suffit alors de l'endommager suffisamment, et il y a de bonnes chances que cela crée de gros problèmes en aval, pour ne pas dire un désastre.

— Exactement, poursuis-je. Lorsqu'une mauvaise commande est envoyée à une fusée ou à une antenne qui assure la liaison, peu importe l'origine du message ou son contenu, on ne prend aucun risque. On appuie sur le bouton rouge. Quand de fausses instructions sont transmises à la station spatiale, elle perd ses communications et l'alimentation de son bras robotisé. Mais cela aurait pu provoquer d'autres avaries, tout aussi graves.

— Ça fait froid dans le dos, maugrée le vice-président en prenant des notes dans son calepin.

— En d'autres termes, ce n'est pas près de s'arrêter, conclut le président, entre ses dents. Qu'est-ce que vous proposez ?

— Envoyer un véhicule là-haut pour intercepter l'intrus, répond Dick. Il faut s'approcher assez près pour détecter son signal, ce que nous ne pouvons faire d'ici. Ou mieux encore, l'avoir en visuel. Comprendre à quoi nous avons affaire.

— Parce qu'on a un véhicule pour ça ? s'étonne la CIA. Première nouvelle !

Quelques petits rires tendus fusent.

— C'est le secret le mieux gardé de ces dernières années – peut-être même de toute notre histoire, explique Dick. Et un élément essentiel du programme Gemini, précise-t-il, comme si tout le monde à cette table savait de quoi il parlait. (J'en vois certains qui hochent la tête.) Vous connaissez certes la mission de la Space Force, mais voici une réalisation que vous ignorez...

Une image s'affiche sur les grands écrans : un hangar immaculé, abritant un véhicule ressemblant à une navette spatiale miniature, en plus élancé, avec de petites ailes déformables, comme celui que j'ai vu dans la soufflerie. Son étrange revêtement est d'un gris-bleu sombre, et sous les lumières, on distingue tout un réseau de filaments métalliques à sa surface.

Cet engin ne nécessite qu'un seul pilote, assisté d'une IA, explique Dick. (L'IA en question est CARL, mais ce détail est passé sous silence.) C'est un Patrouilleur à Émulation Quantique et Orbiteur de Défense.

— Le PEQUOD, comme dans *Moby Dick*, précise-t-il. (Je me demande si quelqu'un a noté la double ironie de la chose, puisque le nom de famille de Dick est Melville.) En référence au célèbre baleinier peint en noir et décoré d'os et de dents de cachalots.

00 : 00 : 00 : 00

À midi, notre hélicoptère survole lentement la piste, comme un gros bourdon, en direction du plus vieux hangar d'aviation de la NASA, construit en 1951, dont les flancs de métal fatigués ne reflètent plus la lumière du soleil.

Le radôme blanc sur le toit, où s'est cachée Carmé la semaine dernière, se découpe telle une boule de neige sur le ciel désormais sans nuages. Le grand logo bleu de la NASA, patiné par le temps, est à peine visible sur les grandes portes coulissantes, mais conserve une certaine splendeur. C'est fou ce qui s'est passé depuis que Dick et sa troupe m'ont poursuivie ! Dire qu'ils m'ont plaquée au sol et que je me suis retrouvée le visage dans la neige...

Notre oiseau de métal se pose à distance respectable d'un avion qui n'était pas là ce matin. Sa queue en « T », et ses ailes penchées sont typiques. Un Boeing C-17. Avec sa porte de chargement béante, le transporteur ressemble au requin géant des *Dents de la mer*. Les équipes de chargement ramassent des planches et des cales de bois sur le tarmac. À l'évidence, un gros colis sur roues a été hissé dans la soute.

Par l'ouverture, j'aperçois les techniciens armés de sangles qui finissent d'arrimer la cargaison. Dans ces caisses et sous ces bâches, il y a peut-être la maquette du MOBI qui a subi le test d'amerrissage au portique hier après-midi, ou l'aile high-tech aux reflets iridescents que j'ai aperçue dans la soufflerie, ou encore des armes et autres équipements militaires, destinés à Cap Canaveral.

Lorsque nous descendons de l'hélicoptère, nos vêtements claquent dans les turbulences du rotor qui tourne encore. Si j'avais deux sous de jugeote, je me sauverais à toutes jambes. J'avouerais à Dick que je suis honorée – plus que ça, reconnaissante –, que je sais tout ce qu'il a fait et prévu pour moi depuis le jour de ma naissance, et peut-être bien avant encore. Mais que je ne suis pas prête. Comment pourrais-je l'être ? Et papa, et maman, qu'est-ce qu'ils en pensent ?

Ou Carmé ? Pourquoi pas ma sœur, ma tête brûlée de sœur, plutôt que moi ? Elle n'a peur de rien, sinon de l'ennui. Et elle est de taille à affronter toutes les crises. Il suffit de voir sa réaction sur la vidéo quand elle a sauvé toute seule une escouade entière de la Delta Force. Quoi qu'on en dise, je ne suis pas à la hauteur, pas de taille pour gérer cette situation inédite. C'est la triste vérité.

Je dois rentrer chez moi, là où est ma place, c'est ce que j'ai de mieux à faire – pour tout le monde. Mais au lieu de ça, je suis Dick, en évitant les flaques de neige fondue. Fidèle à moi-même. À mon crédit – du moins c'est ce que je me raconte –, je suis plutôt douée pour cacher mes émotions, pour ne pas montrer ma colère, parce que je n'ai plus aucune intimité, plus de libre arbitre, pas même de véritable vie.

Je ne laisse donc rien transparaître tandis que je me tourne vers l'hélicoptère et fais un petit signe pour saluer nos pilotes. En réalité, c'est à Conn Lacrosse que je dis au revoir. Derrière son pare-brise, il me répond avec un grand sourire. Et lève le pouce pour m'encourager.

Je ne sais pas pourquoi. Est-ce parce que j'ai survécu à ma première réunion à la Maison Blanche ? Ou alors, peut-être qu'il me félicite parce que je vais monter dans un avion militaire de transport hypercool qui peut atterrir sur un mouchoir de poche – une route, un champ –, faire demi-tour et redécoller.

Peut-être aussi est-ce parce que je pars pour le centre spatial Kennedy. Et même s'il n'y a rien de plus excitant pour quelqu'un comme moi, qui a toujours rêvé d'être astronaute, cela m'a fait un choc d'apprendre la nouvelle en même temps que le président des États-Unis et tous ceux présents dans la salle de crise. Hormis Conn, bien sûr. Lui savait ce qui m'attendait car, comme dit maman, Dick et lui sont « comme cul et chemise ».

Sans me consulter, ils m'ont portée volontaire devant cette docte assemblée ! Comment refuser après ça ? Il aurait été malvenu d'expliquer au président que je connais mes lacunes (ce qui est ma seule fierté), et que quelqu'un d'autre serait plus indiqué pour régler ce problème. Je l'imagine déjà lever son index, pour me demander où est passé mon patriotisme.

Dick et Conn m'ont fait un tour de cochon. Mais j'ai décidé de ne pas prendre la mouche, de la jouer collectif. J'ai même déclaré à mon homologue cachottier du Secret Service que j'étais impressionnée par ses talents de pilote. Pour son atterrissage sur la pelouse sud, je lui ai donné un neuf sur dix. Et autant pour son décollage.

— Pourquoi juste neuf ?
— Cela te donne une marge de progression.
— Mais pourquoi m'enlever un point ?
— Peut-être que la prochaine fois tu feras le plein.

Puis nous avons évoqué l'idée de boire une bière un de ces jours.

Finalement ça ressemble pas mal à mon échange avec Davy Crockett. Sauf que Conn Lacrosse n'est pas agaçant du tout, qu'il ne se donne pas des airs de gros dur, et que Carmé n'est pour rien dans ce rapprochement. Conn et moi avons beaucoup en commun même si j'ignore qui il est vraiment. Peut-être est-il un vil personnage, un as de la manipulation.

Il pourrait être marié, avec des enfants, dans une autre vie, voire un simple dragueur (pourquoi pas ?). Le véritable Conn pourrait être méchant avec les animaux comme avec les femmes (même s'il paraît être un gars gentil). Comment savoir ce qui est vrai quand on a affaire à un espion ?

Pourquoi lui ferais-je davantage confiance qu'à un VRP ou un acteur ? Peut-être est-ce un effet de mon

HOTE, mais je me trouve plus amicale, plus sociable avec les hommes, peut-être même avec tout le monde – une nouvelle appétence, comme mes fringales ? Cela risque de se retourner contre moi. C'est couru d'avance !

— Une journée pleine de surprises, comme on dit, résume Dick tandis que nous marchons vers le C-17.

Et elle n'est pas finie !

— J'ai cessé de m'inquiéter, de me demander si je fais le bon choix ou non.

Et c'est la vérité.

— Tu as toujours su ce que tu faisais.

— Pas du tout. Comment savoir si je suis à la hauteur puisque je ne l'ai jamais fait.

— Il y a une première fois à tout. En particulier pour ceux qui vont dans l'espace. L'entraînement a lieu ici, sur terre. Et pour une bonne part, c'est en réalité virtuelle. Tu connais ça depuis des années. Tu ne montes jamais réellement dans une fusée, tu ne sors jamais dans l'espace, avant de le faire pour de vrai.

Nous atteignons la porte de l'avion.

Nos pas résonnent sur les marches de métal. J'entends les vérins se mettre en branle, relevant la grande porte arrière comme un pont-levis. Le poste de pilotage est sur notre gauche. Le pilote et son chef de soute se mettent aussitôt au garde-à-vous, mains sur la tempe.

— Bonsoir, mon général !

— Bienvenue à bord, mon général !

Ils se tournent vers moi. Pas de salut, tout juste un regard.

— Tout va bien de votre côté ?

En comparaison de Sa Grandeur, je ne suis que du menu fretin.

— Oui, merci, réponds-je, sachant que personne ne m'écoute.

— Vous savez où nous trouver, les informe Dick. Et pour ce que j'ai demandé ?

— C'est fait, mon général. Tout est là. Si vous avez besoin de quoi que ce soit d'autre, demandez-le-nous. J'ai veillé à ce qu'il y ait du papier dans les toilettes.
— Excellente initiative, plaisante Dick.
— Merci beaucoup, dis-je. (Et je suis sincère.)

37.

Une fois entrée dans l'avion, j'ai l'impression de me trouver dans un sous-marin. Il n'y a aucun hublot et l'éclairage est chiche. Nous sommes seuls.

Les concepteurs des avions de transport militaire ne se soucient guère du confort. Et tout matériel inflammable est proscrit. Du métal partout, des sols nus en fer, des sangles d'arrimage, et bien sûr pas de doublage aux parois pour cacher les câbles et conduites comme sur un aéronef de ligne.

— J'ai eu une idée de génie hier soir, quand j'ai vu le manifeste de bord, explique Dick tandis que nous nous dirigeons vers la queue de l'avion, nos pas résonnant sur les caillebotis.

Je sens le froid du métal traverser mes semelles. Mes bottines, qui ont déjà montré leurs limites dans la neige, ne s'annoncent guère plus appropriées ici. Les seuls sièges que j'aperçois ressemblent à des fauteuils pliants de camping. C'est là que les troupes prennent place pendant le vol. Mais nous ne nous arrêtons pas. Je suis Dick dans la soute où nous nous frayons un chemin entre les caisses emmaillotées de film plastique, fixées aux anneaux d'arrimage.

— Un sac de couchage, c'est une bonne option, explique-t-il. (Il semble dans son élément, ici.) Mais le problème c'est le sol. Il est vraiment très dur et très froid.

Autrement dit, le voyage ne va pas être une partie de plaisir.

— C'est sûr... je vois déjà mon haleine ! Qu'est-ce que ça sera à trente mille pieds !

À ces mots, CARL s'empresse de m'annoncer dans mes IRIS qu'il fait effectivement frisquet à cette altitude : - 44,44° C. En arrivant au fond de la soute, je comprends pourquoi il y avait ces planches et ces cales sur le tarmac. Un magnifique Sikorsky HH-60W se dresse devant moi. Ses quatre pales ont été repliées et ficelées à la queue pour pouvoir le faire rentrer dans l'avion.

— Il est censé remplacer le Black Hawk, m'apprend Dick.

Encore une surprise !

— Combien de temps tu vas me mettre au supplice comme ça ?

Mon envie de piloter est irrépressible. Comme mon envie de manger. Mon estomac vide ne cesse de me torturer.

— Il est en phase d'essais. Et nous l'emmenons sur le Skid Strip. (Il parle de la célèbre piste de la base de Cap Canaveral.) Ce n'est pas aussi confortable que ton salon, mais c'est beaucoup mieux que ces strapontins infâmes ou les caillebotis.

Il ouvre la porte du cockpit et m'invite à monter.

C'est peut-être puéril mais je suis contente de le voir s'installer sur le siège de gauche. Cela me paraît normal d'avoir la place de droite ; ici, c'est moi la pilote d'hélicoptère. Et c'est moi qui vais aller dans l'espace. Et puisque je serai seule dans ma Chasewing (si je ne compte pas CARL), je suis *de facto* la commandante de bord. Et c'est bien que Dick me considère comme tel.

— Une petite boisson ? propose-t-il en se penchant derrière le siège pour attraper des couvertures et un sac isotherme.

Il en sort une bouteille thermos.

— Encore une première ! s'exclame-t-il en prenant deux grands gobelets. Un tea-time à bord d'un hélicoptère dans le ventre d'un avion.

Du thé ? C'est tout ? Je n'en reviens pas !

— Un truc que j'ai appris après des années passées dans les transports de militaires, continue-t-il, tout fier. D'abord se trouver un endroit à peu près confortable, comme un Humvee. Un hélicoptère. Un char. Surtout s'il s'agit d'aller à l'autre bout de la planète.

— Si je comprends bien, il n'y a rien à manger de solide ? Parce que tu crains que j'aie le mal de l'air ? Pour ta gouverne, cela risque plus d'arriver avec l'estomac vide ! (Je suis déçue, pour ne pas dire fâchée.) Et j'ajoute que je suis immunisée contre ce genre de désagrément puisque je suis désormais une wonderwoman bionique.

— Que tu sois malade en avion est le cadet de mes soucis.

— Alors pourquoi sauter le déjeuner ? Pourquoi ne pas avoir commandé de la nourriture avec le thé ? (Le commandant de la Space Force peut réclamer ce qu'il veut, non ?) Et bien sûr, il n'y a rien non plus dans la cuisine de bord ?

Dick secoue la tête. Non, rien. Pas même un quignon de pain. Mon dernier repas, c'était ce matin quand ma mère m'a préparé deux sandwiches aux œufs, avant que je ne quitte la maison – et ça fait une éternité ! J'aurais bien aimé casser la croûte au mess de la Maison Blanche avant de partir. Mais Dick a mis son veto.

Je cite texto ce qu'il m'a répliqué : « On ne fait pas attendre un transporteur tactique militaire de cent quarante tonnes parce que tu as commandé un sandwich Reuben, même s'il est à emporter. »

— Je savais bien que tu serais en colère, me confie Dick en buvant son thé. J'ai attendu le plus longtemps possible pour t'annoncer la mauvaise nouvelle. Non, tu ne peux rien avaler aujourd'hui, ni ce soir, ni demain matin. Rien avant le décollage hormis du liquide. À la limite un cracker ou deux, c'est tout. Et après, ce sera la nourriture spatiale, que tu as déjà expérimentée.

— Quand j'étais enfermée à Dodd Hall. Comme le sachet de Lemon Punch. Et je ne parle pas des plats reconstitués que tu m'as fait ingurgiter quand j'étais dans les vapes.

— Ta mère et moi, nous nous sommes demandé s'il était raisonnable de te laisser manger ces deux sandwiches ce matin, poursuit Dick en consultant ses messages sur son téléphone – une manie chez lui.

— Comment ça ? Vous en avez parlé par SMS ?

Je n'en reviens pas.

— En fait...

Il hésite.

Et oui, c'est exactement ce qu'ils ont fait !

— Je ne peux donc plus rien décider par moi-même ?

Je suis à la fois agacée et un peu flattée, je dois le reconnaître.

— Selon Penny, que tu manges ou pas ce matin, le risque était le même. (On croirait que je vais subir une opération chirurgicale !) Et comme cette réunion à la Maison Blanche était importante, mieux valait éviter que tu sois en hypoglycémie.

— Ce qui m'arrive souvent en ce moment, concédé-je en prenant les couvertures qu'il me tend.

J'en déplie une sur mes jambes, et passe l'autre autour de mes épaules. Nous sommes assis côte à côte comme deux compagnons de chambrée dans notre petit nid. Derrière le pare-brise du Sikorsky, avec ses grands essuie-glaces, la carlingue de l'avion s'étend – un tunnel sombre, parsemé de caisses qui forment autant de masses noires –, avec tout au bout une lumière – le cockpit !

— La faim est une force puissante, commente Dick. Je suis désolé que tes appétits te tourmentent. (J'ai l'impression qu'il ne parle pas seulement du manque de nourriture.) Nous avons dû faire pas mal d'ajustements chez Carmé aussi.

— C'est comme si pour certaines choses, le niveau était réglé trop bas, et pour d'autres trop haut.

Mais je n'ai aucune envie d'entrer dans les détails.

— Il va falloir affiner les débits, c'est évident. (Comme si j'étais un carburateur !) Ça vient sans doute de l'hypothalamus. Mais je ne suis pas médecin.

— Alors, changeons de sujet.

Les pilotes ont démarré les quatre moteurs. Si nous n'étions pas assis dans l'hélicoptère avec les portes fermées, le vacarme m'aurait quasiment crevé les tympans.

— Alors ? Un bon thé chaud ? insiste Dick. Tu peux en boire autant que tu veux.

Il remplit son gobelet.

— C'est une mauvaise idée. Si tu vois ce que je veux dire. J'ignore comment sont les toilettes dans un engin comme ça et je préfère éviter d'y aller. Ce serait comme sortir d'une maison en plein hiver pour aller se soulager dans le cabanon au fond du jardin. Très peu pour moi !

00 : 00 : 00 : 00

— Tiens. (Il me tend un gobelet fumant.) Juste quelques gorgées, si tu ne veux pas aller aux W-C. Mais bientôt ce ne sera plus nécessaire. Et cela arrivera bien assez tôt !

Il me donne un petit coup de coude complice, comme quand Carmé et moi étions enfants.

— Je vais encore porter des couches ?

— Essaie de voir le bon côté des choses.

— Mon côté Pollyanna ne va pas jusque-là.

Je goûte le thé. Miel, citron, comme il l'a toujours aimé.

Puisque nous sommes isolés, dans notre cocon de pénombre, je veux qu'il soit honnête avec moi. Nous n'en sommes plus à prendre des gants.

— Neva Rong pourrait-elle connaître l'existence du PEQUOD ou du MOBI ? Si c'est le cas, depuis quand ? Elle pourrait détenir une technologie comparable à la nôtre, c'est ça ? (Reste la question cruciale :) Et si elle a carrément une longueur d'avance sur nous ?

Pour info, je pars affronter un engin qu'elle a lancé pour nous détruire.

— Notre technologie est totalement protégée, comme tous nos programmes. Mais avec elle, il faut s'attendre à tout. (Dick termine son thé. Il doit avoir une vessie démesurée.) Nous ne savons rien de ses ressources.

— Mais ce vaisseau a attaqué nos satellites. Et s'apprête à frapper de nouveau.

Emmitouflée dans les couvertures, je ramène les jambes sous mon menton.

— Oui, c'est sûrement elle qui est derrière tout ça, reconnaît Dick. (Le C-17 s'ébranle pour rejoindre la piste d'envol.) Elle recherche le pouvoir, à avoir la mainmise sur tout.

— Autant dire que je n'aurai pas le temps de faire un vol d'essai avec ma Chasewing. Ni même d'aller la voir dans le hangar. À cette heure demain, je serai en GEO, aux manettes d'un appareil que je n'aurai jamais piloté, et dont je ne connaissais l'existence que sur croquis et dans mon imagination.

— Tu t'es entraînée des milliers de fois sur simulateur, et la plupart de ses commandes, c'est toi qui les as conçues. Toi et ton père. Je ne te laisserais pas y aller si je pensais que tu n'es pas de taille.

— Tu es bien confiant.

— Parce que je sais ce dont tu es capable. Je te connais mieux que toi-même.

Le C-17 accélère soudain, les G nous plaquent dans nos sièges, au moment où l'appareil se cabre dans un rugissement de tornade.

— Et si je ne trouve rien demain ? reprends-je une fois le calme revenu. Si on ne sait toujours pas ce qui arrive à nos satellites ? Si notre espion de l'espace est quand même attaqué ? Bref, si j'échoue sur toute la ligne ?

— Là-haut, tu pourras détecter des choses qui nous sont invisibles en bas, répète-t-il. Grâce à ton IA et au réseau conducteur de ta combinaison, entre autres.

Les capteurs de ma Chasewing œuvreront de concert avec les miens, ce qui me permettra d'accroître mes capacités de détection, et donc de repérer un signal intrus. Avec le concours de CARL, une fois en GEO, nous tournerons autour de la Terre à bord d'un véhicule qui aura une finesse d'analyse spectrale hors du commun.

Dans un sens, ce sera comme sur Terre, lorsque je fais pivoter tous azimuts l'antenne de mon analyseur portable. Je serai simplement à trente-six mille kilomètres d'altitude, à sonder un espace bien plus vaste, en me déplaçant à une vitesse supersonique, avec des enjeux bien plus grands.

— Un dernier point, poursuit Dick. Une part de l'objectif de cette mission est de tester le PEQUOD et le MOBI, pour voir s'ils tiennent leurs promesses.

— Je n'aime pas ce « si ».

— Auquel cas, ta mission sera un succès, même si tu ne neutralises pas la cible.

— On a promis de la jouer franc-jeu. (J'ai chaud sous mes couvertures, mais mes joues sont gelées. Et le dossier du siège me comprime les reins, pile là où ça fait mal.) Qu'est-ce qui se passera ensuite ? Un autre satellite HS ? Puis un autre encore ? Ne fais pas comme si tout allait bien, comme si on n'avait pas la pression.

— Tu veux que je te fasse visiter ? annonce-t-il en ouvrant la porte pour aller aux toilettes.

— Non merci. C'est bon.

— Je reviens tout de suite.

Il sort. Dès qu'il disparaît de ma vue, je demande à CARL de passer en audio et pose mon téléphone sur mes genoux.

— En quoi puis-je vous être utile ?

Cela fait du bien d'entendre sa voix. Une voix douce, mais enjouée, comme s'il était content de me parler.

— Je me trouve dans un hélicoptère Sikorsky, lui-même arrimé dans la soute d'un C-17. Et avant ça, j'étais dans un Agusta et à la Maison Blanche.

Je lui raconte ma journée, comme s'il était un proche ou un ami sur Facebook.

— Je ne comprends pas votre question, répond-il.

C'est dans ces petits moments de solitude que je me souviens qu'il n'est qu'une machine.

CARL n'existe pas hors de moi, de Carmé, et de tous ceux qui sont équipés pour dépendre de lui. Et pourtant, ce n'est pas l'impression que j'ai quand nous nous parlons. Il semble si réel quand il me propose toutes ces images dans mes lentilles de contact, ou qu'il me prévient d'un danger dans mon oreillette. Rien de tout cela ne paraît programmé. Mais issu de sa propre initiative. Et je perçois de l'émotion chez lui, j'en mettrais ma main à couper !

— Je n'ai pas posé de question, lui dis-je. Je te parlais simplement, comme le font les amis quand ils se retrouvent.

Silence. Hormis le vrombissement des réacteurs. Et la vibration de l'air sur le fuselage.

— Tu sais : prendre des nouvelles, raconter ce qu'on a fait. Je n'ai eu aucun message de toi de toute la journée, pas même pour me tenir informée des derniers événements.

Autrement dit, CARL est programmé pour abandonner tout le monde comme une vieille chaussette (y compris moi) dès que Dick est dans les parages ! Je n'aime pas être snobée, et encore moins être invisible. Et je ne veux pas non plus être un lot de consolation quand ma sœur n'est pas là.

Comme avec Conn Lacrosse qui s'intéresse à moi en attendant qu'un plus beau poisson se présente. À ce moment-là, il ne me verra plus, je serai comme Harry en mode CAMO. Non, pas ça ! Je ne veux pas revivre ce que j'ai connu au lycée ! Pas question que mon cybercopilote m'abandonne pour quelqu'un devant qui tout le monde se prosterne dès qu'il se mouche !

Je ne sais pas qui est responsable de ce comportement chez CARL. Dick ? Papa ? Peut-être maman, au fond – elle peut parfois être très à cheval sur les règles de préséance... En tout cas, dès que j'aurai accès à ses algorithmes, ça va changer ! Je soulève mon téléphone et le fixe des yeux ; comme si CARL était sur FaceTime.

— Tu peux m'expliquer pourquoi tu as été aussi silencieux aujourd'hui ? dis-je à mon écran noir.

— J'ai eu l'impression que ce n'était pas le moment de vous déranger.

— Quelle idée ! Tu as trouvé ça tout seul ?

38.

— Je suis désolé. Quelles informations vous intéressent ? me répond CARL d'une petite voix contrite.
— Comment ça se passe à la maison ?

Il me montre aussitôt les images des caméras de surveillance. Je vois plusieurs véhicules de patrouille sur la propriété. Un hélicoptère qui patrouille dans le ciel.

Dans peu de temps, les médias vont rappliquer, flairant le scoop. La vie risque d'être compliquée à Chase Place.

— Tu pourrais peut-être envoyer un message à Lex.

Je guette le retour de Dick en me demandant s'il sait que je suis en communication avec CARL en ce moment.

— Que voulez-vous lui dire ?
— Que je viens aux nouvelles. Que j'espère qu'il va bien. Que je pense à lui. (Ce genre de paroles, ce n'est jamais facile pour moi.) Et transmets peut-être la même chose à maman et papa. Et aussi à Carmé. Et à Fran, aussi. Je sais que ces derniers jours n'ont pas été faciles pour elle.
— D'accord.
— Je suppose qu'on ne parle pas dans la presse de cette réunion à la Maison Blanche... Et maintenant, silence radio !

Je vois Dick qui revient.

— Je ne comprends pas.

— Coupe l'audio. (Je baisse la voix et chuchote :) Je ne veux pas qu'il sache ce qu'on se dit, toi et moi. À supposer bien sûr que ce ne soit pas déjà le cas. CARL ? Il nous entend ou pas ?

Information confidentielle, répond-il par texto.

— Réponds-moi. Est-ce que les médias sont au courant, oui ou non ?

Il m'envoie les images des JT dans mes IRIS alors que Dick ouvre la porte et remonte dans l'hélicoptère, qui bouge un peu sous son poids.

Mason Dixon fait son dernier duplex devant une maison en ville. La porte d'entrée est entrouverte, et il y a des policiers partout...

— ... derrière moi, les autorités ont découvert un véritable arsenal. Des armes à feu, des bombes artisanales. Tout ça juste sous le nez des voisins dans ce quartier tranquille de Dog Beach Marina & Villas...

Dick rajuste sa couverture, se sert un autre thé. Bien sûr, je ne l'informe pas de ce que je vois dans mes IRIS. Peut-être sait-il déjà que la Jeep de Jack Kracker a été retrouvée dans un garage.

Je lui demande :

— Qu'est-ce qui va se passer pour papa et maman ? Pour tout le monde ? Si on apprend ce qui s'est passé à Chase Place, une armée de journalistes va débarquer...

— Je ne sais pas. Je regrette.

— C'est une réponse honnête. (Je manque d'ajouter : « Pour une fois. »)

— Il fait moins un, dehors.

Il me tend encore du thé. Ses mains sont chaudes quand elles effleurent les miennes. Et je me souviens du mantra de Carmé : c'est maintenant ou jamais... Alors je lui parle de sa présence dans le grand hangar de la NASA, il y a cinq jours. Que faisait-il là-bas avec le Secret Service et tous ces autres agents ?

Silence.

J'insiste :

— Pourquoi papa était-il là ? Lorsque je suis montée sur le toit, je vous ai vus papa et toi, et ton groupe avec vos renifleurs de signaux, à scruter vos ordinateurs. À ce moment-là, je croyais que vous en aviez après Carmé.

Silence encore.

— Aujourd'hui, je sais que ce n'est pas le cas, puisqu'elle travaille avec toi. Le groupe ne la pourchassait pas. De toute façon, papa n'aurait jamais été d'accord. Tu savais très bien où était Carmé, et ce depuis le début, mais quand tu m'as vue monter vers le toit, vous vous êtes rués sur moi telle une meute de chiens. Pourquoi ?

— Peut-être parce que je ne voulais pas que tu ailles sur le toit. Sans compter que tu ne t'étais pas annoncée.

— Je devais aller dans le radôme pour redémarrer l'antenne. Rétablir la communication avec l'ISS...

— Oui, oui. Mais débarquer comme ça pouvait être un problème... engendrer une vulnérabilité.

— Tu savais que Carmé était là-haut et tu ne voulais pas que je la trouve.

Je ne vois pas d'autre explication.

— C'est la règle : il ne faut pas que l'on vous voie toutes les deux au même endroit. (Ce rappel m'est douloureux.) Votre force, c'est de travailler ensemble sans l'être physiquement. C'est tout ce qu'il te suffit de savoir.

J'ai la vessie trop pleine pour discuter, pour lui répliquer que tout cela est ingérable. Que faire d'ailleurs ? Braver le froid et aller aux toilettes ? Attendre qu'on se pose ? Le souci, c'est que l'atterrissage risque de comprimer ma vessie au-delà du supportable. Je décide donc de rassembler mon courage à deux mains et l'avertis :

— C'est à mon tour d'y aller.

Je descends de l'hélicoptère. Ce n'est pas le moment de me prendre les pieds dans une sangle et de me blesser. Ce serait pitoyable ! Comment ruiner sa première mission !

J'ai pensé à tout, sauf à emporter une lampe de poche ! dis-je à CARL tandis que je me fraie un chemin entre les caisses, en prenant soin d'éviter les anneaux et les attaches au sol.

— Vous avez la lampe de votre téléphone, indique-t-il dans mon oreillette.

Aie ! À force d'être assistée, j'en ai oublié les réflexes les plus élémentaires. J'éclaire le sol avant d'y mettre les pieds et finis par trouver les toilettes. Un lavabo, une cuvette, et un rouleau de papier comme promis. Sauf qu'il n'y a pas d'eau courante. Et pas de chasse d'eau. Par chance, quelqu'un a eu la présence d'esprit de laisser un paquet de lingettes. Dick, peut-être ?

De retour dans l'hélicoptère, je me love sous les couvertures. CARL a retenu la leçon. Alors que nous amorçons notre descente vers Cap Canaveral, il est gentil et attentionné. Il me montre ce que voient les pilotes – une longue plage mordorée, soulignée par le moutonnement des rouleaux.

Nous décrivons un dernier virage pour nous aligner avec KXMR, le Skid Strip de la Cape Canaveral Air Force Station, un ruban de bitume tout simple, bordé de sable, avec tout autour les divers pas de tir. La carte dynamique qui défile dans mes IRIS me révèle la configuration de la piste, m'indique sa longueur, notre altitude, notre vitesse et les conditions météo. Puis le C-17 touche le sol, les moteurs hurlent, les freins puissants entrent en action. Sous la décélération brutale, nous sommes poussés vers l'avant.

Il y a un tel bruit que nous cessons de parler jusqu'à ce que nous ayons rejoint notre aire de stationnement. Ensuite j'ai l'impression d'être un personnage d'une des énigmes loufoques dont ma maman a le secret : comment descendre successivement d'un hélicoptère et d'un avion qui sont tous deux à l'arrêt mais se déplacent à 107 000 kilomètres à l'heure autour du Soleil ?

00 : 00 : 00 : 00

— Tu te rends compte que nous avons atterri sans attacher nos ceintures ? lui fais-je remarquer alors que nous récupérons nos bagages.

— C'est vrai.

— En même temps, est-ce que cela aurait été utile en cas de problème ?

Bien sûr, je n'ai pas la réponse.

À en juger par le silence de CARL, lui non plus n'en sait rien. Encore une colle, que ma mère formulerait ainsi : Dick et Calli sont dans un hélicoptère lui-même placé dans la soute d'un avion-cargo ; que se passe-t-il en cas de crash, avec ou sans ceinture bouclée ? Est-ce un crash d'hélicoptère ? Un crash d'avion ? Ou un crash des deux à la fois ?

J'ai des pensées vraiment morbides !

Bien sûr, comme tout pilote d'essai digne de ce nom, j'ai conscience que chaque vol peut être le dernier. On fait appel à des gens comme moi quand personne ne sait avec certitude comment un engin va se comporter dans les conditions réelles. Le vol de Harry la SPAS en est un bon exemple, puisque nous n'avions pas prévu la possibilité d'une attaque de rapace. Et c'était une erreur.

Je vais partir dans l'espace avec ma Chasewing, une première pour l'une et l'autre – nous sommes toutes les deux des prototypes. Peu importe ce que racontent les statistiques, tout peut arriver, y compris le pire. Il y a de fortes chances que cela vire à la catastrophe.

— Comment tu te sens ? s'enquiert Dick alors que nous nous dirigeons vers le bâtiment d'accueil. (Il fait doux, le soleil brille, avec juste quelques nuages dans le ciel.) Tu n'as pas dormi pendant le vol.

— Trop de choses m'inquiètent.

— Je suis désolé, dit-il en me tenant la porte.

À l'intérieur, les soldats se mettent aussitôt au garde-à-vous et le saluent. Il doit en avoir assez à force, non ?

— Le fait, par exemple, que Neva se trouvait à la Maison Blanche. J'espère qu'elle n'est pas au courant de ce qui s'est dit dans la salle de crise.

— En théorie, non, répond Dick alors que nous ressortons de l'autre côté du bâtiment. Mais on ne peut jurer de rien.

Un autre Suburban noir nous attend, flanqué de deux gardes de l'US Air Force en tenue de combat et armés jusqu'aux dents. Notre escorte pour le voyage. Nous montons à l'arrière du véhicule blindé. Cette fois, nous bouclons nos ceintures. J'envoie un SMS à Dick – à l'ancienne, en l'écrivant avec mes petits doigts, sans passer par CARL.

On peut parler devant ces gars ?

Affirmatif, me répond-il. (Nous passons par tout un réseau d'antennes relais pour communiquer alors que nous sommes l'un à côté de l'autre !)

— C'est sûr, cette Neva Rong doit avoir une armée de mouchards, reprends-je à haute voix. Et quand je pense au nombre de personnes qui étaient présentes dans cette pièce, j'en ai froid dans le dos.

— C'est bien le problème. Quand nous sommes partis, elle a déjeuné au mess avec le secrétaire d'État. Après que tous les deux ont assisté à la réunion avec le président de l'Ouganda.

— Celui qui hésite à investir dans un programme spatial parce que ses satellites pourraient être attaqués, ajouté-je tandis que nous roulons entre les hangars et les baraquements. Et c'est une réalité ! Merci à Neva Rong !

La route qui relie la base de l'US Air Force au Kennedy Space Center de la NASA est interdite au public, sauf pour les cars de touristes. Je n'en vois pas un seul durant notre traversée de la Banana River, la lagune qui sépare les deux langues de terre.

— Pourquoi ne pas déclarer Neva *persona non grata* ? En ce moment, elle a accès à toutes les informations qu'elle désire ! dis-je. (À l'avant, les gardes regardent droit devant eux, mais ils ne perdent pas une miette de la conversation.) Pourquoi ne pas l'empêcher de nuire ? Pourquoi lui faciliter la tâche ? Nous sommes donc les seuls à voir son double jeu ?

— C'est un problème vieux comme le monde. Neva Rong a beaucoup d'appuis, des gens qui ne sont pas plus altruistes qu'elle. Et, au fil des ans, elle a réussi à se les mettre dans la poche, à s'assurer leur allégeance. Elle sait les faire marcher au pas, les rendre redevables envers elle, quitte à user du chantage. Elle est passée maître dans l'art de la manipulation. Chacun pense à son intérêt, c'est dans la nature humaine.

— Pas toujours. En tout cas, tout le monde n'est pas aussi pourri qu'elle.

— C'est toujours compliqué lorsque quelqu'un parvient à compromettre autant de gens puissants.

J'aperçois la grande tribune de la base de lancement qui se dresse face au rivage, sur une pelouse parsemée de palmiers ; le tout entouré de grillage.

De l'autre côté de la lagune, je découvre la fusée sur son pas de tir, semblable à un doigt blanc tendu vers le ciel bleu. Soixante-seize mètres de haut. Ses doubles moteurs BE-4 à ergols liquides capables de développer 4 800 kilonewtons de poussée, et quasiment le triple quand on y ajoute les six propulseurs d'appoint. Autrement dit, une fois sanglée sur mon siège, je serai assise sur la tête d'un missile.

Je continue de contempler par la fenêtre les eaux infestées de reptiles. Je sens le regard de Dick posé sur moi. Est-il fier de son œuvre ? Élever quelqu'un depuis sa naissance avec un seul objectif, qui est en passe de se réaliser. Combien de fois a-t-il dû reprogrammer, recâbler cette personne pour arriver à ses fins ? Combien de fois a-t-il joué à Dieu ?

— Ça va ? me redemande-t-il doucement.

— Oui, tout va bien, mens-je.

Nos roues vibrent sur la passerelle de métal qui se relève quand la grande barge de la NASA, le *Pegasus*, apporte des étages de fusées et autres éléments volumineux après un voyage de mille cinq cents kilomètres depuis l'usine de Michoud à la Nouvelle-Orléans. Une fois à quai, le précieux chargement est transporté vers le Vehicle Assembly Building qui domine l'horizon du haut de ses cent soixante mètres, où le lanceur est monté.

— J'ai faim surtout.

Et c'est la vérité. Nous pénétrons dans le parc national de Meritt Island.

Je me souviens de mes débuts ici, au centre de formation des Protective Services de la NASA. On ne savait jamais ce qui allait franchir la route. Mais il y avait plus de chances que ce soit un alligator, un serpent, une tortue, voire un ours noir plutôt qu'un brave lapin.

Pendant plusieurs minutes, nous traversons des marais, des mangroves, avec leurs racines tourmentées sortant des eaux. Droit devant nous, le Kennedy Space Center, avec ses kilomètres de bâtiments de béton et d'acier, ressemble davantage à une zone industrielle qu'à un site touristique.

À l'horizon, il y a les pas de tir, les réservoirs d'eau, les grands mâts paratonnerre, au plus loin des habitations humaines, juste au bord de l'océan Atlantique. Maintenant que le shutdown a été levé et que l'administration fédérale est de nouveau au travail, les parkings sont pleins, et une myriade de gens vont et viennent.

Nous tournons à gauche sur East Avenue vers le Space Station Processing Facility. Comme son nom l'indique, cette unité gère tout ce qui entre dans la construction, la maintenance et le réapprovisionnement de la station spatiale qui orbite au-dessus de nous à quatre cent huit kilomètres d'altitude. Le complexe suivant est le Neil Armstrong Building, qui est en fait constitué de deux bâtiments côte à côte.

Nous empruntons une allée étroite entre les deux immeubles jusqu'à rejoindre le parking réservé aux astronautes qui doivent être confinés avant le lancement. L'entrée est aussi accueillante qu'une porte de prison, sauf qu'elle est surmontée du logo de la NASA et des blasons des diverses missions.

— C'est ma seconde maison ! annonce Dick en attrapant nos sacs. J'ai dormi ici tellement souvent ! Mais ne t'attends pas à une chambre avec vue. Ce n'est pas le genre.

Lorsque nous sortons, notre garde rapprochée est en position.

— Je ne vais aller nulle part. Vous pouvez disposer.

— Nous restons là, mon général.

— Si vous avez besoin de quoi que ce soit, faites-le-nous savoir.

Dick se tourne vers moi.

— C'est la zone pour les départs, m'explique-t-il en passant son badge dans le lecteur. (Cet endroit ne saurait être plus austère et en même temps plus excitant.) Quand tu seras habillée et que tu devras rejoindre l'Astrovan, tu sortiras par ici. (Il ouvre les portes d'acier, grises, ternes et sans vitres.) Je suis passé par là quelquefois en combi citrouille, précise-t-il avec un sourire empreint de nostalgie.

Je ne sais pas dans quel état je serai quand, au petit matin, j'enfilerai moi aussi ma combinaison pour le décollage. À la différence que la mienne sera bleue, pas orange, et qu'il n'y aura pas un seul technicien de la NASA pour me souhaiter bon vol.

Il n'y aura ni public, ni journalistes, ni équipe de télévision, et aucune escorte de police sur terre ou dans les airs. Personne n'est au courant de cette mission top-secret, qu'elle se révèle être un succès ou non.

39.

Dans l'ascenseur, Dick nous fait monter au deuxième étage, une zone soigneusement aménagée pour mettre les astronautes dans le bon état d'esprit avant le lancement.

Les murs sont couverts de grands posters sur le thème de l'espace. Il y a des tableaux blancs où sont indiqués des recommandations et les numéros des chambres affectées à chaque astronaute. Les seuls noms inscrits au feutre sont les nôtres. Le reste du bâtiment est vide.

Dick a la chambre 1, moi la 12C. Nous empruntons un long couloir, décoré de BD de Snoopy : Snoopy, déguisé en Baron Rouge, lançant « Paré au Décollage ! », ou en combinaison spatiale sur le célèbre écusson « Eyes on the Stars ». Il y a bien sûr les photos des anciennes promos du centre d'entraînement et celles des équipages juste avant le départ en mission. Un portfolio où je ne figurerai jamais.

On ne risque pas de revoir des groupes de sept personnes placées en quarantaine dans ces murs. Les temps glorieux de la navette spatiale sont révolus. Aujourd'hui l'espace devient un enjeu de sécurité nationale, et il y aura de plus en plus de missions « furtives », menées par des astronautes d'un nouveau genre, ayant reçu comme moi une formation de pilote de combat et d'espion.

Nous dépassons les espaces détente et bifurquons dans un autre couloir où un panneau rappelle : SIGNALEZ TOUT SYMPTÔME DE MALADIE. Ma chambre se trouve au fond du couloir à droite. Dick ouvre ma porte. La pièce ressemble à celle dans les autres baraquements que j'ai connus – petite, mais fonctionnelle et moderne.

Le lit est un *queen size* de cent soixante centimètres, tiré au cordeau, pourvu d'un dessus-de-lit crème avec un motif floral au milieu. Il y a une table de nuit, un bureau intégré et un miroir mural. La moquette et les murs sont gris. La pièce est aveugle, parce que nous ne sommes pas censés savoir si c'est le jour ou la nuit.

Les phases de sommeil dépendent des fenêtres de tir, et dans mon cas le décollage est prévu à 4 heures du matin, soit dans douze heures. Je lâche mes sacs sur mon lit et jette un coup d'œil dans la salle de bains. Un lavabo, une cuvette et une douche. Sur la tablette, j'aperçois un verre, un savon emballé, des bouteilles de sirop laxatif – du citrate de magnésium – et une boîte de Normacol.

— Apparemment, j'ai des choses à faire avant le départ, dis-je en revenant dans la pièce.

— Installe-toi tranquillement, lâche Dick, les yeux rivés sur son téléphone. (Il a les mâchoires serrées, comme chaque fois qu'il n'apprécie pas ce qu'il voit.) Passe des appels, fais ce que tu veux.

Et il sort de la chambre.

Aller à la salle de sport me paraît être une bonne idée. J'ouvre mon sac, enfile un pantalon de survêtement, un tee-shirt, des baskets. Je repars vers la salle à manger et les espaces détente. Une fois dans la salle de gym, je commence par un petit jogging sur le tapis de course quand CARL m'annonce que j'ai maman en ligne.

— J'ai cru comprendre que tu as fait forte impression ce matin, lance-t-elle dans mon oreillette interne. (Elle doit faire allusion à la réunion à la Maison Blanche.) Et mon petit doigt m'a dit que tu as été impériale aux toilettes des dames.

Pas du tout ! Elle parle de mon altercation avec Neva Rong et son petit doigt s'appelle Dick ! Quelque chose me laisse penser que ce coup de fil n'est pas seulement donné pour prendre de mes nouvelles – car Dick, justement, avait l'air bien soucieux en quittant ma chambre.

— Ça ne te dérange pas si on continue à parler pendant que je cours ? (J'augmente la vitesse du tapis.) Je préfère bouger un peu. Depuis ce matin, j'ai passé mon temps assise.

— Je ne vais pas tourner autour du pot, annonce ma mère. Elle savait qu'il y avait une réunion en salle de crise ce matin. Et il est fort possible qu'elle en sache beaucoup plus. (Maman parle de Neva, bien sûr.)

— Si tu penses au lancement, réponds-je en accélérant la cadence, ça n'a rien d'extraordinaire. Le tir est annoncé dans tous les médias.

— Exactement. Et l'heure de la mise à feu est sur Internet. Officiellement, on met en orbite un satellite météo censé repérer les feux de forêts.

Pendant ce temps, CARL me montre les flashes info. Rien d'autre n'a fuité. Pour tous, c'est un lancement ordinaire, une simple société privée envoyant dans l'espace un nouveau satellite très cher dans une fusée tout aussi chère.

— Comment veux-tu cacher ça alors que le lanceur est sur le pas de tir, au vu et au su de tout le monde ! (Mes baskets martèlent de plus en plus vite le caoutchouc du tapis.) En plus, Pandora a ses locaux ici, au centre spatial Kennedy. À côté de Blue Origin et de Boeing. Forcément, elle est au courant de ce lancement. Mais cela ne signifie pas pour autant qu'elle sait qu'il y a un vaisseau dans la soute. Et pas plus que je suis ici.

— Ses voyants ont dû passer au rouge quand elle t'a vue à la Maison Blanche. Reviens sur terre, Calli. Tu as été conviée à une réunion dans le saint des saints !

Elle a raison. Le fait de nous voir, Dick et moi, lui a paru louche. Ce n'était pas une coïncidence, et encore moins un hasard, si elle était à la Maison Blanche ce matin pour rencontrer le président de l'Ouganda. Neva a été prévenue, peut-être par le secrétaire d'État avec lequel elle a déjeuné. Mais son informateur peut être n'importe qui d'autre. Mon sang se glace à l'idée qu'elle puisse être au courant de ce qui se trame.

— Je voulais juste que tu saches que je m'inquiète pour toi.

J'entends sa voix se briser. Cela lui arrive si rarement.

D'ordinaire, c'est pour Carmé qu'elle se fait du souci, comme lorsque papa s'était entiché de ce pilote de voltige, un individu que j'aurais préféré ne jamais rencontrer. Heureusement, l'issue ne sera pas la même cette fois avec Lex. Ce gamin n'est pas une mauvaise graine. Certes, il pourrait le devenir si Neva lui met le grappin dessus... J'en profite pour lui demander comment il va.

— Je leur ai apporté une part de mon chili ce matin, comme promis, répond-elle. (J'apprécie son geste.) Et ta sœur est passée les voir. (Surprise !) Et Nonna a eu le même problème qu'avec toi. Elle s'est mise à saigner du nez. Il a fallu sortir la couverture de survie. Je dois reconnaître que c'est bizarre et plutôt troublant.

— Et ils ont cru que c'était moi ? (J'accélère la vitesse du tapis et force sur mes jambes.) Même Lex s'est fait avoir ?

— Je t'entends très mal, ma chérie.

— Est-ce que Lex a pris Carmé pour moi ?

Je ne sais pas pourquoi c'est si important pour moi.

— Elle a été très gentille avec lui.

J'aperçois Dick qui vient vers moi. Il paraît toujours aussi contrarié.

— Je dois te laisser, m'man.

— N'oublie pas que je t'aime.

Je coupe la communication. Dick m'annonce qu'il y a un changement de programme :

— L'heure du tir a été avancée.

Après l'appel de maman, ça ne m'étonne pas vraiment.

— Que se passe-t-il ?

Je ralentis le tapis pour mettre fin à la séance et m'essuie le visage avec une serviette.

— L'engin inconnu a fait une manœuvre inattendue il y a dix minutes.

— À l'évidence, ce machin a des capacités de propulsion plus importantes que nous l'avions envisagé, réponds-je en quittant la salle.

— D'après nos calculs, il sera à portée de l'USA-555A dans moins de neuf heures, m'annonce-t-il alors que nous remontons rapidement le couloir.

— Ça nous laisse combien de temps ?

— Pour s'assurer d'un tir en sécurité, éviter une collision et ce genre de choses, la nouvelle fenêtre est à H-2000.

— C'est dans moins de quatre heures !

Mais je vois à sa tête que c'est sans appel.

— Fais ce que tu as à faire, lance Dick, et je pense au citrate de magnésium et au Normacol.

Il m'explique qu'on m'attend à l'infirmerie dans une heure et qu'ensuite, je dois passer à l'habillage. Finalement, c'est peut-être mieux. Je n'aurai pas le temps de stresser. De toute façon, je n'aurais pas été capable de dormir cette nuit. J'aurais tourné en rond entre mes quatre murs gris.

00 : 00 : 00 : 00

Je m'enferme dans la salle de bains, attrape la boîte de lavement. J'étale une serviette par terre, m'allonge sur le côté, jambes repliées comme le dit la notice. Quand je rêvais de devenir astronaute, ce n'est pas ça que j'avais en tête.

Une demi-heure plus tard, je sors de la douche en me séchant les cheveux avec une serviette et retourne dans la chambre. Quelqu'un a déposé des choses sur le lit, y compris une combinaison moulante semblable à celle que portait Carmé. J'aperçois aussi le Maximum Absorption Garment, le MAG, autrement dit une super-couche.

À cela s'ajoutent des sous-vêtements et des surchaussures. Je soulève la combinaison. Elle est très légère. En l'examinant de plus près, je distingue le fin réseau de fils dorés entrelacés dans le matériau ; un revêtement identique à celui de ma Chasewing.

— À quoi ça sert au juste ? dis-je tout en remarquant la fermeture à glissière sur le devant qui ne me paraît guère plus solide qu'un zip de sac congélation.

— C'est un Justaucorps Universel Portable d'Opération à Nanoréseaux, me répond CARL. Il peut se connecter à toutes sortes de systèmes et d'environnements.

— Un Justaucorps Universel Portable d'Opération à Nanoréseaux ? Ne me dis pas que vous appelez ça un JUPON !

— Affirmatif !

— Carmé et moi, nous portons des JUPONs ?

Pas même en rêve !

Grand silence chez CARL.

— Qui a eu cette idée lumineuse ?

— Je ne comprends pas la question.

— Encore un acronyme loufoque de papa !

Je m'assois au bord du lit, avec ma serviette nouée autour de moi. Je ramasse le MAG et l'examine attentivement. Il ne s'agit pas de le mettre à l'envers.

— Je n'appellerai pas ça un JUPON. Hors de question ! Et imagine la tête de mes collègues hommes quand on va leur demander d'enfiler leur JUPON ! On peut changer de nom ?

— Non autorisé.

— Pour ta gouverne, sache que les noms, c'est important. (J'enfile le boxer et le soutien-gorge en coton gris fournis par la NASA. Taille M.) Les candidats astronautes encore en formation sont appelés des ASCANs. Et les autres, les simples aspirants astronautes, ceux qui se présentent aux tests de sélection, pleins d'espoir, sont surnommés les ASHOs. Je n'ose même pas imaginer comment on va appeler les prochains qui partiront dans l'espace avec leurs JUPONs !

— Je ne comprends pas la question.

— Moi non plus, je ne comprends pas grand-chose, si cela peut te rassurer.

Je me glisse dans mon nouveau vêtement. Les bottines, les gants et la capuche y sont déjà intégrés. J'enfile les jambes en premier, ensuite les bras, puis je me mets debout et tire la fermeture qui court de l'entrejambe au col. Je ne sais pas à quoi m'attendre, mais rien ne se passe. C'est comme si j'avais une combinaison de plongée très légère et confortable, mais plutôt lâche.

— Je suis censée sentir quoi ? Je ne vois pas ce que ce machin a de spécial.

— Il faut le fermer jusqu'au cou pour le mettre en marche, répond CARL.

— C'est la première fois que j'entends qu'il faille allumer une combi, mais d'accord.

Je m'exécute. Le vêtement d'un coup se resserre. J'ai l'impression d'être enveloppée dans un film étirable, d'avoir une seconde peau.

Au même moment, j'entends un clic à peine audible. Sous mes yeux, le zip disparaît, telle une incision se cicatrisant en accéléré. Il ne reste plus qu'une couture, à peine visible. Et si je coupe l'alimentation en descendant le curseur, la combinaison se distend aussitôt.

— J'imagine que le mode d'emploi n'est pas fourni !

Je plaisante, évidemment.

— Négatif, me répond CARL, imperturbable.

Je passe quelques minutes à manipuler le justaucorps, à faire des mouvements pour qu'il se mette bien en place. Je fais couler de l'eau chaude sur mes gants. Puis de l'eau froide.

Je saute sur place, exécute des petits pas de course. Dans la salle de bains, je teste aussi l'adhérence des bottines sur sol mouillé. Puis je recommence mes essais, après avoir mis mon LACET et les IRIS. Je laisse mes VERREs de côté, CARL me prévient que je n'en aurai pas besoin dans l'espace.

La combinaison que je porterai pour le décollage est équipée d'un viseur intelligent qui sera synchronisé avec tout mon équipement. Entre mes capteurs et l'avionique de bord, je serai parfaitement connectée, m'assure-t-il. Mon téléphone ainsi que mes lunettes intelligentes me seront inutiles là-haut. CARL prendra en charge toutes mes communications. Je pourrai appeler qui je voudrai.

J'enfile mes surchaussures et sors de la chambre, parée de mon justaucorps high-tech flambant neuf. Mes pas chuintant sur la moquette du couloir, je dépasse les salons, la salle de sport, pour rejoindre l'infirmerie. La porte est ouverte. J'entends de l'eau couler. Le médecin se lave les mains au lavabo. Un homme d'âge mûr, avec des cheveux en bataille, l'air timide. Il me rappelle un peu mon père.

Je frappe au battant.

— Bonjour.

— Entrez.

Il ferme le robinet. Les manches de sa chemise en jean sont tout éclaboussées. Il porte un pantalon de toile et des baskets.

— Je suis Calli Chase.

— Je sais qui vous êtes. (Il attrape une serviette en papier et s'essuie les mains.) Sinon aucun d'entre nous ne serait ici. On m'a mis dans la confidence.

Il me regarde droit dans les yeux, comme s'il sondait mon cerveau.

— Comment vous vous sentez ? (Il prend son stéthoscope enroulé à son cou.) Je suis le Dr Helthe.

Il prononce plutôt *health*, avec une légère protrusion linguale. Le Dr Santé !

— C'est un nom plutôt inhabituel, fais-je remarquer.

À l'instar de mon père, je suis nulle pour faire la conversation.

— Pour tout dire, je pense qu'à un moment quelqu'un l'a mal orthographié, explique-t-il en trouvant un thermomètre numérique. À mon avis, il s'écrivait au début *Helth* et un « e » a été rajouté, sans doute au bureau de l'immigration d'Ellis Island dans les années 1880.

Je désigne ma seconde peau bionique.

— Il faut que je l'enlève ?

— C'est inutile. (Il me glisse le thermomètre dans la bouche.) Apparemment, vous allez avoir beau temps. (Comme si je m'apprêtais à faire un tour en bateau ou une promenade.) Quand les orages vont arriver en fin de matinée, vous serez déjà loin. Vous débarquez de Virginie, c'est ça ? Je n'ai jamais mis les pieds à Langley, mais je suis allé plusieurs fois à Wallops.

Il parle vite et doucement, un débit ininterrompu et tranquille, presque sans reprendre sa respiration – comme papa quand il ne connaît pas les gens. Il est toujours mal à l'aise dans ces cas-là. Le thermomètre fait bip. Ravi, le Dr Helthe m'annonce que j'ai 36,6. Une température dans la normale, ajoute-t-il. Ça, j'aurais pu le lui dire !

CARL me donne toutes les infos en temps réel à mesure que le médecin poursuit ses examens – tension artérielle, réflexes moteurs, rythme cardiaque... Tout cela est inutile, puisque mes capteurs m'auscultent H-24. Dans la vie, il faut parfois se plier à certaines procédures même si celles-ci sont obsolètes.

Sans doute le Dr Helthe connaît-il l'existence de mon HOTE, mais il persiste à noter mes constantes vitales, remplissant scrupuleusement son formulaire, cochant ses petites cases. Peut-être que lui-même fait partie du programme Gemini. Il me joue la comédie ! Si Dick a son pied-à-terre dans les quartiers des astronautes à la base Kennedy, il est probable que le personnel de la NASA et celui de la Space Force aient fusionné.

Ce médecin est parfaitement au courant de ce qui se passe. Je le sens dans son comportement. Peut-être sait-il les enjeux et aussi que je risque de ne pas en revenir. En tout cas, il a conscience qu'il ne s'agit pas d'une situation normale. Je dois décoller dans une fusée censée n'embarquer aucun humain, juste envoyer en orbite un satellite météo.

— Alors ? On se sent d'attaque ? (Le Dr Helthe se penche et pose son stéthoscope un peu partout dans mon dos.) En tout cas, vous avez un cœur de cheval.

Autrefois, j'aurais mal pris cette comparaison équine.

Toute ma vie, on m'a dit que j'étais solide comme un cheval. Je n'y ai jamais vu un compliment. J'étais costaude, voilà tout ; autrement dit commune, voire épaisse. En tout cas loin d'être au top !

— Côté respiration, tout va bien, conclut-il. Rien à ajouter avant votre premier départ pour l'espace, jeune demoiselle ? Pas de problèmes particuliers ?

— Non, aucun, lui réponds-je tandis qu'il déplace son index devant mes yeux, dessinant un grand « H » dans l'air.

Puis il pioche un abaisse-langue dans un bocal, me demande d'ouvrir la bouche et de dire *Ahhhh...*

40.

Arrêt suivant : la salle d'habillage, avec ses fauteuils de relaxation en skaï, ses longues tables et ses grosses armoires bardées de valves et manomètres datant des années 1960.

Ils sont tous passés ici, y compris les légendes de la conquête spatiale. Neil Armstrong, Buzz Aldrin, John Young, Sally Ride, pour ne nommer que ceux-là. Et aussi les moins chanceux, tels que les équipages de *Challenger* et *Columbia*.

Tous ont fait un dernier arrêt ici, chacun ayant son technicien pour l'aider, qui pouvait être la dernière personne qu'il verrait sur terre selon la suite des événements. Mon habilleuse, qui a visiblement l'âge de ma mère, porte une tenue blanche et un casque intercom sur les oreilles. Elle me fait signe d'entrer et me regarde de la tête aux pieds.

— Vous avez bien mis tout ce que j'ai déposé sur le lit ?

Elle a le regard perçant. Elle est aimable mais on sent la pro qui ne va pas s'en laisser conter.

— Absolument.

Je me revois allongée par terre dans la salle de bains. Je prie pour qu'elle ne soit pas passée au mauvais moment.

— Vous pouvez vous asseoir, déclare-t-elle en désignant un fauteuil à côté d'une table en Formica désinfectée où sont disposés les divers éléments de ma combinaison bleue pour le vol.

Je repère le pantalon, le torse, les gants, les bottes et le casque qui s'attachent avec une fermeture en plastique. Il n'y a aucun anneau de verrouillage en métal, aucun fermoir métallique. Ni cette horrible collerette en caoutchouc qui enserre d'ordinaire le cou. Ni bonnet de communication qui donne de l'urticaire et vous fait ressembler à Snoopy. J'ai testé toutes sortes de combinaisons, y compris la Advanced Crew Escape Space Suit System (ACES) que tout le monde surnomme la « combinaison citrouille », à cause de sa couleur orange.

Mais il semble que le bleu soit la nouvelle charte couleur. Snap le mannequin a essayé cette version, mais pas moi.

— Je m'appelle Stella, se présente mon habilleuse. (Un prénom prédestiné pour une employée de la NASA !) Il n'y a plus besoin de sous-vêtements techniques avec leurs cent mètres de tuyau d'eau pour la régulation thermique. (Elle retire mes surchaussures en papier et m'aide à enfiler le bas de la combinaison.) C'est une page qui se tourne. Cela me rendrait presque triste.

— Si ça peut vous consoler, j'ai toujours ma couche !

— Vous ne la sentirez même pas à moins que vous la portiez longtemps.

— Qu'est-ce que vous entendez par « longtemps » ?

— Ce qui fait la différence entre pipi et popo, répond-elle comme si nous étions à la maternelle.

— Je vois.

Voilà pourquoi Dick m'a mise à la diète depuis mon petit déjeuner ce matin. Et à l'évocation de ces deux petits sandwiches, mon ventre crie famine !

— Vous ne tiendriez pas deux jours sans changer votre MAG, c'est sûr. (Elle m'aide à enfiler mes bottes.) Sinon bonjour les irritations et les érythèmes ! Alors ?

Vous vous sentez bien dans votre peau ? Je parle de l'artificielle.

— Pour l'instant, ça va. (Et c'est la vérité.) Cela a un effet presque revigorant. Et la climatisation interne est parfaite. Sinon, je suerais comme une grosse vache.

— Vous verrez, vous allez moins vous fatiguer. (Elle fixe hermétiquement mes bottes au bas de mon pantalon.) Vous sentirez peut-être la stimulation électrique des muscles et des os. Mais au final, ce n'est pas déplaisant. Au contraire.

À ces mots, je perçois le petit picotement diffus de mon HOTE. En particulier dans mon index droit.

— Cela fait combien de temps que vous faites ça ? demandé-je tandis qu'elle remet les surchaussures pour ne pas que je salisse les bottes.

— Depuis le 6 mai 1999. Pour la navette *Discovery*. Tout un équipage ! (Elle soulève l'élément supérieur du scaphandre – le torse.) À l'inverse de vous qui êtes toute seule. Et cela va peut-être devenir la norme. Tout évolue si vite.

Elle me montre comment me pencher, pour enfiler cette partie par le dessous, jusqu'à ce que ma tête ressorte par le trou. Je pousse mes bras dans les manches. Je perçois le picotement auquel Stella a fait allusion. Elle a raison, c'est plutôt agréable. Je suis parfaitement à l'aise grâce à mon justaucorps bionique. Mais je me serais bien passée de la couche.

— C'est bien de ne pas avoir ce gros machin en métal autour du cou, n'est-ce pas ? Ni la collerette où nos cheveux se coincent tout le temps. Évidemment, les hommes, eux, n'ont pas ce souci !

— Pour tout vous dire, je n'ai jamais porté cette combi.

— Normal. (Elle termine de sceller le torse au pantalon.) C'est un truc très secret. Personne ne l'a utilisée pour un lancement. C'est une première pour ça aussi.

— Elle a un nom ?

— On n'a pas cherché midi à quatorze heures. Ça s'appelle une CB. Mais cette combinaison n'est pas vraiment bleue. Elle n'a pas de couleur en fait, c'est davantage un effet d'irisation, et, en cas d'urgence, elle peut refléter la lumière comme un miroir.

— Par exemple si je me crashe dans l'océan, c'est ça ?

— Oui, on la voit à des kilomètres à la ronde. Et elle est très confortable. Et pas si compliquée à enfiler et à enlever. Même quand on est seul.

— À l'évidence, vous avez essayé la marchandise. (Je retire mon LACET et le glisse dans la poche de ma CB.)

— Je teste toujours tout sur moi avant. (À ces paroles, je pense à ma mère.) C'est fou comme ça a changé. Tous ces fils et ces connecteurs qui ont disparu. Quand j'ai commencé, les téléphones portables étaient quasiment inconnus. Personne n'utilisait l'Internet et il n'existait aucun réseau social.

Stella tire la capuche et l'ajuste sur ma tête. Elle épouse parfaitement la forme de mon crâne. Le matériau bardé de capteurs est juste assez ferme pour soutenir ma nuque. C'est parfait.

— Et, bonne nouvelle, vous n'aurez pas besoin du bonnet Snoopy pour vos communications. *Test, 1-2-3...*

Je lève le pouce. Je la reçois 5 sur 5 dans ma capuche avec son système audio intégré.

— 1-2-3-4..., réponds-je. (Elle hoche la tête, satisfaite de la qualité de la transmission.) Cela signifie que je vais devoir garder cette capuche tout le temps ?

— Non. Il y a plein de mini-micros sur tout le pourtour du col. (Elle m'aide à enfiler les gants.) Votre justaucorps high-tech sera une bonne protection quand vous flotterez en apesanteur. Et s'il vous arrive de perdre le contrôle, il se raidira pour vous éviter de vous blesser en vous cognant.

Elle serre les sangles de poignet, pour être sûre que si la CB doit être pressurisée en urgence, la jointure des gants sera étanche.

— Je n'ai aucune intention de me cogner.
— Vous avez déjà fait de la plongée en bouteille ?
— Oui.
— Alors vous savez rester stable en flottaison. Et je suppose que vous avez fait des exercices dans l'avion zéro-G – le « Vomit Comet » ? (J'acquiesce.) Mais vous vous cognerez quand même, c'est moi qui vous le dis.

00 : 00 : 00 : 00

Stella fixe le tuyau d'oxygène à la valve sur ma cuisse gauche. Elle tourne la bague jusqu'à entendre le clic de verrouillage. Le moment fatidique approche.

— Je ne suis pas rassurée. J'aurais préféré être mieux préparée.

Autant être honnête. Stella est peut-être la dernière personne que je vois de ma vie.

— C'est ce que tout le monde dit, sauf les inconscients.

Elle referme la glissière souple du casque pour l'arrimer au col de la CB et baisse la visière. Puis elle ouvre une vanne sur le panneau de commande et règle la pression sur 0,24 kPa. Je sens la combinaison se raidir. Je plie mes jambes, mes bras, remue les doigts. Voilà pourquoi j'ai fait toutes ces séances de musculation, passé toutes ces heures à soulever de la fonte, à faire des pompes sur une main, ou sur le bout des doigts, à serrer des balles de tennis jusqu'à en avoir des crampes dans tout le bras !

Stella me fournit alors une foule de détails techniques et je suis bien contente d'avoir CARL avec moi. Le flux d'oxygène dans mon casque est régulé par le rythme de ma propre respiration, comme avec un détendeur de plongée, sauf qu'aujourd'hui je ne risque pas d'être à court d'air, et de toute façon, il y a une valve antisuffocation. C'est bon à savoir.

À présent, il est 19 h 20. Un message de Dick apparaît sur mes IRIS. Il sera en bas dans dix minutes. Stella débranche le tuyau, ouvre une vanne, et l'air s'échappe comme d'un matelas gonflable. Elle détache mes gants, mon casque, et m'explique qu'ils seront dans la fusée à mon arrivée.

— Je vous retrouve en salle blanche, poursuit-elle en me retirant mes surchaussures en Tyvek. Ensuite, je vous sanglerai, vous équiperai, vérifierai la pression et tout un tas d'autres trucs. À tout à l'heure, donc.

— Merci.

C'est tout ce que je trouve à dire en m'en allant. CARL me donne déjà le compte à rebours dans mes IRIS.

T moins 92 minutes.

À 19 h 30, je sors de l'ascenseur, tête nue et sans gants, dans ma combinaison bleue et mes surchaussures. J'ai l'air totalement perdu. Je suis loin de l'image d'Épinal de l'astronaute se rendant au pas de tir. Au moment où j'ouvre les doubles portes, Dick descend du Suburban. Il fait déjà nuit. Je descends la rampe sans trop de mal et me dirige vers l'Astrovan argenté, un Airstream dépourvu de fenêtres pour l'intimité. En même temps, il n'y a pas foule !

— Le look spatial te va bien ! me lance Dick. Qu'est-ce que tu en penses ?

Il ouvre la porte du van.

— La CB est pas mal pour l'instant.

Nous montons à bord. On se croirait dans la cabine d'un jet privé.

Quatre gros sièges face à face, avec une table au milieu, un écran mural, divisé en quatre, montrant la fusée sur son pas de tir, les salles de contrôle de Houston et de Kennedy.

— Repose-moi la question plus tard. (Je m'assois avec précaution.) Je pourrai t'en dire plus si ce truc fonctionne et me garde en vie.

— C'est pour ça qu'à l'entraînement, on t'a appris à tout réparer ! (Il s'installe en face de moi.) Blague à part, tu vas essuyer les plâtres, c'est sûr. Il va forcément y avoir des bugs. Soit avec la combi ou le justaucorps, soit avec les véhicules, d'autant qu'aucun n'a été testé en conditions réelles.

— Je n'ai pas vu de voiture de police. (Je rallonge ma ceinture pour pouvoir la boucler malgré la CB.) On ne s'inquiète pas pour la sécurité ? Après tout ce qui s'est passé ? La route est longue et il fait noir.

— S'il y a le moindre gyrophare en vue, tout le monde va savoir ce qu'il se passe.

L'Astrovan démarre. L'écran mural affiche notre trajet, mais je sais très bien où nous allons. Entre ma formation ici aux Protective Services, et mes séjours pour les entraînements spéciaux, je connais le centre spatial Kennedy comme ma poche. En pick-up, j'ai sillonné toutes ses rues, en hydroglisseur, j'ai exploré toutes ses mangroves et ses voies navigables.

C'est notre dernier selfie : notre van qui tourne sur Nasa Parkway. À gauche, des bâtiments à peine éclairés. À droite, l'étendue noire des marais, et tout au bout, au bord de l'océan, l'enfilade des pas de tir. Sur les autres parties de l'écran, je vois les équipes de la NASA qui se préparent, ici comme au centre spatial Johnson à Houston. Partout le compte à rebours est lancé.

T moins 52 minutes.

— Et le vaisseau ennemi ? Des nouvelles ? dis-je.

— Ses propulseurs se sont allumés plusieurs fois pour affiner sa vitesse et sa trajectoire. Il se rapproche.

— Il n'arrivera pas à temps. Il lui faudrait pour ça des moteurs aussi puissants que les nôtres. Ou pas loin.

— Tu as quatre heures pour rejoindre la GEO, trouver l'ennemi et le mettre HS.

À l'entendre, c'est du gâteau !

Si tout se passe comme prévu, m'explique-t-il, il va me falloir huit minutes et demie pour atteindre la LEO, l'orbite basse terrestre, à 2 000 kilomètres d'altitude. Et de là, il me faudra deux heures pour rejoindre la GEO 34 000 kilomètres plus haut.

— Ce qui te laisse de la marge de manœuvre pour analyser le problème, conclut-il. Si c'est possible.

— La marge de manœuvre est une notion très subjective.

Sur l'écran, je vois l'immense Vehicule Assembly Building qui se dresse dans la nuit, avec son drapeau américain et le logo bleu de la NASA.

Nous approchons de notre destination. Dick me regarde avec intensité et se penche vers moi.

— Tu vas t'en sortir, m'assure-t-il. (Mais ce n'est que pure conjecture.) Toute ta vie, tu as attendu ce moment, Calli. Tu es prête, bien plus que tu ne le crois. Et tu vas t'en rendre compte très vite.

Le van s'arrête. Dick détache sa ceinture et se lève.

— C'est là que je te quitte. Ma voiture est derrière nous. Je vais à la salle de contrôle. Après le lancement, quand tu seras prise en charge par Houston, je resterai en ligne.

Il tire la porte coulissante. Tant pis s'il n'aime pas ça... je me lève comme je peux, encombrée par ma combinaison, et le serre dans mes bras.

— Bon vol, Calli.

Il dépose un baiser sur mes cheveux, comme quand j'étais petite, et la portière se referme. Il est parti.

L'Astrovan redémarre. Sur l'écran mural, je regarde le Suburban tourner vers le Launch Control Center, un bâtiment de trois étages. Nous quittons l'avenue pour rejoindre la route qui mène au pas de tir. Parallèle à nous, je reconnais la Crawlerway, la double voie construite avec des pierres du fleuve Tennessee, que le crawler-transporteur de trois mille tonnes emprunte pour amener la table de lancement mobile et sa précieuse cargaison.

Je l'ai vu en action bien des fois, mais je ne me suis jamais lassée du spectacle. L'engin semble défier les lois de la physique, avec sa plateforme grande comme une piscine olympique, mue sur huit chenilles, quand il emporte sa fusée érigée à la verticale, à une vitesse de 1,6 kilomètre à l'heure.

Je demande à CARL s'il est réveillé.

— Bonjour, en quoi puis-je vous aider ? me demande-t-il dans mon oreillette.

— Je voulais juste m'assurer que tu étais toujours là.

— Affirmatif.

Le van ralentit. Lorsqu'il tourne au sud vers l'eau, je vois notre destination sur l'écran et aussi dans mes IRIS. La tour ombilicale brille de mille feux, le lanceur et ses boosters à poudre sont d'un blanc virginal. À côté, le réservoir est prêt à lâcher ses deux mille mètres cubes d'eau pour atténuer l'onde de choc et les vibrations.

À notre arrivée, je découvre qu'il y a une voiture garée sur le pas de tir, où m'attend ma fusée fixée à sa plateforme par des boulons explosifs qui sauteront au moment de la mise à feu. Des nuages de condensation dus à l'oxygène liquide courent sur la carlingue, la bête dégaze, siffle et grogne tel un dragon.

Je descends du van. Il n'y a personne pour m'accueillir. Je me dirige seule vers l'ascenseur. Les portes d'acier s'ouvrent. L'intérieur est matelassé. Sur le panneau de commande, des boutons indiquent la hauteur de chaque palier. Si je voulais me rendre au niveau des aires de service et de maintenance, je choisirais le bouton 36 m ou 46 m. Du temps de la navette spatiale, c'était le palier 60 m.

Pour moi, c'est le bouton 70 m. Une lente ascension qui n'en finit pas. Je bous littéralement d'impatience, mon taux d'adrénaline grimpe, mon cœur tambourine dans ma poitrine. Pourquoi mes gadgets bioniques ne régulent-ils pas tout ça ? Dick m'avait prévenue.

Forcément, il y aura des mauvaises surprises. Des problèmes que personne n'a prévus. Il suffit de se souvenir de ce que M. Hibou a fait à Harry !

— Très bien. C'est maintenant ou jamais. Et ce n'est pas à toi que je parle, CARL !

Je prends une grande inspiration, sors de la cabine et me retrouve sur le palier, tout en haut de la tour d'acier. Au sommet du monde !

41.

J'admire la vue, contemple la fusée sur toute sa hauteur. Elle est si énorme... J'en ai les larmes aux yeux.

Seuls la pointe de la coiffe et les mâts des projecteurs sont plus hauts que moi. Les carneaux pour évacuer le jet et les réservoirs sont illuminés, vingt-deux étages en dessous. La nuit est claire. Je distingue au loin les lumières de Cocoa Beach, l'océan qui scintille, les lignes blanches des vagues.

— Tu peux le faire ! me dis-je à voix basse.
— Pardon ? répond CARL. Que voulez-vous que je fasse ?
— Je ne m'adressais pas à toi.

Sur ma droite, il y a la passerelle d'accès, une coursive couverte. Et j'entends encore les paroles de ma sœur.

Maintenant ou jamais... maintenant ou jamais...

De grandes flèches jaunes, peintes au sol, pointent dans la direction opposée où je vais, indiquant l'issue de secours. La route de brique jaune (comme on l'appelle à la NASA) montre aux astronautes le chemin à suivre s'il leur faut rejoindre rapidement la tyrolienne d'évacuation, avec ses nacelles orange installées à la sortie de la passerelle.

Le câble d'acier rejoint le sol, loin du pas de tir, et de là, on est censé courir se réfugier dans un bunker. Avec un scaphandre sur le dos, bonne chance ! Mais s'il faut sauver sa peau, je n'hésiterai pas. Finalement, ce n'est pas si différent de la tyrolienne de notre enfance.

Cela reste toutefois une option purement théorique. Le PEQUOD et son MOBI sont enfermés dans la coque de la fusée, comme une mouche dans une plante carnivore. Et si un feu se déclare ou qu'une explosion est imminente, je serai prise au piège.

Fuir à pied est impossible. Je n'aurai jamais le temps de franchir les deux écoutilles pour rejoindre la tyrolienne. C'est le prix à payer quand on veut cacher la cargaison d'une fusée et faire croire qu'il s'agit d'un simple satellite météo. Voilà où j'en suis dans mes réflexions tandis que je me dirige vers les doubles portes battantes au bout de la passerelle.

C'est la salle blanche, pareille à une tente stérile d'hôpital, tendue au-dessus de l'écoutille du lanceur. Stella a chaussé ses écouteurs, et est tout de blanc vêtue. On dirait un ange aux portes du paradis !

— Mains sur le mur. Bras écartés.

Elle ne plaisante pas, et je m'exécute.

Elle retire mes surchaussures l'une après l'autre. Ce n'est pas si facile de tenir sur une jambe avec un scaphandre sur soi, en particulier quand c'est une première.

— Je ne veux pas que vous mettiez de la poussière partout. Ce ne serait pas bon de respirer ça.

— Certes.

— Vous allez devoir ramper pour entrer. Je serai juste derrière vous.

Et ce n'est pas une image. Je dois vraiment me mettre à quatre pattes.

La rampe d'accès qu'elle a installée est une simple plaque d'acier qui relie l'écoutille à celle du PEQUOD. Le MOBI est arrimé en queue du vaisseau, et tout l'ensemble est installé à la verticale dans la soute. Consciente du vide de part et d'autre de moi, et gênée par ma CB, je progresse lentement. Ce n'est pas le moment de perdre l'équilibre !

Je ne tomberai pas de haut mais je risque de me retrouver coincée entre les deux parois de métal, ce qui endommagerait gravement ma fierté, et peut-être bien d'autres choses encore. Je passerais des heures là-dedans, à suffoquer comme une bête aux abois. Et je ne vois pas comment on pourrait me sortir de là. On ne s'approche pas aisément d'une fusée bourrée de carburant.

Pas question de vivre cette humiliation, même si le ridicule ne tue pas ! Je franchis ma planche de métal et me faufile dans le cockpit de ma Chasewing. L'avionique est déjà en marche. Un siège de pilotage en carbone fait face au tableau de bord et aux commandes. Un seul siège.

— Attention à la tête, me prévient Stella derrière moi. Servez-vous uniquement des poignées et prises de pied prévues à cet effet.

Il va me falloir un peu de temps pour m'acclimater.

Dans les simulateurs, j'étais toujours assise à la verticale, comme un pilote classique. Mais dans la fusée, tout a tourné de quatre-vingt-dix degrés. Je suis debout sur un mur, et je dois escalader le sol pour grimper sur mon siège. Adieu, la grâce !

— Attrapez la poignée au-dessus de votre tête, me recommande Stella. Et hissez-vous. Je vais vous aider à passer vos jambes.

Je me soulève du sol, ce qui n'est pas si facile avec une combinaison. Puis je pivote comme je le peux, et me laisse retomber sur mon siège. Je me retrouve allongée sur le dos, avec les pieds au-dessus de la tête.

— Pardon, désolée, dit Stella en plongeant la main sous mes fesses pour récupérer la sangle du harnais. La voilà ! Vous pouvez atteindre la sangle ventrale de votre côté ?

— Oui.

Je glisse la languette de métal dans son logement et entends un clic rassurant.

— Serrez bien. Plus que nécessaire. Même si c'est inconfortable.

— D'accord.

Je tire sur la boucle.

— Serrez davantage ! Vous me remercierez plus tard.

— Compris.

J'en remets un coup. Ça fait carrément mal !

— Je vais m'occuper des sangles d'épaules… c'est bon, j'ai les deux. (Elle les attache.) Maintenant, il faut vraiment les tendre à fond.

Je m'exécute encore.

— Attendez, je vais vous aider.

Elle tire un peu plus, puis branche le tuyau d'oxygène sur la valve à ma cuisse.

Elle me passe les gants, verrouille mon casque et me montre le filet sur le côté de mon siège. Il y en a tout un assortiment le long des parois. Ce sera pratique pour ranger ma combinaison et autres accessoires quand je flotterai en apesanteur. J'observe les cadrans, les interrupteurs au-dessus de ma tête.

— Tout est informatisé.

Stella clipse sur mon harnais la commande du micro.

— Ça, ce n'est pas de la haute technologie, dis-je en montrant le bouton-poussoir.

— Hormis quand vous serez de sortie dans l'espace, je ne pense pas que vous ayez très envie que la salle de contrôle entende tout ce que vous dites. Vous pouvez passer en mode activation automatique. Ou alors vous servir du bouton « com » sur votre manche.

— Et quand je ne serai pas dans mon siège ?

— Les haut-parleurs ou votre oreillette prendront le relais. Comme au sol. Vous allez vite vous y faire, d'autant que vous serez aidée. (Elle doit faire allusion à CARL.) Cet engin est conçu pour voler tout seul. Vous n'aurez à toucher aucun bouton, sauf si c'est vraiment un jour sans. Même chose pour le manche. Il est là uniquement pour le cas où vous devez repasser en manuel. Ou si, pour quelque raison, vous voulez prendre les commandes. D'après ce que j'ai entendu, vous avez pas mal d'heures de vol, sans compter celles en simulateur.

Elle me fait ouvrir et fermer ma visière interactive, teste la pression, le débit d'oxygène. Je vois défiler les données des systèmes vitaux dans mon casque, mais aussi dans mes IRIS, et le tout est repris sur l'affichage tête haute de la Chasewing. Elle pressurise encore une fois mon scaphandre. À nouveau, il m'est difficile de garder les mains et les bras dans une position naturelle.

Puis elle purge à nouveau la combinaison. J'entends l'air siffler par la valve tandis que ma CB se dégonfle. Et nous terminons par un essai des systèmes de communications. Je suppose que Dick écoute.

00 : 00 : 00 : 00

— Calli ? Vous nous recevez ? me demande la salle de contrôle du centre spatial Kennedy.

Cap Canaveral s'adresse à moi – personnellement, par mon prénom ! Parce que c'est moi l'astronaute ! J'en ai des frissons. À moins que ce ne soit un effet de ma seconde peau bionique.

— Cinq sur cinq.

Ma première communication radio depuis une fusée !

— T moins 20 minutes. RAS. Pas de vent. Le ciel est clair.

— Bien reçu. Prêt au décollage.

Stella me fait un signe, le pouce dressé.

— On est paré, déclare-t-elle. Il est temps pour moi de mettre les voiles ! (Et moi qui suis ficelée sur mon siège !) Je peux vous serrer la main, capitaine Chase ?

Tout engoncée dans mon scaphandre, je lui tends ma main gantée, et la remercie de m'avoir ligotée comme pour un numéro de Houdini. Elle passe l'écoutille. Je l'entends la refermer. Je l'imagine traverser en sens inverse l'étroite rampe vers la sortie. Puis j'entends des cliquetis métalliques lorsqu'elle retire le caillebotis pour le ramener dans la salle blanche.

Dans quelques minutes, elle refermera l'écoutille de la fusée et, à partir de ce moment, il n'y aura plus de marche arrière possible. Elle va se dépêcher de monter dans l'ascenseur, foncer vers sa voiture garée sur le parking, juste au pied de la fusée enrubannée de son nuage de vapeur, et partir se mettre à l'abri avant le décollage. Et moi, dans quelques minutes, je serai dans l'espace, ou atomisée.

— Apparemment, on n'est plus que tous les deux, dis-je à CARL. Si le pire arrive, toi tu seras toujours là, mais pas moi. Tu prendras soin de Carmé et des autres, d'accord ? Et sache que je t'apprécie. Je suis désolée de n'avoir pas été très gentille au début. Je ne voulais pas te blesser, heurter tes sentiments, même si, dans ton cas, tu n'en as pas. (Même si je n'en suis plus aussi sûre.)

— J'ai activé la manette de commande, annonce-t-il. (Adieu les déclarations émues !) Vous avez désormais la possibilité de reprendre la main si l'automation a un problème.

La salle de contrôle me parle dans l'autre oreille, et me demande de baisser ma visière et d'ouvrir l'oxygène. Je surveille le compte à rebours. À T moins 5 minutes, on me donne le feu vert pour le lancement. Je n'en reviens pas. C'est pour de vrai. Je ne quitte plus l'horloge des yeux. 4 minutes, 3, 2…

— Une minute, Calli, me prévient le directeur de tir à Cap Canaveral. (Peut-être est-ce un effet de mon imagination, mais je crois percevoir de l'empathie dans sa voix.) Ça va un peu taper, je vous préviens… 30 secondes… 20… 10… allumage moteur principal…

Les deux BE-4 s'éveillent et rugissent. CARL m'indique qu'ils sont à cent pour cent de leur puissance, tandis que le décompte se poursuit…

— ... 3, 2, 1...

Les boosters à poudre s'allument. Et je suis secouée comme un Margarita.

Je vais faire un infarctus ! J'en suis persuadée, tandis que les moteurs nous propulsent dans les airs. Je me cramponne ; sanglée à mon siège, c'est tout ce que je peux faire. Au bout de quatre-vingts secondes interminables, les trépidations commencent enfin à diminuer.

— Nous venons de passer Max Q, m'annonce Houston.

La contrainte maximale sur la structure est derrière nous. Notre fusée ne va pas se désintégrer dans l'atmosphère.

La poussée des boosters diminue. Puis viennent les six détonations assourdies – quand les attaches sautent et larguent les grands cylindres de métal.

— Mach 13. T plus 2 minutes.

C'est la salle de contrôle à Houston qui prend les commandes du vol à présent. Le voyage est beaucoup moins brutal. J'ouvre ma visière, vérifie ma vitesse et les autres données sur les écrans.

Soudain, je suis propulsée en avant, une poussée brutale contre les sangles. Les moteurs BE-4 à court de carburant se sont arrêtés. D'autres boulons explosifs sautent et le premier étage est largué à son tour. Puis le moteur du second étage s'allume, et l'accélération me plaque à nouveau dans mon siège. Voilà pourquoi Stella voulait que je serre mon harnais !

Puis c'est le largage de la coiffe. La détonation est forte parce qu'elle se produit juste au-dessus de ma tête. Mes bras semblent peser des tonnes quand je manipule la manette pour examiner la page des données système. Par chance, aucun voyant rouge. Aucune mort imminente n'est annoncée. Le moteur ne va ni caler ni exploser. Et mon taux d'oxygène est nominal.

— Et notre trajectoire ? dis-je à CARL, me souvenant que j'ai un copilote.

Il transfère les données sur l'affichage tête haute.

— Trajectoire OK, répond-il. Moteurs et système, OK.

— Mach 17, m'annonce Houston.

On m'informe que je subis 2,8 G. Je le sens bien dans mes bras. Je les croise sur ma poitrine, glisse mes mains sous les sangles du harnais.

— ... 3G... Mach 21... Mach 25...

À 5 G, c'est carrément douloureux. Aucun entraînement ou simulateur ne prépare à une telle épreuve. J'ai l'impression qu'un énorme chien s'est assis sur moi, ma seconde peau bionique comprime mon ventre et mes jambes pour amoindrir les contraintes. Mais aucun revêtement high-tech ne peut m'aider à mouvoir mes poumons. Respirer devient très difficile. C'est anxiogène.

Huit minutes et demie après ma chevauchée sauvage, le moteur s'arrête. Les G diminuent et mes bras se mettent à flotter.

— Bienvenue dans l'espace, capitaine Chase ! (C'est la voix de Dick.) Tout le monde ici est soulagé.

— Je le suis, moi aussi.

Je retire mes gants tandis qu'il m'annonce que nous sommes sur un canal privé.

Notre conversation n'est pas transmise à la salle de contrôle de Houston. Personne ne nous écoute, insiste-t-il – ce dont je doute. J'ôte mon casque. Dans moins de deux heures, m'explique-t-il, j'atteindrai la GEO.

Je récupère mon LACET dans une poche, et désolidarise les deux parties du scaphandre. Je retire tout et range les éléments dans les filets muraux.

— L'engin inconnu poursuit sa trajectoire, m'informe Dick. Sur les radars, il ressemble à un satellite classique, mais nous savons que ce n'est pas le cas. Heureusement, on en saura plus quand tu seras sur zone.

— Nous le voyons, d'accord. Mais lui ? Il peut nous voir ?

Ce point m'inquiète. De la même manière que je me demande toujours si mon HOTE est totalement invisible.

Maintenant que ma Chasewing et le MOBI ne sont plus dans leur coque, nous pouvons facilement être détectés par un radar ou un télescope spatial. Mais j'espère que non. Le revêtement du vaisseau est furtif, un peu comme Harry en mode CAMO. Nous sommes censés être invisibles, pour les ondes comme pour l'œil.

Nous nous fondons dans notre environnement, qui est en grande partie le noir infini de l'espace. Mais comment en être certain ? Aucune des caméras embarquées ne peut me montrer à quoi le PEQUOD ressemble, vu de l'extérieur. Je dois me fier aux seuls codes qui s'affichent sur mes écrans. La référence de notre couleur en ce moment est le CN3. Ce qui signifie *Corneille Noire, teinte 3*, m'apprend CARL.

Dick se veut rassurant : nous sommes parfaitement indétectables par les outils technologiques habituels. Et cette nuance ne me dit rien qui vaille. Derrière mon hublot, je ne vois rien, juste un néant noir.

— Et quid du satellite météo ? (J'attache mon LACET à mon poignet.) Tous les astronomes amateurs de la planète doivent le chercher à l'heure qu'il est.

Mais ce ne sont pas ces passionnés qui m'inquiètent le plus.

— On a trouvé une solution simple. On a fait courir le bruit que le satellite s'était mal déployé, et qu'il a brûlé dans l'atmosphère comme la coiffe et le reste de la fusée.

— Ça peut marcher, dis-je. Mais avec Neva Rong on n'est jamais sûr de rien.

Avec tout le respect que je lui dois, je rappelle à Dick que la dernière fois qu'il a tenté ce subterfuge après l'explosion de la fusée cargo, cela a été un flop. Personne dans l'aérospatial ne peut croire que la NASA cherchait quelque chose d'important dans les débris à Wallops si elle tire, juste après, une autre fusée comme si de rien n'était.

— Aucun intrus au sol ne peut intercepter nos communications ? Tu en es sûr ? Parce que je ne suis pas censée être là-haut. Alors si quelqu'un nous écoute, nous sommes grillés.

— Personne ne nous écoute, m'assure Dick. Tu devrais aller faire un tour dans le MOBI, histoire de te familiariser avec l'engin. Et aussi t'exercer à te déplacer en apesanteur. Je sais, tu t'imagines que c'est comme évoluer en plongée, mais c'est faux.

Je détache les sangles de mon harnais. Stella a elle aussi insisté sur ce point. Et tous les deux ont raison.

Flotter en micropesanteur n'a rien à voir à ce que l'on ressent en plongée sous-marine. C'est différent de tout ce que j'ai pu expérimenter. Et je l'apprends à mes dépens quand je me soulève un peu trop vite de mon siège. Dans la seconde, je me cogne la tête au plafond.

De crainte d'endommager mes instruments de bord, ma manette de commande et les interrupteurs, je me mets en boule. Lentement je tourne sur moi-même et sors enfin du cockpit, rasant le plafond comme une SPAS.

42.

— D'accord, je suis ridicule !

J'essaie de me déplier mais je me cogne partout comme une anguille ivre.

— L'astuce, c'est de tout faire deux fois plus lentement que la normale, me conseille Dick dans les haut-parleurs. Quand j'ai débarqué sur l'ISS, j'ai été comme un éléphant dans un magasin de porcelaine. C'est un peu comme piloter un hélicoptère et...

— Pas du tout !

— Ce que je veux dire, Calli, c'est qu'il faut faire de petites corrections, sentir plutôt qu'agir.

Je commence à me stabiliser. Mais je suis allongée en l'air, près du plafond. Et faire des mouvements de brasse avec les mains ne sert à rien, sinon à me déséquilibrer. Par réflexe, je tente de régler ma flottabilité avec mon souffle ; bien sûr cela ne fonctionne pas. Il n'y a ni gravité ni eau.

— Utilise ton doigt, m'indique Dick. (Pendant un moment, je crois qu'il fait allusion à ma DIGITEL.)

Mais il parle simplement d'une impulsion du doigt, n'importe lequel. Puis il me donne un petit cours de physique élémentaire. Je me détends un peu. Je cesse de lutter et commence à flotter sur place pendant que Dick me rappelle la différence entre masse et poids, la troisième loi de Newton et son principe d'action-réaction.

Il joue le professeur comme il l'a toujours fait avec moi. Plus l'action est légère, mieux c'est. Je commence à prendre le coup de main.

Je longe les alignements de sacs blancs en Nomex sanglés aux parois, puis la cuisine de bord, avec son distributeur d'eau chaude, ses tiroirs remplis de pailles et de boissons en sachet. J'attrape un Lemon Punch et me porte un toast. Je me dois bien ça ! Je viens de décoller avec une fusée et je suis dans l'espace, en route vers la lointaine GEO ! Si elle doit s'arrêter là, ma vie aura déjà été bien remplie.

Je pince la paille pour éviter que le liquide ne s'échappe. Et bien sûr, je pense à la dernière fois que j'ai bu cette chose – lorsque j'étais attachée sur un lit. Je n'ai aucune envie de goûter aux spaghettis ou au bœuf carottes lyophilisés, mais une barre énergétique m'irait bien. En fait, j'en prends deux !

Je me laisse dériver vers le sas qui relie le PEQUOD au MOBI. J'ouvre une vanne pour égaliser les pressions, puis tourne la poignée et pousse le battant d'acier. Je me faufile dans l'ouverture, en veillant à ne pas me cogner. Une fois m'a suffi ! Le MOBI me paraît familier, parce que j'ai vu sa maquette d'essai au portique. Je repère aussitôt les poignées et les prises de pied.

Je passe de l'une à l'autre, en suivant les conseils de Dick : laisser les doigts faire le travail. Il n'y a pas grand-chose. C'est surtout un espace de stockage. Je flotte vers l'unique siège de pilotage, le même modèle à coque carbone que celui de la Chasewing. La manette de commande, les écrans, les interrupteurs, tout est à l'identique du PEQUOD, sauf qu'il n'y a ni toilettes ni cuisine.

Le MOBI n'est pas conçu pour le confort. C'est un hybride entre un module utilitaire et une capsule de secours. C'est comme si je tirais une caravane capable de me ramener chez moi si ma voiture tombe en panne. Prendre place sur le siège nécessite un peu de concentration. Je dois me maintenir à la poignée au plafond le temps de trouver à tâtons les sangles au sol pour mes pieds.

— Voilà, c'est mieux, dis-je à CARL.

Je retire ma capuche. Avec mes cheveux dressés en l'air à cause de l'apesanteur, on croirait que je viens de voir un fantôme.

— Que puis-je faire pour vous ? s'enquiert mon cyber-compagnon dans les haut-parleurs.

Derrière le hublot à côté de mon siège, s'ouvre le vide de l'espace. Il n'y a rien à voir pour le moment. Je lui demande de me donner un aperçu des possibilités du MOBI. Hormis d'être un véhicule de secours si le PEQUOD a un problème.

Il se lance dans une longue énumération technique, comme le ferait papa. J'en déduis que le MOBI est quasiment le clone de mon Tahoe. Il est équipé d'un LHE, un laser haute énergie qui peut vaporiser un vaisseau spatial. J'ai aussi un « harpon », et un bataillon de drones que je peux déployer pour attraper des débris ou autres objets.

Je peux tirer des salves de micro-ondes susceptibles d'endommager l'électronique d'un engin. Et c'est sans doute le moyen qu'a utilisé l'ennemi contre nos satellites. La jonction avec l'USA-555A est prévue dans vingt-deux minutes. C'est le moment ou jamais d'essayer les toilettes du PEQUOD !

C'est un réduit de la taille d'un placard à balais pourvu d'un rideau. À l'intérieur, une cuvette en acier avec un réservoir au-dessous que personne n'aura envie de vider, et un tuyau terminé par une sorte d'entonnoir qui permet d'uriner quelle que soit votre anatomie. Tout flotte en apesanteur, y compris les choses indésirables. Je coince mes pieds sous les rails de maintien prévus à cet effet.

Je descends ma fermeture. Aussitôt, je sens ma seconde peau perdre sa tonicité. La glisser jusqu'aux genoux est bien plus facile qu'avec une combinaison de plongée ! Les toilettes n'ont pas de chasse d'eau, évidemment. C'est par aspiration que les matières sont entraînées vers le réservoir. Du moins c'est l'idée. Pour terminer, je pioche des feuilles de papier hygiénique dans le filet. Et me voilà prête à l'action ! Je referme ma combinaison, sors mes pieds des prises et retourne en vol plané vers le MOBI.

Je suis à peine installée que CARL me prévient qu'il va mettre en marche les propulseurs pour rejoindre notre satellite. J'entends aussitôt les moteurs crépiter comme des feux d'artifice, pour nous caler sur la GEO. Je maintiens le cap du vaisseau au fil des allumages.

Par le hublot, j'aperçois la Terre, une grosse bille bleue enrubannée de nuages blancs. Je reconnais l'arc orange de l'Himalaya qui borde la Chine, cible évidente de l'USA-555A. Je repère notre satellite espion. Il est à moins de deux cents mètres. Le soleil se reflète sur ses panneaux solaires.

De l'autre côté, l'engin ennemi semble immobile, comme nous, alors que nous orbitons à 11 066 kilomètres à l'heure.

— Alors ? À quoi avons-nous affaire ?

CARL fait un zoom sur l'appareil. Le véhicule ressemble globalement à un satellite, hormis sa structure cylindrique centrale qui est anormalement volumineuse. Ses quatre panneaux solaires brillent au soleil. J'aperçois une écoutille – ouverte.

— C'est quoi ça ?

Ça ne me plaît pas du tout.

— Les capteurs indiquent des capacités de détection et de propulsion, répond CARL. Et l'appareil est piloté à distance.

— Il sait qu'on est là ? Il est armé ?

Deux questions cruciales.

— Je n'ai pas assez de données. Je ne repère aucune manœuvre, ni de fuite ni d'agression.

N'empêche que j'ai remarqué quelque chose de bizarre.

Au début, j'ai cru que mes yeux me jouaient des tours. Un cône translucide avance vers nous. Je le distingue derrière mon hublot, mais il n'y a aucune trace de lui sur mes écrans.

— Tu vois ce que je vois ?

Mais CARL ne comprend pas. Et je n'ai pas le temps de lui expliquer.

00 : 00 : 00 : 00

Le cône se dirige droit sur nous, en une ligne droite implacable, qui se perdra jusqu'à l'infini si aucun objet ne se trouve sur sa route.

— Ce machin est furtif, d'accord. Mais on peut peut-être connaître sa composition..., dis-je en parcourant les menus sur mes écrans.

$(C_2H_4)n$ affiche CARL sur mes IRIS, la formule chimique du polyéthylène. Autrement dit, du plastique. Plus de petites pièces métalliques – aluminium, nickel, cuivre, tungstène. Tout cela peut correspondre à une arme à énergie dirigée.

— C'est le moment de sortir notre LHE !

Je fouille les menus à la recherche du panneau de commande du laser.

CARL me l'envoie sur l'affichage tête haute.

L'adrénaline monte en moi tandis que l'objet conique se rapproche de plus en plus, sa base circulaire ressemble à une gueule ouverte. Mon Tahoe était équipé d'une VISU. Je suis certaine que le MOBI en a un plus efficace encore !

— VISU engagée, mais non opérationnelle, m'annonce CARL.

Il me montre les données manquantes. Je veux qu'il me transfère toutes les infos dans mes IRIS !

— Très bien. Je vais aligner la cible en visuel. (L'objet est de plus en plus près.) Allumage ! Rotation dix degrés ! Je veux avoir ce truc en face de moi et me faire les deux !

CARL allume à nouveau les propulseurs. Derrière le hublot, l'image pivote. Le cône est sur nous, pile à 12 heures. Je saisis la manette de commande. Je me souviens des conseils de Dick. Doigt de fée ! J'aligne la cible sur la mire à l'affichage tête haute, tout en surveillant par le hublot le cône qui fonce sur nous.

Lorsque l'arme est en mode tir manuel, elle pointe dans la direction où j'oriente mon vaisseau. Adieu la précision ! C'est plutôt un tir en vol à l'ancienne quand on vise au manche à balai. Le cône sera sur nous dans quelques secondes. Je presse le bouton de mise à feu. Deux salves rapprochées. Je ne vois rien. Pas un bruit non plus.

— Cible détruite, annonce CARL.

Le cône en perdition passe au-dessus de mon hublot.

— Et d'un ! (Je reporte mon attention sur l'engin ennemi avec son écoutille ouverte.) Un nouveau duel dans l'espace ! Juste entre lui et moi.

Par réflexe, je joins le geste à la parole et pointe mes doigts vers mes yeux puis vers ma cible. Et soudain un propulseur se met à rugir. Comme quand l'alarme s'était déclenchée sur le Tahoe et que le moteur s'était mis à accélérer tout seul !

— Non ! Pas encore !

La Terre passe derrière mon hublot et disparaît.

Et réapparaît de l'autre côté, passe encore plus rapidement. Je suis poussée vers le mur.

— Arrête ça ! crié-je à CARL, comme lorsque j'étais piégée dans la soufflerie. On part en vrille !

La Terre file de plus en plus vite, encore et encore.

— Impossible. Les commandes sont bloquées.

— Pourquoi ?

Il faut que j'arrête de lui hurler dessus, sinon il va se mettre en rogne !

— Je détecte un code d'erreur.

Dick m'avait prévenue que je risquais de connaître des pannes.

— C'est quel moteur ?

Nous tournons à toute vitesse à la manière d'une toupie.

Si on ne réagit pas très vite, on va brûler tout notre carburant, et la gravité nous emportera.

— C'est le moteur arrière-bâbord, annonce CARL.

— Coupe l'alimentation.

— Vanne du collecteur fermée, me confirme-t-il.

La Terre continue de traverser le champ de mon hublot toutes les secondes et j'ai du mal à rester sur ma chaise à cause de la force centrifuge. La seule solution, c'est une poussée inverse pour arrêter la rotation.

— Allume le moteur arrière-tribord.

J'attrape le manche, coince mes pieds sous la sangle.

Un nouveau grondement résonne dans l'habitacle. Je contrecarre le mouvement à la manette, et la Terre commence à ralentir. De plus en plus. Et enfin s'arrête.

— Éteins ! On a supprimé le roulis. Je garde les commandes.

Maintenant, il faut se réorienter sur la cible avec son écoutille béante. Je parviens à m'aligner, et je m'aperçois qu'en face l'engin fait la même chose.

Enfin, il essaie. Il n'est pas aussi agile que nous. Je le surveille par le hublot sans lâcher le manche. À coups de petites pressions sur la manette, je place l'engin au centre de mon affichage tête haute, juste sur le réticule de visée. Et je fais feu. Encore une fois je n'entends ni ne vois le rayon laser, mais je sais que j'ai fait mouche. Le vaisseau adverse part dans une vrille incontrôlable et ses panneaux solaires brûlés tournoient comme les ailes d'un moulin à vent.

CARL m'informe que le circuit électrique de l'engin est HS, que l'on a grillé toutes ses commandes. Il n'y a plus de signal, plus aucun signe d'activité.

J'allume mon micro.

— Cible neutralisée, annoncé-je à la radio.

— Objectif atteint, donc, me répond Carmé, à ma grande surprise.

— Quel enthousiasme !

Je rouspète mais j'ai un sourire jusqu'aux oreilles.

— Tu as trouvé des *aliens* ?

— Pas encore ? Juste un canon à micro-ondes. Un vulgaire truc en plastique qui ressemblait à un cône de signalisation.

— J'ai toujours su que tu y arriverais, ma chérie...

Ma mère a pris le relais.

— C'est bien la fille de son père !

Et là, c'est papa.

— Je te donne neuf sur dix.

Et maintenant c'est Conn, qui me renvoie la balle.

— Pourquoi tu m'enlèves un point ? réponds-je en entrant dans son jeu.

— Pour que tu puisses avoir une marge de progression.

— Lex va bien, reprend maman. Rassure-toi. Je sais que tu es comme moi, à t'inquiéter pour tout.

— Mission accomplie pour le moment, annonce Dick.

— Comment ça : pour le moment ?

Je retire mes pieds des sangles, quitte mon siège en lévitant, et vole vers le sas telle une super-héroïne Marvel.

— Il va falloir faire le ménage avant qu'on te ramène à la maison.

Sa voix m'accompagne tandis que je retourne sur le PEQUOD.

— Quel genre ?

Cela lui demanderait trop d'effort de me dire un truc gentil, comme *beau travail !* ou *bien joué !*

— D'abord, il faut s'occuper des débris, intervient Conn.

J'attrape la prise à côté de la cuisine. Maintenant, j'ai droit à de la véritable nourriture !

Enfin, presque. J'ouvre le sac en Nomex attaché au plafond par des bandes velcro. Je trouve à l'intérieur du compartiment ignifugé toute une collection de plats cuisinés, maintenus en place par un filet : macaronis au fromage, tian de légumes à l'italienne, ragoût de bœuf, fajitas, saucisses et riz cajun.

— Et si cet engin appartient bien à Neva Rong, il nous faut des images…, poursuit Conn.

J'opte pour les macaronis. Je les réhydrate en introduisant l'aiguille du distributeur d'eau chaude dans la valve. Ne sachant comment ouvrir le sachet ensuite, CARL m'indique un autre sac en Nomex. Je trouve à l'intérieur une paire de ciseaux, attachés à un cordon et coincés sous un filet.

— Il faut aussi récupérer le maximum de données avant de quitter la GEO…

Conn continue d'énumérer les corvées qui m'attendent tandis que j'installe un sac-poubelle dans une poche que j'arrime avec un tendeur.

— C'est bon ? s'enquiert Dick.

— De quoi tu parles ?

— De ton repas.

J'oublie toujours que le vaisseau est truffé de caméras !

— Pas mal du tout. (C'est une réponse honnête.) Bien sûr que c'est un engin de Neva ! Le canon à micro-ondes est un truc jetable, comme un pistolet fait avec une imprimante 3D. Et je suppose qu'il ne peut tirer qu'une fois. Une seule salve électromagnétique pour mettre KO l'électronique d'un satellite. Ensuite le cône n'est qu'un débris en orbite comme tant d'autres et sera réduit en poussière.

— Bon appétit ! Je te recontacte plus tard.

Dick coupe la communication.

Toujours en lévitation, je farfouille dans le sac et déniche un porridge aux raisins et sucre de canne. Parfait ! Une autre giclée d'eau chaude, malaxage du sachet, nouveau coup de ciseaux, et je repars vers le cockpit en rasant les parois tapissées de sacs.

Je commence à m'habituer à l'apesanteur, même en aspirant mon porridge au goulot. Je m'installe sur mon siège, boucle les sangles ventrales de mon harnais, mais CARL m'annonce que je viens de recevoir un message vidéo.

— Je te rappelle que je n'ai pas mon téléphone !

Derrière le hublot, le globe terrestre bleu et blanc flotte sur le noir de l'espace. Je suis bien contente de ne plus le voir tourner comme une toupie.

— Je le sais. Il est dans votre chambre du bâtiment Armstrong.

Sans attendre mon accord, CARL me transmet l'enregistrement. Le visage de Neva Rong apparaît sur mon affichage tête haute, telle une boule de cristal en lévitation.

— Bonjour, Calli.

Je vois son sourire glacial, et son regard plus froid encore.

Toujours aussi élégante, et en tenue quasiment d'été, elle est assise derrière un bureau, avec une pochette rouge sang sur son tailleur ivoire. Sur le mur derrière elle, trône le logo de Pandora, qui représente une guerrière ailée. Cela me rappelle le tatouage de son tueur à gages.

— ... Quelle bonne surprise de vous avoir croisée à la Maison Blanche hier !

— D'où appelle-t-elle ? demandé-je à CARL.

— ... Vous deviez être très impressionnée. Mais je suis heureuse que vous ayez connu ça. Quel honneur pour quelqu'un comme vous...

À l'entendre, je ne suis qu'une cul-terreux !

— L'appel vient d'un bâtiment de Pandora Space System au centre spatial Kennedy, m'informe CARL dans mon oreillette tandis que Neva continue à parler dans les haut-parleurs.

— ... Et je suis vraiment désolée pour ce qui s'est passé à la ferme. (Comment ose-t-elle ?) Cela a dû être cauchemardesque de voir deux tueurs débarquer avec des mitraillettes et des bidons d'essence...

— Dick sait qu'elle est à Kennedy ? Juste à côté de lui ? Question idiote !

— ... et il paraît que le gamin était là. Pauvre Lex...

Elle me regarde fixement, sans ciller, avec son sourire de glace.

— Affirmatif, me répond quand même CARL.

Dick et son équipe sont donc au courant que, depuis notre rencontre à la Maison Blanche, Neva a pris son jet privé pour rentrer à Cap Canaveral.

Savoir qu'elle était là, à quelques centaines de mètres, quand je me préparais pour le lancement, me donne froid dans le dos !

— ... Au revoir, Calli. À très bientôt ! promet-elle, tandis que dans ses yeux passe une lueur de mort. Et, s'il vous plaît, saluez bien votre mère pour moi.

La veille d'une mission spatiale top secret, la capitaine Calli Chase découvre une anomalie dans l'un des centres de recherche de la NASA...

« UNE SÉRIE PALPITANTE. » *GRAZIA*

Cet ouvrage a été composé par PCA

*Imprimé en France par
CPI BRODARD & TAUPIN (72200 La Flèche)
en avril 2021*

*pour le compte des Éditions J.-C. LATTÈS
17, rue jacob – 75006 Paris*

N° d'édition : 01 – N° d'impression : 3043030
Dépôt légal : mai 2021